Von Paul Schaffrath sind bereits folgende Krimis erschienen:

KHK Krüger
Bonner Fenstersturz
Bonner Testament
Der Nebel von Avignon
Der ferne Sommer
Hansen

⋆⋆⋆

Die Drei Könige

Foto: Lisa Strencken 2021

Winrich C.-W. Clasen, Jahrgang 1955, Studium der Romanistik, Evangelischen Theologie und Kunstgeschichte in Bonn; Verleger in Rheinbach. Seit 2011 schreibt er unter dem Pseudonym *Paul Schaffrath* Kriminalromane. *Der kleine Kölner* ist sein siebter Roman.

Paul Schaffrath

Der kleine Kölner

Kriminalroman

cmz

Bibliografische Information der Deutschen Nationalbibliothek

Die Deutsche Nationalbibliothek verzeichnet diese Publikation
in der Deutschen Nationalbibliografie; detaillierte bibliografische Daten
sind im Internet über http://dnb.d-nb.de abrufbar.

An der Glasfachschule 48, 53359 Rheinbach
Tel. 02226-912626, info@cmz.de

Lektorat & Schlussredaktion:
Clemens Wojaczek, Rheinbach

Satz
(Aldine 401 BT 11 auf 14,5 Punkt)
mit Adobe InDesign CS 5.5:
Winrich C.-W. Clasen, Rheinbach

Papier (90g Lux Creamy mit 1,8f. Vol.):
Arctic Paper S.A., Poznań/Polen

Umschlagfoto (*shoe-light-white-stair-sunlight-floor-1809*):
www.pxhere.com

Umschlaggestaltung:
Lina C. Schwerin, Hamburg

Gesamtherstellung:
Bookpress.eu, Olsztyn/Polen

ISBN 978-3-87062-353-1

001-300 • 20220528

www.cmz.de

www.paul-schaffrath.de

Auf alle harrt vergnüglichen Blicks Freund Hein
und dreht sein knarrendes Glücksrad um und um,
und jede Ziffer ist ein Treffer,
ist eines Sterblichen arme Seele.

Christian Morgenstern, *Horaz-Travestien* (II, 3)

Die Hauptpersonen

2019

Britta Mangold	*Kriminalhauptkommissarin* – wird ziemlich regelmäßig erpresst
Sören Jacobsen	*Kriminalkommissar* – weiß alles auswendig
Miguel García Álvarez	*Kriminalkommissar* – kann auch Kölsch
Hannah Wolf	*Goldschmiedin* – verkauft perfekten Schmuck
Konstantin Gruber	*Staatsanwalt* – liest lieber Zeitung
Sebastian Meister	*Kriminalhauptkommissar* – hat Herzklopfen
Manfred Mohr	*Kriminalrat* – delegiert fürs Leben gern
Klaus Schmitz	*Tauchgruppenleiter* – verträgt kein Chlorwasser
Manfred Küster	*Feuerwehrmann* – fährt langweilige Autos
Wolfgang Hallstatt	*Archäologe* – kommt der Erde zu nahe
Gernot Schauermann	*Arzt* – hadert mit seinem Familiennamen

Dieter Frings	*Mitarbeiter beim Roten Kreuz* – führt den Hund spazieren
Heinzdieter Gerlach	*Immobilienmakler* – schätzt seine Sekretärin
Jean Dubois	*Bauunternehmer* – liebt Hollywood-Filme

1975 / 1986

Johanna Neumann	*Kriminalkommissarin* – hat keine Angst vorm schwarzen Mann
William Wordsworth Jr.	*Kriminalhauptkommissar* – bleibt nach dem Krieg da
Konrad Kleinknecht	*Schüler* – ärgert andere Kinder
Karlheinz Gerlach	*Student* – vertraut unbekannten Autofahrern

Die Zeit

August 1975
März/April 1986
Juli 2019

Die Schauplätze

Köln (auch auf der Schääl Sick …) und Bad Rothenfelde

I – Montag

Juli 2019 – Köln-Deutz, Rheinpark

Vor seinem inneren Auge erschienen heute erneut die Leichen seines Lebens. Das erste Mal hatten sie sich kurz vor dem Aufwachen gemeldet, das zweite Mal gerade eben, in einer Art Wachtraum. Die Frau mit der geblümten Schürze war dabei, die drei Ruderer, die wider besseres Wissen auf dem Fluss unterwegs gewesen waren, bis eine Explosion sie zerfetzte, und die beiden Männer, der eine um die dreißig, der andere Mitte fünfzig, die ihr Leben nicht zu Ende hatten bringen dürfen. Er seufzte. Wurde er diese Erinnerungen je wieder los?

Gedankenverloren war er stehengeblieben. An seinem Knie fühlte er eine Hundeschnauze und schreckte auf. Das Tier warf ihm einen vorwurfsvollen Blick zu – jedenfalls erschien es ihm so – und trottete langsam weiter.

Dieter Frings war ein penibler Mensch, der einen regelmäßigen Tagesablauf liebte und Abweichungen davon verabscheute. Also befand er sich auch heute, wie jeden Morgen um acht Uhr dreißig, am Deutzer Rheinufer in der Nähe des Tanzbrunnens und führte seinen Hund aus. Das heißt, er versuchte es zumindest. Inzwischen musste er nämlich bis fast zum Rhein mit dem Auto fahren, weil der Hund, wie andere achtzigjährige Rentner auch, lieber zu Hause neben dem Kamin lag, statt durch die Gegend zu laufen.

Der Hund steuerte auf einen Haufen Gestrüpp zu, der sich gestern noch nicht hier befunden hatte.

Frings ging ihm nach, überholte ihn und umrundete dann das Ensemble von Treibgut, alten Ästen, an denen sich einige verdorrte Blätter zeigten, schmutzigen Kleidern und zu allem Überfluss einem Autoreifen, der alles zu beschweren schien. Sein betagter

Hund, ein inzwischen grau gewordener Golden Retriever, schlich ihm nach. *Grey* Retriever entsprach mehr der Wirklichkeit, klang allerdings nicht so gut. Gestern war der kleine Sandstrand noch leer gewesen. Jetzt lag plötzlich dieser längliche, kleine Hügel da.

Der Retriever starrte ebenfalls auf das Durcheinander.

Irgendwie sah das zu gut aus, um auf natürliche Weise hier angeschwemmt worden zu sein. Frings betrachtete zweifelnd die Entfernung bis zum Wasser – gute acht Meter. Wahrscheinlich wäre die erste Hochwassermarke längst überspült, bis diese Installation mit dem Rheinwasser in Berührung kommen konnte.

Unter den Kleidern lugte ein länglicher Gegenstand hervor.

Frings trat näher. Dann konnte er einen Schreckenslaut doch nicht unterdrücken. In einem Ärmel mit Manschettenknopf steckte, halb im Sand verborgen, eine menschliche Hand.

Der Hund knurrte wieder; anscheinend hatte er die Reaktion seines Herrn bemerkt.

Dass das Tier keine größere Regung zeigte, wunderte Frings nicht; der Hund war einfach zu alt, um etwas anderes als sein Fressen aufregend zu finden. Der Mann versuchte, unter den Ästen den Umriss eines menschlichen Körpers auszumachen, aber es gelang ihm nicht. Schließlich ging er erneut auf die andere Seite. Tatsächlich. Unter dem Schwemmholz waren zwei braune Stiefel zu sehen. Fehlte noch der Rest. Und der Kopf. Aber den sollten lieber andere finden. Er war mit zu vielen Toten in Berührung gekommen.

»Komm, wir gehen!«, sagte er energisch zu dem Hund. Der jedoch ignorierte ihn und setzte sich auf die Hinterpfoten.

Wie um die Szenerie noch unheimlicher erscheinen zu lassen, hatte sich der Himmel inzwischen verdüstert. Wind war aufgekommen, und große schwarze Wolken jagten einander. Dann folgte ein Donnerschlag, der Frings und das Tier zusammenzucken ließ.

Ein zweiter, lauterer Donnerschlag übertönte alle anderen Geräusche. Für einen Moment war das Tuckern zweier Rheinschiffe nicht mehr zu hören, ebenso wenig die Sirene des Rettungswagens mit Blaulicht auf der Zoobrücke, und auch die Dezibelzahl des hochgezüchteten Motors eines Mofas, auf dem zwei Jugendliche saßen, war ins Hintertreffen geraten.

Als der Donner abgeklungen war, setzte der Regen ein.

Rään – et jitt Rään. En Sintflut jitt et, unfaßbar vill Rään. Der Refrain von Niedeckens eingekölschter Version von Dylans *A hard rain's a gonna fall* kam Frings in den Sinn. Er blickte nach oben und zog den Reißverschluss seiner abgewetzten braunen Lederjacke bis unters Kinn zu.

Die Elemente tobten, als habe Zeus, der Göttervater, sie einzeln angewiesen, ihr gesamtes Können unter Beweis zu stellen. Der Sturm peitschte über das Wasser des Rheins; Wellen mit gelblichweißen Schaumkronen schlugen gegen ein Polizeischiff, das sich mit hoher Geschwindigkeit flussabwärts entfernte. Regelmäßig zuckte ein Blitz durch die fast pechschwarzen Wolken; die Luft war elektrisch aufgeladen und roch nach dem defekten Modelleisenbahntrafo aus Frings' Kindheit.

Schon merkwürdig, dachte er, ein Geruch, und schon taucht eine komplette Erinnerung dazu im Kopf auf.

Die Zeitabstände zwischen Blitz und Donner verkürzten sich, und irgendwann war nicht mehr zu unterscheiden, ob es noch der Donner des vorherigen Blitzes oder schon der des nächsten war. Ein echtes Sommergewitter.

Unschlüssig betrachtete der Mann das Gestrüpp mit der Leiche – falls es sich nicht um Einzelteile verschiedener Personen handelte – und seinen abgebrühten Hund, der regungslos dem Unwetter trotzte. Vielleicht war der Retriever inzwischen aber auch nur völlig ertaubt. Und Nässe hatte ihm bei seinem dicken Fell noch nie etwas ausgemacht.

Schließlich hatte Frings von allem genug, von seinem schwerfälligen Hund, vom Wetter und vom möglichen Leichenfund. Er holte sein Handy aus der Lederjacke hervor und wählte mit nassen Fingern 110.

Um neun Uhr hatte sich der Strandabschnitt beim Leichenfundort am Rheinufer merklich gefüllt, und das trotz des schlechten Wetters. Die heftigen Niederschläge waren in einen gleichmäßigen Landregen übergangen, der dafür sorgte, dass auch die letzte trockene Stelle am Boden durchnässt wurde. Die beiden Mofafahrer waren zurückgekommen und betrachteten das Geschehen aus sicherer Entfernung. Auf dem Rhein verharrte ein neues Polizeiboot; ein Uniformierter mit Fernglas stand an Deck und referierte einem seiner Kollegen die Ereignisse an Land. Zwei Polizisten hatten den Gestrüpphaufen mit einem offiziellen Plastikband weiträumig abgesperrt; sie hatten allerdings länger suchen müssen, wo sie das Band befestigen konnten, bis sie schließlich mittels dreier, aus einer Seitenstraße herbeigeschaffter Mülltonnen eine Art gleichschenkeliges Dreieck umspannt hatten. Ein beleibter Polizist hielt eine Gruppe älterer Frauen davon ab, den Tatort zu betreten. »Bitte weitergehen; hier gibt es nichts zu sehen«, sagte er etwas tonlos ein ums andere Mal.

Frings vertrat sich die Beine und verfolgte die Ankunft der Spurensicherung, die von den herbeigerufenen Streifenpolizisten alarmiert worden war. Endlich gab es mal etwas Abwechslung während eines seiner Morgenspaziergänge. Sein Hund stand neben ihm und betrachtete sehnsuchtsvoll den Platz, den er hatte verlassen müssen.

Zwei Kriminaltechniker in weißen Overalls entluden den ebenfalls weißen Mercedes-Transporter, dessen Längsseiten mit den Folienbuchstaben *Polizei* und *Kriminaltechnik* beklebt waren. Rasch hatten sie ein großes Zelt über dem Gestrüpp errichtet, so dass sich das weitere Geschehen allen Blicken entzog.

Die älteren Frauen verabschiedeten sich daraufhin von dem dikken Polizisten und setzten ihren Weg in Richtung des Wellnesstempels Claudius-Therme fort. Mit ihren neonbunten Anoraks wirkten sie wie eine Horde Skifahrer auf dem falschen Terrain.

Die beiden Mofafahrer sahen zum letzten Mal auf die Szenerie, stiegen dann – trotz Anwesenheit von ausreichend Polizei, die sie daran hätte hindern können – wieder zu zweit auf ihr Gefährt und fuhren mit überhöhter Geschwindigkeit davon.

»Kein Problem«, sagte der eine der beiden Streifenpolizisten zum anderen, »ich habe das Kennzeichen.«

»Und was machst du damit?«

»Na ja, sie anzeigen natürlich.«

»Die sind zu zweit; du bist allein. Ich habe nichts gesehen. Wenn du nämlich etwas gesehen hättest, müsste ich wieder einen Bericht verfassen, und dabei habe ich meine drei Ordnungswidrigkeiten aus der letzten Woche noch nicht zu Papier gebracht.«

Sein Kollege, jünger und entschieden agiler, warf ihm einen undefinierbaren Blick zu. »Dann eben nicht.«

Frings grinste.

Mit Schwung fuhr ein älterer roter Ford Fiesta den schmalen asphaltierten Weg zwischen Beach Club und Rheinterrassen entlang und parkte neben dem Wagen der Spurensicherung. Der Motor verstummte. Langsam öffnete sich die Fahrertür.

Frings sah zuerst die langen Beine. Sie steckten in schwarzen Strumpfhosen ohne Muster und gleichfarbenen Stiefeletten. Ihre Besitzerin stieg so aus, wie Damen in früheren Zeiten auszusteigen pflegten: indem sie sich nämlich um neunzig Grad nach links drehte und beide Füße, parallel zueinander, gleichzeitig auf den Boden setzte.

Es hatte aufgehört zu regnen, als ob der Wettergott der Vertreterin des schöneren Geschlechts für ihren Auftritt Platz machen wollte.

Der Blick des Mannes wanderte einen dunkelroten Rock hoch, der kurz über den Knien begann, strich über eine anthrazitfarbene Lederjacke, deren Reißverschluss geschlossen war, weiter nach oben und blieb schließlich an schwarzen, fast schulterlangen Locken hängen, die teilweise von einem um den Hals geschlungenen bordeauxroten Schal verdeckt wurden. Was für ein Weib!, dachte er.

»Danke«, sagte die Frau und kam auf ihn zu.

Frings wurde rot.

»Kriminalhauptkommissarin Britta Mangold«, sagte sie. »Guten Tag.«

»Äh, ja«, stotterte der Mann. »Stimmt. Ihnen auch.« Er hustete. »Guten Tag, meine ich.«

Selbst der Hund sah die Kommissarin nervös an.

»Sie sind Herr Frings, nicht wahr?«, fragte sie.

Wie immer bei großen Frauen fühlte Frings sich unsicher. Dabei war Mangold nicht besonders groß, vielleicht eins siebzig, eins fünfundsiebzig. Aber er war klein, was ihn seit seiner Jugend maßlos ärgerte, weil ihn die Natur hier sehr vernachlässigt hatte, wie er fand. Eins dreiundsechzigeinhalb war dem starken Geschlecht gegenüber einfach unfair.

»War ja nicht schwer zu erkennen«, sagte Mangold. »Das Tier und so.«

Der Hund legte den Kopf schief und sah sie aufmerksam an.

Anscheinend war der Retriever doch nicht so taub, wie Frings immer dachte. Oder er hörte nur auf Frauen, wie viele Männer auch.

»Hier aus der Gegend und auch hier geboren?«

Frings war stolz auf seinen kölschen Akzent, den er auf der Straße gelernt hatte und dem man immer anhören würde, dass er aus dem Umfeld der einfachen Leute stammte. Er sprach nicht das Kölsch der Banker und Politiker, das fast nur noch aus einem *sch* anstelle des korrekten *ch* bestand – wie ihm mal eine Freundin aus Flensburg erklärt hatte. Und aus dem rheinischen Singsang natürlich. Wenigstens wusste man dabei immer sofort, wie die Leute drauf waren. Beim monotonen Norddeutsch war er sich nie sicher, was sein Gegenüber außerhalb des Gesagten gerade meinte.

»Ehrenfeld«, sagte er.

Mangold nickte befriedigt. »Sie haben also die Leiche entdeckt?«

Frings nickte ebenfalls. »Das heißt, wir beide. Also ich und Herr Schmitt.« Er deutete auf seinen Hund.

Mangold unterdrückte ein Grinsen. Auf welche Ideen die Leute immer kamen.

»Es ist also eine Leiche?«

»Warum?«, fragte die Kommissarin.

»Na ja«, druckste Frings herum. »Es hätten doch auch Leichenteile sein können. Wenn ich die Entfernung zwischen der Hand auf der einen und den Füßen auf der anderen Seite des Haufens betrachte ...«

»Der statistische Durchschnitt bei männlichen Körpergrößen liegt bei etwas über eins achtzig«, sagte Mangold von oben herab.

Jedenfalls kam es Frings so vor, und er fühlte sich noch ein bisschen kleiner.

»Ich kann Sie beruhigen. Die Kollegen sagten vorhin, als sie mich verständigten, es handele sich um eine vollständige Leiche. Kannten Sie sie?«

»Wen jetzt? Die Kollegen oder die Leiche?«

Jetzt wurde Mangold ein wenig rot. »Zu Lebzeiten, meine ich.«

»Da ich das Gesicht noch nicht gesehen habe ...« Frings hatte wieder Oberwasser. Die Kommissarin fragte aber auch zu ungenau.

Mangold ignorierte die Bemerkung. »Können Sie mir erzählen, wie Sie sie gefunden haben?«

Gehorsam berichtete Frings und vergaß auch nicht zu erwähnen, dass sich das Arrangement mit der Leiche gestern Morgen hier noch nicht befunden hatte. Schließlich schwieg er und betrachtete die Kommissarin genauer. Wie alt sie wohl sein mochte? Achtunddreißig? Siebenundvierzig? Irgendwo dazwischen wahrscheinlich. Ihr Hals wies noch keine Falten auf, jedenfalls keine, die sie älter machen würden, und ihre Hände waren bemerkenswert glatt, wie er feststellte, als sie sich eine widerspenstige Locke aus dem Gesicht strich und hinter das Ohr schob.

»Fünfundvierzig«, sagte Mangold, die seinem Blick gefolgt war.

Furchtbar, dachte Frings. Gedankenlesen kann sie auch noch. Was kam als nächstes?

»War nicht schwer«, sagte sie. »Blicke auf Hals und Hände – das Dekolleté ist ja heute verschlossen –, und schon ist klar, was Sie denken beziehungsweise gedacht haben.«

Frings errötete erneut.

»Nicht nötig. Das Rotwerden, meine ich. Schmeichelt zwar meiner Beobachtungsgabe, muss aber nicht sein. Sie sind doch ein erwachsener Mann. So um die fünfundsechzig, nicht verheiratet, keine Kinder. Habe ich recht?«

Frings war verblüfft. »Stimmt. Siebenundsechzig. Vielen Dank. Aber woher wissen Sie das?«

»Das Übliche. Kein Ring an Ihrer rechten Hand, auch nicht zwei links, Ihrer und der Ehering der verstorbenen Frau nämlich. Kleidung, die ein wenig aus der Mode gekommen ist. Eine Tochter hätte Sie möglicherweise mal neu eingekleidet. Sie sind allein und haben einen Hund, den Sie auf Augenhöhe sehen und siezen.« Sie lächelte. Dann wurde sie wieder ernst. »Der Leichenfund scheint Sie ja nicht sonderlich zu erschüttern, oder?«

Frings sah betreten zu Boden. »Sieht man das so deutlich?«, fragte er und hob seinen Kopf wieder.

»Sie sind in meiner Zeit als aktive Kommissarin der bislang ruhigste Zeuge.« Mangold fixierte den kleineren Mann. »Oder Täter.«

»Na, hören Sie mal. Das ist eine Unverschämtheit.«

Aha, dachte Mangold, der Mann konnte also auch laut werden.

»Ich habe vor Jahrzehnten den Kriegsdienst verweigert und lange Jahre beim Roten Kreuz gearbeitet. Irgendwann hat man dann alles gesehen. Ich und jemanden umbringen? Nie im Leben!«

Mangold blieb ruhig. »Bleiben Sie immer so ruhig? In Gefahrsituationen?«

»Immer. Erst zu Hause bekomme ich weiche Knie und muss dann zu einem kleinen Weinbrand greifen.«

Er sagte tatsächlich *Weinbrand*, ein Wort aus dem letzten Jahrhundert, das Mangold schon lange nicht mehr gehört hatte. »Dann ist ja alles gut. Entschuldigen Sie die kleine Frage, aber wir Kripoleute leben von Reaktionen, den erwarteten und den überraschenden. Oft ist ein Fall dann schon gelöst.« Sie warf Frings einen undefinierbaren Blick zu.

Er nickte. »Schon klar. Wie geht es jetzt weiter?«

»Sie können erst einmal nach Hause gehen, kommen aber bitte heute Nachmittag ins Präsidium und geben Ihre Aussage zu Protokoll. Bis dahin wissen wir vielleicht schon, um wen es sich bei dem Toten handelt.«

Britta schlug die heruntergelassene Tür, mehr eine Art Vorhang, zur Seite. Das weiße Zelt von sechs mal sechs Metern roch neu, wobei das PVC für sie immer einen künstlichen Geruch verströmte. Drinnen erhellten Lampen den Tatort, so dass die Teile des Gestrüpps viel besser voneinander zu unterscheiden waren, als es unter freiem Himmel bei strömendem Regen möglich gewesen wäre.

»Habt ihr schon Fotos gemacht?«, fragte sie.

Einer der im Zelt tätigen drei Leute nickte. »Ihnen auch einen guten Tag, Frau Mangold. Haben wir. Aber wenn Sie auch noch wollen …« Er trat zur Seite.

Britta holte ihr Mobiltelefon heraus, ein älteres Samsung Galaxy S 4, und schoss einige Bilder. »Ihr könnt jetzt die Äste entfernen.«

»Müssen wir die einzeln messen, wiegen und katalogisieren?« Techniker Nummer zwei sah sie zweifelnd an.

»Nee, müsst ihr nicht. Aber ihr könntet sie nebeneinander legen, nach Größe sortieren und dann fotografieren.«

Der Techniker versuchte, ihren Gesichtsausdruck zu verstehen. Da sie aber keine Miene verzog, nahm er an, dass die Antwort ernst gemeint war. Er nickte und begann mit dem Wegräumen der Äste.

Sein Kollege ergriff den Autoreifen, untersuchte ihn kurz und vermerkte etwas auf einem Protokollblatt, das auf einem Klemmbrett festgehalten wurde. »Voll abgefahren, die Reifen«, sagte er. Dann rollte er das Rad zur Seite. Er war ganz bei der Sache, so dass er Brittas Grinsen ob seiner Formulierung nicht mitbekam. Oder hatte die sich auf das exorbitante Muster der Felgen bezogen, die aus irgendeinem Grund nicht abmontiert worden waren?

Als nächstes waren die alten Kleider an der Reihe. Auf den ersten Blick stammten sie aus einem Sammelcontainer der AWO oder einer ähnlichen Organisation – ausrangierte Nachthemden, gemusterte Schlafanzüge, vergilbte Blusen und ein paar zerrissene Jeans.

Die Kommissarin bemitleidete die Kollegen, die versuchen mussten, die genaue Herkunft des Containerinhalts zu ermitteln, falls der oder die Tote eines unnatürlichen Todes gestorben war. Aber danach sah es eigentlich schon aus, denn wie sollte die Leiche sonst hierhin gelangt sein? Angeschwemmt worden war sie jedenfalls nicht; dafür wirkte das Ganze zu gewollt zufällig.

Schließlich war die Leiche freigeräumt. Britta betrachtete sie interessiert. Der Tote lag auf dem Bauch, auf dem rechten Arm, was erklärte, warum Frings nur eine Hand gesehen hatte. Er hatte ein weißes Hemd mit brauner Weste an und trug eine dazu passende Tuchhose. Der Manschettenknopf zeigte das Kölner Stadtwappen; die brauen Stiefel machten trotz Nässe und Dreck einen gepflegten Eindruck. Ein gestutzter, braun melierter Bart zierte Kinn und Wangen, soweit sie das in dieser Position erkennen konnte; das Haar war voll, wies aber zahlreiche graue Einsprengsel auf. Es glänzte, als ob es mit Pomade versehen worden war. Mittendrin war eine stumpfe Verletzung zu erkennen, bei der die Kommissarin nicht ausmachen konnte, ob sie vor oder nach dem Tod entstanden war. Der Rechtsmediziner würde es wissen.

Wie hieß der Film noch mal, in dem George Clooney solchen Wert auf Pomade gelegt hatte? Genau. *O brother where art thou.* Allerdings war Clooney da Sträfling, und dieser Mann hier sah aus, als ob er Mitglied der besseren Kölner Gesellschaft war. Er war wahrscheinlich ziemlich eitel gewesen. Wenn er jetzt auch noch Hosenträger anhatte … Mitte fünfzig, schätzte Britta. Von hinten.

»Ihr könnt ihn jetzt umdrehen«, sagte sie.

Behutsam bewegten zwei Kollegen den Leichnam und legten ihn auf den Rücken, so dass das Gesicht zu sehen war. Es war kaum aufgedunsen, wie das sonst bei Wasserleichen der Fall war. Eine etwa sechs Zentimeter lange Narbe verlief vom linken Ohr bis fast zum Mundwinkel. Der oberste Kragenknopf des weißen Hemdes war geschlossen; eine dezente grüne Krawatte wiederholte das Muster der Manschettenknöpfe.

Britta wurde blass. Mitte fünfzig stimmte. Sie kannte den Toten.

August 1975 – Köln-Zentrum, Polizeipräsidium

Die Parkplätze bei ihrer Arbeitsstelle waren an schon länger diensttuende Kollegen vergeben, so dass Johanna Neumann ihren R 4 wie immer in der Georgstraße parkte und die wenigen Schritte zum Polizeipräsidium am Waidmarkt hinüberging. Sie liebte den blassblauen Renault, den sie sich vor einem Jahr von ihrem ersten Gehalt gebraucht gekauft hatte. Vor allem die innovative Knüppelschaltung in der Mitte des Armaturenbretts hatte es ihr angetan: Bei ihrem Fahrzeug funktionierte sie so gut, dass es nur eines kleinen Schubses bedurfte, damit der Hebel vom zweiten Gang – herausgezogen – in den dritten, nunmehr hineingeschoben, rutschte. Der eigene R 4 war eine deutliche Verbesserung gegenüber dem alten Benz ihres Vaters, den sie leihweise ab und zu bekam.

Sie strich sich eine Strähne aus der Stirn und versuchte, sie hinter dem linken Ohr zu verankern, was aber nur wenige Meter hielt. Die blonden Haare hatte sie wie üblich zu einem Pferdeschwanz gebunden. Jahrelang hatte sie mit der dichten, aber eben glatten Haarpracht gehadert und, seit sie fünfzehn war und sich im Spiegel durchaus als hübsch wahrzunehmen begonnen hatte, alles Mögliche ausprobiert: Kurzhaarfrisuren, Dauerwellen, halblang mit Pony, aber nichts hatte sie zufriedengestellt. Schließlich hatte sie aufgegeben und sich wichtigeren Dingen zugewandt, der Mode zum Beispiel. Sie war immer modisch gekleidet, wenn das auch in ihrem Beruf zusehends zugunsten von Jeans, Bluse und Lederjacke ins Hintertreffen geraten war.

Sie legte den Kopf in den Nacken und ließ den Blick die dreizehn Stockwerke umfassende Fassade – wenn man das hohe Erdgeschoss nicht mitzählte – ihres Arbeitsplatzes hochwandern.

Hübsch sah das Gebäude nicht aus, aber von welchem Hochhaus konnte man das schon behaupten? Wie wohl der Waidmarkt vor dem Krieg gewesen war, unzerstört, mit einheitlicher Bebauung? Wahrscheinlich postkartenidyllisch. Bestimmt war irgendein Kuppelbau dabei gewesen, der die anderen Häuser überragte. Heute war das Polizeipräsidium höher als die kleine Kirche von St. Georg gegenüber. Johanna mochte alte Stadtansichten, auf denen der Kirchturm das höchste Bauwerk darstellte; sie fand, dass damit eine gewisse Geborgenheit für die Bewohner rund um die Kirche verbunden war.

Immerhin lag das Gebäude zentrumsnah, und auch im Umland war man schnell – mit Martinshorn und Blaulicht sowieso. Es gab zwar immer mal Bestrebungen, das Gebäude zu vergrößern oder gar ein neues zu errichten, womöglich sogar auf der *rechten* Rheinseite, aber ein anständiger Kölner Polizist funktionierte am Besten links des Flusses.

Wer wohl im obersten Stockwerk saß?

Bis heute hatte das keiner ihrer über dreihundert Kollegen sagen können. Jürgen Hosse, ihrer aller Chef, war sicher zu beschäftigt, die Vorgänge um den Tod von Polizei-Hauptwachtmeister Walter Pauli aufzuklären, als dass er nur aus luftiger Höhe die Ermittlungen verfolgen wollte. Bestimmt saß er zum zigsten Mal beim Regierungspräsidenten und wiederholte seine Klagen über zu wenig Personal.

»Morgen«, sagte der am Eingang diensttuende Kollege und wandte sich wieder dem *Kurier* zu. Hastig blätterte er die Seite 1 mit dem Foto eines ziemlich unbekleideten Mädchens um.

Johanna grinste. Männer waren immer leicht zu durchschauen. Sie ging zum Fahrstuhl, überlegte es sich dann aber doch anders und nahm die Treppe in den siebten Stock. Ihre Schritte hallten auf dem langen Linoleumflur, an dem ihr Büro lag. Ganz zu Anfang hatte sie den Fehler gemacht, mit Pumps zum Dienst zu erscheinen, was einige Kollegen zu hämischen Bemerkungen veranlasst hatte. Inzwischen trug sie meist bequeme Laufschuhe, die keine

Geräusche verursachten. Anpassung an die Wirklichkeit, hatte sie damals gedacht.

»Always on time!« Wordsworths sonore Stimme reichte mühelos bis ans Ende des Gangs.

Unwillkürlich warf Johanna einen Blick auf ihre Armbanduhr. Drei Minuten vor acht. Wie immer. Sie steckte den Kopf kurz ins Büro ihres Vorgesetzten. »Guten Morgen.«

Als sie weitergehen wollte, sagte Wordsworth nur kurz: »Einen Augenblick, bitte.« Sein amerikanischer Akzent klang fast noch genauso wie der von Mal Sondock im WDR. Der Texaner dort hatte es auch in dreißig Jahren in Deutschland nicht geschafft, während seiner Radiosendung mit aktueller Musik aus der Hitparade Hochdeutsch ohne Einfärbung zu sprechen.

Johanna trat zwar ganz ins Zimmer, blieb aber abwartend an der Tür stehen.

»Anything interesting?«

Anscheinend hatte Wordsworth beschlossen, seine Kollegin zweisprachig zu unterhalten.

»Nur der Fall des ermordeten Pfandleihers«, sagte Johanna. »Um es präzise zu formulieren: Wir tappen nach wie vor im Dunkeln.«

Ihr Chef grinste. Dann wurde er wieder ernst. »Setz dich.« Sinn und Zweck des deutschen Siezens und Duzens hatte er nie ganz nachvollziehen können. Also verwendete er beides nach Lust und Laune.

Johanna ließ sich zögernd auf einem der Besucherstühle dem Schreibtisch gegenüber nieder. Das Metallgestänge knarrte leise. Immer, wenn sie hatte Platz nehmen müssen, gab es hinterher einen Haufen Arbeit mehr.

Wie üblich war der Resopaltisch fast leer. Neben dem schwarzen Bakelit-Telefon harrte ein Stapel Akten in grünen Mappen der Durchsicht. Auf der ebenfalls grünen Schreibtischunterlage waren ein kleiner Stoß Schreibmaschinenpapier und mehrere Stifte parallel zu einander ausgerichtet. Eine rote Kugelkopf-Schreibmaschine von IBM machte das Sekretariatsambiente perfekt. Rechts standen eine Flasche Wasser und zwei Gläser. Aber Wordsworth bot ihr nichts an.

Er schob der jungen Kripobeamtin eine Akte hinüber. »Bitte durchlesen. Anschließend fahren Sie an den Tatort und versuchen, Licht ins dortige Dunkel zu bringen.«

Etwas ratlos studierte Johanna den handschriftlichen Vermerk auf der Aktenhülle. *Konrad Kleinknecht †,* darunter, etwas kleiner, *Bad Rothenfelde.*

»Was hat das mit Köln zu tun? Ein neuer Fall?«

»Nicht ganz. Kleinknecht ist im dortigen Kinderheim zu Tode gekommen. Der Rechtsmediziner wollte sich nicht festlegen, ob es ein natürlicher oder ein unnatürlicher Tod war.«

»Und was haben wir damit zu tun?«

»Das halbe Kinderheim war mit einer Kölner Schülergruppe gefüllt. Jetzt müssen wir den Eltern erklären, warum ein Schüler im Sarg zurückkommt.«

»Und das soll ich machen?«, fragte Johanna, die Besuche bei Angehörigen hasste. Noch tagelang gingen ihr die Gesichter derjenigen nach, die sie mit dem plötzlichen Tod eines geliebten Menschen hatte konfrontieren müssen.

»Nein, du versuchst herauszufinden, wie – und möglicherweise auch warum – der Junge umgekommen ist.«

»In Bad Rothenfelde?«, vergewisserte sich die junge Frau.

»Yep. Zweieinhalb Stunden mit deinem Renault, wenn du vorschriftsmäßig fährst. Was französischen Autos ja nicht unbedingt nachgesagt wird. Den Fahrern auch nicht.«

Renno klang fast wie das Fabrikat einer amerikanischen Limousine.

Johanna lächelte. »Gibt es auch ein Übernachtungsbudget?«

»Zwei Nächte. Du hast achtundvierzig Stunden, dann möchte ich ein Ergebnis haben.« Wordsworth strich sich mit der Hand durch sein militärisch kurzes Haar. Den GI-Schnitt hatte er seit 1945 beibehalten.

Ein gutaussehender Mann, dachte Johanna. Wenn ich etwas älter und er etwas jünger wäre … Ein Meter neunzig groß, breitschultrig, kerzengrade – jeder Zoll ein Soldat. Dass er schwarz war, hatte sie nur bei der allerersten Begegnung erschreckt.

Juli 2019 – Köln-Neustadt-Süd, Staatsanwaltschaft

Obwohl sie schon seit über zehn Jahren regelmäßig im Gebäude der Kölner Staatsanwaltschaft in der Nähe des Volksgartens zu tun hatte, bekam Britta jedes Mal ein schlechtes Gewissen, wenn sie dorthin fuhr. Die Staatsanwaltschaft sorgte für die Aufrechterhaltung und das Funktionieren des Rechtsstaats; sie machte keinen Unterschied zwischen Rang, Alter oder Geschlecht derjenigen, die sie im Visier hatte, auch keinen zwischen möglichen Tätern und eventuellen Opfern; sie war de iure verpflichtet, Belastendes und Entlastendes in gleicher Weise zu sammeln. Manchmal hatte Britta jedoch den Eindruck, dass die Staatsanwälte jeden als schuldig betrachteten – gleichgültig, auf welcher Seite des Gesetzes sie standen.

Das Furchtbare war, dass das stimmte. Bei Brittas Aufnahme in den Polizeidienst war noch alles in Ordnung gewesen, aber vor einigen Jahren hatte sich etwas ereignet, wodurch sie sich veranlasst sah, das Gesetz großzügig auszulegen, *sehr* großzügig sogar. Aber jetzt wollte sie nicht weiter darüber nachdenken.

Sie holte tief Luft und stieg aus ihrem Auto, das sie auf dem Parkplatz der Justizbediensteten an der Rudolf-Amelunxen-Straße geparkt hatte.

Inzwischen kannte sie den Weg zum Büro des diensthabenden Staatsanwalts. Der Gebäudekomplex an der Straße Am Justizzentrum – von einigen seiner Bewohner boshaft als *Am Justizirrtum* betitelt – östlich der breiten Luxemburger Straße gehörte zu den Neubauten der Kölner Gerichtsbarkeit auf dem Gelände des ehemaligen Güterbahnhofs Sülz und entsprach eher Brittas Vorstellungen von einem Finanzamt. Aus Sicht der siebziger Jahre und ohnehin der des Architekten war die Gesamtanlage bestimmt gelungen – unterschiedlich hohe Bürotürme wechselten sich mit flacheren Gebäuden ab, alle in rötlich-grauen Stein gekleidet, längst von hohen Bäumen umstanden. Aber Britta hatte keine Lust, jeden Morgen einer von über eintausendsiebenhundert Angestellten zu sein und ihr Leben immer am selben Ort zu verbringen. Na ja, ganz stimmte das ja nicht – Staatsanwälte waren durchaus in der Welt unterwegs, um sich die Schauplätze der von ihnen zu verfolgenden Taten anzusehen. Ins Gericht gelangten sie allerdings auf kurzem Wege: Amts- und Landgericht waren auf der gegenüberliegenden Seite des Justizzentrums untergebracht; Angeklagte wie Anwälte und Richter konnten mit der Straßenbahn vorfahren und am Eifelwall aussteigen.

Britta hob ein umgekipptes Fahrrad auf, das jemand links neben die Eingangstür gelehnt hatte, statt einen der Fahrradständer zu benutzen. Sie passierte die Eingangskontrolle und nickte dem diensthabenden Angestellten zu, der auf die Ausweiskontrolle bei ihr verzichtete, da sie sich seit Jahren kannten. Wie üblich schlug der in einem gelben Gehäuse untergebrachte Metalldetektor bei ihr an, und wie üblich winkte der Mann sie durch. Er kannte längst Teile der Geschichte, die zu einem Metallstück in Brittas linkem Bein geführt hatte. Ihr dadurch bedingtes Hinken war mit den Jahren fast verschwunden. Nur wenn sie sehr müde war, machte es sich stärker bemerkbar.

Sie benutzte den Fahrstuhl und ging dann bis zu einer Zimmertür, die mit *Konstantin Gruber, Staatsanwalt* beschriftet war.

Gruber ließ die Zeitung sinken. Er hatte keine Lust, sich mit einem der Fälle zu befassen, die, zwischen beigen Aktendeckeln untergebracht, links von der Tastatur seines Computers in unterschiedlich hohen Haufen lagerten und der Bearbeitung harrten. Morgen war auch noch ein Tag. Viel lieber beschäftigte er sich mit einem seiner beiden Hobbys. Entweder las er alle erreichbaren Buchkritiken – auf Papier in der *Süddeutschen* und in der *Neuen Zürcher Zeitung* – oder verfolgte die Berichterstattung über Ausstellungen der großen Galerien und Museen im In- und Ausland. Das Musée d'Orsay in Paris kündigte für den Spätherbst eine Ausstellung über »Renoir. Vater und Sohn« an, Pierre-Auguste Renoir, den großen Maler also, und seinen Sohn, Jean Renoir, den großen Filmregisseur. Paris im Herbst! An der Seine entlangwandern, ein Orgelkonzert in Notre-Dame hören, bei den Bouquinisten stöbern und in den Cafés sitzen, Kaffee schlürfen oder Rotwein trinken … Der Staatsanwalt verlor sich in Tagträumereien.

Es klopfte.

Abrupt wurde Gruber aus der kleinen Weltflucht gerissen. »Herein!« rief er.

Eine Frau steckte den Kopf zur Tür herein und sagte: »Britta Mangold, Kriminalhauptkommissarin. Haben Sie einen Moment Zeit?« Sie trat in den Raum.

Gruber hörte nicht zu, weil er damit beschäftigt war, das Aussehen der Frau aufzunehmen. Eine tolle Frau!, dachte er. Zwei Farbtöne: rot und schwarz. Zwei geometrische Formen: Linien – die langen Beine, die Arme; Kurven – Locken, Busen, Po. Perfekte Formen für ein perfektes Bild. Sofort fiel ihm Helmut Newtons Schwarzweiß-Porträtfoto der *Alien*-Schauspielerin Sigourney Weaver von 1983 ein. Die Locken sahen zumindest gleich aus. Der Rest war auf dem Foto nicht zu sehen.

»Wenn Sie fertig sind«, sagte die Frau, »kann ich meine beiden Sätze gerne wiederholen.«

Der Staatsanwalt nahm seine Füße vom Schreibtisch, rückte die Krawatte über der grauen Anzugweste gerade und stand auf. Sein Sakko hing ordentlich auf einem Bügel an einem Wandhaken aus Messing hinter ihm. »Entschuldigen Sie, ich bin gerade mit einer höchst komplizierten Frage beschäftigt, die mich ganz fordert.« Er ließ sich nicht aus der Ruhe bringen.

»Sie meinen, welcher berühmte Maler eine Frau mit ähnlichem Aussehen wie dem meinen gemalt hat?«

Gruber zuckte zusammen. War das so offensichtlich gewesen? Eigentlich sagte man ihm eine so verschlossene Miene nach, dass die gegnerischen Anwälte bei Gericht nie wussten, worauf er in seinem jeweiligen Plädoyer gerade abzielte.

»Das war nicht schwer«, sagte die Frau. »Sie haben mich gemustert und dann, ohne dass Sie es wahrscheinlich bewusst getan haben, zum Ölgemälde an der Wand gesehen.« Sie deutete auf eine Reproduktion von Jean-Léon Gérômes »Phryne vor dem Areopag«, dessen ursprüngliche Farbkraft erstaunlich gut wiedergegeben war, wie der Staatsanwalt seinen Kollegen gegenüber zu betonen nicht müde wurde. Die Kopie im Maßstab 1:1 war allerdings auch nicht ganz preiswert gewesen.

»Noch einmal zum Mitschreiben«, sagte die Frau. »Britta Mangold, Kriminalhauptkommissarin.«

»Nehmen Sie doch Platz, bitte.« Gruber deutete auf die Sitzecke unter dem Gemälde.

Britta ging hinüber, setzte sich und ließ ihren Blick durch das ungewöhnliche Arbeitszimmer des Staatsanwalts streifen.

Natürlich war sie zuerst über die Gerichtsszene des Ölgemäldes aus der Zeit des Historismus gestolpert, die Darstellung einer nackten jungen Frau vor in blutrote Gewänder gekleideten alten Männern. Warum um alles in der Welt hatte der Staatsanwalt ausgerechnet dieses Werk als Blickfang in sein Dienstzimmer gehängt? Entsprach das seinem Bild von Frauen? Oder wollte er nur auf die Ohnmacht, die Bloßstellung des Angeklagten vor Gericht hinweisen? Vielleicht fand sie irgendwann Grubers Beweggründe heraus.

Im Gegensatz zu den nüchternen Büros anderer Staatsanwälte, mit denen sie bisher zusammengearbeitet hatte, sah dieses hier entschieden mehr wie ein gutbürgerliches Wohnzimmer aus. Es gab einen großen Orientteppich, der fast den gesamten Boden vor dem Schreibtisch bedeckte, und eine Sitzgruppe mit zwei Sesseln, einem Biedermeier-Sofa und einem kleinen Tisch, auf dem zwei Gläser und eine Karaffe standen. Letztere war mit einer bernsteinfarbenen Flüssigkeit gefüllt, deren Farbe verdächtig der von Whisky ähnelte. Nun, wenn man in den Räumen des Justizzentrums Köln seit über zehn Jahren ein generelles Rauchverbot einhalten musste – die Frage offener Fenster mal außer Acht lassend –, konnte man das zumindest mit dem Genuss hochprozentiger Genussmittel kompensieren, dachte sie.

Nur Gardinen fehlten; statt dessen waren die üblichen Lamellen-Jalousien zu sehen. Vor einer Wand standen Bücherschränke aus mahagonifarbenem Holz mit Glastüren, hinter denen ganze Reihen gebundener juristischer Wochenzeitungen mit goldfarbenem Rückentitel zu sehen waren. Und natürlich eine Lithographie von Honoré Daumier mit einer seiner Karikaturen aus dem Gericht.

»Eine Holzvertäfelung an den Wänden hätte den Eindruck eines Gelehrtenzimmers noch perfektioniert«, sagte sie.

Gruber sah sie erfreut an. »Finden Sie? Das habe ich leider nicht durchsetzen können. Aber wenn ich hier schon die Hälfte meines Lebens verbringen muss – die andere Hälfte verbringt man ja im Bett …«

Er zwinkerte ihr tatsächlich zu.

»… dann will ich mich auch wohlfühlen. Aber Sie sind bestimmt nicht gekommen, um über Arbeitsumgebungen zu sprechen, oder?«

Als Antwort holte Britta aus ihrer Handtasche einen Schreibblock hervor und schlug ein paar Seiten um. »Nein, ich wollte Sie über einen ungeklärten Todesfall informieren. Möglicherweise haben Sie den Toten ja auch gekannt. Klaus Schmitz, neunundfünfzig Jahre alt, Gruppenleiter bei den Kollegen der Polizeitaucher. Ich bin ihm mal bei einem Einsatz begegnet. Ein lebenslustiger Mensch. Freundlich zu jedermann.«

»Ist die Identität offiziell schon bestätigt?«

»Offiziell noch nicht. Aber ich habe ein exzellentes Personengedächtnis. Wen ich einmal gesehen habe, den vergesse ich nie wieder. Auch nicht die Umstände, unter denen ich ihn getroffen habe.«

»Wo denn? Mögen Sie es mir erzählen?«

Diese Vertraulichkeit, obwohl sie sich erst eine Viertelstunde kannten, passte ihr überhaupt nicht. Britta beschloss, die Kollegen nach dem Staatsanwalt zu fragen. »Klar doch«, sagte sie etwas burschikos. »Sommer 2017. Die Verabschiedung von Jürgen Mathies als Polizeipräsident, bevor unser aller momentan amtierender Chef kam. Schmitz und ich haben uns damals angeregt unterhalten.«

»Das Thema?« Staatsanwälte waren neugierig. Von Berufs wegen.

Britta überlegte. Jetzt schnell etwas sagen, wovon Gruber wahrscheinlich keine Ahnung hatte. »Über den Einfluss des Liverpooler Mersey Beats auf die kölschen Karnevalsbands.«

»Aha.«

Richtig geraten. Der Mann hatte nicht folgen können. Ihr zweiter Blick auf das Gemälde an der Wand sah fast absichtslos aus.

»Okay.« Der Staatsanwalt rieb sich die Hände. »Sie kennen ja das Prozedere. Stellen Sie sich Ihre Mordkommission zusammen, und legen Sie mal los. Sie müssen mich nicht über jeden einzelnen Ermittlungsfortschritt informieren und haben freie Hand. Dann habe ich nämlich die meinen für meine Verfahren auch frei.« Er zeigte auf die Stapel auf dem Schreibtisch.

Britta stand auf. »Vielen Dank. Ich halte Sie dann per E-Mail auf dem Laufenden.«

»Gegen einen Besuch von Ihnen ab und zu hätte ich aber auch nichts einzuwenden.«

Wenn er das Gemälde nicht an der Wand hängen und wenn er nicht so chauvinistische Andeutungen gemacht hätte, könnte man sein Lächeln fast als nett bezeichnen, dachte sie. »Wir sehen uns«, sagte sie nur kurz und verließ das Büro des Staatsanwalts.

Gruber sah ihr gedankenverloren nach. Dann wandte er sich wieder der unterbrochenen Zeitungslektüre zu.

Auf dem Gang schüttelte Britta Mangold nur den Kopf. Dass solche Männer immer noch frei herumliefen. Eigentlich, dachte sie, wurde der alte weiße Mann mit seinen Ansichten in der heutigen

Zeit doch längst nicht mehr akzeptiert. Aber die Bürokratie begünstigte wohl verkrustete Strukturen. Meine Macht bleibt meine Macht und Ähnliches. Wie anders war damals doch Lars gewesen, dem sie das Metallteil in ihrem Bein zu verdanken hatte.

August 1975 – Köln-Zentrum, Polizeipräsidium

Johanna betrachtete etwas ratlos die schmale Akte, die sie gerade von Wordsworth erhalten hatte. Sie enthielt nur zwei Blätter. Eines führte den Namen des toten Schülers aus dem Kinderheim in Bad Rothenfelde samt Kölner Adresse auf. Auf dem anderen stand der knappe Autopsiebericht des Rechtsmediziners, der als Todesursache *Sturz? Stumpfe Gewaltanwendung?* vermerkt hatte. Sehr sattelfest schien er seinen Beruf nicht auszuüben. Oder ausüben zu wollen. Außerdem war als Fotokopie eine schmale Meldung aus der Wochenendausgabe der *Neuen Osnabrücker Zeitung* vom 2. August beigefügt, die lakonisch die Polizeimeldung des Vortages referierte; sie sprach von einem »ungeklärten Todesfall in einem örtlichen Sommerschullandheim« und roch noch schwach nach Ammoniak. Alles unpräzise und ziemlich unergiebig.

Die junge Kommissarin seufzte und zog ein leeres Blatt Papier heran. Systematisches Vorgehen hatte bisher immer geholfen.

In ihrer präzisen, nach rechts geneigten Handschrift, die normale i-Punkte und nicht die merkwürdigen Kringel einiger ihrer Mitschülerinnen aufwies, schrieb sie rasch die immer gleichen Stichworte auf:

Name
Todeszeitpunkt
Todesart
Ort
Zeugen
Täter
Ermittler
Angehörige

Die vorhandenen Informationen notierte sie dahinter. Aus dem Regal holte sie die drei Jahre alte Reisekarte des ADAC, *Deutschland und angrenzende Gebiete*, und fuhr mit dem Finger die Strecke Köln—Bad Rothenfelde entlang. Mit zweieinhalb Stunden Fahrtzeit hatte ihr Chef wahrscheinlich recht. Wie das wohl wäre, wenn er mitführe?

Johanna schalt sich eine Närrin, stellte die einzige Pflanze von der Fensterbank zur Seite und öffnete das Bürofenster. Frische Luft vertrieb verbrauchte Gedanken.

Vielleicht sollte sie mit den Ermittlungen bei den Angehörigen des Jungen in Köln beginnen? Andererseits hatte Wordsworth ihr unmissverständlich gesagt, dass er in zwei Tagen Ergebnisse haben wollte. Also blieb ihr wohl nichts anderes übrig, als die Fahrt zum Teutoburger Wald anzutreten. Ohne GI.

Der GI betrat unaufgefordert Johannas Büro.

Die Kripobeamtin zuckte zusammen.

»*To think of the devil*«, sagte er und grinste. »War nicht schwer. Hübsche junge weiße Frau bewundert schon länger alten schwarzen Mann und überlegt, ob sie ihn zu einem Ausflug überreden soll. Würde ich ja gerne machen, aber außer dem kleinen Fall im Kinderheim habe ich hier auch noch ein bisschen zu tun: Budgetstreitereien mit dem Chef, ein neuer Mord in Rodenkirchen, der dortige Pfarrer hat wohl Geld aus dem Klingelbeutel entnommen und damit teure Bücher aus Antiquariaten finanziert—«

»Und wer ist jetzt tot?«, fragte Johanna.

»In der Gemeinde der Finanzminister—«

»Kirchmeister.«

»*Whatever.*« Wordsworth sah leicht aus dem Konzept gebracht aus.

»Was wollten Sie eigentlich?« Konnten Schwarze auch rot werden? Johanna war sich nicht sicher. Wahrscheinlich nur blau.

»*Well*, ach so, ja.« Wordsworth angelte einen Zettel aus der Brusttasche. »Die Kollegen aus Bad Rothenfelde haben angerufen. Sie haben den Hausmeister verhaftet.«

Johanna sah auf die Uhr. »Dann mache ich mich mal auf den Weg. Ich rufe Sie von dort an. Und wenn ich wieder zurück bin, müssen Sie mir erzählen, wie aus einem amerikanischen Soldaten ein Kriminalhauptkommissar in Köln geworden ist.«

Wordsworth nickte. »Wird gemacht.«

Salutieren konnte er auch drei Jahrzehnte später immer noch.

Nachdenklich ging Johannas Chef in sein Büro zurück. Da hatte er sich etwas eingebrockt – was erzählte er ihr denn jetzt? Beziehungsweise: Was *wollte* er ihr erzählen? Die meisten Leichen, mit denen er es in seiner Karriere bei der Kölner Polizei zu tun bekommen hatte, waren, nun, *ansehnlich* gewesen, nicht zerfetzt, entstellt, unvollständig, wie es die Leichen der Gefallenen im Krieg und an seinem Ende gewesen waren.

William Wordsworth Jr. stammte aus Charlottesville in Virginia, etwa zwei Autostunden von Washington entfernt. Seine Vorfahren waren Sklaven gewesen. Ein Ur-Ur-Ur-Großvater war freigelassen worden und hatte sich, ermutigt von seinem früheren Besitzer, eine umfassende Bildung angeeignet. Sein Herz hatte er an eine bildhübsche Frau aus dem Nachbarort und die Gedichte der englischen Romantiker verloren. Wie von selbst war neben seinen Vornamen William der Nachname Wordsworth getreten und geblieben. Traditionell übernahmen alle erstgeborenen Söhne seiner Familie den kompletten Namen, wobei der jetzige Träger den Überblick verloren hatte, der wievielte Junior er war.

Als Patriot hatte sich Wordsworth zur Armee gemeldet und war nach einem Einsatz im Pazifik im April 1945, gerade einmal fünfundzwanzig Jahre alt, mit der Dritten Division des Siebten Amerikanischen Korps nach Köln gekommen. Bis 1947 sollte er dort bleiben und sich am Wiederaufbau beteiligen. Er freundete sich rasch mit der britischen Militärregierung an, nachdem sie die Amerikaner abgelöst hatte, und half bei der Organisation der westdeutschen Polizei mit, in der er einen kleinen Posten erhielt, den eines *Liaison Officer* für die Zusammenarbeit zwischen der Besatzungsmacht und den Deutschen. Allmählich rutschte er in den sich konstituierenden deutschen Beamtenapparat hinein und die Karriereleiter bei der Kripo hinauf.

Irgendwann war es für eine Rückkehr nach Amerika zu spät, und er blieb wie viele seiner Altersgenossen in Deutschland. Jetzt, mit Mitte fünfzig, fühlte er sich endlich hier zu Hause; nur selten fehlte ihm die Weite des amerikanischen Landes, aber der Rivanna River in Charlottesville konnte ohnehin nicht mit dem Rhein mithalten.

Wordsworth schüttelte den Kopf. Das alles half nicht weiter. Und es waren zu viele Einzelheiten. Wenn er Johanna Neumann in sein Leben ließ – so, wie sie ihn ansah, war das durchaus möglich –, musste er ihrem offenen Gesicht mit Ehrlichkeit begegnen. Und dazu zählte auch die Geschichte mit dem einen Schuss zuviel.

Juli 2019 – Köln-Kalk, Polizeipräsidium

Mit Schwung marschierte Britta Mangold in ihr Büro im Polizeipräsidium im Kölner Osten, auf der Schääl Sick. »Und du arbeitest wirklich da?«, hatte so mancher Bekannter gefragt, wenn sie von ihrem Beruf und ihrem Arbeitsplatz erzählte. Als ob der Ort überhaupt eine Rolle spielte. Ihr war es völlig egal, wo sie tätig war, solange sie Entscheidungen treffen konnte, ohne dass ihr jemand hineinredete.

Sie schob die Tür mit der linken Hand zu, während sie gleichzeitig mit der rechten den Reißverschluss der Lederjacke öffnete und sie über die Lehne des Drehstuhls vor dem Schreibtisch hängte. Als sie sich gerade setzen wollte, klopfte es. »Herein!«, rief sie und blieb vorsichtshalber stehen.

Die Tür öffnete sich langsam, und ein freundliches Gesicht, umrahmt von strähnigen blonden Haaren, erschien im Türrahmen.

»Ach, Sören, du bist's«, sagte Britta. »Komm doch ganz 'rein.«

Ihr Mitarbeiter gehorchte und setzte sich. »Hast du jetzt Sören gesagt oder Søren?«, fragte er.

Britta lachte. Der Running Gag war aber auch zu gut, um auf ihn am Morgen zu verzichten. Sören Jacobsen behauptete tatsächlich, dass es einen Unterschied in der Aussprache zwischen beiden Schreibweisen seines Vornamens gab; allerdings könnten den nur die Bewohner von Südwest-Jütland hören, zu denen auch er gehörte – wie seine gesamte Familie schon seit Generationen. Und im übrigen würde sie, Britta Mangold, es nie schaffen, seinen Vornamen korrekt auszusprechen, so oft sie es auch versuchte.

Ihre schlechte Laune verflog immer, wenn sie es mit Sören zu tun hatte. Und das hatte sie erfreulicherweise täglich. Kriminalkommissar Sören Jacobsen war ihr engster Mitarbeiter.

»Hast *du* jetzt die Wasserleiche?« fragte er.

»Erlegt, auf dem Tisch, unterm Messer?«, fragte sie zurück und legte den Kopf schief. Der Einsatz von Buschtrommeln war nie hoch genug einzuschätzen; in der Regel wusste das Präsidium schon Bescheid, woran sie gerade arbeitete, bevor sie von einem Einsatzort zurückgekommen war.

Jacobsen grinste nur. In der Hand hielt er ein Blatt Papier. »Hier ist schon mal der Lebenslauf.«

Er besaß wahrscheinlich intuitive Fähigkeiten, dachte Britta; stets hatte er die benötigten Informationen zusammen, bevor sie überhaupt Zeit bekam, danach zu fragen.

»Seinen Namen habe ich von einem der Kriminaltechniker, der mit ihm mal zusammengearbeitet hatte«, sagte er zur Erklärung.

»Den hätte ich dir auch sagen können. Falls du gefragt hättest.« Britta überflog das Blatt.

Klaus Schmitz, 59 Jahre alt, Tauchgruppenleiter bei der Kölner Polizei. Geboren in Nippes, aufgewachsen in Ehrenfeld, Abitur in Kreuzberg. Sie stutzte. Das war doch Berlin, oder? Egal. *Ausbildung an verschiedenen Stellen in Nordrhein-Westfalen, seit fünfundzwanzig Jahren in Köln tätig.* So weit, so normal.

Aber Sörens Text ging weiter.

Mitglied im Karnevalsverein »Kölsche Funke rut-wieß vun 1823 e.V.« Handschriftlich hatte Sören in seiner peniblen Handschrift daneben vermerkt: »Ältestes Traditionscorps im Kölner Karneval.«

Mitglied in der »St. Sebastianus Schützenbruderschaft Köln-Stammheim e.V., gegründet vor 1594«. »Leicht unpräzise« stand in Sörens Schrift daneben.

Nicht verheiratet, keine (bekannten) Kinder.

Britta grinste. Der Kollege war manchmal übergenau. »Okay, ich nehme die Schützen, du den Karnevalsverein.«

Sören sah sie aufmüpfig an. »Wir haben Juli. Trotzdem sind die schon mit den Vorbereitungen auf ihre, wie heißt das noch? *Session* beschäftigt. Wenn die Kölner schon versuchen, Französisch zu sprechen …«

Britta lachte erneut. »Hast du mal versucht, *saison* auszusprechen, wenn du etwas getankt hast? Mit Nasal? Geht nicht. Und im Karneval, wo jeder dauernd dem Alkohol—«

»Das sind Vorurteile«, unterbrach sie Sören. »Hätte ich von dir nicht erwartet. Gerade bei Minderheiten nicht.«

»Wann haben die Karnevalshasser endlich die Oberhand?«, fragte Britta.

»Genau. Nach einer nicht repräsentativen Umfrage des WDR sind aber immer noch einundfünfzig Prozent *für* den Karneval. Das spricht dafür, dass wesentlich mehr Leute außerhalb des Sendebereichs des WDR eigentlich dagegen sind, vor allem gegen die ewigen Sendungen im Fernsehen.«

»Wir brechen mal hier ab. Das Thema ist sowieso etwas heikel, da Fastelovend ja in Köln zum Bekenntnis gehört. Du fährst also. Punkt. Ihr Dänen seid doch ohnehin viel feierfreudiger als die Deutschen. Du wirst also mehr herausfinden als ich.«

Sören konnte auch empört gucken. »Noch ein Vorurteil. Wir sind eine kleine, bescheidene Kulturnation, die sich manchmal an einem Glas Bier erfreut.«

»Und anschließend über die Stränge schlägt«, sagte sie.

»Außerdem bin ich kein Däne mehr. Naturalisierter Deutscher seit 2003.« Sören reichte es jetzt. Er setzte eine ernste Miene auf und fragte: »Was machen wir mit den Bluthunden von der Presse?«

»Gar nichts. Bis die gemerkt haben, dass der Tote ermordet worden ist und nicht nur als Ertrunkener von Passanten pietätvoll mit Laub bedeckt worden ist, haben wir den Fall längst gelöst.«

»Aha. Und wer geht zu den Polizeitauchern?«

»Niemand. Die habe ich für«, Britta sah auf die Uhr, »in einer halben Stunde hierhin bestellt.«

Die Kommissarin saß am Schreibtisch und machte sich in ihrer unleserlichen Handschrift Notizen, die zu entziffern selbst ihr einen Tag später wie immer Schwierigkeiten bereiten würde. *Todesursache?* stand da beispielsweise. Und *Todeszeitpunkt?* neben *Motiv?*.

Es klopfte. Britta strich ihren schwarzen Pullover glatt und rief: »Herein.«

Zwei uniformierte Beamte traten ein und betrachteten den einzigen Besucherstuhl vor dem Schreibtisch.

»Moment«, sagte Britta, stand auf und schob ihren Drehsessel neben den Stuhl. »Ich stehe ganz gerne.« Sie stellte sich mit verschränkten Armen ans Fenster. »Sie wissen's schon?«

»Yep«, sagte der jüngere der beiden. Er trug einen etwa einen halben Zentimeter schmalen Schnurrbart und hatte sich einen Undercut schneiden lassen, der sich hart an der Grenze zu politisch unkorrekten Frisuren befand. »Hat er auch verdient.«

»Na, hör mal«, brauste sein älterer Kollege auf.

»Wieso«, verteidigte sich der junge Polizist, »ist doch wahr.«

»Mögen Sie mich aufklären?«, fragte Britta freundlich.

Der Angesprochene räusperte sich. »Na ja, Herr Schmitz war schon etwas speziell. Nach außen war er immer höflich, aber sobald wir unter uns waren, konnte er ziemlich jähzornig werden. Es musste nur jemand nicht auf Anhieb das Gesuchte finden – und fischen Sie mal in der Dämmerung in trüben Gewässern nach einem weggeworfenen oder vom Täter entsorgten Gegenstand –, dann war es mit seiner Ruhe vorbei.«

Sein älterer Kollege nahm den Toten in Schutz. »Es gibt ja durchaus unterschiedliche Temperamente unter der Sonne, und Klaus gehörte dazu.«

»Wozu?« Brittas Stimme klang offen, aufmerksam, interessiert, was ihr in vielen Verhören Vorteile verschafft hatte.

»Ja, zu den Leuten eben, die Untergebene fordern und dazu auch mal laut werden müssen.«

»Aber nicht diskriminierend.« Der junge Polizist beharrte auf seinem Standpunkt. »Sie hätten nur mal hören müssen, was Schmitz zu den türkischen Kollegen gesagt hat. *Kanake* war noch ein milder Ausdruck, wenn sie nicht so schnell waren, wie er wollte. Besonders auf einen seiner Taucher hatte er es abgesehen, Kemal Çelik. Ich könnte mir gut vorstellen, dass Kemal irgendwann genug hatte und er die Quelle aller Beleidigungen einfach abgestellt—«

»Tobias! Jetzt reicht's!«

Britta verfolgte amüsiert, dass nicht nur die Damen, sondern auch die Herren der Schöpfung jemanden wütend anfunkeln konnten; jedenfalls war dazu der ältere der beiden Polizeitaucher in der Lage. »Sind Schmitz und, wie hieß er noch?«

»Çelik.«

»Genau, Çelik, denn mal handgreiflich geworden?«

»Bei mir nicht.« Das war Tobias.

»Tobias Navruzoglu, nicht wahr?« fragte Britta. »Griechische Vorfahren?«

»Irgendwie schon«, sagte der junge Polizist, erfreut, dass die Kommissarin seinen Nachnamen kannte. »Und türkische und kurdische. Wahrscheinlich bin ich deswegen besonders sensibel, was Diskriminierungen jeglicher Art angeht.«

»Und bei Ihnen, Herr Schneider?«

»Nein, sensibel bin ich nicht. Und Tätlichkeiten habe ich nicht beobachtet.«

»Ist Ihnen sonst etwas in den letzten Tagen aufgefallen?« Britta war sich sicher, dass das nicht der Fall war. Außer atmosphärischen Störungen hatten die beiden Polizeitaucher nichts zu berichten gewusst.

»Nee, nich'«, sagte Tobias Navruzoglu.

»Mir auch nicht«, fügte sein Kollege hinzu.

»Danke, das war's dann«, sagte Britta. »Wenn ich noch etwas wissen muss, weiß ich ja, wo ich Sie finde.«

»Meist unter Wasser«, wagte Schneider einen kleinen Scherz. »Auf Wiedersehen.«

Bevor die beiden die Tür hinter sich wieder schlossen, hörte sie noch, wie Navruzoglu zu seinem Kollegen sagte: »Die Heilige ist ja doch zu genießen.«

Interessant; ihr neuer Spitzname hatte anscheinend seine Runde gemacht.

Juli 2019 – Köln-Deutz, KölnTriangle

Sören sah sich etwas irritiert um. Das Büro eines Karnevalisten, der immerhin im Vorstand der Roten Funken war, hatte er sich etwas lustiger vorgestellt, mindestens mit einem Cartoon an der Wand, der vielleicht die Kanzlerin und die Kölner Oberbürgermeisterin zeigte, wie sie dem amerikanischen Präsidenten eine lange Nase drehen, der seinerseits auf die Kölschgläser der Damen deutet und in einer Sprechblase »Me too!« sagt.

Aber hier gab es nur einen abstrakten Druck an der Wand, eine ziemlich vertrocknete Gummipalme auf einem direkter Sonnenstrahlung ausgesetzten Platz in einer Ecke und drei dieser unpraktischen Bauhaus-Wartezimmerstühle samt passendem Tischchen, auf denen *Gala*, *Money* und *Bunte* lagen, alles Zeitschriften, bei denen Lesefähigkeiten nur für die Bildunterschriften verlangt wurden, wie er fand.

Dafür war der Ausblick aus den bodentiefen Fenstern im sechsundzwanzigsten Stockwerk umso besser: Das Hochhaus am Ottoplatz 1 ermöglichte eine direkte Sicht auf das linke Kölner Rheinufer – vom Heumarkt über das Museum Ludwig bis fast zur Zoobrücke.

Wenn er hier arbeiten müsse, dachte Sören, würde er hier nicht arbeiten, sondern ausgucken. Er seufzte. Irgendwie hatte er den falschen Beruf gewählt. Geld konnte er jedenfalls damit nicht verdienen, richtiges Geld für Büros in Hochhäusern wie diesem. *Right Side. Property Development Cologne* stand auf der Visitenkarte, die er in der Hand hielt. Sie gehörte Heinzdieter Gerlach, dem Schatzmeister der Roten Funken. Seine Sekretärin hatte dem Kommissar einen Kaffee gebracht und ihren Chef (»nur noch'n paar Minütsche«) angekündigt.

Ein hochgewachsener, schlanker Mann trat ins Zimmer, jünger aussehend, als Sören bei seinem Beruf erwartet hatte. »Dr. Gerlach«, sagte er und kam mit ausgestreckter Hand auf den Kommissar zu.

Angriff, dachte Sören. Kann ich auch. Er ignorierte die Hand und sagte statt dessen: »Wollen Sie sich nicht setzen?« Er deutete auf einen der Bauhaus-Stühle.

»Falls Sie mich jetzt mit dem Tode eines unserer Vereinsmitglieder schocken wollen – dazu muss ich mich nicht setzen«, sagte Gerlach. Sein Kölsch klang angelernt, zumindest für Sörens Ohren.

»Von wem haben Sie es denn erfahren?«

»Von einem unserer Mitglieder.« Der Immobilienmakler ging zu einer kleinen Espressomaschine und schaltete sie ein. »Aus dem Polizeipräsidium.«

»Ein Polizist arbeitet dort für Sie?«

Jetzt sah Gerlach beleidigt aus. »Wenn Sie auch einen Espresso wollen, könnten Sie vielleicht mitdenken. Dafür sind Sie doch ausgebildet worden, oder?«

Arroganter Schnösel, dachte Sören. »Nee«, antwortete er. »Nur zum Zuhören. Das Denken übernimmt meine Chefin. Die wird auch besser bezahlt.« Wie immer gelang es ihm, bei diesen Sätzen ernst zu bleiben.

Gerlach studierte sein Gesicht. Dann grinste er. »Okay.« Er reichte dem Kommissar eine dampfende Espressotasse. »Nachdem wir unsere Terrains abgesteckt haben, können Sie mir vielleicht sagen, was Sie zu mir führt, oder?«

Sören nickte. »Kann ich. Wie Sie also schon wissen, ist heute morgen Ihr Vereinsmitglied Klaus Schmitz tot am Rheinufer aufgefunden worden, nicht weit von hier. Seine Leiche ist nur einen Kilometer rheinabwärts beim Rheinpark entdeckt worden. Damit wir das hinter uns bringen: Wo waren Sie zwischen gestern Abend und heute Morgen?«

»Alibi und so?«

»Genau.«

Gerlach sah sehr zufrieden aus. »In Zürich. Ich bin erst vor einer halben Stunde wiedergekommen. Sie können meine Sekretärin fragen.«

»Tue ich auch, aber erst später. Kannten Sie Schmitz überhaupt näher, bei Ihren vielen Mitgliedern, meine ich?«

»Kannte ich. Er hatte sich erboten, im Polizeipräsidium eine größere Werbeaktion für die Roten Funken zu begleiten, und zur Vorbereitung haben wir uns ein paar Mal getroffen.«

»Wo denn?«

»Na, hier. Dann musste ich nicht bis in die Altstadt auf der anderen Rheinseite laufen.«

Gerlach war anscheinend jemand, der sich lieber mit Flugzeug und Auto bewegte. Na ja, Ende Fünfzig überlegte man vielleicht jeden Schritt. »Wie war Schmitz denn so?«

Der Makler dachte nach und studierte angelegentlich seine Fingernägel, nach Sörens Meinung ein untrügliches Zeichen dafür, dass sich das jeweilige Gegenüber eine gut konstruierte Lüge zurechtlegte.

»Normal«, sagte Gerlach schließlich.

Normal war in Köln eigentlich alles, die katholische Religion, der kölsche Klüngel, die desolate Verkehrssituation, das Desaster mit Stadtarchiv und Opernsanierung, der—

Es klopfte, und Gerlachs Vorzimmerdame öffnete die Tür halb. »Herr Doktor, wenn ich Sie an Ihren Termin erinnern darf …« Ihr Chef nickte, und die Sekretärin ging wieder.

Sören blickte verstohlen auf die Uhr. Knappe zwanzig Minuten waren also für ihn vorgesehen. Er stand auf. »Das ist alles. Es gab also keinen Streit, keine Auseinandersetzungen zwischen Karnevalisten, keine—«

»Doch«, sagte Gerlach und warf einen Blick auf die Wanduhr neben der Tür. »Ich glaube, ich muss das doch erzählen. Bitte, setzen Sie sich wieder.«

Juli 2019 – Köln-Stammheim, Goldenes Fass

Britta sah auf die Uhr. Schon sechs. In etwas mehr als drei Stunden würde es dunkel sein. Aber der Vorsitzende des Schützenclubs – oder wie auch immer der Verein hieß – hatte erst ab halb sieben Zeit für ein Gespräch. »Nur kurz«, hatte er gesagt. Den Anlass für das erbetene Treffen hatte sie am Telefon nicht genannt. Vielleicht war der Vorsitzende noch nicht im Bilde, und Überraschungen bei Personen im Umfeld eines Toten konnte man immer viel entnehmen.

Der Mann hatte das Gasthaus Goldenes Fass am Stammheimer Ring vorgeschlagen, was ihr die Möglichkeit gegeben hatte, trotz der Uhrzeit und des Berufsverkehrs pünktlich zu sein, weil sie auf der gleichen Rheinseite bleiben konnte.

Es hatte wieder zu regnen begonnen. Der Himmel hatte sich schon mittags bezogen, und es war entschieden dunkler, als es eigentlich der Tageszeit nach hätte sein müssen. Der Asphalt glänzte und warf das Licht weniger Autoscheinwerfer zurück, die einige Zeitgenossen anscheinend nach der aktuellen Uhrzeit ein- oder ausschalteten, egal, wie schlecht ihre Fahrzeuge zu sehen waren. Sechs Uhr hieß Spätnachmittag und bedeutete: keine Scheinwerfer; sieben Uhr war Abend, auch im Sommer – dann erst musste man den entsprechenden Schalter betätigen.

An einem langen Bauzaun entlang ging Britta auf dem Bürgersteig zum Restaurant. Bauzäune mochte sie nicht. Noch immer war sofort ein *flashback* da, wenn sie einen sah: nasses Kopfsteinpflaster, das halbfertige, durch Bretter von der Straße abgesperrte Gebäude, Dunkelheit, schließlich die Schüsse. Es war der letzte Spaziergang mit Lars gewesen. Sie fuhr sich mit der Hand über die Augen und versuchte, die düsteren Gedanken zu vertreiben.

Hinter ihr hupte ein Auto. Sie erschrak. Gedankenverloren war sie stehengeblieben und blockierte nun eine Einfahrt. Mit einer entschuldigenden Geste zum Fahrer hin ging sie weiter, bis sie das Goldene Fass erreicht hatte. Vor der Tür schüttelte sie den Taschenschirm aus und faltete ihn sorgfältig zusammen.

Im Lokal sah Britta sich um und nahm an einem Ecktisch Platz, von dem aus sie die Eingangstür im Blick behalten konnte. Nur zwei andere Tische waren besetzt. Ein älterer Mann war in den *Kurier* vertieft; ein junges Paar hatte seine Umwelt vollständig vergessen und sah sich verliebt in die Augen. Wie immer war die Kommissarin zu früh, und wie immer hatte sie aber auch den E-Book-Reader dabei und las an der Stelle weiter, an der er ihr gestern beim Einschlafen aus der Hand geglitten war. *Lady Audley's Secret* war eine wunderbare Möglichkeit, dem Alltag zu entfliehen und in Mary Elizabeth Braddons viktorianisches England von 1862 einzutauchen. Britta hatte vor ihrer Polizeikarriere zwei Semester Anglistik studiert, bevor sie wusste, was sie wirklich wollte, und nie ihre Liebe für die angelsächsische Kultur und Sprache verloren. Allerdings hatte sie nur Zeit, wenige Seiten zu lesen, bevor eine tiefe Stimme neben ihr sagte: »Frau Kommissarin, nicht wahr?«

Sie fuhr zusammen und sah auf.

Vor ihr stand ein schöner Mann. Es hätte auch ein französischer Filmschauspieler sein können, etwas zu langes, volles Haar, graue Schläfen, Anzug, Hemd ohne Krawatte, dafür ein Knopf zu viel geöffnet, Goldkettchen und – sie warf einen kurzen Blick nach unten – polierte schwarze Slipper. Keine Socken.

»Jean Dubois«, sagte der Mann. »Bauunternehmer in Müngersdorf. Dort geboren, dort aufgewachsen.«

Sein kölscher Akzent war nicht zu überhören. Ein echter Akzent, kein antrainierter. Das personifizierte Klischee seines Berufsstands, dachte Britta. »Ihre Vorfahren sind 1805 unter Napoleon dort hängengeblieben, oder?«

»Einer«, sagte Dubois. »*Ein* Vorfahr. Der reichte für die Dynastie.«

Britta lachte. Das Gespräch begann, ihr Spaß zu machen. »Wollen Sie sich nicht auch setzen?«

Dubois nahm ihr gegenüber Platz und winkte der Kellnerin. Augenscheinlich war er gewohnt, Anordnungen zu geben. »Für mich auch.« Er deutete auf das Glas Wein, das neben Brittas Reader stand. »Was gibt es denn so Dringendes?« Er sah auf die Uhr. »Ich habe um sieben einen Termin in der Aachener Straße und bis ich bei dem Verkehr dort bin ...«

Britta setzte eine ernste Miene auf. »Ehe Sie das morgen in der Zeitung lesen und dann nur mit abgekürztem Nachnamen: Ihr *Schützenbruder* – so heißt es doch, oder?«

Dubois nickte.

Die Kellnerin brachte das Bestellte, warf dem Bauunternehmer einen unsicheren Blick zu und verzog sich wieder ans andere Ende der Theke.

Britta nahm das unterbrochene Gespräch wieder auf. »Ihr Schützenbruder Klaus Schmitz ist heute morgen am Rheinufer bei den Rheinterrassen tot aufgefunden worden.«

Tat Dubois so, als müsse er überlegen, oder überlegte er tatsächlich? Britta war sich nicht sicher. Außerdem machte er nicht im Geringsten einen betroffenen Eindruck.

»Klaus Schmitz, Klaus Schmitz. Warten Sie? Ist der, Entschuldigung, war der nicht bei der Polizei?« Er trank einen großen Schluck.

Britta nickte. »Tauchgruppenleiter. Seit fünfundzwanzig Jahren.«

»Und immer gut gekleidet, nicht wahr?«

»Ja. Für Montagmorgen fand ich einen Anzug mit Weste etwas übertrieben. Vielleicht hat er den Anzug am Sonntag benötigt. Aber wir werden Genaueres wissen, wenn die Rechtsmedizin mit dem Zeitpunkt seines Todes herausrückt.«

Dubois schien das alles nicht sonderlich zu erschüttern. War Bauunternehmer möglicherweise nur sein Tarnberuf, und in Wirklichkeit verdiente er als Angehöriger des organisierten Verbrechens seinen Lebensunterhalt? Sie machte sich eine gedankliche Notiz, ihn von einem ihrer Kollegen etwas genauer unter die Lupe nehmen zu lassen.

Der Regen draußen schien stärker geworden zu sein und prasselte jetzt gegen die Fenster.

»Haben Sie mit ihm zu tun gehabt?«

»Nicht wirklich«, antwortete Dubois. »Ich habe ihn ein paar Mal bei unseren Meisterschaften gesehen. Kein besonders guter Schütze, wenn ich mich richtig erinnere. Ich kann nicht behaupten, dass er mich in irgendeiner Weise beeindruckt hat. Außer mit seiner Kleidung vielleicht. Selbst die Alltagskleidung sah immer teuer aus.«

Eine zweite gedankliche Notiz folgte; *Einkommen Schmitz* lautete sie.

»Haben Sie mal Streit mit ihm gehabt?«

»Ich?« Dubois sah ehrlich empört aus. »Ich streite mich nie.«

Dafür hast du wahrscheinlich deine Handlanger, dachte Britta.

Die Restauranttür öffnete sich, und zwei Sportler in nassen Trainingsanzügen kamen herein. Einer schüttelte sich tatsächlich wie ein Hund. Die beiden gingen zur Theke und bestellten zwei Kölsch.

»Fällt Ihnen sonst noch etwas zu Schmitz ein?«

Der Bauunternehmer verneinte. »Momentan nicht. Aber wenn, dann kann ich Sie ja anrufen.« Er stand auf. Sein Weinglas war leer.

Audienz beendet. Britta sah ihn leicht säuerlich an. Normalerweise ließ sie sich das Heft nicht so leicht aus der Hand nehmen. Sie nahm eine ihrer Visitenkarten aus der Handtasche und reichte sie ihm. »Meine Handynummer steht auch drauf. Für alle Fälle.«

Dubois nickte, gab ihr die Hand und verließ das Goldene Fass.

Immerhin hatte der Mann sie nicht mit Blicken ausgezogen, sondern sich gentlemanlike verhalten.

Britta zahlte für beide. Ihren Wein hatte sie nicht angerührt.

49

Juli 2019 – Köln-Deutz, KölnTriangle

Sören stellt die leere Espressotasse wieder ab und sagte: »Dann erzählen Sie mal.« Er nahm einen kleinen Schreibblock aus der linken Außentasche des Sakkos. »Ich darf mir doch Notizen machen?« Es klang wie eine Anordnung. In den letzten Jahren hatte er die Satzmelodie so perfektioniert, dass bisher niemand zu widersprechen gewagt hatte.

»Bitte«, sagte Gerlach. Er räusperte sich. »Wahrscheinlich ist es nicht wichtig. Aber bei einer unserer Veranstaltungen vor einigen Jahren hatte Schmitz eine Auseinandersetzung mit meinem Adjutanten.« Er schwieg und schien zu überlegen.

»Worum ging es denn?«, fragte Sören, um das Gespräch in Gang zu halten.

»Worum es immer geht«, sagte Gerlach müde und welterfahren. »Um eine Frau.«

»Kannten Sie sie?«

»Natürlich. Es war meine spätere Frau, damals mit meinem damaligen Freund zusammen.«

So so, dachte der Kommissar, Bäumchen wechsle dich.

»Nicht, dass Sie jetzt denken, Bäumchen wechsle dich. Mein Freund war schwerkrank; er starb wenige Monate später. Und dann sind Alex und ich uns nähergekommen. Erst dann. Wirklich.«

Gerlach war wohl schon mehrfach wegen dieser Geschichte angegangen worden, dachte Sören, sonst würde er sich bei einem neuen Gesprächspartner nicht schon im Vorfeld verteidigen. »Zurück zum Streit.«

»Genau. Jedenfalls hatte Schmitz damals, wie wir alle wohl, ordentlich einen über den Durst getrunken und fing an, Alex anzubaggern. Irgendwann reichte es meinem Freund, und er schritt ein.

Das führte wiederum zur Senkung des Toleranzlevels bei Schmitz, der zuschlug und meinem Freund eine blutige Nase verpasste. Die Saalordner haben Schmitz dann nach draußen begleitet. Entschuldigt hat er sich nie.«

»Streit, na ja. Körperliche Gewalt, egal. Aber reicht das als Motiv für einen Mord, zumal Ihr verstorbener Freund der Geschädigte war, von Ihrer späteren Frau ganz zu schweigen?«

»Bestimmt nicht.« Der Immobilienmakler kratzte sich geistesabwesend seinen beginnenden Drei-Tage-Bart. »Aber verschiedene Mitglieder berichteten von ähnlichen Dingen. Einer sprach sogar über ernsthafte Drohungen von Schmitz.«

Sören notierte sich den Namen und verabschiedete sich etwas frustriert. Außer Animositäten nichts gewesen. Aber Schmitz' Charakter war etwas greifbarer geworden.

Juli 2019 – Köln-Neustadt-Nord, Belgisches Viertel

Wie fast immer hatte Britta Glück und fand einen Parkplatz in der Brüsseler Straße. Die Straße war trocken; es hatte wohl nur auf der rechten Rheinseite so gegossen. Sie stellte den Fiesta ab und stieg müde aus. Eigentlich wollte sie nur noch ins Bett, vielleicht nach einem Glas Rotwein aus der gestern Abend angebrochenen Flasche. Aber zuvor lief sie noch die paar Meter über das Kopfsteinpflaster bis zum Goldschmiedeladen, der am Monatsanfang neu eröffnet worden war. Gestern hatte sie dort ein Anhänger verheißungsvoll angeglitzert, den sie noch einmal betrachten wollte. Sie besaß zwar kein überflüssiges Geld, aber manchmal musste man sich einfach etwas leisten, um sich wohlzufühlen. *Die Goldschmiede* stand über dem Schaufenster, erfreulicherweise nicht als Neonlichtreklame, sondern in Messingbuchstaben, die – auf kleinen Stiften steckend – an der Fassade montiert und von schräg oben beleuchtet waren, so dass sie interessante Schatten warfen.

Schade, der Anhänger lag nicht mehr in der Auslage. Dann also nicht. Sie drehte sich um und ging zu ihrer Wohnung, die im zweiten Stock eines etwas heruntergekommenen Gründerzeithauses lag, immerhin mit dem Wohnzimmer nach Westen, so dass vom Spätnachmittag an die Sonne hereinscheinen konnte.

Britta war frustriert. Klaus Schmitz' Ableben schien sich zu einem dieser Feld-, Wald- und Wiesenfälle zu entwickeln, die einen Großteil der kriminalpolizeilichen Arbeit ausmachten. Es war wichtig, sie zu erledigen; letztlich blieb sie aber unbefriedigend, weil die Motive hinter den Taten meist banal waren, von ihrer Durchführung ganz zu schweigen. Und der ermordete Polizeitaucher war bestimmt nur ein weiterer unbedeutender Fall ihrer Karriere. Kein Meilenstein.

August 1975 – Bad Rothenfelde, Haus Klara

Im Norden Kölns war Johanna auf die A 11 Richtung Ruhrgebiet gebogen und überholte tapfer mit dem kleinen R 4 einen Laster nach dem anderen. Das Autobahnkreuz bei Unna war dicht, wie die Male vorher auch, als sie nach Norden gefahren war, und sie hatte eine Dreiviertelstunde verloren. Bielefeld hätte sie lieber links liegen gelassen als rechts; es sah schon aus der Ferne langweilig aus. Eigentlich hätte es die Stadt gar nicht geben dürfen, dachte sie; dann hätte sie hier schön durchs Grüne fahren können. Möglicherweise sogar durch einen Wald. Wenigstens war auf der B 68 Richtung Osnabrück weniger los.

Gegen 14 Uhr erreichte sie schließlich im nördlichen Teil des Teutoburger Waldes das Ortsschild von Bad Rothenfelde.

Bei einer *Westfalen*-Tankstelle hielt sie das Auto vor der Zapfsäule mit Normalbenzin an. Nachdem sie bezahlt hatte, ließ sie sich den Weg zum Kinderheim beschreiben, etwas außerhalb des Zentrums – »nördöstlich der Saline; die können Sie nicht verfehlen«.

Das mit einem über die Jahre grau gewordenen Rauputz versehene zweistöckige Kinderheim lag in einer ruhigen Seitenstraße inmitten gleicher Gebäude aus den dreißiger Jahren. Ins Walmdach waren an allen vier Hausseiten Gauben mit Doppelfenstern gesetzt worden. Die linke Seite des Kinderheims hatte einen Anbau im Erdgeschoss erhalten.

Mehr Platz für unglückliche Kinder, dachte die junge Frau, die sich an einige Presseberichte von »Verschickungskindern der fünfziger und sechziger Jahre« erinnerte. Einige hohe Bäume und der gegenüberliegende kleine Wald verliehen den uniform aussehenden Häusern wenigstens etwas Farbe.

Johanna stellte den R 4 vor der niedrigen, akkurat geschnittenen Buchenhecke ab, drückte auf den Ausschaltknopf des Autoradios und stieg aus.

In die Einfahrt zu Haus Klara stand ein Polizeiwagen, ein tannengrüner Audi 80. Ein etwas dicklicher Mann in Zivil lehnte leger gegen die Beifahrertür und rauchte. Sein zerknittertes Jackett wies einen größeren Fleck am linken Ellenbogen auf. »Hier kannste nich' parken«, sagte der Mann und zog an der Zigarette. »Das ist ein Tatort.«

»Kann ich doch«, sagte die junge Frau und holte aus ihrer Umhängetasche den Ausweis. »Voilà.«

Französischkenntnisse waren immer von Vorteil.

Der Mann ließ sich nicht aus der Ruhe bringen. »Is' der echt?« Als Johanna die Augenbrauen zusammenzog und nach einer Entgegnung suchte, beeilte er sich hinzuzufügen: »Kleiner Scherz. Wir müssen uns erstmal daran gewöhnen, dass sich auch Frauen bei uns versuchen.« Mit dem Daumen zeigte er über die Schulter nach hinten. »Kollege ist drinnen.« Ein weiterer Zug an der Zigarette folgte.

Ohne zu antworten, ließ Johanna den wandelnden Kamin stehen und ging ins Haus.

Drinnen kam ihr von der breiten Treppe ins Obergeschoss ein jüngerer Mann entgegen, ebenfalls in Zivil. Sein dunkelblauer Cordanzug sah nagelneu aus; nur der weiße Rollkragenpullover hatte schon bessere Tage gesehen – oder bedurfte dringend einer ausführlicheren Reinigung. Und die dunkelbraunen Koteletten harrten einer baldigen Kürzung. Backenbärte waren schon eine merkwürdige Mode, egal, welches Jahr man schrieb, fand sie.

»Raus hier«, sagte er unfreundlich. »Mein Kollege draußen hätten Ihnen eigentlich den Zutritt verwehren sollen.« Er kratzte sich die linke Wange, an der die Barthaare fast bis zum Mund mit zu vollen Lippen reichten.

Immerhin duzt er mich nicht, dachte Johanna. »Kripo Köln«, sagte sie. »Sie haben doch jemanden von uns angefordert, oder?«

»Ich nicht«, sagte der junge Mann aufsässig. »Mein Chef hielt das für nötig. Frauen stören nur im Dienst.«

Das Arbeitsklima in der Abteilung war wohl nicht allzu gut. Aber Polizeiarbeit war immer Teamarbeit, und so gesehen, hatte der Mann wohl seinen Beruf verfehlt. Johanna hatte sich auch deswegen für die Kripo entschieden, weil sie mit anderen Leuten zusammenarbeiten und von ihnen lernen wollte. »Aber jetzt bin ich nun einmal da«, sagte sie freundlich, »dann machen wir doch das Beste daraus und betrachten den Tatort zusammen, oder?« Auf Animositäten ging sie nie ein.

Der junge Mann nickte widerwillig. »Dann kommen Sie mal mit.« Mit großen Schritten, immer zwei Stufen auf einmal nehmend, ging er nach oben. Seine neu aussehenden Wildlederslipper quietschten leise auf der Treppe.

Johanna folgte ihm leichtfüßig. Das Lauftraining im Volksgarten, das sie eisern zweimal wöchentlich durchhielt, hatte sich schon mehrfach ausgezahlt.

Oben hallten die Schritte der beiden Beamten auf dem Linoleumfußboden. Die Wände des Flurs waren leer; kein Bild, kein Foto hellte das triste, leicht schmuddelige Grau auf. Die einfachen braunen Holztüren trugen aufgeklebte Nummern aus PVC. Eine Tür stand offen, so dass Johanna einen Blick hineinwerfen konnte: ein Sechs-Bett-Zimmer, kein Teppich, ein alter Schrank. Graue Matratzen, die sie ans Militär erinnerten, zusammengefaltete Bettdecken. Über einem Bett hing, notdürftig mit einer Heftzwecke befestigt, eine Kinderzeichnung, die wohl das Heim darstellte und eine Gruppe traurig aussehender Kinder mit übertrieben heruntergezogenen Mundwinkeln zeigte. Scheint ein wunderbares Haus zu sein, dachte sie sarkastisch. Wer wohl seine Kinder hierhin schickte?

»Weiter«, sagte der ungeduldige Kollege. »Ich muss gleich noch ins Büro.«

»Wo ist denn der Unfall passiert?«

»Im Sanitärbereich.«

Bad hätte auch gereicht, dachte Johanna. »Was, glauben Sie denn, war es? Unfall oder Mord?«

»Sie stellen vielleicht Fragen. Steht doch alles im Bericht.«

»Ja, aber mit Fragezeichen. Außerdem war er sehr kurz.«

»Ich weiß es auch nicht«, brummte der Kripobeamte. »Sehen Sie doch selber.« Er zeigte auf eine offenstehende Tür mit der Aufschrift *Bad/WC*.

Johanna stellte sich unter den Türsturz und musterte die Einrichtung: drei Toiletten mit Türen, alle offen, zwei Urinale, eine Dreifachdusche, die Brauseköpfe waren fest montiert und ähnelten gusseisernen Gießkannen, gefliester Boden, natürlich grau, ein einziger Handtuchhalter. Wie im Schullandheim vor tausend Jahren. Bei der mittleren Dusche war ein großer, inzwischen fast abgetrockneter Blutfleck zu sehen.

Johanna hatte mit dem Kollegen der Kripo aus Osnabrück – die Bad Rothenfelder leisteten sich anscheinend keine eigene Kriminalpolizei – im Büro der Direktorin des Kinderheims Platz genommen. Die Schwester trug die Tracht der evangelischen Diakonissen, die das Haus leiteten. Wie erwartet, war auch ihre Kleidung grau.

Hatte denn niemand mal darüber nachgedacht, dass Kinder kräftige Farben bevorzugten? Wie sollten sie sich denn erholen, wenn sie aus ihrem grauen Alltag zur Erholung in graue Ferien kamen? Johanna begann allmählich, wütend zu werden. Wie konnte man so mit Kindern umspringen?

»Erzählen Sie bitte meiner Kollegin aus Köln, was sich zugetragen hat«, sagte der Osnabrücker.

Köln hörte sich fast abwertend an.

»Das habe ich doch schon alles zu Protokoll gegeben.« Die Direktorin gähnte hinter der vorgehaltenen Hand.

Sie klingt müde, dachte Johanna. Kein Wunder, wenn man nachts, wenn vernünftige Leute schliefen, dreimal aufstehen musste, um zu beten. Falls die Protestanten das auch taten. Von ritualisierten religiösen Handlungen hielt sie nichts.

Der Kripokollege schaute auf die Uhr. »Bitte«, sagte er einigermaßen überraschend. Aber vielleicht war die Höflichkeit auch nur aufgesetzt und gehörte zu seinen Verhörtaktiken.

Die Schwester rutschte in ihrem Holzstuhl mit Lehne und grüner Ledersitzfläche hin und her. »Oben war wieder das übliche Gejuchze und Gespritze, als die Jungs aus 105 duschen sollten.« Sie zog verächtlich die Mundwinkel nach unten.

Kinder soll man sehen und nicht hören, denkt sie bestimmt, dachte Johanna. Auch so eine sinnlose Maxime. Denn wozu anders waren Kinder denn da, wenn man sich nicht an ihrem Leben und an ihrem Lärm erfreuen wollte? Vielleicht würde ja auch sie einmal … Sie verlor sich in einem Tagtraum, der mit einem GI und kleinen farbigen Kindern zu tun hatte.

»Und dann herrschte plötzlich Totenstille«, sagte die Direktorin und schwieg.

Die junge Polizistin kombinierte rasch, da sie den Anschluss verpasst hatte: »Es war also etwas passiert?«

»Ja. Kinder, die leise sind, schlafen entweder den Schlaf der Gerechten oder haben etwas ausgefressen und versuchen, dabei nicht ertappt zu werden.«

Sie sagte tatsächlich *ausgefressen*, was so gar nicht zum Habitus einer Diakonisse passen wollte.

»Danach kam Schwester Elisabeth heruntergelaufen und hat mich geholt.«

Die Direktorin sah aus, als ob sie im Alltag keinerlei Störungen duldete.

»Ich bin zum Badbereich mitgegangen, und da haben wir ihn dann gefunden. Konrad lag auf dem Rücken, die Augen geöffnet. Aus einem Ohr lief Blut, und am Hinterkopf hatte er eine größere Wunde. Anscheinend war er beim Toben ausgerutscht und dann gegen die aufgemauerte Kante der kleinen Stufe vor den—« Sie machte eine Pause, da sie einen Begriff aussprechen musste, der nicht zu ihrem Normalwortschatz gehörte. »Urinalen gefallen«, beendete sie etwas stockend den kleinen Bericht.

»Wo waren denn die anderen Kinder?«, fragte Johanna.

»Die waren wieder in ihre Zimmer verschwunden. Nur der kleine Kölner stand noch neben dem gestürzten Jungen.«

II – Dienstag

Juli 2019 – Köln-Neustadt-Nord, Belgisches Viertel

Der Kaffee zu Hause war alle, das letzte Brötchen längst vertrocknet und die Fliederbeermarmelade verschimmelt, so dass sie sich entschlossen hatte, den Tag mit einem vernünftigen Frühstück zu beginnen, selbst wenn das bedeutete, zu spät zum Dienst zu kommen. Aber Mohr war großzügig, was das pünktliche Erscheinen der Mitarbeiter anging, und nicht nur daher als Chef angesehen, obwohl er durchaus manches Mal auch den Vorgesetzten herauskehren konnte.

Britta stieß die Tür zum Caveedel in der Brüsseler Straße auf und sah sich um. Obwohl es erst zehn vor acht war und das Café eigentlich noch geschlossen hatte, waren schon alle Tische besetzt. Die Leute hatten Hunger.

Mist.

Okay, dann musste sie sich eben zu jemandem dazusetzen.

Die Kriminalkommissarin ließ die Augen über die Anwesenden wandern. Schnell fand sie, was sie suchte. Alleinsitzende Frauen waren immer gut. Sie ging auf eine Dame zu, die auf dem gelben Sofa Zeitung las. Sie mochte Mitte sechzig sein, sah sehr gepflegt aus und hatte die vollen weißen Haare zu einem Dutt im Nacken gebunden. Eine Lesebrille mit halben Gläsern saß leicht schief auf der Nase.

»Ist hier noch frei?«

Die Dame sah auf und ließ die Zeitung sinken. Sie musterte Britta, der es fast vorkam, als müsse sie eine Prüfung bestehen, ehe eine Antwort erfolgte. Was sie wohl von Beruf gewesen war? »Doch«, sagte sie. »Sieht so aus. Bitte nehmen Sie Platz.« Sie nahm die dunkelrote Handtasche auf und stellte sie neben sich auf den Dielenfußboden.

Britta setzte sich und kam sich neben der eleganten Erscheinung der Dame, die sogar ein teuer aussehendes Seidentuch um den Hals geschlungen hatte, fast etwas schäbig vor. Mit Jeans, eng anliegender Bluse und neuem Blazer konnte man auch keinen Blumentopf gewinnen.

Die Kellnerin kam und nahm die Frühstücksbestellungen auf.

Brittas Sitznachbarin hob die Zeitung wieder an; nach dem Schriftbild zu urteilen, schien es sich um die *Süddeutsche* zu handeln. Entschuldigend sagte sie: »Ich möchte nur rasch den Artikel zu Ende lesen. Eigentlich unterhalte ich mich nämlich lieber; Menschen fand ich schon immer interessanter als Papier.«

Dann können wir uns ja die Hand reichen, dachte die Kommissarin, der es genauso ging. Ihr Handy vibrierte. Sören schrieb: »Kaffee alle. Bitte mitbringen.«

Sie kam sich vor wie eine Außendienstmitarbeiterin von Amazon. Immerhin hatte er das Wort *bitte* verwendet. Vielleicht konnte sie ja nach dem Frühstück hier ein Paket kaufen.

Wenig später bugsierte die Kellnerin ein großes Tablett vorsichtig zu einem Viertel auf den kleinen Tisch und entlud es. Die beiden Frauen hatten das Gleiche bestellt, was nach einer ausreichenden Grundlage für den Tag aussah: Kaffee, Orangensaft, Früchtejoghurt, Körnerbrötchen, Schinken, ein gekochtes Ei.

Britta lachte. »Das reicht bis heute Abend.«

Die Dame nickte. »Stimmt. Während meiner aktiven Zeit bin ich damit gut über die Runden gekommen.«

Das hörte sich nach Militär an. Aber für die Bundeswehr war sie bestimmt zu alt. Wann hatten die eigentlich angefangen, Frauen einzustellen?

»Bundeswehr?«

»Sie gehen ja sparsam mit Ihrem Atem um. *Waren Sie bei der Bundeswehr?* geht doch auch, oder?«

Britta, die wieder in ihren Alltagsjargon mit knappen Floskeln verfallen war, wurde ob der dezenten Zurechtweisung rot. »Natürlich. Entschuldigung.«

»Nicht der Rede wert. Aber mit *Bundeswehr?* liegen Sie falsch.« Sie griff zum dampfenden Kaffeebecher und nippte vorsichtig daran. »Wollen wir weitermachen?«

»Womit?«

»Mit dem *Heiteren Beruferaten*? So hieß doch die Fernsehsendung im letzten Jahrhundert.«

»*Was bin ich?* ist, glaube ich, richtiger.« Britta hatte die Sendung mit ihren Eltern häufiger gesehen.

»Kann man *richtig* steigern?«

Die Dame warf Britta wieder diesen Musterungsblick zu, den sie schon zu Schulzeiten furchtbar gefunden hatte, als ob der jeweilige Lehrer damit andeuten wollte, alles über einen zu wissen. Als Kommissarin hatte sie rasch gelernt, solcherlei Anwürfe grundsätzlich zu überhören.

»Psychologin«, sagte sie. »Also Ihr Beruf, meine ich«, fügte sie etwas ungelenk hinzu.

»Auch.«

»Psychiaterin.«

»Nein, das habe ich immer, wenn es nötig wurde, Fachleuten überlassen.«

Britta biss ein Stück vom Brötchen ab und überlegte. Dann sagte sie: »Keine Ahnung. Ich gebe auf.«

Die Dame musterte ihre Sitznachbarin ein weiteres Mal, als wolle sie sicher sein, dass eine eventuelle Information über sie selber richtig eingeschätzt und nicht weitergegeben würde. Schließlich sagte sie: »Kriminalhauptkommissarin. Außer Dienst. Kripo Köln.«

Britta war sprachlos, was man ihr offensichtlich ansah, denn die Dame fügte hinzu: »So selten ist der Beruf aber gar nicht.«

»Das nicht, aber … Ich habe denselben.«

Beide lachten.

»Ehe Sie jetzt überlegen, ob Sie mich kennen müssen – und sich dann blamieren, weil Sie's nicht tun –, verrate ich Ihnen meinen Namen: Johanna Neumann.«

»*Die* Johanna Neumann? Die mit dem schwarzen Vorgesetzten?« Britta hatte so manche Geschichte in der Kantine von den legendären Ermittlungserfolgen der beiden Beamten gehört.

Johanna nickte. »Yep«, sagte sie nur. »Aber heute sagt man, glaube ich, *farbig*.«

»Und Ihr Chef, wie hieß er noch?«

»Wordsworth, William Wordsworth Jr.«

»Lebt der noch? Der müsste doch jetzt uralt sein, oder?«

»Achtundneunzig im September«, sagte Johanna präzise. »Aber leider nein. Er ist 2007 verstorben. Mit fast sechsundachtzig.«

Beide schwiegen und aßen leise weiter.

»Oh«, sagte Britta plötzlich. »Ich habe ganz vergessen, mich vorzustellen. Britta Mangold, ebenfalls Kriminalhauptkommissarin.«

»Das sieht man«, sagte Johanna spitzbübisch. »Jeans und so.«

Britta lachte wieder. »Was war denn Ihr größter Fall, abgesehen vom Raub der goldenen Monstranz aus dem Kölner Dom? Das war doch in Ihrer Zeit, oder?«

»Den Fall habe ich damals nicht bearbeitet. 1975 war das. Nee, der größte, fragen Sie?« Sie überlegte. »Keine Ahnung. Aber den merkwürdigsten kann ich Ihnen nennen: Die Entführung von Prälat Ackermann. Ging doch durch alle Zeitungen. 1982 wurde das Erzbistum erpresst: Ackermann sollte erst dann heil zurückgegeben werden, wenn die ganze Dienstwagenflotte abgeschafft und alle Geistlichen in ihren Soutanen aufs Fahrrad umgestiegen waren.«

Britta lachte. »Don Camillo fuhr, glaube ich, ebenfalls Fahrrad.«

Die alte Dame schmunzelte.

»Die Entführer wollten also kein Geld haben?«

Johanna schüttelte den Kopf. »Wollten sie nicht. Aber Prälat Ackermann wollte auch niemand.«

Britta grinste. »Wunderbar. Priester fürchtet um sein Leben, merkt aber schnell, wie überflüssig er eigentlich ist.«

»Wie überflüssig er seinen Vorgesetzten erscheint«, verbesserte Johanna.

»Wie ist die Sache denn ausgegangen?«

»Da die Entführer irgendwann mitbekamen, dass man sie nicht ernst nahm, haben sie den Prälaten wieder freigelassen. Seinen Dienstwagen, einen großen BMW, haben sie aber behalten. Ackermann musste also zu Fuß nach Köln zurückgehen.«

»Ich mööch zo Fooß noh Kölle jonn«, zitierte Britta den Kölner Komponisten Willi Ostermann. Ihr aufgesetzter Akzent verriet sofort ihre Herkunft aus Norddeutschland. Sie stammte aus Itzehoe und vermisste die holsteinsche Stadt an der Stör noch immer. In der Regel hatte sie aber keine Zeit, über Heimweh und dergleichen Sentimentalitäten nachzugrübeln.

»Und Ihr größter? Bisher?«

»Fall, meinen Sie?« Britta zog die Nase kraus. »Keine Ahnung. Alle irgendwie. Jedenfalls immer dann, wenn die jeweiligen Schurken – wie heißt es doch? – *eingebuchtet* worden sind.«

Johanna pflichtete ihr bei. »Stimmt. Alle waren wichtig. Und nach dem erfolgreichen Ende war der allgemeine Status quo in der Gesellschaft wieder hergestellt, der nämlich, dass die Gesetzestreuen die Gesetze einhielten und die Gesetzeslosen sich noch nicht wieder ans Tageslicht trauten.«

Britta trank den Rest des Orangensafts und sah auf die Uhr. »Mist. Ich bin schon wieder zu spät.«

Die Kriminalhauptkommissarin a.D. lächelte. »Das war ich zu meiner Zeit auch. Häufiger. Aber die Tatsache, zu spät zu kommen, kompensieren wir doch immer durch Überstunden, oder?« Sie wartete Brittas Nicken nicht ab, sondern fuhr fort: »Eine Frage noch, ehe Sie wieder losmüssen: Womit beschäftigen Sie sich denn gerade?«

»Mein aktueller Fall? Ein ertrunkener Taucher.« Sie stand auf. »Bis vielleicht irgendwann.«

»Ein ertrunkener Taucher«, sagte Johanna Neumann. »Interessant. Als nächstes kommt dann wahrscheinlich ein verbrannter Feuerwehrmann.« Sie schlug die *Süddeutsche* wieder auf und vertiefte sich in einen neuen Artikel.

Britta warf ihrer Gesprächspartnerin eine Kusshand zu, die diese nicht mehr mitbekam, und verließ das Café. Den von Sören bestellten Kaffee hatte sie vergessen.

Juli 2019 – Köln-Kalk, Polizeipräsidium

Sören saß schon am Konferenztisch im üblichen Besprechungsraum, als Britta die Tür aufstieß. Sie machte einen abgehetzten Eindruck, da sie das letzte Stück gelaufen war. Ihre Wangen besaßen nun einen rötlichen Schimmer, der ihr gut stand.

»Tut mir leid, wenn ich zu spät bin«, sagte sie.

»Du musst Straßenbahn fahren«, sagte Sören. »Das schont die Nerven und ermöglicht dir eine frühmorgendliche Zeitungslektüre.«

»Genau. Und wenn ich dann aber mitten auf der Strecke plötzlich gerufen werde, weil irgendwo ein Idiot einen Idioten umgebracht hat, der nicht schnell genug weglaufen konnte, bin ich auf einen Chauffeur angewiesen.«

»Straßenbahn«, sagte Sören wieder. »Nimm die Straßenbahn. Die ist in Köln einfach schneller.«

»Außer, wenn ein gelbes Postauto wieder irgendwo die Schienen zugeparkt hat«, grummelte Britta.

»Hast du an den Kaffee gedacht?«

»War aus«, flunkerte sie.

Sören beließ es dabei und vertiefte sich wieder in den Obduktionsbericht: Der Rechtsmediziner war fleißig gewesen und hat einen detaillierten Rapport abgegeben. Als er fertig war, fragte er: »Möchtest du ihn hören?«

Britta sah ihn fragend an. »Was denn?«

»Den Bericht von Altendorf.«

»Warum der Bonner Rechtsmediziner?«

»Weil er der beste ist. Und weil sich der bei uns diensthabende Pathologe—«

»Rechtsmediziner«, sagte Britta.

»Du hast ja recht. Aber immer das gleiche Wort zu verwenden, ist auch langweilig.«

Die Laune der Kommissarin wurde mit jedem Satz von Sören besser.

»Weil also der diensthabende Rechtsmediziner einen weiteren Rechtsmediziner mit einer für ihn schwierigen Frage der Rechtsmedizin konfrontieren wollte«, fuhr Sören fort. »Zufrieden?«

Britta grinste.

»In Schmitz' Lunge sind deutliche Spuren von Chlor entdeckt worden, die sicher auch im Rhein vorkommen, die aber eher für etwas anderes sprechen.«

»Dass er vor seinem Tod mit Chlorhexamed gegurgelt hat.«

»Jetzt wirst du albern, Britta«, sagte Sören, halb empört, halb belustigt. »Nein, weil Altendorf sehr bestimmt gesagt hat, jemand müsse ihn in Schwimmbadwasser ertränkt haben.«

Britta seufzte. »Dann müssen wir die hiesigen Planschbecken abklappern. Nicht schon wieder so eine Kärrnerarbeit!«

»Auf Nachfrage«, sagte Sören und sah sie triumphierend an, »hat der Rechtsmediziner das präzisiert. *Mit* Schwimmbadwasser ertränkt, nicht *in*. Schmitz' Hände waren gefesselt gewesen; die Druckspuren von Kabelbindern waren nämlich noch nachzuweisen. Und der Täter oder die Täterin muss ihm mittels eines Trichters das mit Chlor versetzte Wasser eingeflößt haben. Seine Kehle wies Schürfspuren auf.«

Die Tür öffnete sich, und nacheinander traten die weiteren Kolleginnen und Kollegen der Mordkommission ein.

»Das bedeutet«, sagte Britta langsam, »der Täter muss Schmitz vom Tatort bis zum Ablageort am Rhein transportiert haben, weil er ihn wohl kaum auf die dortige Parkbank gefesselt gesetzt und erst anschließend gewässert hat.«

Sören nickte. »Sieht so aus.«

»Und wie willst du jetzt den Tatort finden?«

Die Kollegen verfolgten den Dialog verständnislos. Schließlich sagte einer: »Könntet ihr nicht mal von vorne beginnen?«

Die Kommissarin tat ihm den Gefallen, schilderte die Auffindung der Leiche und übergab dann das Wort an Sören, der den Obduktionsbericht zusammenfasste.

»Die Kleidung des Toten, jedenfalls die Vorderseite, war trotz des heftigen Regens zum großen Teil trocken geblieben«, beschloss er seine Ausführungen. »Er lag ja auf dem Bauch, als er gefunden wurde. Der Täter muss ihn also dort vorher abgelegt haben. Neben der Leiche sah es nach Radspuren einer Sackkarre aus.«

»Trotz Regens?«, fragte eine junge Kollegin.

»Trotz Regens«, bestätigte Sören. »Die Spur war ein wenig durch die Äste und die gebrauchte Kleidung aus dem Container geschützt.«

Alle schwiegen. Schließlich fragte Britta: »Was hat man denn beim Toten an persönlichem Besitz gefunden?«

Sören überflog den Bericht. »Hose und Weste von Harris Tweed. Taschenuhr mit Goldkette von Glashütte …«

Einer der Anwesenden pfiff. »Drei- bis viertausend Euro. Wo hatte der Kollege denn das Geld dafür her?«

»Vielleicht geerbt«, äußerte Britta eine Vermutung.

»Die Uhr hat eine Seriennummer eingraviert«, sagte Sören. »Wir werden damit bald wissen, wann sie angefertigt und wo sie verkauft worden ist.«

»Lies mal weiter seinen Besitz vor«, sagte die junge Kollegin etwas ungenau.

»Kein Bargeld. Eine Aspirin, noch eingeschweißt. Ein weißes, unbenutztes Taschentuch mit dem Monogramm KS. Ein Teil eines Fotos. Hier, sieht nach einem Gemälde aus.« Sören schob Britta eine Fotokopie zu.

Die Kommissarin sah den abgerissenen, unteren Teil eines Bildes, auf dem sie undeutlich einen merkwürdigen, silbrig glänzenden Fischschwanz ausmachte, rechts daneben schlanke Beine und Füße einer zweiten Figur. Unten war Sand mit einigen Kieselsteinen zu sehen. Wenn man annahm, dass der Fisch nicht in der Luft schwebte, musste die Szenerie unter Wasser liegen.

»Hat er das in der Tasche gehabt?«

»Nein«, antwortete Sören, »das lag halb im Sand vergraben unter der Leiche.«

»Also muss es nicht notwendigerweise dem Toten gehört haben, oder?«

»Nicht zwingend«, sagte der dänische Deutsche. Seinen Akzent hatte er längst abgelegt und war dialektmäßig nirgends zu verorten.

Britta gab das Blatt zurück und überlegte. »Wer hat die Aussage von diesem Frings aufgenommen, der den Toten entdeckt hat?«

Niemand meldete sich.

»Der sollte doch schon gestern Nachmittag alles zu Protokoll geben. Lisa, stell mal die Adresse von Dieter Frings fest und bitte ihn, zu uns zu kommen. Ich spreche noch einmal selbst mit ihm.«

Die junge Kollegin nickte.

»Unterwäsche, Socken, Schuhe, Siegelring«, sagte Sören.

»Bitte?« Britta kam nicht ganz mit.

»Der Rest seiner Kleidung und seines Besitzes. Außerdem hatte er fünfhundert Euro in bar in seiner Hemdtasche.«

»Das ist alles?«

Sören nickte.

»Gut.« Britta sah die Kollegen der Reihe nach an. »Michael, du kümmerst dich um die Konten des Toten. Falls du einen richterlichen Beschluss brauchst …«

»Nicht nötig«, sagte der Angesprochene. »Habe ich schon heute morgen als erstes besorgt.«

Die Kommissarin nickte beifällig. Es war immer schön, wenn man sich auf die Mitarbeiter verlassen konnte. »Weiter benötige ich eine Aufstellung seiner verwandtschaftlichen Beziehungen.«

»Das kann ich übernehmen.« Die junge Kollegin von vorhin hatte sich gemeldet.

»Einverstanden.« Sie warf dem einzigen türkischen Kollegen einen Blick zu. »Demir, können Sie sich um Ihren Landsmann bei den Polizeitauchern kümmern, diesen«, sie warf einen Blick auf ihre Notizen, »Kemal Çelik?«

Demir nickte. »Landsmann stimmt. Wir sind aber normale Deutsche, Frau Mangold. Von Geburt an.«

»Und wieso heißt es dann immer bei Ihnen beiden *der türkische Kollege*?«

»Keine Ahnung. Vielleicht wegen des Schnurrbarts.«

Sören lachte. Er hatte seine Versuche, einen Bart zu bekommen, vor längeren Jahren aufgegeben. Blond warf einfach keinen Schatten.

Der Oberlippenbart machte Demirs osmanischen Vorfahren alle Ehre, dachte Britta. »Entschuldigung, ich wollte niemanden diskriminieren. Noch etwas?« Ihr Magen knurrte schon wieder, obwohl sie ja heute morgen mehr als nur eine hastig hinuntergegossene Tasse Kaffee aus ihrer ökologisch bedenklichen Kapselmaschine zu sich genommen hatte.

Keiner der Anwesenden sagte etwas, woraufhin sie aufstand. »Ich brauche jetzt etwas zu trinken.«

»Ich habe noch eine Kleinigkeit«, sagte Sören. »Der Rechtsmediziner meinte, aufgrund des Mageninhalts des Toten könne er sich darauf festlegen, dass die letzte Mahlzeit, die Schmitz zu sich genommen hat, das Frühstück gewesen ist.«

»Bah, wat bis' du fies«, sagte Britta. »Mir so den Appetit zu verderben.« Sie biss herzhaft in ein Dinkelbrötchen. Komisch, dass sie schon wieder Hunger hatte. Aber das anregende Gespräch mit Johanna Neumann hatte dazu geführt, dass sie von den beiden Brötchenhälften nur die Hälfte einer Hälfte gegessen hatte. Wenn man viel dachte, verbrauchte man auch viele Kalorien.

Sören grinste. Er wusste, dass ihm seine Chefin nie lange böse sein konnte.

Die Kantine füllte sich allmählich.

»Zeit für ein zweites Frühstück«, sagte Sören. Er besaß einen nie versiegenden Appetit, und aus leidvoller Erfahrung wusste er, dass man kostbare Mußeminuten ausnutzen musste, wollte man seinen Magen einigermaßen füllen.

Britta sah sich um. Die meisten Kollegen kannte sie nicht; das war auch kein Wunder, waren doch im Kölner Präsidium etwa fünftausend Angestellte und Beamte tätig – nicht alle gleichzeitig natürlich.

Ein paar Tische weiter versuchte jemand, ihren Blick aufzufangen. Schließlich erhob sich ein untersetzter Mann mit dunklen, fast pechschwarzen Haaren und einem nicht rasierten Hals. Er sah aus, als habe er in seiner Kleidung geschlafen. Wie sie es in Erinnerung hatte, waren auch jetzt die Ärmel seines Hemdes aufgekrempelt, so dass die dunkel behaarten Unterarme zu sehen waren.

Britta strahlte. »Miguel! Was machst du denn hier?«

Der Angesprochene stellte seinen Cappuccino-Becher auf den Tisch, zog einen Stuhl heran und setzte sich. »Kaffee trinken«, sagte er in akzentfreiem Deutsch.

»Ich dachte, du seiest nach Andalusien zurückgegangen. Córdoba, nicht wahr?«

»Die Stadt stimmt«, sagte Miguel, »*zurückgegangen* allerdings stimmt nicht. *Isch bin doch in Kölle jebore.*«

Sören lachte. »Der einzige echte Ausländer bin wie immer ich.«

Britta stellte ihren blonden Mitarbeiter vor und sagte dann: »Miguel und ich kennen uns, seit wir in derselben Hundertschaft auf Einsätze geschickt worden sind.«

Sören wollte etwas sagen, schwieg aber betreten, als Britta noch hinzusetzte: »Der Dritte im Bunde war Lars.«

Der Kommissar kannte das Drama mit Brittas verstorbenem Freund. Das war jetzt sechs Jahre her, aber die Wunde war wohl immer noch offen. Es war besser, man rührte nicht dran. War Lars überhaupt bei der Polizei gewesen? Aber wie sollte er sonst *der Dritte im Bunde* verstehen?

Miguel räusperte sich. »Frau Kommissarin, hast du nicht Arbeit für mich?«

Britta lachte. »Hätte ich gerne. Aber so einfach geht das nicht; das weißt du doch. Auf welcher Sprosse der Karriereleiter stehst du denn inzwischen?«

»Nach der einen, die ich durchgebrochen habe, weshalb ich auch – leider ohne Entgelt, ich bin ja kein Fußballspieler – ins Ausland gewechselt bin, bin ich nach wie vor normaler Kriminalkommissar.«

Britta sah ihn spitzbübisch an. »Heißt das, ich bin dir gegenüber jetzt weisungsberechtigt?«

Der kölsche Spanier nickte. »Könnte man so sagen.«

»Wo arbeitest du denn?«, fragte Sören.

»*Demnähx* hoffentlich bei euch. Mohr sagte, ich solle mich an dich wenden.«

»Da ist Kriminalrat Mohr ja mal über sich hinausgewachsen, wenn er mir die Entscheidung überlässt.«

Brittas Chef stand im Ruf, alles selbst machen zu wollen und das dann nicht zu schaffen. Er war ein widersprüchlicher Mann – wie viele Leute in Führungspositionen.

»Da wir ohnehin personell unterbesetzt sind, seit Daniel krank geworden ist, bin ich für jeden zusätzlichen Kollegen dankbar.« Sie legte den Kopf schief. »Du kannst erst einmal Daniels Büro haben. Die Tür ist wohl nicht abgeschlossen.«

Der Spanier nickte.

»Weiter«, fuhr Britta fort. »Wir fangen mal beim Äußeren an. Hast du noch etwas anderes anzuziehen?«

Sören grinste. Die Kommissarin legte nicht nur bei sich, sondern auch bei ihren Mitarbeitern Wert auf gepflegte Kleidung.

Miguel betrachtete nachdenklich sein zerknittertes Sakko, das wie üblich schief über der Stuhllehne hing, und die dunkelblaue Jeans, die einige Flecken aufwies. »Das? Das trägt man in Córdoba heutzutage. *Urban chic* oder so ähnlich.«

Britta lachte wieder; es war schön, wieder mit Miguel zusammenarbeiten zu können. »Dort vielleicht, aber nicht hier.«

»Im Ernst«, Miguel sah sie freundlich an, »ich habe einen Nachtflug genommen und keine Zeit gehabt, mich umzuziehen, weil Mohr mich um acht Uhr sehen wollte. Und mein Koffer steht noch in Andalusien, sagt der Flughafen.«

»Du kannst von mir etwas haben«, sagte Sören. »Ich habe immer eine zweite Garnitur im Büro.«

Miguel betrachtete den großen Dänen nachdenklich. »Und du meinst, das passt dann? Na ja, ich könnte mich ja in den Regen stellen; vielleicht läuft es dann ein.«

»Ist gut jetzt«, sagte Britta. »Mein Kaffee wird kalt.« Sie biss wieder von ihrem Brötchen ab. »Die Kleiderordnung vergessen wir mal für heute.« Ihr Handy klingelte. »Das ging aber schnell, Lisa. Vielen Dank. Dann setz Frings mal in Daniels Büro; das müsste zur Zeit leer sein. Ich schicke unseren neuen Kollegen hinüber. Eigentlich wollte ich das ja machen, aber ich muss noch etwas anderes erledigen.«

Miguel fühlte sich angesprochen. Er unterdrückte ein Gähnen, salutierte mit der linken Hand, weil er in der rechten noch den Becher hielt, und sagte: »Immer einsatzbereit.«

»Danke«, sagte Britta. »Sören, bring du ihn mal auf den neuesten Stand, damit ich mein zweites Frühstück noch zu Ende bringen kann.«

Der Däne zog eine Augenbraue hoch, sagte aber nichts zu Brittas Essensexzessen. Präzise referierte er die Einzelheiten der Auffindung des toten Tauchers und die ersten Ergebnisse der Befragungen.

Miguel hörte ruhig zu und stand dann auf. »Immer noch im ersten Stock? Im Annex?«

»Bei uns Dänen heißt das *Anbau*«, sagte Sören. »Also auf Deutsch.«

Britta nickte nur und kaute zu Ende, bevor sie weiterredete. »Anschließend kommst du bitte in mein Büro.«

»Ma'am«, sagte Miguel und ging.

»Ich dachte, er sei Andalusier und deswegen nicht anglophil«, sagte Sören. »Außerdem hat er den Becher stehenlassen.«

»Spanier sind unordentlich«, entgegnete Britta und trank einen letzten Schluck. »Aber das ist kalter Kaffee.«

Frings hatte am Tisch Platz genommen und studierte ein Faltblatt des BKA mit der Überschrift »Das Richtige machen«. Vor sich hatte er ein halb gefülltes Glas Wasser stehen, daneben eine Flasche mit dem Etikett *Schääl Sick – Uferfiltrat.* Erst als die junge Beamtin ihm versichert hatte, dass echtes Mineralwasser drin sei, hatte er davon getrunken. Seine braune Lederjacke hatte er über der Rückenlehne drapiert.

Die Tür öffnete sich, und Miguel trat ein. »García Álvarez«, sagte er freundlich. »Ich darf Ihre Aussage aufnehmen.«

Frings legte das Faltblatt zurück und drehte das mitgebrachte zerfledderte Taschenbuch um, so dass die Titelseite nicht mehr zu lesen war.

Miguel entnahm jedoch dem Buchrücken das Thema: *Präraffaeliten und Avantgarde.* Interessant, dachte er. Frings war also ein Kunstliebhaber. Er machte sich eine gedankliche Notiz, um die Ermittlungen vielleicht in Richtung der schönen Künste auszudehnen.

Frings warf ihm einen missbilligenden Blick zu. »Wo ist denn Ihre Kollegin von gestern?«

»Falls Sie Frau Kriminalhauptkommissarin Mangold meinen – die ist mit einer anderen Angelegenheit befasst. Und außerdem sind Sie ihr *vor*gestern begegnet. Steht jedenfalls hier.« Miguel klopfte auf die Aktenmappe mit leeren Blättern, deren Verwendung als Requisite ihm schon oft genutzt hatte. Die Beschuldigten oder die zu Verhörenden wussten nie, wie viel über sie der Polizei schon bekannt war. »Sie sollten doch schon gestern ins Präsidium kommen, oder?«

»Da war mir etwas dazwischengekommen.«

Miguel setzte sich und versuchte, seinem Sakko etwas zur ursprünglichen Form zu verhelfen, indem er die Seiten glattstrich. Fast sofort gab er seine Bemühungen aber wieder auf. Wahrscheinlich würde es auf einen Neukauf hinauslaufen; dann musste er das aktuelle Kleidungsstück wenigstens nicht bügeln. Lassen.

»Wo waren Sie denn gestern?« fragte er.

»Ich dachte, es ginge um vorgestern«, sagte Frings.

»Und wo haben Sie Ihren Hund gelassen?«

»Der? Der sitzt unten im Auto und schläft. Der ist zu alt für alles.«

»Immerhin hat er sie zu der Leiche geführt. Steht jedenfalls auch hier drin.« Miguel klopfte erneut auf die beige Pappe.

»Wer ist es denn?«

Ganz konnte der Mann seine Neugier nicht verbergen, dachte Miguel. »Leider ein Kollege. Klaus Schmitz von den Tauchern.«

Frings fuhr zusammen, fing sich aber sofort wieder. »Kenne ich nicht. Schmitz, das ist doch ein Name, den fast jeder Kölner hat.«

»Jedenfalls die, die nicht Frings heißen, oder?« Miguel konnte durchaus schlagfertig sein.

»Sie wissen doch, wie ich das meine. Klaus Schmitz, davon stehen doch bestimmt dreißig hier im Telefonbuch.«

»Sechsundzwanzig«, sagte der Kommissar. »*Klaus* als Vorname ist dazu noch vom Aussterben bedroht.«

»Na ja, das ist jetzt nicht wichtig. Sie wollen doch hören, wie ich den Toten gefunden habe, nicht?«

»Genau«, sagte Miguel und holte eines der leeren Blätter aus der Aktenmappe. »Dann legen Sie mal los.«

Während der Kommissar mitschrieb, berichtete Frings gehorsam von seinem alten Hund, der aus Spaziergängen inzwischen Spazierfahrten gemacht habe und sich nur beim Rheinpark auf eine kleine Runde einlassen würde. Immerhin funktioniere seine Nase noch, die ihn zu dem großen Gestrüppbündel geführt habe, unter dem die Leiche versteckt worden war.

»Und dann habe ich die Polizei gerufen«, beendete der Kölner seine Schilderung.

»Okay«, sagte Miguel und warf Frings einen scharfen Blick zu. »Das hat Sie doch bestimmt nicht kalt gelassen, so plötzlich einen Toten zu finden, oder?«

»Doch, hat es leider.« Frings verzog seine Lippen zu einem schmalen Strich. »Davon habe ich schon genug gesehen.«

»Waren Sie auch bei der Polizei?«

Er schüttelte den Kopf. »Nee, Rotes Kreuz. Und Balkankrieg.«

Miguel schwieg betreten. Einer seiner Onkel war damals als Angehöriger der spanischen Luftstreitkräfte, die der NATO unterstellt waren, bei einem Unfall ums Leben gekommen. Der Krieg war danach in seiner Familie nie wieder erwähnt worden.

»Ist aber lange vorbei«, fügte Frings hinzu und griff zum Wasserglas, das er unschlüssig in der Hand hielt. »Was bleibt vom Krieg? Nichts. Nur große Leere und schlechte Träume.« Er stellte das Glas wieder ab, ohne auch nur daran genippt zu haben.

Miguel nickte. So ähnlich hatte das der Onkel vor seinem Tod in einem Brief auch formuliert. »Leichen haben Sie also genug gesehen, oder?«

Frings nickte. »Wollen Sie wissen, wie das war?«

Miguel war sich nicht sicher. Wollte er? Andererseits war das hier ein Zeuge, und Informationen waren immer wertvoll. Er nickte.

Frings stolperte, fing sich aber wieder und rannte weiter auf die mittelalterliche Brücke zu. Sie lag seit einigen Tagen unter Beschuss. Vielleicht schaffte er es, vom östlichen Ufer der Neretva in den westlichen, von den Kroaten kontrollierten Teil von Mostar zu kommen. Er duckte sich, weil plötzlich hinter ihm Heckenschützen zu feuern begannen. Die Armbinde, die er trug und die ihn als Mitarbeiter des Roten Kreuzes auswies, schien sie nicht zu interessieren.

Vom westlichen Ufer setzte zu allem Überfluss noch Mörserbeschuss ein.

Frings sah sich verzweifelt um. Ein Sprung ins Wasser des Flusses war vielleicht noch gefährlicher, als zu versuchen, sich im Kugelhagel mit einem Zickzacklauf in Sicherheit zu bringen. Falls man in diesem furchtbaren Krieg überhaupt von Sicherheit sprechen konnte.

Gebückt rannte er weiter. Hinter ihm waren weitere Schüsse zu hören, und eine Kugel strich haarscharf an seinem rechten Ohr vorbei und schlug in den alten Brückenturm ein, der noch etwa zwanzig Meter entfernt lag. Er warf sich flach auf den Boden und drehte vorsichtig den Kopf.

Verdammt. Soldaten.

Auf der serbischen Seite waren laute Stimmen zu hören. Jemand rief etwas von Zivilisten. Vorsichtig robbte er weiter.

Neue Schüsse, die das Mauerwerk vor ihm trafen.

In Sekunden, die sich wie Ewigkeiten zogen, folgte weiteres Gewehrfeuer, das plötzlich aufhörte.

Frings sah sich um, stand auf, rannte los und hatte mit einigen großen Sprüngen den rettenden Turm erreicht.

»Und *action*«, sagte Miguel.

Frings sah ihn beleidigt an. »Mehr fällt Ihnen dazu nicht ein? Mein Bedarf daran war nach dem Balkankrieg für den Rest meines Lebens gedeckt. Auch auf die heutige kann ich gerne verzichten.«

»Entschuldigung«, sagte der Spanier und meinte es auch so. »Zu viele schlechte Filme verderben die Einschätzung der Wirklichkeit.« Er fuhr sich mit der rechten Hand durch sein volles Haar.

»Wissen Sie, was das mit einem macht?« fragte Frings aufgebracht. »Albträume. Ich war immer der Meinung, dass auch der schlimmste Albtraum irgendwann in den Tiefen des Unterbewusstseins versinkt. Aber dieser, von dessen Grundlage ich Ihnen gerade berichtet habe, kommt immer wieder, dieser Traum aus der schlimmsten Zeit meines Lebens Anfang der neunziger Jahre. Hätte ich gewusst, was auf mich zukam, hätte ich mich niemals zu dem Einsatz gemeldet. Ich dachte, ich würde etwas Gutes tun.«

»Das tut mir leid«, sagte Miguel. Er war von Erlebnissen dieser Art bisher verschont geblieben. »Aber Sie waren als Sanitäter bestimmt wichtig.«

»Und immer wieder die Leichen.«

»Was meinen Sie?«

»Im Traum sind es immer dieselben Leichen, die ich sehe. Die, die der Fluss in Mostar mit sich geführt hat, während ich flüchtete:

eine Frau mit einer geblümten Schürze, die auf dem Rücken flussabwärts trieb, die linke Gesichtshälfte blutüberströmt, drei Ruderer, die wider besseres Wissen auf dem Fluss unterwegs gewesen waren – wohl, um auch dem Krieg zu entkommen –, bis eine Explosion ihr Boot zerstörte, und zwei Männer, der eine um die dreißig, der andere Mitte fünfzig, die sich noch im Tod umklammert hielten. Vielleicht Vater und Sohn.«

Miguel schwieg. Nach einer kleinen Pause sagte er vorsichtig: »Nochmal zurück zu Klaus Schmitz.«

Frings schluckte.

»Den kannten Sie sehr wohl, nicht wahr?«

Der Kölner sah zu Boden und sagte sehr leise: »Doch, doch. Wir haben bei mehreren Kostümsitzungen im Verein am selben Tisch gesessen. Sie werden es ja doch erfahren: Irgendwann hat er mir mal Geld geliehen, das ich nicht zum vereinbarten Zeitpunkt zurückzahlen konnte. Er wurde dann sehr sauer und sehr laut.«

»Während der Sitzung?«

»Ja. Das war mir schon unangenehm. Wir sind nach draußen gegangen, um Aufsehen zu vermeiden. Dort hat er mir eine gescheuert, dass mir noch Tage später die Wange brannte.«

»Haben Sie denn das Geld zurückzahlen können?«

Frings schüttelte den Kopf.

»Bis wann sollten Sie es denn tun?«

»Bis gestern«, flüsterte er.

Britta legte den Hörer zurück auf die Gabel und sah aus dem Fenster. Alles war so unergiebig. Wenigstens funktionierte das betagte Telefon trotz seines hohen Alters unverdrossen. Es war aus Bakelit und hatte bisher immer den Gezeiten getrotzt. Einer ihrer Vorgänger hatte das Innenleben des Geräts digitalisieren lassen, so dass es weiter den Anforderungen der Zukunft die Stirn bieten konnte.

Sie seufzte. Halb drei und noch immer nichts geschafft.

Zwei weitere Telefonate waren ergebnislos geblieben, was Klaus Schmitz anging. Seine Nachbarn wussten nichts über ihn, sein

Auto war ein gepflegter, älterer Mercedes, und die Quelle seines zweifellos vorhandenen Vermögens war noch nicht ausfindig gemacht worden.

Es klopfte.

»Herein!«, rief Britta.

Sören steckte wie immer erst seinen Kopf ins Zimmer und schob dann den Rest hinterher. »Vorsicht, du zerknitterst deine Jacke.«

Britta sah an sich herunter – keine Jacke. Die hing doch wie immer im Schrank?

Sören grinste.

»Ach, Mensch, immer legst du mich ’rein.« Halb gespielt, halb ernst, sah sie ihn vorwurfsvoll an.

»Wenn du lächelst, siehst du nochmal so hübsch aus!« Sören konnte noch breiter grinsen.

»Danke«, sagte seine Vorgesetzte. »Ohne dich hätte ich nämlich diesen Laden längst verlassen!« Sie sah ihn prüfend an. Ob da tatsächlich nicht *mehr* war, wie er immer behauptete? Sie an seiner Stelle hätte sich längst in sie verliebt … Genug, sagte sie sich; das waren zu verquere Gedanken für diese Tageszeit und diese Umgebung. Das war etwas für einen Abend, für ein oder zwei Glas Wein, etwas leise Musik … Und eine gute Freundin, mit der man über Gefühle reden konnte, ohne dass man Gefahr lief, sich lächerlich zu machen. Moment, einen Gedanken schob sie doch noch hinterher: Würde denn *sie* sich in Sören vergucken? Oder es wollen? Innerlich schüttelte sie den Kopf. Nein, der dänische Deutsche war ein wunderbarer Mann, sah gut aus, hatte Humor, war aber einfach nicht ihr Typ. Und *so lange* war Lars ja auch noch nicht tot. Außerdem mochte sie blonde Locken bei Männern nicht, was sie aber verschwieg.

»Du warst aber weit weg«, sagte Sören gerade. »Alles in Ordnung?«

Britta nickte. Sentimentalität war etwas für kleine Kinder. Und ältere Männer, wenn ihnen danach zumute war. Im Beruf war dafür keine Zeit.

»Okay, zurück zum Geschäftlichen. Weißt du, was ich gerade erfahren habe?«

Britta mochte Fragen dieser Art nicht. Bestätigung verteilte sie selbst; wer danach fragte, hatte meist das Nachsehen. Es sei denn, er hieß Sören. »Nein, aber gleich.«

Ihr Kollege hatte wieder sein unverschämtes Grinsen aufgesetzt, das ihm manches Mal – wie er Britta einmal spät abends an der Bar eines Tagungshotels anvertraut hatte – bei den »Angehörigen des schönen Geschlechts«, so hatte er es formuliert, »durchaus zupass« gekommen sei. Bei Britta wirkte es nicht mehr.

Sie zog ihre Augenbrauen hoch, sagte aber nichts.

Sören wusste, wann er seine Karten ausgereizt hatte. »Demir sagt, Çelik habe sich am Wochenende eine Waffe besorgt. Habe jedenfalls seine Schwester gesagt, die Demir wiederum—«

»Das ist jetzt aber wirklich uninteressant«, unterbrach ihn Britta. »Schmitz ist doch nicht erschossen worden oder an einer vorher mit Chlorwasser begossenen Kugel erstickt. Nein, nein, diesen Ermittlungsstrang kannst du vergessen.«

»Nun mal langsam«, sagte er. »Da ist noch etwas.«

Britta betrachtete ihn zweifelnd. Sörens Überlegungen hatten zwar schon manches Mal zum Täter geführt, würden es dieses Mal aber bestimmt nicht tun. Dafür war der Fall zu einfach. Ein Toter am Strand – und wenn es nur der des Rheins war –, verschiedene Leute mit Motiven, auch wenn die noch so hanebüchen waren, und eine Null-acht-fuffzehn-Ermittlung, die ihren Intellekt in keinster Weise forderte—

»Hör doch mal zu«, sagte Sören und riss sie aus ihren Gedanken. »Çelik arbeitet als Bademeister im Genovevabad in Mülheim. Er hat also Zugang zu gechlortem Wasser. Und er hat Ärger mit Schmitz gehabt. Wir sollten ihn uns zumindest einmal ansehen.«

»Um wie viel Geld handelt es sich denn?«

Frings zögerte. Sollte er jetzt mit der Wahrheit herausrücken und sich aufgrund der hohen Summe noch verdächtiger machen?

»Wir können das auch offiziell machen.« Miguel verlor allmählich seine Geduld. »Einen richterlichen Durchsuchungsbeschluss, und danach sehen wir uns Ihre Bankunterlagen an.«

»Einhunderttausend Euro.« Frings war kaum zu verstehen, so leise redete er.

»Einhunderttausend wofür?«

»Na ja, um wieder Boden unter die Füße zu bekommen.«

Miguel warf ihm nur einen durchdringenden Blick zu.

»Ich hatte Spielschulden. Und Schulden bei meinem Vermieter. Und bei meinem Autohändler.« Ein Träne rollte langsam die rechte Wange hinab.

Fast tat er Miguel leid. »Wann fing die Misere denn an?«, fragte er etwas freundlicher.

»Ende der Neunziger, nachdem ich vom Balkan zurückgekommen bin. Das Rote Kreuz hat mich mehr oder minder 'rausgeworfen. Und meine Freundin war sowieso schon weg. Eine Zeitlang habe ich vom Arbeitslosengeld gelebt und kleineren Nebenjobs. Und dann habe ich gedacht, ich könne das große Geld mit Automatenspielen machen. Also selber spielen. Einmal bin ich sogar nach Las Vegas geflogen, aber mit leeren Händen zurückgekommen.« Er schnäuzte sich lautstark.

»Und dann haben Sie Klaus Schmitz getroffen, nicht wahr?«

Der Kölner nickte. »Ich war im Schützenverein Handlanger für alles. Schmitz schien mich zu mögen, wir haben ein paar Bier zusammen getrunken, und ich habe ihm meine Geschichte erzählt.« Er schwieg wieder.

Miguel bemühte sich, das Gespräch nicht einschlafen zu lassen. »Und das Geld hat er Ihnen einfach so angeboten?«

»Nicht sofort. Ich musste schon eine genaue Auflistung machen.«

»Aber wie wollten Sie denn jemals die hunderttausend Euro zurückzahlen?«

»Wir hatten eine Zahlungsfrist von zehn Jahren vereinbart, netterweise ohne Zinsen. Das machte etwa achthundertdreißig Euro pro Monat. Eine Zeitlang habe ich das auch durchgehalten, aber dann stiegen leider wieder die Ausgaben.« Frings fuhr sich mit dem Handrücken über die Augen.

»Wann haben Sie denn das Geld bekommen?«

»Vor zehn Jahren. In bar. Damit das Arbeitslosengeld und irgendwann Hartz IV weiterlaufen konnten. Eigentlich bin ich gut über die Runden gekommen.«

»Wie viel war denn noch offen?«

»Fünfunddreißigtausend.« Wieder war die Stimme kaum zu hören. Frings griff zum Glas und trank ein wenig.

»Das ist kein Betrag«, sagte Miguel, »um jemanden ins Jenseits zu befördern. Und jetzt sind Sie schuldenfrei. Oder etwa nicht? Wenn es nichts Schriftliches gibt, kann Ihnen doch keiner mehr etwas wollen.«

Frings sah ihn überrascht an. »So habe ich das noch gar nicht gesehen. Doch, das stimmt, glaube ich.«

»Also müssen Sie nur mit Ihrem Gewissen vereinbaren, was Sie aus der Situation machen, in die Sie jetzt geraten sind.«

Frings Unterlippe zitterte. Dann sagte er: »Na ja, Schmitz hat genug Geld gehabt. Die Rückzahlung wäre ihm von seinem Vermögen her egal gewesen.«

»Das ist schon sehr zynisch.« Miguel war aufgebracht. Es gab doch mehr Leute ohne Gewissen, als er immer annahm. »Also, wo waren Sie am Sonntag zwischen achtzehn und vierundzwanzig Uhr?« Diese Zeitspanne hatte der Rechtsmediziner als ungefähre Todeszeit angegeben.

Frings musste nicht überlegen. »Zu Hause. Wo denn sonst?«

»Haben Sie Zeugen dafür?«

Erst jetzt schien dem Kölner zu dämmern, was auf dem Spiel stand. »Nein«, flüsterte er wieder.

»Was haben Sie denn gemacht?«

»Auf Eurosport Billard gesehen, anschließend im Ersten den *Tatort* und dann—«

»Mit welchen Schauspielern?«, unterbrach ihn Miguel.

»Na, Ballauf und Schenk natürlich. Die anderen gucke ich nicht.«

Der Kommissar machte sich eine weitere Notiz. Er kaute auf der Kappe des Kugelschreibers und überlegte. Schließlich sagte er: »Ich denke, Sie irren sich. Der Kölner *Tatort* lief vor zwei Wochen.«

Frings sah ihn eingeschüchtert an. »Vielleicht habe ich das durcheinander gebracht.«

Miguel setzte sich kerzengerade auf. »Ich glaube, Sie sollten einen Verteidiger hinzuziehen. Dieter Frings, ich nehme Sie vorläufig fest.«

Miguel klopfte wenig später.

Keine Reaktion.

Er vergewisserte sich, dass er sich vor der richtigen Tür befand. Auf dem kleinen Schild rechts von ihr stand *Britta Mangold, Kriminalhauptkommissarin.*

Er klopfte erneut und wartete.

Nichts.

Seine Armbanduhr zeigte fast fünf. Wo Britta wohl steckte?

Juli 2019 – Köln-Mülheim, Genovevabad

Britta steckte im Stau. Wie immer war der Berufsverkehr dafür verantwortlich, dass es um die Kölner Luftqualität zwischen fünf und sieben am Spätnachmittag schlecht bestellt war. Der Verkehr von der Mülheimer Brücke floss träge über die Bergisch Gladbacher Straße nach Osten ab, und die Kommissarin verstand wie immer nicht die zu langsam fahrenden Autos, deren Besitzer es anscheinend überhaupt nicht eilig hatten, nach Hause zu kommen.

Im WDR 2 lief *Was weißt du schon* von Kontra K, und Britta fühlte sich bestätigt, als der Rapper mehr sagte als sang: »Doch merkt euch, Kinder, ich bin sicher nicht durch Zufall hier.«

»Genau«, grummelte Britta. »Spricht mir aus dem Herzen. Ich hätte durchaus etwas Besseres zu tun. Und es auch verdient.«

Sören, der Brittas kleine Ausraster kannte, wenn der Tag zu lang, die Leute zu dumm oder das Wetter zu schlecht war, hütete sich, etwas zu sagen.

Der Wagen vor ihr bremste abrupt, und Britta hieb aufs Steuerrad.

Sören hatte sie noch nie fluchen gehört. Sonst reichte immer eine Geste.

Kontra K beendete seinen Vortrag mit den Sätzen »Denn auch die scheiß Kohle ändert mich nicht / Und wenn ihr sagt, ihr habt mich gemacht / Dann kommt doch her und macht den scheiß Job besser als ich.«

»Genau«, wiederholte Britta. »Könnte von mir stammen.«

Sören lachte. »Dann versuch dich doch mal bei den Muskelshirt-Trägern und Tätowiertypen. Und mach einen Youtube-Kanal auf. Das Honorar, das dir deine Follower aufs Konto schaufeln, ist dort bestimmt höher als bei Vater Staat.«

Abrupt zog Britta den Fiesta nach links über den Fußgängerüberweg und parkte auf dem gepflasterten Zugang zum Hallenbad. Von außen sah das Bad aus wie eine der zahlreichen, mit Alibigrün versehenen Gesamtschulen aus den siebziger Jahren: Betonpfeiler, Fenster, hellbraune Klinkerflächen. Es gab einen ersten Stock, von dem aus man die Badenden im Wasser betrachten konnte, während man seinen Cappuccino genoss. Unterhalb des Flachdachs prangte in Großbuchstaben der Schriftzug GENOVEVA BAD, mit einer überflüssigen Leertaste zwischen dem Vornamen und der Gebäudeart. Ordnung musste sein, auch in kleinen Dingen, fand Britta.

Sie stieg aus und wartete nicht auf ihren Begleiter, während sie mit den Schritten, die auch bei Jeans der üblichen Rocklänge angepasst blieben, den Eingang ansteuerte. An der Glastür blieb sie entgeistert stehen. Sie drehte sich um und sagte anklagend zu Sören, der ihr langsam gefolgt war: »Kannst du dir das vorstellen? Ein städtisches Bad, das nur montags, mittwochs und freitags geöffnet hat? Heute ist Dienstag!«

Juli 2019 – Köln-Neustadt-Nord, Belgisches Viertel

Auch diesmal fand Britta sofort einen Parkplatz in der Brüsseler Straße. Sie stellte den Motor ab und sah mit Schrecken, dass der Tank fast leer war. Mist. Das bedeutete, morgen früh wieder eher aufzustehen und noch vor dem Dienst zu einer Tankstelle zu fahren. Ein großer Seufzer folgte.

18:15 las sie auf der Uhr am Armaturenbrett. Wenigstens war sie nach dem Desaster in Mülheim ausnahmsweise früh zu Hause. Miguel und Sören würden zu erledigende Dinge gewissenhaft erledigen, so dass ein Bericht der beiden morgen reichte.

Sie gähnte. Eigentlich wollte sie sich nur noch aufs Sofa kuscheln, ein Glas Rotwein trinken und etwas Seichtes lesen, eine alte, zu weite Jeans anziehen und einen von Lars' Pullovern überstreifen. Sein Geruch darin war zwar längst verschwunden, aber sobald sie eines seiner Hemden oder einen seiner Pullover trug, war er wenigstens noch ein bisschen da.

Ihr Magen knurrte. Der Kühlschrank hatte sich wahrscheinlich nicht über Nacht selbst gefüllt, so dass sie irgendwo etwas essen gehen musste. Ihr Blick fiel auf den neuen Goldschmiedeladen. Vielleicht lag heute wieder etwas Nettes im Schaufenster.

Sie nahm die Handtasche vom Beifahrersitz und stieg aus.

Die wenigen Meter zu *Die Goldschmiede* ging sie fast beschwingt. Sie sollte sich wirklich einmal etwas außer der Reihe gönnen. Fast hörte sie Lars' Stimme, der vor Urzeiten – die sechs Jahre, in denen er nicht mehr an ihrer Seite war, kamen ihr wie eine Ewigkeit vor – an einem ganz normalen Wochentag entweder selbst etwas Überraschendes mitgebracht oder sie in einem Spontankauf bestärkt hätte. Ungläubig starrte Britta in die Auslage des kleinen Ladens. Der Würfel war wieder da. Aber er sah irgendwie anders aus.

Die Kommissarin fasste sich ein Herz und ging die beiden Stufen zur Ladentür hinauf. In gestochen scharfer Handschrift annoncierte eine Karte hinter dem Glas lakonisch die Öffnungszeiten: *mo–fr 10–18 sa 10–13*. Schade. Dann war das Geschäft also doch schon geschlossen. Sie drehte sich wieder um und wollte wieder gehen, als die Tür von innen geöffnet wurde.

»Bitte, treten Sie doch ein. Da ich noch hier bin, können Sie sich gerne umsehen.«

Ein junge Frau, Ende zwanzig, Anfang dreißig stand vor Britta, nur etwas kleiner als sie. Sie hatte glänzende schwarze Leggins an – eine Lederhose? –, deren extravaganter Eindruck durch einen hellgrauen Kaschmirpullover mit Rollkragen verstärkt wurde. Sie lächelte leicht, was die Asymmetrie ihres Gesichts – kürzere rechte, längere linke Partie zwischen Stirn und Kinn – noch betonte. Die Augenbrauen waren naturbelassen und nur leicht in Form gezupft. Strahlend blaue Augen. Und eine lange, aristokratische, völlig gerade Nase. Das Interessanteste an ihr aber waren die schulterlangen, leicht gewellten blonden Haare, die von einer schmalen, pechschwarzen Strähne durchzogen waren.

Die junge Frau streckte die Hand aus und sagte: »Hannah Wolf. Auch einen Tee?«

Britta fühlte sich sofort zu Hause.

»Ich hole Ihnen einen Tasse, und Sie können sich gerne schon einmal umschauen.« Die Goldschmiedin ging in ein durch einen Vorhang getrenntes Hinterzimmer.

Britta stellte ihre Handtasche auf den kleineren der beiden gemütlichen Stoffsessel, zwischen denen ein Holztischchen mit einer eingelassenen Glasplatte stand, die den Blick auf unterschiedlich gearbeitete Colliers lenkte. Dunkelblauer, fast schwarzer Samt als Unterlage verstärkte die Wirkung des Goldes. Rechts neben dem Vorhang befand sich die Theke, unter deren gläserner Oberfläche weitere Preziosen auf den Verkauf warteten. Ein kleiner Flachbildschirm schien die Funktion der Kasse innezuhaben, war aber schon ausgeschaltet.

Als Hannah Wolf mit zwei dampfenden Tassen zurückkam, verrenkte Britta sich gerade den Kopf, um die etwas tiefer gelegene Auslage neben der Außentreppe zu betrachten.

»Mögen Sie sich etwas von dort genauer ansehen?«, fragte die Goldschmiedin und reichte Britta eine Tasse.

»Den Würfel da.« Die Kommissarin zeigte auf das kleine Schmuckstück, das wahrscheinlich als Anhänger gedacht war.

»Oh, das tut mir leid; der ist noch nicht fertig.«

»Der sieht doch perfekt aus.«

»Danke für das Kompliment, aber ich finde, er ist noch nicht vollkommen.«

Britta schwieg, und auch die junge Frau wusste nicht so recht, was sie sagen sollte.

Ein Magen knurrte, und die beiden sahen sich an. »Ihrer oder meiner?«, fragten sie fast gleichzeitig. Etwas undamenhaftes Gekicher folgte.

»Wissen Sie was?«, fragte Hannah Wolf entschlossen. »In der Antwerpener Straße gibt es einen Italiener; wenn Sie wollen, können wir dort zusammen etwas essen.«

Britta hatte plötzlich wieder Heißhunger. »Eine gute Idee. Gerne. Vielen Dank.«

»Und dort können Sie mir erzählen, warum eine so gut aussehende Frau wie Sie alleine in mein Geschäft kommt, um etwas zu kaufen. Sie sehen nämlich so aus, als brauchten Sie etwas für Ihre Seele.«

Der Abend im L'Antipasto hatte noch lange gedauert. Vorspeise, Hauptgang, Dessert – Britta hatte es sich gut gehen lassen. Und sie hatte das Gefühl, dass sie die junge Frau schon seit Ewigkeiten kannte. Noch vor Beginn des Essens, nachdem der Weißwein gebracht worden war – Hannah hatte einen weißen Greco di Tufo vom kampanischen Weingut Mastroberadino vorgeschlagen –, hatte Britta der Goldschmiedin das Du angeboten, und mittlerweile redeten die beiden miteinander, als ob sie zusammen aufgewachsen wären. Britta hatte sogar ein wenig von Lars erzählt. Und vom »aktuellen« Toten, wie sie es nannte.

Und Hannah hatte von ihrer Familie erzählt. Vor allem ihr Vater war lange dagegen gewesen, dass sie einen eigenen Beruf ergriff. »Du kannst heiraten«, hatte er gesagt. »Wie alle Frauen in meiner Familie bisher.« Es habe immer »meine«, nie »unsere« Familie geheißen, sagte Hannah zu ihrer neuen Freundin. »Aber das war vielleicht *normal*; schließlich ist mein Vater Maurer gewesen.«

Britta lächelte. »Das war dir als Beruf zu grob, oder? Dann lieber etwas Feinmotorisches wie die Goldschmiedekunst, nicht wahr?«

»Ja, und außerdem wollte ich mich nicht wie bei Jane Austen einfach verheiraten *lassen*. Heutzutage entscheiden wir Frauen doch alles selbst.«

Nicht alles, dachte Britta. Wenn Lars wieder mit einer seiner Kunstausstellungen angekommen war, hatte sie ihn immer ohne Widerrede begleitet. Das Lächeln, das sie als kleinen Vorablohn jedes Mal erhielt, war unbezahlbar.

»Zurück zum Geschäft«, sagte Hannah. »Ihr habt noch keine Ahnung, wer es gewesen ist?«

»Noch nicht. Aber das ist so ein normaler Fall, irgendwie langweilig: Bestgehasster Kollege wird umgebracht, Mörder ist allseits beliebt und bekommt sogar noch Applaus, wird aber trotzdem verurteilt. Oder so ähnlich.«

Hannah lachte und griff etwas unsicher zu ihrem dritten Glas Weißwein, obwohl ein höflicher Kellner stets nur auf Nachfrage nachgeschenkt hatte.

»Was ist denn jetzt mit dem Würfel?«, fragte Britta. »Dem im Schaufenster?«

»Hast du mal versucht, etwas Perfektes zu schaffen?«, war die Gegenfrage.

»Mache ich dauernd«, sagte Britta. »Jeder aufgeklärte Todesfall, wenn denn der Verursacher vor Gericht überführt worden ist, ist doch perfekt.«

»Nein, ich meine, mit deinen eigenen Händen, nicht nur mit deinem Verstand.«

Britta schüttelte den Kopf. »Nicht, dass ich wüsste.«

»Aber siehst du, ich versuche das mit dem Würfel: Sechs exakt gleich große Quadrate, sechs verschiedene Materialien – Platin, Gold, Palladium, Silber, Kupfer und Messing – und sechs verschieden symmetrische Muster. Millimetergenau. Sonst ist es nicht perfekt.«

»Vollkommen.«

»Genau.«

Beide schwiegen. Dann fragte Hanna: »Gibt euch das, was der Tote bei sich trug, keine Aufschlüsse?«

»Ich glaube nicht. Alles normale Sachen, die jemand mit viel Geld bei sich hat: teure Kleidung, teure Armbanduhr und teure Schuhe …« Sie schwieg und schien zu überlegen. »Da wäre allerdings eine Sache, von der wir aber nicht wissen, ob sie überhaupt dem Toten gehört hat. Zu seinen Lebzeiten.«

Hannah hob fragend die Augenbrauen.

»Es gab ein zerrissenes Foto unter seinen Habseligkeiten.« Sie beschrieb das Bild mit dem Fischschwanz.

»Meerjungfrau«, sagte Hannah. »Fischschwanz mit Menschenbeinen daneben bedeutet immer Meerjungfrau mit Mann.«

»Interessant«, sagte Britta. Sie zog ihr Glas heran, hob es aber noch nicht hoch. »Weißt du mehr darüber?«

»Über Meerjungfrauen?«, fragte Hannah. »Darüber kann ich dir eine Menge sagen.«

III – Mittwoch

Juli 2019 – Köln-Sülz, Kleingartenverein

Das Heulen der Sirenen war noch in drei Kilometern Entfernung zu hören. Die beiden großen Löschfahrzeuge der Feuerwehr bogen mit hohem Tempo vom Militärring in die Gleueler Straße ein. Auf dem Aquarienweg schließlich mussten sie anhalten, weil die kleine Straße auf dem Gebiet des Kleingartenvereins Köln-Lindenthal zu schmal für eine Weiterfahrt wurde. Der Fahrer sprang heraus und fluchte. »Wo simmer he? Wa's dat? He woor' mer jo noch nie, wo simmer he' erinnjeroode?«

»Da bist du selbst hineingeraten«, sagte einer der Feuerwehrleute, die mit ihm ausgestiegen waren. »Du bist doch freiwillig Feuerwehrmann geworden.« Er sprach akzentfrei Hochdeutsch.

Ein weiterer kölscher Fluch folgte: »Wa's dat für 'ne Krach he, wat sinn dat für Tön?«

»BAP hilft dir hier auch nicht weiter. Lass mal gut sein, Detlev.« Er pfiff den Refrain von *Psycho-Rodeo.* Als »Einwanderer nach Köln« – eine Bezeichnung seines Kollegen – hatte er sich beeilt, die Texte der wichtigsten Kölner Lieder auswendig zu lernen, von den Bläck Fööss über die Höhner und BAP bis zu Willi Ostermann.

Wo sein Kollege recht hatte, da hatte er recht. Stets hatten sie »auf der Arbeit« mit Widrigkeiten aller Art zu kämpfen. Heute war es eben die Tatsache, dass sie Schläuche ausrollen mussten, um an die Brandstelle zu kommen, und dadurch kostbare Minuten verloren. Etwa achtzig Meter mussten sie überbrücken, bis endlich Wasser fließen konnte.

Die Schrebergartenkolonie lag am Rand von Lindenthal und war 1920 gegründet worden, um Arbeiterfamilien eine Gelegenheit zu geben, ein Stückchen Land zu pachten, sich regelmäßig an der frischen Luft aufzuhalten – was aus kapitalistischer Sicht zur Erhaltung ihrer Arbeitskraft diente – und eigenes Gemüse und Obst anzupflanzen. Der damalige Kölner Oberbürgermeister Konrad Adenauer seinerseits hatte das Vorhaben durch die Schaffung eines Grüngürtels um die Altstadt unterstützt. Wenig später kam die Erlaubnis, auf den gepachteten Grundstücken Lauben zu bauen, die nach dem Zweiten Weltkrieg teilweise neu errichtet und manchmal komfortabel ausgebaut worden waren. Eine dieser »Hütten« nun brannte lichterloh.

Funken stoben auf, als sich ein Dachbalken löste und nach unten stürzte. Das Feuer schien von Minute zu Minute stärker zu werden. Jetzt war anscheinend etwas in Brand geraten, dessen Material sich in grauschwarze Rauchwolken verwandelte.

»'ne Futtong«, sagte der kölsche Feuerwehrmann fachmännisch. »Dat stink immer esu.« Er angelte nach der Atemschutzmaske und legte sie an. Dann drehte er das Wasser auf und lenkte einen mächtigen Strahl auf die vermutete Matratze, die irgendwo hinter der Eingangstür zur Laube lag.

Eine der Holzwände fing bedrohlich an zu knistern, neigte sich dann zur Seite und fiel krachend in sich zusammen. Das dadurch in Schieflage geratene Dach war nur dem Feuer näher, dessen Zungen nach oben leckten.

Etwas zischte, und—

»Weg!«, schrie der zugewanderte Feuerwehrmann. »Eine Gasflasche.« Er ließ den Schlauch fallen und rannte, so schnell er konnte, zum Löschfahrzeug zurück, gefolgt von seinen Kollegen.

Eine mächtige Explosion folgte, die die Wand der Laube samt Eingangstür vollständig wegriss. Die Tür beschrieb eine ansteigende Kurve, die ihr Ende auf dem Dach des Nachbarschuppens fand.

»Nichts wie hin!« Das war derselbe Feuerwehrmann, der eben Reißaus genommen hatte.

»Wasser!«

Mit gemeinsamer Anstrengung gelang es den Feuerwehrleuten, die Nachbarlaube vor Schlimmerem zu bewahren. Nicht verhindern konnten sie jedoch das fast vollständige Abbrennen des zuerst in Brand geratenen Gartenhäuschens.

Eine halbe Stunde später war der Spuk vorbei. Nur noch vereinzelt qualmte es, aber alle Brandnester waren gelöscht. Die Feuerwehr hatte die Schläuche wieder eingerollt und nutzte die Gelegenheit, um eine verspätete Frühstückspause einzulegen. Schließlich stand der Kölner BAP-Fan auf und ging noch einmal zum Brandort. Vorsichtig näherte er sich dem Inneren der Laube, das nun aus Asche, verkohlten Brettern, geschmolzenem Plastik – womöglich war der Futon aus Synthetik gewesen – und zersplittertem Glas bestand. Nur der Fußboden war intakt geblieben, was den Keramikfliesen zu verdanken war.

Aber was war das?

»Ey, luurens, Kai«, rief er zu seinen Kollegen hinüber, von denen zwei am Löschwagen standen und rauchten.

Der hochdeutsche Feuerwehrmann kam langsamen Schrittes herüber. »Was soll ich denn sehen?«

»Dat he.« Detlev deutete auf eine schwarze Masse, die unter den herabgestürzten Dachbalken und einigen Ziegeln nur schwer auszumachen war.

Kai hob draußen einen kleinen Stock auf und trat näher. »Meinst du das hier?« Er zeigte auf etwas, das links wie ein paar verbrannte Stiefel aussah, folgte dann der Masse nach rechts und verharrte bei einem fast geschmolzenen Stück Aluminium, das vielleicht mal zu einer Gürtelschließe gehört hatte. »Sieht fast wie ein Toter aus.«

Die Arme, wenn es denn welche waren, hielt der ums Leben Gekommene schützend vors Gesicht. Auch die Beine waren angezogen, eine Folge des Feuers, weil die Flüssigkeit im Körper verdampft war, so dass sich die Sehnen automatisch verkürzten.

»Na ja, soll die Rechtsmedizin mal gucken, wer das gewesen ist.« Kai wandte sich ab und wollte schon gehen, als ihn sein Kollege zurückhielt.

»Siehste dat he?« Er wies auf die Handgelenke hin. Sie schienen gefesselt zu sein, denn um sie lief ein dünner Draht, dem das Feuer nichts hatte anhaben können.

Juli 2019 – Köln-Kalk, Polizeipräsidium / Köln-Lindenthal, Kleingartenverein

Kriminalhauptkommissar Sebastian Meister tat so, als sei er nicht vorhanden. Er war leise in sein Büro geschlichen – einen Kollegen hatte er auf dem Gang glücklicherweise nicht getroffen –, hatte sein Telefon zur Zentrale umgeleitet und las Zeitung.

Eigentlich war er zu müde für alles. Schon seit Wochen fühlte er sich nicht gut, weder im Dienst, noch zu Hause. Er schlief schlecht, wachte schweißgebadet auf und hatte Herzklopfen, je näher er morgens dem Polizeipräsidium kam. Seine Arbeit machte ihm keine Freude mehr, und seine Frau warf ihm immer häufiger vor, dass er ihr nicht zuhöre und mit den Gedanken woanders sei. Bis zum geplanten Urlaub waren es noch zwei Monate; Herbstferien im Allgäu, dazu hatte ihn seine Frau immerhin überreden können.

Außerdem fühlte er permanent einen Druck in der Herzgegend, als ob ihm jemand die Brust einschnüre. Da aber der letzte Gesundheitscheck unauffällig geblieben war, führte er das auf seine ständigen Rückenschmerzen und einen möglicherweise eingeklemmten Nerv zurück.

Meister war ausgebrannt. Etwas früh für Mitte vierzig, hatte er zu seinen Kollegen gesagt, die ihn aber wie immer nicht ernst genommen hatten. Er war nicht sonderlich beliebt in der Abteilung. Sagte er mal etwas zu seinen Erfolgen, die er durchaus vorweisen konnte, kam in der Regel eine Bemerkung über die Heilige, die noch nie einen Fehler gemacht habe, deren Erfolgsquote bei der Aufklärung von Straftaten viel höher als die seine sei und die keinerlei Männergeschichten habe, jedenfalls keine, die ans Tageslicht und in die Gerüchteküche der Polizei gelangt seien. Immer hieß es, Britta Mangold hier, Britta Mangold da. Zum Glück war sie nicht katholisch, sonst würde sie bestimmt irgendwann seliggesprochen werden. Und danach heilig.

Es klopfte.

Meister erstarrte, faltete rasch die Tageszeitung zusammen und ließ sie in der Schreibtischschublade verschwinden. Er zog eine Akte heran und schlug sie auf. Dann rief er: »Herein!«

Kriminalrat Mohr setzte sich ungefragt Meister gegenüber. »Es gibt einen ungeklärten Todesfall«, sagte er und betrachtete seinen Untergebenen. »Ein Brand in einem Schrebergarten in Lindenthal mit einem Toten. Sieht nach einen Verbrechen aus.«

Meister fing an zu schwitzen und strich sich mit dem Taschentuch über die Stirn. Seine wenigen Haare wurden immer rasch feucht und klebten dann auf der Kopfhaut.

»Ist Ihnen nicht gut?«, fragte Mohr.

»Doch, doch«, beeilte sich der Kriminalhauptkommissar zu sagen. »Ich habe nur vergessen, hier zu lüften.«

Der Chef warf einen Blick auf das Fenster, das einen Spalt offenstand, sagte aber nichts.

»Wo is'n das?«, fragte Meister.

Mohr sah auf seinen Zettel. »Kleingartenverein Köln-Lindenthal. Stellen Sie bitte eine Mordkommission zusammen und finden als erstes heraus, um wen es sich bei dem oder der Toten handelt. Staatsanwalt Gruber habe ich bereits informiert.« Er legte den Zettel vor Meister, stand auf und ging zur Tür. »Halten Sie mich auf dem Laufenden.« Eine Antwort wartete er nicht ab, sondern verließ das Büro grußlos. Der Kollege sollte sich mal zusammenreißen, dachte er.

Drinnen hatten Meisters Hände angefangen zu zittern, was sie neuerdings immer taten, wenn unvermutet Arbeit auftauchte, was eigentlich permanent passierte. Vielleicht war er doch krank. Er schob den Gedanken zur Seite; nach dem Urlaub ginge es ihm bestimmt wieder gut. Er griff zum Telefon und rief die Spurensicherung an.

Um zwölf war das Gebiet um die abgebrannte Laube weiträumig abgesperrt, deren Schwarz bei blauem Himmel und Sonnenschein noch unwirklicher aussah.

Einige Schaulustige standen noch in kleineren Gruppen am Zugang zur Schrebergartenkolonie; jeder Grundstückeigentümer oder -pächter musste sich ausweisen, wurde mit Namen und Adresse auf einer Liste vermerkt und konnte erst anschließend seinen Besitz aufsuchen.

Der Wagen der KTU parkte so, dass der Blick auf die Feuerstätte versperrt war. Mehrere Techniker in weißen Overalls räumten den Schutt vorsichtig zur Seite, legten ab und zu einen Gegenstand in eine Plastikhülle zwecks späterer Untersuchung und fotografierten.

Meister hatte sich Gummistiefel angezogen und stand vor dem bis zur Unkenntlichkeit verbrannten Körper. Der Kopf war leicht gedreht und schien ihn mit gebleckten Zähnen anzustarren, ein wenig vorwurfsvoll, ein wenig herausfordernd, als ob der Tote sagen wollte: »Mal sehen, ob du herausfindest, wie ich mein Leben beenden musste.«

Der Kommissar hatte im Leben schon viele Tote gesehen; auch dieser schreckte ihn nicht sonderlich. Seine Frau hatte ihm manches Mal vorgeworfen, er sei gefühlskalt; aber in der Regel war er nur mit sich selbst beschäftigt und hatte einmal mehr nicht richtig zugehört. Auch jetzt musste er zweimal gerufen werden, bis er reagierte.

»Herr Meister, kommen Sie bitte mal eben herüber?«

Meister tat dem Rufer schließlich den Gefallen und ging unsicheren Schritts an die bezeichnete Stelle. Er fühlte sich noch schlechter als im Büro; der Schmerz in der Brust war größer geworden. Vielleicht sollte er doch mal einen Arzt aufsuchen.

»Sehen Sie das hier?«

Der Kommissar hockte sich neben den Techniker und starrte auf die linke Hand des Toten. Sie war zur Faust geballt. Zwischen den Fingern schaute ein zusammengeschmortes Band hervor.

Der Techniker machte ein Foto mit seinem Handy, das er wieder sorgfältig in der Hosentasche verstaute, bevor er die Faust des Toten vorsichtig zu öffnen versuchte. Schließlich hatte er die Finger soweit auseinander gebogen, dass er an dem Band ziehen konnte. An seinem Ende kam eine ovale Uhr zum Vorschein.

Meister stand auf, war aber zu schnell gewesen, so dass ihm schwindlig wurde. Plötzlich folgte ein stechender Schmerz in der Herzgegend, und ihm wurde schwarz vor Augen. Er verlor das Gleichgewicht und fiel auf den Toten, dessen linkes Bein daraufhin abbrach.

August 1975 – Bad Rothenfelde, Haus Klara

Welchen kleinen Kölner meinen Sie denn?« Johanna blätterte in der mehrseitigen Schülerliste, die sie gerade erhalten hatte.

»Den mit den dunkelbraunen Haaren.« Die Direktorin wirkte unsicher.

»In dem Alter haben die doch alle braune Haare und sind alle adrett geschnitten«, sagte der Osnabrücker Kollege.

»Da muss ich Sie verbessern«, sagte Johanna, die an die beiden Söhne einer Kollegin dachte. »Schließlich schreiben wir das Jahr 1975, und da finden Sie von lang über lang bis zu lang alles. Strähnig oder mit Locken.«

Sogar die Direktorin schmunzelte, setzte dann aber ihren üblichen ernsten Gesichtsausdruck wieder auf und sagte: »Das mag für Sechzehn-, Siebzehnjährige gelten. Aber die meisten unserer Schüler besuchen unsere Anstalt—« Auf Johannas irritierten Blick verbesserte sie sich: »Unsere Einrichtung …« Sie verlor den Faden und musste sich einen Augenblick sammeln. Unterbrechungen hasste sie. »Die meisten Schüler sind zwischen zehn und vierzehn Jahren alt, wenn sie bei uns sind.«

»Haben Sie denn eine Zimmerbelegungsliste?«

Die Direktorin, die mit Anweisungen Dritter schon immer schlecht hatte umgehen können, musterte die Fragende finster. Dann drehte sie den Kopf und fragte, an Schwester Elisabeth gewandt: »Haben wir doch, oder?«

Die Angesprochene errötete. »Dazu bin ich noch nicht gekommen«, sagte sie leise.

»Und jetzt?«, sagte Johanna knapp und unterließ lieber Ausführungen zu Arbeiten und Fähigkeiten von Laien.

»Müssen Sie eine Liste nicht schon allein aus Versicherungsgründen erstellen?«, fragte der Kollege.

Johanna warf ihm einen freundlichen Blick zu. Die Kripo aus Osnabrück war anscheinend doch zu gebrauchen. »Dann müssen wir das eben rekonstruieren«, sagte sie. »Also, in welchem Zimmer war der tote Junge untergebracht?«

»105«, sagte der Kollege, wieder unwirsch. »Das habe ich doch schon oben—«

»Stimmt«, unterbrach ihn Johanna. »Hatte ich vergessen. Vielen Dank. Und? Irgendwelche Namen für dieses Zimmer?« Die grünen Augen ließen eine ausweichende Antwort nicht zu.

Die Diakonisse wand sich. »Wenn die Kinder noch hier wären. Aber wir mussten sie ja schon nach der Hälfte der Ferien nach Hause schicken. Nach nur zehn Tagen. Ein Gesicht brauche ich nur einmal gesehen haben, dann weiß ich den Namen den gesamten Sommer über. Aber Namen ohne Gesichter …« Ein giftiger Blick zum Kriminalkommissar aus Osnabrück folgte.

»Traumatisierte Kinder müssen so schnell wie möglich wieder in eine vertraute Umgebung«, kam Johanna Schwester Elisabeth zu Hilfe. »Das hat der Kollege schon richtig entschieden. Aber vielleicht können Sie uns ja doch weiterhelfen …«

»Konrad Kleinknecht«, sagte Schwester Elisabeth nach längerem Schweigen.

»Ja, ich weiß.« Johanna verlor allmählich die Geduld. »So hieß der zu Tode gekommene Junge. Weiter.«

Die Frau überlegte. Dann schüttelte sie den Kopf. »Nichts. Gähnende Leere, wo sonst die Namen sind. Tut mir leid, aber ich glaube, Sie machen mich nervös.«

Johanna unterdrückte ein Lachen.

»Weiter.«

Das war dieses Mal der Osnabrücker Kollege, der seine Zeit nicht mit Unterhaltungen vertrödeln wollte.

Die Direktorin klopfte ungeduldig mit dem Mittelfinger auf der hölzernen Lehne ihres Schreibtischstuhls. Ein Dreivierteltakt.

Johanna musterte sie irritiert, woraufhin das Klopfen wieder aufhörte.

Die jüngere Schwester sah sie ratlos an. »Tut mir leid. Die Mädchennamen könnte ich Ihnen alle nennen, die behalte ich irgendwie leichter.«

»Fehlanzeige?« Der Osnabrücker sprang auf. »Sie sind eine maßlos schlechte Zeugin. Alles beobachtet, aber nichts gesehen. Da sind die Trappisten ja besser: Die kriegen auch nichts mit, halten aber wenigstens den Mund.«

»Gibt es denn Schriftverkehr mit den Eltern, Anmeldungslisten und Ähnliches?«, fragte Johanna. Sie musste sich zusammenreißen, um höflich zu bleiben.

»Gibt es«, sagte die Direktorin spitz. »Dreiundachtzig Kinder waren es dieses Jahr im Juli. Schwester Elisabeth?«

Die Angesprochene stand auf und verließ den Raum. Gleich darauf kam sie mit einem Aktenordner wieder, den sie Johanna übergab.

Briefe, Telefonnotizen und sogar mindestens ein Telegramm waren abgeheftet, wohl nach den Familiennamen sortiert. Ein flüchtiges Durchblättern ergab mit einigen Ausnahmen als Wohnort Köln.

Die Beamtin seufzte. »Nur Köln«, sagte sie. Ihrem Kollegen warf sie einen um Hilfe heischenden Blick zu.

»Ich muss Sie enttäuschen«, sagte der Osnabrücker. »Wir können Ihnen leider nicht bei den Ermittlungen helfen; Köln liegt außerhalb unseres Dienstbereichs.«

Johanna stand auf, behielt den Ordner aber in der Hand. »Die Unterlagen sind beschlagnahmt«, sagte sie in einem Anflug von Amtsautorität. Sie ignorierte die beiden Frauen und sagte zu ihrem Kollegen: »Ich würde gerne noch einmal das Bad sehen. Kommen Sie?«

Ohne eine Antwort abzuwarten, ging sie die Treppe nach oben. Die Tür zu den Duschen stand noch offen. Vorsichtig betrat sie den Raum und sah sich um.

Die Osnabrücker Kripo war nachgekommen und versuchte, ihr über die Schulter zu schauen, was ihr aber nicht gelang, da sie deutlich kürzer geraten war als die junge Frau aus Köln.

»Haben Sie den Leuwagen auf Fingerabdrücke untersucht?«, fragte sie und zeigte auf den Schrubber samt Wischlappen, der neben der Tür an der Wand lehnte. *Leuwagen* musste sie auf einen verständnislosen Blick hin erklären.

»Haben wir nicht. Warum auch? Der Junge ist ausgerutscht und unglücklich aufgekommen.«

Johanna bückte sich, angelte ein Papiertaschentuch aus der Hose und hob damit vorsichtig einen kleinen braunen Seifenrest hoch. »Vielleicht ist er ausgerutscht?« Nach einer kurzen Pause des Nachdenkens setzte sie hinzu: »Worden?«

Juli 2019 – Köln-Neustadt-Nord, Belgisches Viertel

Es regnete, und Britta hatte Hunger. Ziemlichen Hunger sogar. Richtigen Frühstückshunger. Wenn das so weiterging, wurde nichts mehr aus ihren Diätplänen. Kommissare legten leider zwangsweise, bedingt durch einen unregelmäßigen Arbeitsrhythmus, ein ungesundes Essverhalten an den Tag, das durch abendliches Dinieren im Übermaß nur verstärkt wurde. Italiener und so. Aber nur manchmal, nicht dauernd.

Britta schüttelte den Kopf, dass die Haare flogen, als ob sie damit diesen Unsinn zerstreuen wollte. Weil sie dabei aber gleichzeitig nach oben schielte, um abzuschätzen, ob sich das Wetter heute noch einmal ändern würde, übersah sie einen Haufen Pakete auf dem Bürgersteig vor der Buchhandlung Siebter Himmel und stolperte. Eine der Geschäftsführerinnen, die sie vom Sehen kannte und die gerade die gelieferte Ware in den Laden transportierte, entschuldigte sich wortreich, während eine frühe Kundin neben sie trat und zu reden begann. Britta bekam nur so viel mit, dass irgendein schnurrbärtiger Fernsehkoch einen neuen Bestseller hatte schreiben lassen, der »überaus stark nachgefragt« war, so dass das Öffnen der Pakete und das Einbuchen der Exemplare ins Warenwirtschaftssystem schon in aller Herrgottsfrühe zu geschehen hatte, damit die Kunden zwecks zügigen »Abverkaufs« ab zehn Uhr wieder »zuschlagen« konnten, wie die Frau erklärte.

Bücher als Ware.

Hm.

Britta schaute auf die Uhr – es war kurz vor acht. Sie stieß die Tür zum Caveedel auf und prallte zurück.

Ein echtes Déjà-vu. Die Einrichtung war ohnehin dieselbe wie bei ihrem letzten Besuch, aber auch die Gäste waren dieselben:

Das Pärchen mit den raspelkurzen Haaren saß erwartungsvoll vor einem leeren Tisch, in der gegenüberliegenden Ecke unterhielten sich die beiden Banker in grauen Anzügen, weißen Hemden und rosa Krawatten wieder zu laut über die aktuellen Kurse von VW, neben sich das *manager magazin*, und die drei Schülerinnen kicherten, über ihre Handys gebeugt. Britta kam sich wie das cineastische Murmeltier vor, das die gleiche Szene ohne Unterbrechung immer aufs Neue durchleben musste.

Auch das gelbe Sofa war wieder besetzt.

Dieses Mal allerdings legte Johanna Neumann die *Süddeutsche* sofort zur Seite, als sie Britta näherkommen hörte und aufsah. »Ach, wie schön! Dann muss ich ja nicht alleine frühstücken.«

»Dito«, sagte Britta und setzte sich ungefragt. Heute hatte sie sich – vielleicht in der vagen Hoffnung, ihre emeritierte Kollegin wiederzutreffen – etwas besser als ohnehin schon angezogen: knielanger bunter Rock mit dezentem Blumenmuster, schwarze Schuhe, einfarbige Bluse, hüftlange Lederjacke. Letztere wies bereits eine gewisse Alterspatina auf.

»Schick sehen Sie aus«, sagte Johanna.

Auch das Frühstück war das gleiche wie beim letzten Mal. Die beiden Frauen ließen es sich schmecken. Schließlich faltete Britta die Serviette zusammen und fragte: »Genießen Sie denn Ihren Ruhestand?«

Johanna lachte. »Das wüssten Sie wohl gerne, oder? Dann hätten Sie nämlich eine Perspektive, wenn Sie …« Ein abschätzender Blick folgte. »… in etwa dreißig Jahren verrentet werden.«

»Falls es dann noch Renten gibt. Aber ich hoffe doch sehr, dass das etwas eher der Fall ist. Bei Ihrer Rechnung wäre ich dann nämlich schon fünfundsiebzig.«

»*Gut gehalten*, so lautet jetzt mein Text, oder?«

Britta lachte. »Nee, nicht unbedingt. In der Regel sagt das doch immer die Krone der Schöpfung. Aber ja, ich bemühe mich.« Sie studierte das Gesicht der älteren Frau und fragte dann aus einem Impuls heraus: »Nach Knigge ist die Frage jetzt falsch, weil—«

»Die Ältere fragt«, fiel ihr die pensionierte Kriminalkommissarin ins Wort. »Ich versuche, es vorschriftsgemäß zu machen: Wollen wir uns nicht duzen?«

Als Antwort erhob Britta ihr Glas mit Orangensaft und sagte: »Britta.«

»Johanna-Gisela, aber Johanna reicht. Prost.«

»In echt jetzt? Gisela?«

»Ja, und auch noch mit Bindestrich. Was meine Eltern wohl dazu veranlasst hat – keine Ahnung.«

»*Gisela* mit Bindestrich streichen zu lassen, kostet zweihundertfünfzig Euro. Auf jedem Standesamt.«

Johanna lachte. »Die gebe ich lieber für etwas Sinnvolles aus. Schuhe vielleicht.«

Britta lachte. »Das sind doch nur Klischees, dass Frauen an Fußbekleidungen mehr als an Männern interessiert sein sollen.«

»Genug der Albernheiten. Bist du denn mit eurem Toten weitergekommen?«

»Leider nicht. Beim Tauchermord tappen wir nach wie vor im Dunkeln.«

»Solange ihr euch dabei keine nassen Füße holt …« Johanna legte die Stirn in Falten. »Das erinnert mich an einen Fall, als William und ich erst wenige Monate zusammenarbeiteten. Wir sollten damals im Rheinhafen ermitteln, hatten aber das Hochwasser nicht einkalkuliert, das unaufhörlich stieg. Die Dealer fuhren einfach mit dem Boot davon, und wir mussten sehen, wie wir mit unserem Zivilfahrzeug wieder trockenen Boden erreichten.«

Britta grinste.

»Aber erzähl doch mal, wie weit ihr seid. Du weißt doch, die ersten achtundvierzig Stunden nach einem Mord sind die wichtigsten.«

Marmeladenquark fehlerfrei zu essen, das heißt, den Bissen ins Brötchen ohne verschmierte Lippen zu überstehen, war gar nicht so einfach, wie die Kommissarin erneut feststellen musste. Sie legte das Brötchen zurück und berichtete gehorsam, sich des Schweigen-Könnens ihrer Gesprächspartnerin gewiss, von Schmitz' kleinem Geldverleih, seiner Unbeliebtheit bei den Kollegen und den Recherchen bei Karneval- wie Schützenverein. »Und dann stell dir noch vor, was der Rechtsmediziner mitgeteilt hat: Dass der Taucher nämlich ertränkt worden ist.«

»Schon sehr paradox«, sagte Johanna. »Den Toten am Hauptmedium seines Berufes zugrunde gehen zu lassen.«

»Ja, aber nicht *in*, sondern *mit* Chlorwasser.«

»Hm«, sagte die pensionierte Kommissarin und überlegte. »Das muss ihm ja jemand appliziert haben.«

Britta sah sich nach der Kellnerin um, schaute auf die Uhr und nickte. Sollte das Präsidium doch noch ohne sie auskommen. Sich mit einer erfahrenen Kollegin auszutauschen, noch dazu mit einer von so exzellentem Ruf, war allemal ein Gewinn. »Noch einen Cappuccino«, rief sie eine Idee zu laut der gerade vorbeikommenden Kellnerin zu.

»Warum hat der Täter denn ausgerechnet Wasser verwendet? Wein hätte doch auch funktioniert.«

»Wenn er genug Wein genommen hätte, wäre es vielleicht zu einem Leberversagen gekommen«, sagte Britta vorlaut.

Johanna lachte. »Waterboarding«, sagte sie dann nachdenklich. »Vielleicht sollte der Tote vorher gequält werden.«

»Sprich«, die Kommissarin im aktiven Dienst legte den Zeigefinger an die Nase, »neben der Tötungsabsicht rechnest du jetzt auch Sadismus dazu?«

»Überleg doch nur mal: Es gibt so viele verschiedene Tötungs- und Todesarten – warum nimmt der Täter die Mühe auf sich, das Opfer zu ertränken, statt es einfach zu erschießen? Beispielsweise.«

»Und dann muss er es noch weggebracht haben.« Sie rührte den inzwischen servierten Cappuccino gedankenverloren um, ohne zu bemerken, dass die geschäumte Milch durch die zu schnellen Bewegungen des Löffels über den Rand trat.

»Habt ihr eigentlich einen Profiler?«

»Miguel hat sich dafür interessiert und kann wohl einiges auf dem Gebiet. Dann müssen wir das BKA nicht bemühen.«

»Miguel?«

Britta berichtete in knappen Worten vom kölschen Spanier.

»Dann frag ihn doch einmal, welchen Beruf der Täter haben müsste, wenn er sein Opfer vor dessen Tod quält, wenn er es zum Auffinden an einen anderen Ort als den Tatort verbringt, und wenn er jemanden aussucht, der nur Feinde zu haben scheint. Für mich kommt nur jemand mit intellektuellen Fähigkeiten in Frage. Für den kleinen Mann von der Straße ist die Aufgabe zu komplex.« Johanna warf einen Blick in ihre Kaffeetasse, in der nur noch eine kleine Pfütze zu sehen war.

»Also ein Geisteswissenschaftler.«

»Möglicherweise.«

»Ein Lehrer oder ein Hochschulprofessor.«

»Vielleicht.«

»Ein Pfarrer.«

»Also bitte!«

»Ein Kriminalkommissar.«

Johanna lachte. »Möglich ist alles. Aber wenn ich deinen Fall hätte: Mir sind das alles zu wenig Informationen; ich würde also weiter recherchieren.«

»Schade«, sagte Britta. »Ich hatte gehofft, der Fall wäre spätestens heute Mittag gelöst.«

Juli 2019 – Köln-Kalk, Polizeipräsidium

Der Schreibtisch sah ordentlich aus wie immer: Der Flachbildschirm zeigte das Eingangsbild des Intranet, die aktuelle Akte mit dem Fall Klaus Schmitz war aufgeschlagen, und der heiße Kaffee im Porzellanbecher mit der herausgestreckten roten Zunge der Rolling Stones dampfte – ein passendes Logo für alle, die Hierarchien nicht sonderlich ernst nahmen, weshalb das Trinkgefäß auch stets so stand, dass ein Besucher es nicht übersehen konnte. Kriminalrat Mohr, der bei seinem Musikgeschmack nicht über das neunzehnte Jahrhundert hinausgekommen war, hatte nur einmal die Stirn gerunzelt; aber da er wusste, was er an seiner besten Kriminalhauptkommissarin hatte, wurde das Thema Obrigkeit bei seinen Besuchen nicht weiter angeschnitten.

Britta war mit den Gedanken allerdings noch nicht wieder bei ihrer Arbeit. *Land der Träume* traf es nicht, auch nicht *Wolkenkukkucksheim*, eher das nüchterne *Parallelwelt*, eine Gegend, in der es keine Verbrechen, keine Geheimnisse und keine Polizei gab. Genauer gesagt – nach dem schönen Frühstück von vorhin –, die Welt von gestern Abend.

Only once in a blue moon, wie es die Engländer so schön formulierten, hatte sie bisher jemand Geistesverwandten getroffen. Das einzige Mal in ihrem Leben war das nämlich bei Lars der Fall gewesen. Und nun schien es die Goldschmiedin mit ihrem offenen Wesen und ihrer Anteilnahme zu sein. Sie hatte es nämlich geschafft, sie, Britta, aus ihrer selbstgewählten Reserve zu locken, ohne dass es im geringsten gekünstelt erschienen war. Wie von selbst hatten sich die beiden Frauen schon bei der ersten Begegnung Teile ihrer Lebensgeschichten erzählt, wohl wissend, dass sie etwas Kostbares im übertragenen Sinn in der Hand hielten – eine Vertrautheit, bei der sich die eine bedingungslos auf die andere verlassen konnte. Obwohl sie sich erst wenige Stunden kannten.

Dass nun zufällig eine zweite interessante Frau in ihr Leben getreten war, Johanna Neumann nämlich, tangierte Britta nur »periphär am Rande«, wie Lars es ausgedrückt hätte. Ihre Kollegin war zwar interessant und amüsant, würde aber nie den Status einer Busenfreundin erreichen. Dazu war sie der Alltagsarbeit viel zu nah, weil sie derselben jahrzehntelang selbst nachgegangen war. Britta brauchte jemanden von außen, jemanden, der einen unverstellten Blick auf *law & order* hatte, jemanden, der auch als Korrektiv wirken konnte, wenn sie sich wieder in irgendetwas verrannt hatte.

Abrupt wurde Britta aus ihren Gedanken gerissen, als die Tür aufging, ohne dass zuvor ein Klopfen zu hören gewesen war. Oder hatte sie es – ganz versunken – überhört? Sie hob den Kopf. »Ach, du bist's.«

»In der Tat«, sagte Sören und ließ sich in den vor dem Schreibtisch stehenden Besucherstuhl fallen. »Ich bin's.« Er mochte diesen Raum. Eigentlich war es ein normales Büro für einen normalen Kommissar. Aber seit Britta hier arbeitete, sah es irgendwie weiblicher aus. Aber warum? Dann wusste er es: Pflanzen und Duft.

Auf dem halbhohen Aktenschrank, der wie immer staubfrei war, befand sich eine Schale aus Ton, in der zwei gesund aussehende Bonsai-Bäumchen in Zeitlupe wuchsen. Daneben wartete eine Flasche mit stillem Wasser und drei Gläser auf durstige Besucher. Die Gardinen vor dem Fenster waren zur Seite gezogen, die Glasflächen sauber. An der Wand hing ein großes Foto einer Klosteranlage in Ruinen. Da um sie herum das Gras gemäht war, nahm Sören an, dass es sich um England handelte.

»Fountain's Abbey«, sagte Britta, die seinem Blick gefolgt war. »Einer der Urlaube mit Lars.« Sie schwieg und sah versonnen aus dem Fenster.

Der Duft. Genau. Sören schnupperte vorsichtig. Es war nicht Brittas Parfum oder vielleicht doch? Frauen hatten einen besonderen Duft, der einem vernünftigen Gegenüber automatisch Respekt und Höflichkeit verordnete. Fand er jedenfalls. Er konnte sich auch keinen anderen Umgang mit ihnen vorstellen. Dass ihn die Frauen in der Abteilung als angenehmen Kollegen wahrnahmen, sah er als normal an; es beruhte auf Gegenseitigkeit.

»Fertig mit deinen Überlegungen bezüglich der weiblichen Hälfte der Erdbevölkerung?«

Sören hatte längst aufgegeben, Brittas Beobachtungsgabe zu bewundern; sie war einfach so. Sherlock Holmes hätte neben ihr blass ausgesehen.

»Schick siehst du aus«, sagte Sören, um abzulenken.

»Danke«, sagte Britta knapp. Führte ihr Kollege etwas im Schilde? Wahrscheinlich nicht; er war wie immer einfach nur nett. Sie setzte ihre berufliche Miene auf – ein ganz leichtes, mit sich geringfügig kräuselnden Mundwinkeln angedeutetes Lächeln und eine glatte Stirn. War diese gefurcht oder waren gar die Augenbrauen zusammengezogen, hatte schon mancher Straftäter es eilig gehabt, ihr sein Herz auszuschütten. »Was Neues in Sachen Frings?«

Sören schüttelte den Kopf. »Den haben wir noch hier. Wenn ich jetzt noch den Amtsrichter überzeuge, wandert er in Untersuchungshaft. Ein Alibi für Sonntagnacht hat er nämlich nicht.«

»Ich dachte, er sei zu Hause gewesen.«

»War er vielleicht auch, aber die von ihm angegebene Fernsehsendung stimmte nicht. Eine *Tatort*-Folge mit den Figuren Ballauf und Schenk ist zuletzt im Mai gesendet worden. Und Zeugen für den Abend hat er nicht.«

»Aha«, sagte Britta, die kein deutsches Fernsehen guckte. Ab und zu vielleicht mal eine englische Serie auf DVD zwecks Entspannung, aber das *deutsche* TV-Programm? Nie im Leben. Und Arte war ja ursprünglich französisch … Plötzlich hielt sie sich erschrocken die Hand vor den Mund. Etwas undeutlich sagte sie: »Und der Hund? Was habt ihr mit dem Hund gemacht? Sitzt der immer noch im Auto?«

»Miguel hat ihn nach Hause getragen. Laufen wollte das Tier nicht.«

»Nach Hause?«

»Nach Hause. Also zu mir. Momentan ist das Miguels Zuhause, bis er etwas Eigenes gefunden hat.«

Britta verbiss sich ein Lächeln über die Männerwirtschaft vor ihrem geistigen Auge. »Das kann aber dauern. In Köln, meine ich. Zum einen wegen der Preise, zum anderen wegen der fehlenden Wohngelegenheiten. In Wuppertal dagegen ...«

»Höre ich da Vorurteile?«

Das Geplänkel wurde unterbrochen, weil wieder jemand ins Büro kam, ohne vorher angeklopft zu haben.

Sören nickte freundlich; Britta setzte sich auf und versuchte, einen beschäftigten Eindruck zu machen.

Kriminalrat Mohr betrachtete seine beiden besten Kollegen wohlwollend. »Kommen Sie weiter mit dem toten Taucher, Frau Mangold?«

»In der Tat«, antwortete sie ausweichend. »Wir sind dran. Wir ermitteln in jede Richtung.« Dann hatte sie plötzlich keine Lust mehr auf Floskeln und sagte: »Außer Dieter Frings, der den Toten entdeckt hat, haben wir bisher keinen Verdächtigen.« Sie trank einen Schluck aus dem Kaffeebecher. »Aber einige Befragungen stehen noch aus«, endete sie etwas ungenau.

»Dann haben Sie ja Zeit, sich um einen weiteren Toten zu kümmern – wie es aussieht, ebenfalls ein Mordfall.«

»Ich dachte, wir richten pro Mord eine Mordkommission ein«, sagte Sören spitz, um Britta zur Seite zu springen.

Mohr warf ihm einen scharfen Blick zu. »Normalerweise tun wir das auch, aber Kollege Meister, der den Fall übernommen hatte, ist vorhin umge-, äh, ausgefallen.«

»Auch ein Meister fällt vom Himmel«, sagte Sören leise.

Der Kriminalrat überging den Einwurf und fasste in der ihm eigenen präzisen Art das Geschehen in der Schrebergartenkolonie zusammen.

Einen kleinen Seufzer konnte Britta doch nicht unterdrücken. Zwei Mordfälle bedeuteten tatsächlich doppelte Arbeit. Andererseits auch doppelte Anerkennung, und ein bisschen ehrgeizig war sie schon. Irgendwann einmal würde auch Mohr seinen Posten—

»Strengen Sie sich an!« unterbrach der Kriminalrat ihren Gedankengang. »Irgendwann einmal muss auch ich meinen Posten räumen, und Sie sind—«

»Diejenige, die dann dran glauben muss«, beendete Sören den Satz.

Mohr grinste. »Ich sehe, Herr Kollege, auch wenn Sie aus dem hohen Norden kommen – Sie haben unser Beförderungssystem rasch verstanden.« Er nickte den beiden zu und schloss die Tür leise hinter sich.

»Und ich krieg' dann deinen Sessel«, sagte Sören. »Nehme ich mal an. Aber noch etwas anderes: Wenn ich erneut an eine kleine Pressekonferenz erinnern darf: Die schreibende Zunft sollten wir eigentlich regelmäßig füttern, damit sie auf unserer Seite bleibt.«

»Denkst du an jemanden bestimmten?«

»Maik Lopez vom *Kurier.*«

Britta seufzte. »Ausgerechnet der. Der ist doch immer so aufdringlich. Wenn er etwas ahnt, funktioniert er wie ein Wadenbeißer, der erst dann wieder loslässt, wenn er einen Knochen kriegt.«

»Aber er hat noch nie etwas Schlechtes über unsere Abteilung geschrieben.«

»Okay. Von mir aus. Aber erst, wenn er sich von sich aus meldet.«

»Yes, Ma'am.« Er salutierte.

Britta lachte. Übergangslos wurde sie wieder ernst. »So. Unsere To-do-Liste müssen wir nach dem Besuch des Chefs also erweitern.« Sie hatte ein ausgezeichnetes Gedächtnis und zählte auf: »Frings befragen. Bademeister Çelik befragen. Die persönlichen Referenten des Bauunternehmers befragen. Die Banker des toten Tauchers befragen. Außerdem …« Sie holte tief Luft. »Brandort angucken. Den Rechtsmediziner beknien, die Identität der Leiche rasch festzustellen. Nachbargartenlaubenbesitzer—« Britta unterbrach sich selber und nieste. Es hatte zwar gestern durch ein offenes Fenster im Restaurant etwas gezogen, aber sie glaubte nicht, dass sie sich erkältet hatte.

»Befragen«, sagte Sören. »Ich weiß.«

Einige Telefonate später hatte die Kriminalhauptkommissarin herausgefunden, dass Çelik Überstunden abfeierte und sich im Hallenbad aufhielt. Schließlich war Mittwoch, und das Bad war geöffnet. Britta machte sich auf den Weg zum Auto, als ihr im Erdgeschoss des Präsidiums Miguel entgegenkam. Er war augenscheinlich geduscht, hatte seine Haare nach hinten gegelt und sich frische Kleidung besorgt. Die Ärmel waren wieder hochgekrempelt.

»*Buenos dias*«, sagte er zur Begrüßung. Ungeachtet zweier Kolleginnen, die die beiden mitten im Gang Stehenden umkurvten, küsste er Britta in Seelenruhe zuerst auf die rechte, dann auf die linke Wange. Wie um dem Ganzen die Krone aufzusetzen, sagte er noch: »Noch hübscher als gestern!« Das war so laut, dass die beiden Kolleginnen einen interessierten Blick auf Kommissarin und Kommissar warfen und tuschelten.

»Miguel«, sagte sie etwas schärfer als beabsichtigt. »Hier in diesem Gebäude hast du die Hierarchie zu wahren. Ich bin immer noch deine Vorgesetzte.«

Miguel machte ein schuldbewusstes Gesicht. »Sorry. Kommt wieder vor.«

Britta nickte.

»Falls ich nicht dran denke«, schob er mit einem lausbubenhaften Lächeln nach. »Einen Espresso?«

Sie sah auf die Uhr und nickte dann. »Einen kleinen. Es gibt einen zweiten Mordfall.«

Sie fanden einen Platz in der Kantine, und Britta informierte den Spanier, wie sie ihn manchmal rubrizierte, über die neuen Entwicklungen und Meisters Ausfall. »Möglicherweise ein Herzinfarkt.«

»Bei Sebastian? Glaube ich nicht. Der war doch schon überarbeitet, als ich noch hier tätig gewesen bin. Dem war immer alles zu viel. Eigentlich hätte er in der Registratur sein Auskommen finden müssen.«

Britta grinste. »Wird man da denn auch verbeamtet? Warum sonst sollte Meister in den Staatsdienst gegangen sein?«

»Das zynisch zu nennen, wäre ja eine Untertreibung.«

»Na ja, Geld verdienen im Schlaf …« Britta schwieg. Dann gab sie sich einen Ruck. »Hattest du denn schon vom zweiten Toten gehört?«

Miguel nickte. »Sören hat vorhin etwas erzählt.«

Britta wartete.

Aber Miguel hatte sich nicht geändert. Seine Auffassungsgabe war noch genauso schnell wie früher. »Pass auf: Ich kümmere mich um das Brandopfer, und du klärst die Schwimmsache, von der Sören heute morgen beim Frühstück berichtet hat.«

Britta nickte, wobei es ihr nicht ganz recht war, dass ihr jemand die Entscheidung aus der Hand genommen hatte. Aber es war richtig. Ehe sie sich mit dem neuen Fall befasste, sollte sie zuvor einen Ermittlungsstrang zu Ende führen. Sie stand auf. »Sechzehn Uhr im Besprechungsraum. *D'accord*?«

»Ich dachte, es hieße *arreglado*«, sagte der Spanier, drehte Britta eine lange Nase und erhob sich ebenfalls. »Ist aber in Ordnung. *Hasta la vista!*« Bevor er die Kantine verließ, warf er ihr noch einen schwer zu deutenden Blick zu und sagte: »Schick siehst du aus!«

Britta hatte das heute schon mehrfach gehört.

Juli 2019 – Köln-Mülheim, Genovevabad

Auch dieses Mal parkte Britta auf dem Zuweg zum Hallenbad, legte aber sicherheitshalber das Schild *Polizei im Einsatz* mit dem Hoheitsabzeichen der nordrhein-westfälischen Polizei hinter die Windschutzscheibe. Der Schriftverkehr mit dem Ordnungsamt, falls man nach dessen Meinung den Wagen während eines Einsatzes falsch abgestellt hatte, kostete nämlich Lebenszeit. Wie jede Korrespondenz mit Behörden.

Sie stieß die Eingangstür auf und schnupperte. Schon zu Schulzeiten hatte sie zwar den Schwimmunterricht genossen, die damit verbundenen Umstände – Chlorgeruch, rutschige Fliesen, Umkleideräume mit zigfach verschiedenen Parfumdüften – aber verabscheut. Heute war es nicht anders. Die warme Luft schnürte einem die Brust ein, und am liebsten wäre sie sofort wieder nach draußen gegangen. An der Kasse zeigte sie ihren Ausweis vor und erkundigte sich nach Kemal Çelik.

»Kemal?« fragte die Angestellte mit Kopftuch. »Kemal müsste am großen Becken stehen und die 9a der Johann-Bendel-Realschule beaufsichtigen.« Sie sah an der Kommissarin herunter. »Mit den Straßenschuhen können Sie da aber nicht 'rein.«

Im Geiste betrachtete Britta die roten Badeschlappen mit Blümchen auf dem Steg über den Zehen, die ihre Großmutter ihr vor tausend Jahren geschenkt hatte. Sie seufzte. »Barfuß?«

Die Angestellte lachte. »Keine Sorge. Ich kann Ihnen eben Schuhwerk geben.« Sie griff unter die Theke und reichte zwei Badeschlappen mit Blümchen hinüber.

Britta grinste. Von einigen Dingen wurde man sein ganzes Leben verfolgt. Sie bedankte sich und ging die wenigen Schritte zum großen Becken hinüber.

Schuhwerk. Wann hatte sie zum letzten Mal diesen altmodischen Ausdruck gehört? Bestimmt von ihrer Großmutter.

Das Hallenbad machte einen überraschend freundlichen Eindruck, der wahrscheinlich von den großen Fenstern und ein paar Grünpflanzen herrührte. Die Wasseroberfläche war hell beleuchtet, die Galerie im ersten Stock von außen mit Pflanzenmotiven bemalt. Britta schwamm gerne, aber sie fühlte sich nur in sauberem Meerwasser oder großen Bergseen wohl.

Neben einem der Startblöcke aus Waschbeton, auf dessen Seite eine große schwarze Drei auf weißem Grund aufgeklebt war, stand ein etwas dickerer Bademeister und wies gerade einen Jungen zurecht, der damit beschäftigt war, eines der Mädchen unterzutauchen, statt seine Bahnen zu ziehen. »Leon, laß mal die Melanie in Ruhe und schwimm. Dir fehlen noch mindestens zweihundert Meter.« Der Junge grinste, ließ vom Mädchen ab und kraulte auf die andere Beckenseite zu, an der zwei Erwachsene, eine Frau und ein Mann, das Treiben beobachteten, wahrscheinlich die Lehrer.

Der Polizeitaucher schien beliebt zu sein, dachte Britta, wenn man ihm so anstandslos gehorchte. Sie ging auf den Bademeister zu. »Kemal Çelik?«, fragte sie.

»Wer will das wissen?«

»Kriminalhauptkommissarin Britta Mangold. Soll ich Ihnen meinen Ausweis zeigen?«

Çelik schüttelte den Kopf. »Nicht nötig. Ich habe Sie, denke ich, schon mal in der Kantine gesehen. Was gibt es denn?« Er hatte ihr nur einen kurzen Blick zugeworfen und verfolgte ansonsten das Treiben der Schüler im Wasser.

Manchmal war es gut, mit der Tür ins Haus zu fallen. »Klaus Schmitz ist tot.«

»Ich weiß«, sagte Çelik ungerührt. »Dann kehrt vielleicht etwas Ruhe wieder bei uns ein.«

»Wieso?«

»Wissen Sie, Dinge zu lernen, wenn man ständig angebrüllt wird, funktioniert nicht. Das ist kontraproduktiv.«

Zwei Mädchen waren inzwischen dabei, den Jungen namens Leon unter Wasser zu drücken.

»Melanie und Sarah-Lena«, rief Çelik, »wollt ihr nachher die Umkleiden schrubben?«

Zwei Sekunden später schwammen alle drei wieder präzise nebeneinander.

»Geht doch«, sagte der Bademeister und Polizeitaucher. »Ohne Brüllerei.«

Es gibt geborene Pädagogen und keine Pädagogen, dachte Britta; dazwischen gibt es nichts. »Sie sind doch mal mit Schmitz aneinandergeraten, oder? Habe ich jedenfalls gehört.«

»Wer ist das nicht?« Çelik sah sie aufmerksam an, behielt aber im Augenwinkel das Becken im Blick. »Sagen Sie schon, was Sie wollen. Sich auf zwei Dinge gleichzeitig zu konzentrieren, finde ich immer schwierig. Man soll *eine* Sache zur Zeit tun und die hundertprozentig. Buddha. Glaube ich jedenfalls.«

Interessant, dachte die Kommissarin, ein Türke, der Zen zugeneigt ist? Aber Zen war nie verkehrt. Und Ruhe sowieso nicht. »Also, um es kurz zu machen: Einer Ihrer Tauchkollegen berichtete, Sie hätten sich lautstark mit Schmitz gestritten und inzwischen eine Waffe erworben, die Sie bei Ihrer polizeilichen Tätigkeit aber nicht benötigen.«

»Und was ist mit einer Harpune für einen Taucher?« Er sah sie aufsässig an. Dann begann er zu grinsen, und Britta musste lachen.

»Im Ernst«, fuhr der Bademeister fort, »lautstark war höchstens Schmitz – ich kann gar nicht laut werden –; sein cholerisches Temperament hatte ihn fest im Griff. Der Grund der Auseinandersetzung war wie immer bei solchen Dingen banal.« Er unterbrach sich kurz, um einen weiteren Schüler zu ermahnen, und sagte dann: »Sein Auto war beim letzten Schützenfest zugeparkt. Ich war neben die Beifahrerseite gefahren, mit wenig Abstand, weil kaum Platz war; aber auf der Fahrerseite waren nur zehn Zentimeter Platz geblieben, nachdem der Vorjahrsschützenkönig anschließend daneben seinen SUV abgestellt hatte. Also konnte Schmitz nach der Veranstaltung von keiner Seite mehr ins Auto einsteigen.« Er grinste. »Er hat sich dann an mir schadlos zu halten versucht. Nach einem blauen Auge, das er mir verpasst hatte, gab er Ruhe.«

»Eine Lappalie.«

Çelik nickte.

»Und die Waffe?«

»Keine Harpune.« Ein breiteres Grinsen als eben folgte. Der Mann war wohl durchaus auch mal für einen Spaß zu haben. »Ein neues Gewehr für den Schützenverein. Die Rechnung kann ich vorzeigen, der Lagerort der Waffe ist immer abgeschlossen. Und die Munition davon getrennt.«

Die Kommissarin überlegte. Brauchte sie die Aussage schriftlich? Wohl eher nicht. Çelik machte einen glaubwürdigen Eindruck. Es gab sowieso immer viel zu viel Papierkram. »Danke«, sagte sie. »Sie können weiter baden.«

Draußen war tatsächlich ein Knöllchen hinter dem linken Scheibenwischer befestigt. Eine Rechthaberin vom Ordnungsamt vermutlich. Britta seufzte, zerknüllte den Zettel und steckte ihn in die Manteltasche. Dann fuhr sie ins Präsidium zurück.

Juli 2019 – Köln-Sülz, Kleingartenverein

Miguel ignorierte zwei Passanten und einen winkenden Polizisten, während er seinen Leihwagen, der noch vom Flughafen stammte, über den schmalen Sülzer Aquarienweg bis kurz vor die Laube fuhr. Als er ausstieg, baute sich einer der uniformierten Beamten drohend vor ihm auf.

»Sie können hier nicht parken. Außerdem ist das Befahren der Kleingartenanlage, so Sie kein Mieter derselben sind, untersagt. Fahren Sie wieder auf die Straße. Sofort!« Der junge Polizist, der nicht viel älter als zweiundzwanzig aussah, versuchte, seine gesamte Autorität in den Tonfall und in die auswendig gelernten Paragraphen zu legen.

Fast tat er Miguel leid. »Wenn ich mich vorstellen darf«, sagte er. »Miguel García Álvarez, Kriminalhauptkommissar.«

Der junge Mann nahm seinen ganzen Mut zusammen. »Das kann ja jeder sagen. Ihren Ausweis, bitte.« Etwas verständnislos starrte er das spanische Dokument an, das er gereicht bekam. Dann betrachtete er den Spanier und verglich sein Gesicht mit dem Foto. Aus Miguels kurzgeschorenen Haaren auf dem spanischen Passbild waren wieder seine dunklen Locken geworden. »Nee, nee. Das sind Sie doch gar nicht. Ein zweites Mal: Fahren Sie bitte Ihr Fahrzeug weg. Sofort.«

Als Antwort griff Miguel zu seinem Handy, wählte eine Nummer und sagte nur kurz: »Erklär dem jungen Polizisten mal, was ich hier tun soll. Und außerdem brauche ich rasch einen deutschen Ausweis.« Er reichte das Telefon weiter und beobachtete amüsiert, wie sich das Gesicht seines Gegenübers im Laufe der Unterhaltung mit Britta Mangold rötete.

Kleinlaut gab der Beamte das Handy zurück.

»'tschuldigung; das konnte ich ja nicht wissen.«

»Schon gut. Aber Sie haben völlig recht, ein korrekter Ausweis hätte geholfen.«

Miguel steuerte auf die Laube zu, beziehungsweise auf das, was von ihr übriggeblieben war. Er sah sich um. An einer Stelle stieg noch ein dünner Rauchfaden auf, ansonsten war alles zu einem grauschwarzen Matsch aus Asche, Wasser, Holzstücken und zersplittertem Glas geronnen.

Ein zweiter Polizist stand auf dem geplatteten Zuweg. »Nicht mehr viel zu sehen, oder?«

Miguel nickte. »Ist die Spurensicherung schon wieder weg?«

Der Polizist nickte ebenfalls. »Sieht man doch. Genauer, sieht man nicht.« Er grinste wegen des Witzes. »Ist keiner mehr da. Der Tote – vielleicht war es auch eine Frau – ist ebenfalls weggebracht worden.«

»Danke«, sagte Miguel geistesabwesend und ging vorsichtig ein paar Schritte in das ehemalige Gartenhaus. Er versuchte sich vorzustellen, was jemanden dazu bewogen haben konnte, die Laube anzuzünden. Die einfachste Antwort: Um einen Mord zu *ver*dekken. Dagegen sprach, dass man rasch *ent*decken würde, dass der Tote gefesselt gewesen war; soviel hatte Meister, der schnell wieder zu sich gekommen war, vor seinem Abtransport ins Krankenhaus noch erzählen können, was wiederum Britta ihm, Miguel, in der Kantine berichtet hatte. Wenn der Täter also in Kauf genommen hatte, dass man den Mord entdecken würde, konnte es nur einen Schluss geben: Er wollte, dass man den Toten finden würde. Interessant.

Aber warum hatte er dann mit einer Art Zeitzünder gearbeitet? Zwei größere Kanister waren zusammengeschmolzen, die wohl das übliche Gemisch aus Benzin und Diesel enthalten hatten. Ein fast geschmolzenes Wegwerffeuerzeug lag daneben. Wahrscheinlich hatten ursprünglich noch Räucherstäbchen und Batterien zu dem Ensemble gehört, das zum gewünschten Zeitpunkt das Gartenhaus in Brand steckte.

Der Täter hatte anscheinend auf Nummer sicher gehen wollen.

Miguel stocherte mit dem linken Schuh im Schutt. Aha, was er vermutet hatte: Reste eines Küchenweckers. Da hatte sich jemand viel Mühe gegeben, das Feuer um eine bestimmte Uhrzeit in Gang zu bekommen. Das sah nach einem minutiösen Plan aus. Möglicherweise konnte man daraus Rückschlüsse auf den Täter ziehen. Vielleicht dienten Feuerzeug und Küchenwecker aber auch nur zur Ablenkung.

Warum nur hatte die Spurensicherung nicht sorgfältig gearbeitet? Bestimmt hatte der kurzsichtige Kollege wieder Dienst gehabt.

Der Spanier hatte fast schon kehrtgemacht, als ihm noch etwas ins Auge fiel, das auf dem Boden glitzerte. Vorsichtig schob er mit dem Fuß ein rundes Stück Holz zur Seite, vielleicht ein Tischbein, und bückte sich.

Verschmutztes Glas in einem verkokelten Holzrahmen hatte einen Sonnenstrahl reflektiert. Miguel angelte ein Papiertaschentuch aus der Hosentasche und hob das Glas an, genauer: zwei übereinanderliegende, dünne Glasscheiben, postkartengroß, durch die ein Riss lief. Dazwischen steckte ein Foto, dessen Rückseite mit der matten Aufschrift *Fujifilm* er gerade betrachtete. Vorsichtig drehte er das Ganze um.

Auf der Vorderseite war die Reproduktion eines Gemäldes zu sehen. Aus einem Mauertor oben links drangen behelmte Gestalten ins Freie; sie waren in lange Gewänder gekleidet, hielten Schilde und Banner und befanden sich in einem langen Zug nach unten. Die zentrale Figur in ihrer Mitte trug Harnisch und Heiligenschein; sie schien den Betrachter direkt anzusehen.

Miguel schüttelte den Kopf. Irgendwelcher nordischer Heldenquark wahrscheinlich. Oder eine Standaufnahme aus einem der aktuellen Superheldenfilme. Aber warum hatte jemand das Foto gerahmt? Er ließ die beiden Glasscheiben samt Bild und den Resten des Rahmens in eine Plastikhülle gleiten, steckte diese ein und ging zum Auto zurück.

Juli 2019 – Köln-Müngersdorf, Bauunternehmung Dubois

Von der Aachener Straße im Westen Kölns bog Sören in eine Nebenstraße ein und fand nach einigem Suchen schließlich die Durchfahrt unter einem großen Gründerzeithaus. Eigentlich hatte er mit Mittel- und Hinterhaus hinter dem Gebäude gerechnet, wie man sie in den Großstädten zum Teil immer noch errichtete. Stattdessen gelangte er auf einen völlig verwilderten Hof, mit einer Brandmauer zum linken Nachbargrundstück und einer Reihe Schuppen nach hinten und rechts. Auf einer der Baracken entdeckte er nach einigem Suchen ein kleines Firmenschild. *Dubois – Bauunternehmung. Seit 1805.* Und Öffnungszeiten. Auf den anderen Schuppen waren Schilder diverser Im- und Exportfirmen befestigt. Für Briefkastenfirmen waren die Gebäude definitiv zu groß.

Sören stellte seinen Wagen direkt vor Dubois' besserer Garage ab und stieg aus. Er sah sich um. Irgendwo dudelte Musik, die er nach kurzem Überlegen als ein Stück der spanischen Band Héroes del Silencio identifizierte; Miguel hatte es ihm heute morgen vorgespielt. *Entra dos tierras* passte ganz gut, wobei die beiden Länder im aktuellen Mordfall wohl eher Himmel und Hölle oder Leben und Tod bedeuteten.

Ein altes Kinderfahrrad lehnte an einer Mülltonne. Quer über den Hof war eine wohl nicht mehr in Gebrauch befindliche Wäscheleine gespannt, an der einige durch Nässe verzogene hölzerne Wäscheklammern hingen. Zwei alte Autoreifen und ein zerbeulter Auspuff vervollständigten das Ambiente eines Berliner Hinterhofs – jedenfalls stellte sich Sören, vorurteilsfrei, wie er nun einmal war, so die Hinterhöfe der deutschen Hauptstadt vor. Nicht, dass er schon einmal dort gewesen war …

Vor der Brandmauer parkte ein futuristisch aussehendes Rennauto mit einer überlangen, vorne spitz zulaufenden Motorhaube, in die die beiden aufklappbaren Scheinwerfer eingelassen waren. Das Coupé war feuerrot lackiert. Zwischen den runden Heckscheinwerfern las Sören den Schriftzug *Corvette*. Solche Autos baute heutzutage doch niemand mehr, oder? Wer das fuhr, besaß sicher genug Kleingeld. Außerdem war der Benzinverbrauch bestimmt exorbitant hoch. Und wo gab es noch Ersatzteile dafür? Der Deutschdäne war ein praktisch veranlagter Mensch, der zuerst auf die Notwendigkeiten des Lebens achtete, bevor er sich über Luxus Gedanken machte.

Im Schuppen der Bauunternehmung hatte anscheinend jemand das Auto des Kommissars gehört; jedenfalls öffnete sich die Tür, und ein Mann trat heraus. Er trug einen dunkelblauen Anzug mit weißem Hemd, dessen Kragen über den Revers des Sakkos lagen. Zwischen Daumen und Zeigefinger der rechten Hand hielt er eine Zigarette, die schon bedenklich kurz geworden war. Er nahm einen tiefen Zug, wobei er die Lippen um das Endstück der Zigarette zusammenpresste. »Was gibt's?«, fragte er kurz angebunden.

»Pozilei«, antwortete Sören ebenso knapp.

Der Mann sah ihn irritiert an.

»Kann ich beweisen«, fügte Sören hinzu und holte seinen Ausweis aus der Brusttasche des Oberhemds. »Und Sie heißen?«

»Muss ich nicht sagen.« Der Anzugträger war erfahren im Umgang mit der Obrigkeit.

»Es würde die Atmosphäre aber entschieden auflockern.« Sören setzte seine freundliche Miene für widerspenstige Zeugen auf.

»Christian Schultheiss. Kein es-zett.«

»Und Sie sind …?«

»Angestellter bei Dubois.« Mit dem linken Daumen wies er über die Schulter auf die Baracke, aus der er gerade gekommen war. »Seit acht Jahren.« Ein weiterer Zug an der Zigarette folgte. Schultheiss betrachtete den Stummel gedankenverloren, warf ihn auf den Boden und trat ihn aus. Übergangslos hielt er plötzlich eine neue Zigarette in der Hand und zündete sie mit einem Plastikfeuerzeug an.

»Auf die Dauer ist das aber ungesund«, sagte Sören, der vor zehn Jahren das Rauchen aufgegeben hatte. Nur ein-, zweimal im Jahr griff er zu einem Zigarillo, falls auch Rotwein dazu gereicht wurde.

»Ist mir bekannt. Aber«, Schultheiss inhalierte den Rauch der neuen Zigarette, »mein Vater ist mit dem gleichen Laster siebenundachtzig geworden, mein Opa mit täglichen Zigarren zweiundachtzig. Wenn man diese mathematische Reihe fortsetzt, werde ich zweiundneunzig.« Ein neuer Zug. »Dann darf ich auch rauchen.«

»Vielleicht sollte ich jetzt mal zum Grund meines Anliegens kommen.«

»Gute Idee. Dann kann ich nämlich sagen, *keine Ahnung*. Wie sonst au—« Er biss sich auf die Zähne.

Dem Kommissar war der Versprecher nicht entgangen. Er überhörte ihn aber aus taktischen Gründen und fuhr fort: »Kennen Sie einen Klaus Schmitz?«

Schultheiss' Augenbrauen hoben sich ganz kurz.

Aber vielleicht hatte sich Sören auch getäuscht.

Der Angestellte im Anzug schüttelte den Kopf. »Nie gehört.«

»Dann waren Sie also auch nicht Sonntagnacht in Deutz beim Rheinpark?«

»Nee, da habe ich den *Tatort* gesehen. Spielte in München dieses Mal. Aber allmählich gleichen sich die Fälle.«

War die Antwort echt? Sie kam schon sehr schnell, als habe Schultheiss gewusst, für welche Zeit er ein Alibi brauchte.

»Und anschließend?«

»Die Talkshow über Brexit. Auf dem gleichen Sender.«

»Mhm.« Sören überlegte. »Zeugen?«

»Dubois.« Schultheiss grinste.

Der Däne nicht. Wie praktisch. Damit hatten nämlich beide ein Alibi, der Bauunternehmer und sein Handlanger. Dass Schultheiss nicht »auf dem Bau« arbeitete, sah ein Blinder. Die Hände waren gepflegt, nicht rissig, die Fingernägel gefeilt. Und er besaß Muskeln, die sich unter seinem Sakko abzeichneten.

»Sind wir dann fertig?«

Schultheiss war sehr höflich, aber er lächelte nicht. Ihm nachts zu begegnen, war sicher nicht empfehlenswert, falls man mit ihm im Streit lag, dachte Sören. Sein Handy klingelte. »Jacobsen. – Ach, du bist es. Und wo steckst du? – Interessant. – Sag das noch mal. – Okay, vielen Dank.« Das Telefon verschwand wieder in der Tasche.

Schultheiss trat den Zigarettenrest wieder aus, machte diesmal aber keine Anstalten, eine neue anzuzünden. Er wartete.

»Die Kollegen haben gerade einige unbezahlte Rechnungen in Schmitz' Wohnung entdeckt.« Sören machte eine Pause.

Schultheiss betrachtete ihn ungerührt. »Die haben wir doch alle.«

»Ich nicht. Jedenfalls keine von der Bauunternehmung Dubois.«

Immer noch keine Reaktion.

»Daneben lag ein handschriftlicher Zettel. Eine Auflistung von Geldbeträgen. Jedes Mal zweitausend Euro. Daneben ein Datum, dahinter ein Name.«

Schultheiss war wirklich abgebrüht. Er sagte nichts.

»Der Ihre.«

»Und?« Zum ersten Mal wandte er seinen Blick ab und sah über Sörens Schulter zur Straße hinter dem Durchgang.

»Wie wäre es, wenn Sie mich ins Präsidium begleiteten? Dann können wir die Angelegenheit vielleicht kurzfristig klären, wie nämlich Ihr Name auf die Liste in der Wohnung eines Mordopfers gelangt ist.«

Übergangslos holte Schultheiss aus und versetzte Sören einen Fausthieb in den Magen.

Der Kommissar klappte zusammen und ging stöhnend zu Boden.

Ein genau kalkulierter Fußtritt gegen seinen Kopf folgte.

Sören versuchte noch, etwas zu sagen, verlor aber das Bewusstsein.

August 1975 – Bad Rothenfelde, Haus Klara

Wenn er geschubst, weil er ja umgefallen ist, worden sein soll, der Kölner Junge, meine ich …«

Osnabrücker redeten aber auch zu umständlich, dachte Johanna, die noch nie dort gewesen war, aber manchmal zu gesunden Vorurteilen neigte.

»… dann muss doch außer altersbedingten Rangeleien ein tiefer gehendes Motiv möglicherweise vorhanden gewesen sein. Oder?« Ein fragender Blick.

»Sie halten es also für sinnvoll, dass ich mich nach Köln zurückbegebe und alle zweiundachtzig Kinder vor Ort samt ihrer Erziehungsberechtigten einer Befragung unterziehe?« Wenn sie wollte, konnte Johanna auch ähnlich verschwurbelt reden.

Der Kollege fixierte einen Punkt an der Wand gegenüber. »So ähnlich«, sagte er dann.

»Und Sie sind aus dem Schneider?« Die wohlerzogene, zurückhaltende, stets höfliche Johanna konnte auch wütend mit den Augen funkeln.

»Könnte man sagen.« Er sah schon wieder auf die Uhr. »Ich muss los. Die Akte haben Sie ja. Wenn Sie noch weiterer Informationen bedürfen – hier ist meine Karte.« Er zog eine Visitenkarte mit dem Landeswappen der niedersächsischen Polizei aus seiner Hemdtasche und reichte sie ihr, bevor er zum Treppenhaus ging. Dort drehte er sich noch einmal um.

Prima, dachte Johanna, hat der Kollege also auch *Columbo* gesehen und verinnerlicht. In jeder Folge dieser TV-Krimiserie machte der zerknautschte Inspektor an der Tür halt, um die wichtigste Frage des gerade beendeten Verhörs zu stellen. Fehlte nur, dass der Osnabrücker auch sein Frühstück in Form eines Eies in der

Manteltasche bei sich hatte. Nee, das entfiel ja; der Kollege trug ja keinen Mantel.

»Dann sehen wir uns wohl nicht wieder?«, fragte er.

»Ich hof—, glaube nicht«, antwortete Johanna. Dass alle Männer so gerne baggerten … »Aber Sie sind mir noch eine Antwort schuldig. Warum haben Sie den Hausmeister verhaftet?«

»Ach das.« Er winkte ab. »Das ist längst erledigt. Wir haben den schon heute morgen wieder entlassen. Da war wohl noch eine Rechnung zwischen der Direktorin und dem Mann offen.«

Johanna trat näher. »Nämlich?«

»Um es einfach zu formulieren: ein Mann zu viel im Haus. Und wem glaubt man eher? Dem Angestellten oder der Direktorin?«

»Also eine haltlose Anschuldigung?«

»Würde ich so sehen. Angeblich hatte er etwas mit dem Tod des Jungen zu tun; jedenfalls soll er zum Zeitpunkt des Unfalls—«

Johanna fiel ihm ins Wort. »Eine Absicht ist also für Sie ausgeschlossen?«

Der Mann nickte.

»Keine Absicht, keine Mordermittlung. Keine umfangreichen Akten.«

Ein zweites Nicken.

Fein, dachte Johanna, bleibt die Arbeit wieder an mir hängen.

»Jedenfalls«, fuhr der Osnabrücker fort, »war der Hausmeister zum Zeitpunkt des Todes des Kölner Schulkindes auf der anderen Seite der Stadt, um für den Garten des Kinderheims zwei neue Sträucher zu besorgen. Und der Direktorin habe ich etwas zur Behinderung kriminalpolizeilicher Ermittlungen gesagt. Nachdrücklich.«

»Immerhin etwas.«

Plötzlich waren Stimmen zu hören. Unten ging eine Tür, dann folgten Fußgetrappel und Gekicher.

Mädchen.

»Ich dachte«, sagte die Kölner Kommissarin mit ihrer amtlichen Miene, »es seien alle Schulkinder nach Hause geschickt worden.«

Sie sah den Kollegen herausfordernd an. »So rechtzeitig, dass wir niemanden mehr befragen konnten.«

»Wer ist *wir*?«, konterte er.

»Die Kölner Kriminalpolizei«, sagte Johanna ungerührt.

»Die Maßnahmen vor Ort trifft die operierende Kraft.«

Manchmal waren Lehrsätze Leersätze, dachte die junge Frau. »*Whatever*«, sagte sie und verwendete eine von Wordsworths Lieblingsfloskeln, die immer passten. »Es sind doch noch Kinder da?«

»Kinder schon, aber keine Ferienkinder.« Er schwieg und sah demonstrativ auf die Uhr.

Unsympath war viel zu freundlich für ihn. Johanna wünschte sich jemanden wie den schwarzen GI, der präzise, ohne viel Aufhebens, seine Arbeit tat und keine persönlichen Eitelkeiten kannte. »Muss ich Sie für jeden Satz aufs Neue bitten?«

Der Osnabrücker interessierte sich nicht für Anwürfe von jenseits des Rheins. »Das sind zwei Mädchen, die Töchter des Hausmeisters, die hier häufiger sind. Wahrscheinlich hängen sie sehr an Vaters Rockzipfel.«

Schiefe Bilder mochte Johanna ebenfalls nicht. Jetzt sah sie selbst auf die Uhr. »Müssen Sie nicht los?«

So hatte der Kollege sich seinen Abgang nicht vorgestellt, quasi entlassen zu werden, und dazu noch von einer Frau. Von Emanzipation hielt er nicht viel, eher schon von dem wundervollen Bonmot, was man mit dem Fremdwort formulieren konnte: »Emanzipation kommt vom Lateinischen *e manu capere* – aus der Hand fressen!« Da es in seiner Abteilung nur Männer gab, war das Gelächter damals groß gewesen. Er warf der jungen Frau einen abschätzigen Blick zu und verabschiedete sich hämisch: »Na, dann viel Glück bei der Tätersuche!« Und weg war er.

Johanna schüttelte nur den Kopf und lief ebenfalls die Stufen hinunter. Unten traf sie die beiden Mädchen an, die nichts zu tun hatten und auf neue Entwicklungen warteten. »Habt ihr einen Moment Zeit?«, fragte Johanna freundlich. »Kripo Köln«, fügte sie zur Erläuterung hinzu.

Die beiden Mädchen sahen sich bedeutungsvoll an. Dann war vielleicht doch mehr passiert, als der Vater bisher gesagt hatte, wenn sogar aus dem benachbarten Bundesland die Polizei kam.

»Haben wir«, sagte die Größere. Sie hatte eine dunkelblaue Jeans mit weitem Schlag an und ein Baumwellhemd mit rot-weiß-blauem Karomuster. »Ich heiße übrigens Susanne Rabe.«

»Johanna Neumann«, antwortete die Kriminalkommissarin. »Und du?«, fragte sie das zweite Mädchen, das mit Rock und Bluse deutlich konservativer gekleidet, aber auch gut zwei Jahre jünger war.

»Petra Rabe.« Sie sah verlegen zu Boden.

»Habt ihr etwas von dem Unfall gehört, den einer der Jungs gehabt hat?«

»War ja nicht zu übersehen, nachdem sogar Krankenwagen, Notarzt und Polizei hier aufgekreuzt sind«, sagte Susanne.

»Kanntet ihr denn den Jungen, um den es geht?«

Beide schüttelten den Kopf. »Nee. Aber die waren immer zu fünft, die ganze Zeit über«, sagte die Größere wieder etwas ungenau.

»Ich dachte, dass sei ein Sechser-Zimmer gewesen«, sagte Johanna.

»War es ja auch. Aber der sechste Junge war immer alleine.« Petra konnte nur reden, wenn sie dabei nach unten sah.

»Wie hieß denn dieser Junge?«

»Keine Ahnung«, antworteten beide gleichzeitig.

»Wir haben ihn immer nur *der kleine Kölner* genannt, so, wie der redete«, sagte Susanne.

»Und wen meint ihr mit *zu fünft*?«

»Na, die ganze Clique.« Es klang wie *Klicke*. »Alles Kölner. Alle mit ihrem komischen Singsang.« Petra sprach fast akzentfrei Hochdeutsch.

»Und der kleine Kölner? Wie sah der aus?« Johanna hatte begonnen, sich Notizen zu machen, was im Gang etwas mühsam war, da sie keine Unterlage dafür hatte.

»Klein eben«, sagte Susanne. »Der ging mir höchstens bis hier.« Sie hielt die flache Hand vor ihren Busen, der für ihr Alter – dreizehn, vierzehn? – schon groß war.

»Und blonde Haare hatte er«, ergänzte Petra. »Fast solche wie ich.« Sie schob ihren langen Zopf von der rechten auf die linke Schulter.

Blond? schrieb Johanna. »Die Direktorin hat vorhin von braunen Haaren gesprochen. Was stimmt denn jetzt?«

»Keine Ahnung«, sagten die beiden Mädchen wieder gleichzeitig. Wahrscheinlich ein viel benutzter Satz, der ausreichte, um familiäre und schulische Klippen zu umschiffen.

»Fällt euch noch etwas zu dem einzelnen Jungen ein? Trug er vielleicht eine Brille oder hatte er vielleicht ein besonderes Kleidungsstück an?«

Susanne und Petra sahen sich wieder an und überlegten. »Nee«, sagte schließlich Susanne. »Hatte er nicht.«

»Das waren komische Jungs.« Petra mit ihren zwölf, dreizehn Jahren besaß schon eine feste Meinung. »Allein, wie die uns schon angeguckt haben.«

Johanna musste innerlich grinsen. So lange war ihre Jugend auch noch nicht her, und sie erinnerte sich noch gut an Tanzstunden, in denen man die Herren vom fremden Stern auf der anderen Seite des Parketts beäugte und zutiefst merkwürdig fand.

»Der mit den schwarzen Locken war aber nett«, sagte Susanne vorsichtig. Zu weit durfte man sich als Frau nie aus dem Fenster lehnen, fand sie. »Bis auf die Schultern gingen die.«

»Hast du auch einen Namen dazu?«

Susanne schüttelte den Kopf. »Die Namen änderten sich doch alle vierzehn Tage. Warum sollte ich sie mir dann merken?«

Jetzt hatte Johanna genug. Mehr war aus den Mädchen bestimmt nicht herauszuholen.

»Manfred hieß doch der eine, oder?«, fragte Petra.

»Nee, Werner, glaube ich.« Susanne legte den Kopf schief. »Oder war es Walter?«

Johanna ließ die beiden stehen und ging mit dem Aktenordner unter dem Arm zum Auto.

Von ihrem Büro aus verfolgte die Direktorin den Abgang der Kriminalistin. Dann griff sie zum Telefonhörer.

Juli 2019 – Köln-Kalk, Polizeipräsidium

Britta biss lustlos an einem der um die Mittagszeit ohnehin nicht mehr kross schmeckenden Brötchen aus der Kantine herum und legte es frustriert wieder zur Seite. Wenn man schon für den Staat schuftete, sollte man wenigstens anständiges Essen bekommen. Viel Hunger hatte sie ohnehin noch nicht wieder. Auf dem Bildschirm des Rechners blinkte ein kleines Symbol.

Im Eingangsordner für interne E-Mails lag eine neue Nachricht. Die Spurensicherung teilte lakonisch mit, man habe den verbrannten Toten identifizieren können. Sonst nichts.

Sie seufzte. Immer das gleiche Spiel: Die Leute von der KTU wollten eine Belohnung für die gelöste Aufgabe. Dann grinste sie, weil ihr ein schöner Buchtitel für einen der inflationären Ratgeber eingefallen war: *Warum Männer gelobt werden wollen und Frauen mit Geschenken auskommen.* Was Sören wohl dazu sagen würde?

Sie griff zum Hörer, um den Kollegen den indirekt erbetenen Gefallen zu tun.

»Ich bin's. Ihr habt also tatsächlich so schnell herausgefunden, um wen es sich bei der Leiche in der Schrebergartenkolonie handelt? – Das habt ihr großartig gemacht.« Wahrscheinlich musste sie bei soviel Schleimerei den Hörer nachher abwischen. »Und ihr seid sicher? – Ach so, war eingraviert. – Aber die Uhr hätte doch auch von jemand anders stammen können, oder? – Prima, sogar den Zahnarzt habt ihr gefunden. – Ja ja, ich werde es im Bericht vermerken. Lobend natürlich.« Etwas grußlos legte sie auf.

Sie zog das übliche Formular heran und trug die soeben erhaltenen Angaben ein. *Manfred Küster, geboren am 23. April 1959 Köln, wohnhaft in Rodenkirchen, tätig bei der Feuerwache Marienburg als Brandinspektor.*

Britta kaute auf dem Ende des Kugelschreibers herum und überlegte. Angaben zu einer Familie fehlten bisher. Und wenn der Tote in Rodenkirchen gewohnt hatte, wo er vielleicht sogar einen Garten besessen hatte, schließlich war es einer der besser situierten Kölner Stadtteile – was hatte er dann in dem Schrebergarten in Lindenthal zu suchen gehabt?

Sie überlegte. Ein Kollege sollte mit Küsters Vorgesetzten sprechen, ein zweiter zur Privatadresse fahren und dort Nachforschungen anstellen. Sören! Der war doch irgendwo im Kölner Westen. Dann konnte er, sobald er dort fertig war, nach Südosten fahren und die notwendigen Befragungen durchführen. Ehe sie aber zum Handy greifen konnte, klopfte es.

Kriminalrat Mohr kam herein, setzte sich aber nicht wie üblich, sondern blieb stehen.

»Frau Mangold, Sie müssen, glaube ich, ins Krankenhaus.«

Er macht einen etwas zerfahrenen Eindruck, dachte Britta. »Danke, mir geht es aber gut. Oder sehe ich so schlecht aus?«

Mohr wischte ihre Bemerkung mit einer energischen Handbewegung beiseite. »Herr Jacobsen ist angegriffen worden.«

Britta wurde blass. »Ist ihm etwas Ernsthaftes passiert?« Sie stand auf.

»Vermutlich nichts Gravierendes, bei seinem dänischen Dickschädel.«

Dann war es wirklich nicht so schlimm, wenn Mohr einen launigen Satz wagte.

»Wo liegt er denn?«

»In der Uniklinik.«

»Wie lange muss er dort bleiben?«

»Keine Ahnung. Und jetzt lassen Sie mich mal reden.«

Ihr Vorgesetzter berichtete kurz, was Sören den Sanitätern noch hatte sagen können, bevor er wieder das Bewusstsein verloren hatte. Eine gute Seele hatte einen Rettungswagen verständigt, nachdem spielende Kinder den verletzten Kommissar entdeckt hatten. »Also, die Fahndung nach diesem Angestellten namens

Christian Schultheiss läuft«, beschloss er seine Ausführungen. »Und Sie übernehmen die Aufgaben von Herrn Jacobsen, bis er wieder gesund ist.«

Grußlos verließ Mohr das Büro.

Mehr Arbeit also. Als ob sie nicht schon genug zu tun hatte. Aber für Sören würde sie immer alles stehen und liegen lassen. Britta ergriff Handtasche nebst Autoschlüssel und lief zum Parkhaus.

Miguel stand vor der verschlossenen Bürotür. Ob Britta ihm aus dem Weg ging? Aber warum? Zwar hatte er ihr vor Jahren einmal Avancen gemacht, die Lars aber buchstäblich im Keim erstickt hatte – mit einem Hinweis auf den Größenunterschied. »Du bist zu kurz.« Dieser Satz hatte gereicht, um aus einem selbstkritischen Verehrer, der seine Niederlage sofort eingestand, einen echten Freund zu machen. Neidlos hatte er Brittas und Lars' Glück beobachtet, bis zu jenem verhängnisvollen Valentinstag vor sechs Jahren. Er schluckte. Komisch, irgendwie ging ihm die Geschichte immer noch an die Nieren, auch wenn er gedacht hatte, dass Abstand, in erster Linie der geographische zwischen Köln und Córdoba, die Erinnerung daran verblassen lassen würde. Aber dem war wohl nicht so.

Als er gerade wieder gehen wollte, kam ihm Kriminalrat Mohr entgegen. »Ah, unser spanischer Freund.«

»Kölscher«, verbesserte Miguel, der nicht genau wusste, warum Mohr so leutselig war. Wahrscheinlich, weil er etwas von ihm wollte.

»Haben Sie mal eben eine Minute für mich übrig?«

Er nickte. »Hier? Auf dem Flur?«

Mohr holte einen zusammengefalteten Zettel aus seiner Brieftasche und gab ihn Miguel. »Fahren Sie bitte mal dorthin und fragen Sie, was die Kollegen so von—« Er schielte auf das für ihn auf dem Kopf stehende Blatt und fuhr dann fort: »Küster gehalten haben.«

Der Spanier sah ihn verständnislos an.

»Sie wissen das noch gar nicht? Aber Sie waren doch in der abgebrannten Laube, oder?«

»Doch, aber—«

»Der Tote hieß Küster und war aber nicht ein solcher, sondern Feuerwehrmann. Die Adresse auf dem Blatt ist die seiner Wache.« Mohr betrachtete prüfend den neuen Kollegen, der das Wortspiel mit Namen und Beruf zu überhören sich bemüht hatte. »Sie wissen doch, wie man das macht?«

»Was jetzt genau?«

»Ermittlungen durchführen. Oder habt ihr das in Spanien unterlassen?«

Miguel hatte auf so viele dumme Bemerkungen keine Lust, selbst wenn sie dazu dienen sollten, ihm den Wiedereinstieg in das deutsche Berufsleben zu erleichtern. »Wir haben dasselbe gefragt, wie Sie es hier auch tun: *Haben Sie XY umgebracht, ja oder nein?*«

»Nichtzutreffendes durchstreichen«, sagte Mohr und gluckste. »Bis später.« Er machte auf dem Absatz kehrt und verschwand in Richtung seines Büros.

Kopfschüttelnd steckte Miguel den Zettel ein und begab sich zu seinem Leihwagen.

Juli 2019 – Köln-Lindenthal, Universitätsklinik

Sören stöhnte. Die aufgeplatzte Wunde an der linken Schläfe, wo ihn der Schuh des Handlangers getroffen hatte, war genäht worden und schmerzte. Und Whisky war nicht zur Hand. Wunden mussten auch von innen behandelt werden, fand er. Wie gerne hätte er etwas von der Flasche Glendronach getrunken, die immer auf einem für sie reservierten Regalbrett des Bücherbords mit deutschen und dänischen Romanen in seinem Wohnzimmer stand. Eine zweite hielt er für den Fall der plötzlichen Leerung der ersten immer in der Küche bereit.

Und außerdem ärgerte es ihn, dass er auf die Schauspielkünste von Schultheiss hereingefallen war. Doch mit Entschuldigungen, auch bei sich selber, kam man nicht weiter.

Probeweise setzte er sich auf.

Nichts.

Kein Schwindel, keine sich verstärkenden Kopfschmerzen. Aber nur, weil das Medikament noch wirkte. »Eine leichte Gehirnerschütterung«, hatte die übermüdete Stationsärztin gesagt. »Vier Tage Bettruhe, dann können Sie anfangen, wieder halbtags zu arbeiten.«

Sören hatte nur gelacht.

Die Tür öffnete sich, und ein Pfleger mit einem Tablett kam herein. »Das Abendessen, Herr Jacobson.«

»-sen«, sagte Sören.

Der Pfleger sah ihn verständnislos an und stellte das Essen auf dem Holztisch neben den beiden Stühlen ab. »Sie sollen zum Abendessen aufstehen, aber langsam. Das tut Ihrem Kreislauf gut.«

»Abendessen?« Sören sah auf die Uhr neben dem Fernseher an der Wand. »Es ist halb vier. Nachmittags.«

»Irgendwann muss die Küche auch Feierabend haben.« Grußlos drehte sich der Mann in Hellgrün um und verließ das Krankenzimmer wieder.

Sören sank ins Kissen zurück und überlegte, ob er aufstehen solle, entschied sich aber dagegen. Das Essen war bestimmt ungenießbar. Auf einer Skala von eins bis zehn lag das Kantinenessen im Polizeipräsidium bei drei, das hier aber bei *minus* drei. Wahrscheinlich. Außerdem hatte er ohnehin vor, in Kürze wieder nach Hause zu gehen.

Erneut ging die Tür auf, und Sören seufzte. Der Nachteil von Krankenhäusern war, dass die eigene Routine und der eigene Rhythmus hinter den Erfordernissen der ärztlichen Zunft zurückstehen mussten. Er fand immer, dass die eigene Ruhe eine rasche Genesung förderte.

Zu seiner Überraschung jedoch war es Britta, die ins Zimmer kam und ihn besorgt anlächelte. Sie legte eine einsame Rose auf den Tisch. »Habe ich unterwegs gefunden. Kannst du behalten.« Sie warf ihm einen unsicheren Blick zu. *Das hier ist keine Art, einen Freund zu bemuttern*, hieß das.

»Keine Sorge«, sagte Sören, der schon manches Mal Brittas Mienenspiel das Richtige entnommen hatte. »Habe ich nicht so verstanden.«

»Wenigstens ist das Krankenhaus ordentlich.«

»Inwiefern?«

»Na ja, kein Leute im Eingangsbereich, die Bademäntel tragen und Kinderwagen schieben. Keine vor der Tür, die rauchen, den Infusionsständer neben sich. Dagegen saubere und vor allen Dingen helle Flure. Und Wegweiser, die etwas taugen.«

Sören lachte. »Und wahrscheinlich kein Schild *Kapelle*, das zuerst ins Auge fällt. Wo dann nämlich die Toten liegen.«

»Die brauchen aber auch einen Ort.« Britta wusste nicht genau, was sie von Sörens Bemerkung halten sollte. Ob das eine seiner wunden Stellen war? Sie beschloss, jetzt nicht darauf einzugehen, und setzte sich. »Erzähl mal, was passiert ist.«

Gehorsam tat ihr Sören den Gefallen.

»Und was sagt uns das?«, fragte sie anschließend und beantwortete die rhetorische Frage gleich selbst. »Dass er etwas zu verbergen hat. Wohl eine kleine Erpressung, wenn es sich bei dem Namen auf der Liste, die die Kollegen in Klaus Schmitz' Wohnung gefunden haben, wirklich um *deinen* Schultheiss handelt.«

»Das glaube ich aber doch«, sagte Sören. »Sein Alibi ist zu gut, um echt zu sein.«

»Ich habe zwei Kollegen schon gebeten, seinen Chef, diesen öligen Bauunternehmer, ins Präsidium zu bringen.«

»Den kannst du doch mir überlassen.« Unbewusst strich sich Sören über das Pflaster an der Schläfe.

»Das denkst auch bloß du. Du bleibst schön hier.«

»Aber nicht die volle Zeit. Die Stationsärztin sagte etwas von vier Tagen.« Abrupt richtete er seinen Oberkörper auf, konnte aber ein leichtes Stöhnen dabei nicht unterdrücken.

»Siehst du – hinlegen!« Brittas Stimme duldete keinen Widerspruch.

Der Däne gehorchte. »Dann wird zu essen aber schwieriger. Aber ich habe sowieso keinen Hunger.«

»Ich könnte dich ja füttern. Was gibt es denn?« Sie stand auf und studierte den Wochenplan, der auf dem Tisch neben dem Essenstablett lag. »Kartoffelpüree, kalten Schweinebraten und—« Sie warf Sören einen triumphierenden Blick zu. »Mangold. Mangold ist immer gut.«

Juli 2019 – Köln-Marienburg, Feuer- und Rettungswache 2

Miguel war doch schon länger nicht mehr in Köln gewesen. Er musste etwas suchen, bis er den Militärring gefunden hatte; vor allem musste er sich wieder an deutsche Verkehrsregeln gewöhnen. Die Vorschriften in Córdoba wurden im allgemeinen etwas großzügiger als in der reglementierten Bundesrepublik ausgelegt, vor allem, was das Fahren auf dreispurigen spanischen Straßen anging, auf denen sich manches Mal vier Autoreihen nebeneinander bewegten, wenn die Verkehrslage es erforderte.

Und natürlich fiel er, wie so viele vor ihm, auf die postalische Adresse der Feuer- und Rettungswache 2 herein. Im Schillingsrotter Weg stand er nämlich vor einem verschlossenen Tor, an dem nur ein kleines Schild auf den Eingang um die Ecke hinwies. Also hieß es, zurück auf den doppelspurigen Ring zu fahren.

Die Niederlassung der Kölner Feuerwehr lag im Grünen. Eine breite Zufahrt führte auf das Gelände gegenüber dem Marienburger Golfclub. Alte Bäume umstanden die Anlage aus Garagen für die Löschfahrzeuge und einem dreistöckigen Verwaltungsbau. Vierzehn Tore zählte Miguel, als er auf das Haupthaus zuging.

Ein Löschfahrzeug wurde auf dem Vorplatz gereinigt. Vielleicht war es dasjenige gewesen, das am Morgen zum Einsatz in die Laubenkolonie gerufen worden war. Man könnte ja mal fragen.

Er ging auf einen der rauchenden Feuerwehrmänner zu und deutete auf die Zigarette, deren bläulicher Rauch fast senkrecht in die Luft stieg. »Falls es stärker zu brennen anfängt, können Sie ja direkt löschen.« Er zeigte auf einen ausgerollten Schlauch.

Der Mann warf ihm einen mitleidigen Blick zu. »Lahm, lahm. Dass euch Journalisten nie etwas Neues einfällt … Vom *Kurier*, oder?«

Miguel sah an sich herunter. Besaß die Presse eine Berufskleidung? Lederjacke und Jeans trugen doch die Angehörigen vieler Berufe. Nun ja, so vieler nun auch wieder nicht. Journalisten, Lehrer, Polizisten … Mehr fielen ihm nicht ein. »Nein«, sagte er freundlich. »Kripo Köln.«

Das schien den Mann nicht sonderlich zu erschüttern. »Was gibt es denn?«

Gut, Miguel konnte seine Befragungen auch direkt hier draußen beginnen. »Wir ermitteln im Mordfall Manfred Küster.«

»Da seid ihr aber schnell«, sagte der Mann und zog an seiner Zigarette. »Sonst braucht ihr doch immer drei Tage, bis ihr in die Gänge kommt.«

»Höre ich da Vorurteile?«

»Urteile.«

Miguel grinste. »Können Sie mir denn zu Herrn Küster etwas sagen?«

»*Dat wor ne leeve Jung*, wie man hier sagt. Den habe ich kein einziges Mal laut werden gehört. Auseinandersetzungen? Fehlanzeige. Der bekam regelmäßig den Orden als beliebtester Angehöriger dieser Wache. Wenn wir denn einen Orden zu vergeben hätten.«

»Kannten Sie ihn denn näher?«

»Nur so weit, wie man einen der Chefs kennt.« Der Mann überlegte, als ihm Miguel einen auffordernden Blick zuwarf. »Küster war Nichtraucher. Ab und zu ein Gläschen Wein nach Feierabend, wenn wir mal zusammengesessen haben. Kein Bier. Fand ich eher untypisch für einen Kölner.«

»Vorurteile?«

»Urteile.« Ein leichtes Grinsen folgte. »Keine Familie, soviel ich weiß. Und er fuhr einen VW Passat, das langweiligste Auto überhaupt.«

Miguel wollte etwas sagen, aber der Feuerwehrmann kam ihm zuvor. »Ein fundiertes Urteil.« Er trat die Zigarette aus. »Noch etwas? Ich habe hier eigentlich zu tun.«

Wobei du dir kein Bein ausreißt, dachte der Spanier. »Das wär's im Moment. Wo finde ich denn die Hierarchie?«

Der Mann deutete auf das Gebäude hinter der sechsten Garage. »Erster Stock.« Er drehte sich um und kletterte ins Löschfahrzeug.

Auf der Treppe nach oben kam ihm eine junge Frau in Uniform entgegen. »Suchen Sie jemanden?«

»Ja«, bestätigte Miguel. »Jemanden, der mir Auskünfte über einen Ihrer Kollegen geben kann, Manfred Küster. Ich bin von der Kripo Köln.« Er versuchte, die junge Frau nicht zu auffällig zu mustern.

»Eine furchtbare Geschichte, oder?« Sie war wohl Betrachtungen der Männerwelt gewohnt, da sie Miguels Blicke nicht kommentierte.

War man sehr hübsch, wusste man das eben auch irgendwann, war sich der Spanier sicher. Der Tod schien sich wie ein Lauffeuer bei der Feuerwehr herumgesprochen zu haben. »Wann haben Sie denn davon erfahren?«

»Eine Kommissarin hat hier angerufen und nach seinem Vorgesetzten gefragt. Außerdem hat sie Ihren Besuch angekündigt.«

Was Britta wohl dazu veranlasst hatte? Zeugen zu überrumpeln, war doch die entschieden bessere Methode. Andererseits – wenn Küsters Mörder unter seinen Kollegen zu finden sein würde, dann würde ihn Britta bestimmt überführen; daran hatte er nicht den geringsten Zweifel. Er betrachtete den dunkelblonden Zopf der Feuerwehrfrau. Wie der wohl aussehen würde, wenn sie von einem Einsatz zurückkam. Rußgeschwärzt? Und der Rest? Er schüttelte unlautere Gedanken ab, die mit Duschen zu tun hatten, und räusperte sich. »Wer ist denn nun Küsters Chef?«

»Harald Biedermann. Mit dem Nachnamen kam doch nur die Feuerwehr als Berufsumfeld in Frage. Hat jedenfalls Max Frisch gesagt.«

»Ein Kollege?«, fragte Miguel.

Die junge Frau musterte ihn mitleidig und ließ ihn stehen.

Er schüttelte den Kopf und stieg die Treppe weiter hoch.

Die zweite Tür rechts war mit *Biedermann. Brandinspektor* beschriftet. Miguel klopfte.

»Tür ist offen«, ließ sich eine sonore Stimme von innen vernehmen.

Der Kommissar trat ein und sah sich einem jüngeren Mann gegenüber, Ende dreißig, Anfang vierzig, der ihm freundlich die Hand entgegenstreckte. »Biedermann.«

»Ich weiß«, sagte Miguel. »Steht draußen dran. Ach so, Miguel García Álvarez, Kripo Köln.«

»Ich weiß«, sagte Biedermann. »Hat Ihre Kollegin schon gesagt.«

»Wenn Sie schon alles wissen, kann ich ja wieder gehen.«

»Nun, alles nicht. Das ist schon eine schlimme Angelegenheit. Ein Angestellter, der auf diese Weise ums Leben kommt …« Der Brandinspektor wischte sich über die Augen. »Tut mir leid, Todesfälle setzen mir auch nach Jahrzehnten im Beruf noch immer zu.«

»Wann haben Sie denn angefangen?«

»Mit zehn. Kinderfeuerwehr. Feuer hat mich schon immer fasziniert.«

Miguel zog eine Augenbraue hoch. »Feuer?«

»Also, es wieder auszumachen«, beeilte Biedermann sich zu sagen. Ein schiefes Grinsen folgte.

»Manfred Küster – was fällt Ihnen zu ihm ein?«

»Gar nichts. Küster war langweilig, wie sein Auto.«

Noch jemand, der mit dem soliden VW nichts anfangen konnte? »Was fahren Sie denn privat?«

»Einen Ford. Mein Schwager arbeitet da, und—«

»Wir wollten uns eigentlich nicht über Fahrzeuge unterhalten. Warum war Küster *langweilig*?«

»Er sagte nie viel, er konnte keine aufregenden Urlaube vorweisen, er hatte keine Frauengeschichten, er—«

»Und wenn man all' das hat, dann erst ist man ein vollwertiger Mann, oder?« Miguel konnte manchmal auch bissig sein.

»So meine ich das überhaupt nicht!«, verteidigte sich der Brandinspektor. »Küster war im besten Sinnen farblos, er war, nun, wie soll ich das formulieren, er war einfach ein Mitläufer, der nie groß auffiel.«

»Beliebt?«

»Keine Ahnung. Er störte nicht.«

Viel mehr hatte Miguel nicht herausbekommen, bevor er mit seinem Auto zum Polizeipräsidium zurückfuhr. Der Nachmittagsverkehr hatte deutlich zugenommen, und auf der Deutzer Brücke standen die Fahrzeuge wie üblich im Stau.

Er ließ sich noch einmal die Gespräche in der Rettungswache durch den Kopf gehen. Zwei weitere Feuerwehrmänner hatten nur seinen Eindruck bestätigt: Küster war ein Kollege gewesen, den niemand näher kannte, der aber auch nicht unbeliebt gewesen war. Aber ihn als jemanden zu bezeichnen, der *nicht störte*? Ein furchtbares Urteil über einen Menschen.

August 1975 – Köln-Zentrum, Polizeipräsidium

Johanna kam verschwitzt und müde von ihrem Ausflug nach Bad Rothenfelde wieder in Köln an. »Ihren« Parkplatz in der Georgstraße hatte dieses Mal ein Opel Manta okkupiert; das Orange der Karosserie war noch drei Straßen weiter zu sehen. Furchtbar. Sie schüttelte sich. Wer kaufte denn Autos in apfelsinenfarben? Seufzend machte sie sich auf den Weg zu ihrem Arbeitsplatz – in anderthalb Kilometern Entfernung. Und frustriert war sie obendrein. Es war halb neun, abends, und was hatte sie erreicht? Außer Spesen nichts gewesen. Dabei hatte sie das Essensbudget nicht einmal strapaziert, weil sie nach der Begegnung mit dem unmöglichen Kollegen aus Osnabrück nur noch zurück gewollt und auf einen Besuch in einem der Restaurants in der Badstadt verzichtet hatte.

Sie stieß die Tür zu ihrem Büro mit dem Ellenbogen auf und legte drinnen den Ordner der Schwester Direktorin auf den ohnehin schon zu vollen Schreibtisch. Dann ließ sie sich müde auf den Stuhl fallen und schloss für einen Moment die Augen. Auch Achtundzwanzigjährige hatten ein Recht auf Müdigkeit.

»'n Abend«, sagte plötzlich eine vertraute Stimme.

Johanna schreckte hoch; sie war doch tatsächlich eingeschlafen.

William Wordsworth Jr. grinste freundlich. »Ist ja nett, dass du auf das knappe Budget unserer Abteilung geachtet und nicht übernachtet hast. Stattdessen schläfst du kostensparend hier. Vorbildlich! Bist du denn wenigstens erfolgreich gewesen?«

»Leider nein.«

Die junge Frau berichtete von der unwilligen Direktorin, dem unverschämten Kollegen und dem unachtsamen Opfer, das wahrscheinlich nur ausgerutscht war.

»*Wahrscheinlich*. Das ist ein bisschen dünn.«

Johanna kam sich wie eine Oberstufenschülerin vor, die eine Aufgabe vermasselt hatte.

»Sonst hast du nichts gesehen?« Wordsworth pfiff den Refrain des aktuellen Hits auf Platz 1 in den Charts, *You Ain't Seen Nothing Yet*, was seine Kollegin erstaunte, da sie gedacht hatte, er würde sich eher für die Bluesmusik der Schwarzen interessieren. Man lernte nie aus.

»Wenig«, sagte sie wahrheitsgemäß und berichtete von den beiden halbwüchsigen Mädchen und ihren Vermutungen, was die Jungsgruppe anging. »Ach ja, noch etwas.« Vorsichtig holte sie das Seifenstück hervor. »Das stammt aus dem Bad. Vielleicht befindet sich ja ein Fingerabdruck darauf.«

Ihr Vorgesetzter fing an zu lachen. »Mädchen«, sagte er und verbesserte sich aber rasch: »Johanna, dein Vertrauen in die moderne Technik scheint ja unbegrenzt zu sein, aber von einem Seifenstück, das in Benutzung war, noch einen Fingerabdruck abzunehmen – ich weiß ja nicht.« Er lachte erneut.

Wenn man die Augen zumachte, hörte er sich bei bestimmten Formulierungen manchmal wie ein Kölner an. Selbst seine Aussprache rheinischer Slangausdrücke machte den Bewohnern der großen Domstadt alle Ehre, was Johanna an die Geschichte erinnerte, was passiert war, als man einen Bayern zum Hochdeutschlernen nach Hamburg geschickt hatte. Hinterher sprach das halbe Hotel an der Waterkant dessen heimatliches Idiom. Genauso war das mit dem Dialekt der Domstadt; der färbte auch ab.

»*Well, anyway*«, sagte Wordsworth gerade.

Soviel zu Kölsch, dachte Johanna.

»Etwas Arbeit für uns.«

Hatte er gerade *für uns* gesagt? Sie setzte sich kerzengerade auf.

»Wie viele Namen stehen auf der Liste?«

»Dreiundachtzig.«

»Gut. Die Mädchennamen lassen wir vorerst außer Acht, dann sind es noch ...« Er fuhr mit dem Zeigefinger das Blatt hinunter, auf dem handschriftlich nach und nach, in unterschiedlichen Farben – wohl abhängig vom jeweiligen Schreibgerät –, die Adressen der Eltern von den Anmeldungen übertragen worden waren. »Neunundzwanzig Namen. Wobei ...« Er blätterte einige Seiten durch. »Ganz vollständig scheint das nicht zu sein.«

»So etwas sagte auch die jüngere der beiden Diakonissen.«

»Egal. Das bedeutet neunzehn Namen für dich und zehn für mich.«

Spielerisch empört sagte Johanna: »Hier in Deutschland geht Dividieren etwas anders.«

»Das ist der GI-Bonus. Wir haben euch befreit; da könnt ihr ruhig etwas mehr tun.«

Johanna lachte. Sie wusste nur zu gut, wie viel dienstliche Arbeit ihr Chef zusätzlich leistete; dann durfte er ihr gerne auch mehr übergeben.

»Wir fangen damit morgen früh an«, fügte Wordsworth hinzu. »Punkt acht, dann sind wahrscheinlich die meisten noch zu Hause.«

»Wollen Sie echt alle abfahren?«

»Nein, wir greifen zum modernsten Kommunikationsmittel, das wir haben – dem Telefon.«

Johanna grinste. »Irgend etwas, worauf ich besonders achten soll?«

»Stimmungen, Zwischentöne, Nuancen, alles, was ungewöhnlich ist und uns vielleicht ein Motiv liefert, einen harmlosen Schüler ins Jenseits zu befördern.«

»Ich bin mir ja nicht sicher, ob Kinder so viel kriminelle Energie haben.«

»Heranwachsende. Und, glaub mir, das können ganz schöne Biester sein.« Wordsworths Blick verlor sich im Nirgendwo. Er dachte an den letzten Widerstand der Nationalsozialisten in Köln 1945, das Gefecht der beiden Panzer vor dem Dom, das er aus der Nähe hatte mitverfolgen können, und an den vierzehnjährigen Jungen, der wie besessen aus seinem Versteck im Keller des Früh eine Salve nach der anderen abfeuerte, bis ihm die Munition ausging. Als sie ihn schließlich festgenommen hatten, war er nur noch ein Häufchen Elend gewesen.

Johanna beobachtete ihren Chef. Woran er wohl gerade dachte? Wahrscheinlich wieder irgendeine Kriegsgeschichte. Auch dreißig Jahre später waren die Erinnerungen wohl immer noch präsent. Was mochte ihn dazu getrieben haben, Kriminalist zu werden? Sie nahm sich vor, ihn bei einem Glas Wein mal zu fragen.

»Ein Glas Wein?«, fragte der ehemalige GI und sah auf die Uhr. »Feierabend.«

Johannas Herz begann, lauter zu klopfen. Waren das jetzt Avancen oder nur freundliche Bemühungen um ein gutes Arbeitsklima?

»Damit wir unser gutes Arbeitsklima in ein gutes Feierabendklima umwandeln können.« Er grinste.

»Ich nehme aber die Akte mit«, sagte Johanna. »Vielleicht fällt uns noch etwas ein für die morgigen Telefonate.« Sie hob den Ordner hoch und verließ mit ihrem Vorgesetzten zusammen das Büro. Morgen war auch noch ein Tag.

Juli 2019 – Köln-Kalk, Polizeipräsidium

Die Kommissarin ließ den Blick um den großen Tisch schweifen. Sie war beliebt; das wusste sie, und daher waren fast alle Gesichter ihr zugewandt.

Nur die junge Kollegin machte sich, wie sonst auch, rasch noch ein paar Notizen. Sie war wie immer eine der ersten, die den Besprechungsraum im Polizeipräsidium betraten. Sie will es wohl noch zu etwas bringen, dachte Britta, die hinter ihr hineingegangen war. Nur wenige Stühle waren besetzt. Sören lag im Krankenhaus, Kriminalrat Mohr kam selten zu einem *briefing*, und Miguel war wohl noch unterwegs. Dabei müssten eigentlich mehr Kollegen anwesend sein.

Zwei Tote aus zwei Fällen, die nichts miteinander zu tun hatten, bedeuteten auch zwei Mordkommissionen. Eigentlich. Aber wie immer, wurde auch hier gespart: Aus zweihundert Prozent Ermittlern waren vielleicht einhundertunddreißig geworden. Dasselbe Prinzip galt, wenn sich ein Ehepaar – beispielsweise in der Kirche – eine Stelle teilte, gewissermaßen jeder fünfzig Prozent der Arbeit zu leisten hatte: Tatsächlich erledigte jeder zwei Drittel der anfallenden Aufgaben …

»Sechzehn Uhr zwei«, sagte Britta nach einem Blick auf die große Uhr neben der Tür. Wie immer benötigte sie keine schriftliche Aufstellung, um den Kollegen die Tatsachen des aktuellen Falls übersichtlich darzulegen. »Ich bringe Sie und euch auf den neuesten Stand. Wir haben inzwischen zwei Tote, Klaus Schmitz und Manfred Küster, der eine Polizeitaucher, der andere Feuerwehrmann. Der eine ist ertrunken worden, der zweite verbrannt. Auch worden. Schmitz war unbeliebt und cholerisch; zu Küster fehlen uns noch Informationen.«

»Fehlen uns nicht«, sagte Miguel, der gerade zur Tür hereinkam und den letzten Satz gehört hatte. Er warf Britta einen Blick zu, die zur Bestätigung nur die Augenlider senkte. »Küster scheint ein Kollege gewesen zu sein, der sich durch nichts hervorgetan hat, weder im positiven, noch im negativen Sinne. Er war einfach unauffällig. Niemand konnte mir über ein mögliches Motiv etwas sagen. Er scheint weder Geld- noch Frauengeschichten gehabt zu haben.«

»Okay«, sagte Britta. »Warten wir die Überprüfung seiner finanziellen Verhältnisse und seiner häuslichen Situation ab; dann wissen wir mehr.« In ihr Schweigen hinein meldete sich die junge Kollegin.

»Weiß man, wem die Parzelle gehört, auf der die Laube abgefackelt worden ist, in der der Tote entdeckt worden ist?«

»Weiß man«, sagte Miguel. »Wahrscheinlich. Einer seiner Kollegen sagte, Küster habe in Rodenkirchen zur Miete gewohnt und keinen Garten gehabt. Er sei der Pächter eines kleinen Grundstücks in Lindenthal gewesen und habe fast jedes Wochenende dort verbracht. Das muss man dann eben noch mal vor Ort überprüfen.«

»Wie habt ihr eigentlich so schnell herausgefunden«, fragte die junge Polizistin, »dass das Brandopfer—«

»Mordopfer«, verbesserte sie Demir, der neben ihr saß. Er machte ihr ab und zu Avancen, wobei er jedes Mal hoffte, dass diese auf der richtigen Seite der jeweiligen Grenze lagen.

»Dass der Ermordete Manfred Küster ist?«

»Das war höchst einfach«, sagte Britta. »Auf der Rückseite der Armbanduhr, die er noch in der Faust hielt, waren die Worte *Manfred Küster zum Abitur 1982. Deine Eltern* eingraviert. Ein Abtelefonieren der hiesigen Zahnärzte erbrachte rasch einen Treffer, was sein Gebiss anging. Und so weiter.«

»Zur Zeit versucht die Rechtsmedizin, mehr herauszufinden«, sagte Demir.

»Wieder mit Bonner Unterstützung?«, wollte Britta wissen.

Demir kam nicht ganz mit, sagte aber, die Kölner Rechtsmedizin könne auch ziemlich gut ohne auswärtige Unterstützung arbeiten.

»Haben sie eigentlich die ganze Leiche?«, fragte Miguel.

Die Kollegen sahen ihn verständnislos an.

»Na, der diensthabende Kollege in der Laubenkolonie sagte, Kommissar Meister sei doch auf sie gefallen, als er ohnmächtig wurde; dabei sei ein Bein – das ist jetzt O-Ton – *abgebrochen.*«

Zwei Kollegen lachten, aber Britta schüttelte sich. Sie war zwar vieles gewohnt, aber das war ihr doch entschieden zu makaber.

»Haben sie, glaube ich.« Demir machte ein unschlüssiges Gesicht, während die junge Kollegin neben ihm notierte: »Bein vorhanden?«

Mit einem Blick sorgte die Kommissarin für Ruhe.

Demir jedoch hörte nicht zu, sondern flüsterte seiner Nachbarin ins Ohr: »Unpräzise. Wo abgebrochen und wo vorhanden?« Ein Ellbogenstoß war die Antwort.

»Demir?«

Der Kommissar setzte sich gerade hin und verschränkte die Arme vor seiner Brust. »Anwesend«, sagte er kurz.

Britta beschloss, den Klassenclown zu ignorieren. »Weiter im Text und zurück zu Klaus Schmitz. Ich war inzwischen im Genovevabad. Kollege Çelik konnte nichts Neues zum Charakterbild des Toten beitragen. Dafür gibt es, was den Bauunternehmer angeht, eine neue Entwicklung.« Sie fasste den Angriff auf Sören und seine Einlieferung ins Krankenhaus zusammen und fragte dann: »Irgendwelche Vorschläge?«

Miguel beschäftigte sich mit seinem Handy und pfiff plötzlich durch die Zähne. Er hielt das Gerät hoch. »Seht ihr? Das ist eine rote Corvette, Ende der Siebziger gebaut. Und genau ein solches Auto ist vor zwei Jahren vom Hof eines Autohändlers in Lemgo gestohlen worden. Sagt jedenfalls das Intranet. Jetzt müssen wir noch die Halter sämtlicher roter Corvettes in Deutschland überprüfen, dann haben wir Herrn Schultheiss.«

»Falls er sein Auto ordnungsgemäß angemeldet hat«, sagte die junge Kollegin.

»Und falls er sich nicht falsche Papiere besorgt hat«, sagte Demir.

»Und falls das Auto *überhaupt* angemeldet ist«, sagte Miguel.

Die Ermittler schwiegen nachdenklich.

Schließlich sagte Britta: »Was uns noch völlig fehlt, sind die Lebensläufe der Mordopfer. Und die der bisherigen Verdächtigen aus dem Karnevalsverein, dem Schützenclub und vom Roten Kreuz. Also von Frings.«

Sie sah auf die Uhr. »Wir sehen uns morgen früh wieder. Acht Uhr wie immer. Ich fahre jetzt mal in Schmitz' Wohnung. Vielleicht gibt es dort Zeugnisse, Fotoalben, irgendetwas, das uns weiterhilft.«

»Harry, hol schon mal den Wagen«, sagte Demir. »Äh, Miguel.«

Juli 2019 – Köln-Marienburg, Unter den Ulmen

Britta überlegte, ob sie den falschen Beruf gewählt hatte. Sie würde sich *nie* eines der hiesigen alten Häuser leisten können. Seit einer Viertelstunde fuhr sie jetzt durch den vom *Kurier* so getauften »Millionärsstadtteil« und bewunderte die großen Villen aus der Wende zum zwanzigsten Jahrhundert. Einige durch Kriegsschäden entstandene Lücken waren mit modernen Mehrfamilienhäusern aufgefüllt worden; die meisten Gebäude jedoch hatten die Kriege unbeschadet überstanden. Viele wiesen Ecktürmchen und Erker auf; bei einigen war das Obergeschoss aus Fachwerk errichtet worden; wieder andere besaßen verzierte Fassaden, deren Stuck farblich abgesetzt worden war. Hier lag eine schöne Villa neben der anderen, aber oft genug wies das Schild einer Rechtsanwaltskanzlei oder einer Consultingfirma darauf hin, dass heutzutage auch der gemeine Millionär nicht immer in der Lage war, eine alte Immobilie zu unterhalten.

Wenn sie doch nicht immer so knapp bei Kasse wäre! Tausend Euro monatlich auf ein Konto in Süddeutschland überwiesen zu müssen, war bei ihrem Gehalt schon viel. Aber diesen regelmäßigen Geldfluss zu unterbinden, würde sie ihre Karriere kosten, falls ihr nicht ein probates Mittel einfiele, die *kleine Erpressung*, wie es der Geldempfänger genannt hatte, zu stoppen. Vor allem könnte sie sich dann endlich ein neues Auto leisten. Anregungen, welche Marke in Frage kam, hatte sie hier genug, wenn sie die in den Einfahrten parkenden Luxusautos von Jaguar, Landrover, Audi und wie sie alle hießen betrachtete. Aber ihr würde wahrscheinlich ein neuer Mini reichen. Die von BMW gebauten sollten wohl auch zuverlässiger als die alten englischen sein, hatte Sören mal gesagt.

Besser, sie fuhr jetzt zu der Adresse von Klaus Schmitz, statt in Trübsinn zu versinken. Sie seufzte.

Einige Minuten später bog Britta in die Einfahrt von Haus Nr. 304.

Schmitz' Haus war etwas kleiner als die Nachbarhäuser, aber in hervorragendem Zustand. Fast sah es aus, als sei es gestern zuletzt verputzt worden. Ein doppelt großer Erker vor Parterre und erstem Stock besaß eine Pickelhaube mit einer goldenen Kugel, die bis zum Dachgeschoss aus Fachwerk reichte. Die Simse der Fenster wie auch der Holzbalken unter dem Dach waren in einem dunklen Rotton gestrichen, ein hübscher Kontrast zu der sonst beige gehaltenen Fassade. Ein Schmuckstück, nach dem sich jeder Immobilienscout die Finger lecken würde.

Rechts und links der Zufahrt erstreckten sich gepflegte Beete; sämtliche verblühten Rosen waren abgeschnitten. Der asphaltierte Weg führte bis zu einer Garage neben dem Haus, die wohl aus dem gleichen Erbauungsjahr stammte und in früheren Zeiten sicher als Remise gedient hatte.

Linker Hand lag – wie hätte Lars es bezeichnet? Richtig, eine Gruselvilla, als ob das viktorianische Haus der *Addams Family* nach Köln versetzt worden wäre. Rechts stand ein rechteckiger Klotz, der, wenn er alt war, wahrscheinlich der Bauhaus-Ästhetik huldigte. Quadratisch, praktisch, gut.

Die Kommissarin stieg aus, holte den Schlüsselbund, den der Tote bei sich getragen hatte, aus ihrer Handtasche und ging die vier Stufen zum überdachten Eingang an der Seite des Hauses hoch. Neben der Klingel war eine etwa fünfzehn mal zwanzig Zentimeter große Acryltafel befestigt; *KS Finanzanlagen* las sie. Rote Schrift auf weißem Hintergrund. Interessant. Der Kollege war anscheinend als Taucher nicht ausgelastet gewesen.

Zwischen Türzarge und Griff klebte ein amtliches Siegel; sie löste es und schloss auf.

Drinnen roch es muffig; die Kollegen der Spurensicherung hatten nicht gelüftet. Vielleicht rührte die verbrauchte Luft aber auch vom dicken Teppich her, der fast den gesamten Boden der sicher drei Meter fünfzig hohen Eingangshalle bedeckte. Gegenüber führte eine breite Holztreppe nach oben; die Wände zierten einige Ölbilder streng blickender Herren in schwarzen Anzügen; eine einsame Palme neben einer Tür war dabei, ihre Farbe von grün zu grau zu ändern. Britta beschloss, sie gleich zu gießen.

Sie durchstreifte das Erdgeschoss, das ein übergroßes Wohnzimmer zum Garten hin, eine Poggenpohl-Küche und ein Gästezimmer umfasste, und stieg dann die Treppe nach oben. Vom Flur gingen jeweils zwei Zimmer zur Straße und nach hinten ab. Im dritten Raum wurde Britta schließlich fündig.

Das nüchtern eingerichtete Arbeitszimmer sah so ganz anders aus als der Rest des Hauses; es hätte sich auch in einem Finanzamt oder in einem Ministerium befinden können: Büromöbel, Drehstuhl mit Lederrücklehne, Regale mit Akten, eine kleine Sitzgruppe aus drei Wartezimmerstühlen und einem niedrigen Tisch, ein großer Flachbildschirm an der Wand, zwei Poster mit Aktienkurven, eine Kaffeemaschine von DeLonghi, immerhin. Dunkelblaugrau gesprenkelte Teppichfliesen, ursprünglich wohl für Arztwartezimmer bestimmt.

Auf dem Schreibtisch mit grüner Lederunterlage lagen zwei Aktenordner. Einer war leer und enthielt nur einen handschriftlichen Zettel mit der kryptischen Botschaft *Hamma entfernt. Jetzt PP-WPR*. Die KTU war wirklich sehr effizient – nicht mehr Tinte als nötig war für die Information aufgewandt worden: »Inhalt mitgenommen. Nunmehr im Polizeipräsidium, Walter-Pauli-Ring.«

Der zweite Ordner lag aufgeschlagen daneben. Das Etikett auf dem Rücken war mit *PROTECTOR* beschriftet; klein darunter stand *Investmentfond KS*. Britta studierte das oberste Blatt; es war auf den vergangenen Freitag datiert und zeigte eine steil nach oben ansteigende Linie. Wenn sie den Graphen richtig interpretierte, hatte sich das eingesetzte Kapital in achtzehn Monaten verdreifacht.

Das hätte sie eher wissen müssen, was ihr eigenes Geld anging.

Sie blätterte weiter.

Kontoauszüge, Einzahlungen, Auszahlungen und dergleichen. Papier für den Steuerberater, dachte sie abschätzig. Dann entdeckte sie, eingelassen in eine Klarsichthülle vor dem hinteren Deckel, eine Liste. Sie überflog die jeweils mit einem Datum versehenen Namen.

»Ach, nee«, sagte sie laut. »Ausgerechnet diese drei Herren hier zu finden …«

Juli 2019 – Köln-Rodenkirchen, Hauptstraße

Wie lange konnte er eigentlich den Mietwagen behalten? Und war er tatsächlich erst gestern wieder in Deutschland angekommen? Es fühlte sich an, als sei er schon seit Ewigkeiten wieder bei der Kölner Kripo. In seiner Lieblingsabteilung. Das war nämlich immer die, in der auch gerade Britta arbeitete.

Miguel studierte den Vertrag von Hertz, den er am Flughafen unterschrieben hatte, ohne ihn vorher durchzulesen. Verträge waren etwas für Anwälte; man selbst kam immer mit einem ehrlichen Handschlag durchs Leben.

Und wo überhaupt sollte er den Mietwagen wieder abgeben? Fragen über Fragen.

Er schob mögliche Antworten beiseite und wartete, bis ein Bus vorbeigefahren war, damit er auf der gegenüberliegenden Straßenseite einparken konnte.

Die Rodenkirchener Hauptstraße schien enorm unter dem Zweiten Weltkrieg gelitten zu haben; fast ihre gesamte Bebauung stammte wohl aus den sechziger Jahren. Das Entrée im Norden kurz hinter der Rheinbrücke war ja noch ganz nett gewesen, mit der Villa Malta, einigen alten Bäumen und St. Maternus, aber dann begannen die Häuser der Wirtschaftswunderzeit: zweistökkig, dreistöckig, oft mit fest installierten Plastikmarkisen vor den Geschäften, Aluminiumfassaden, Kosmetikstudios, kleine Restaurants und Geschäfte – Miguel fühlte sich fast nach Kreuzberg versetzt. Nur die vielen Graffiti von dort fehlten. Mal sehen, wo er landete und ob er überhaupt eine Wohnung in einer netten Kölner Ecke finden würde.

Lange hatte er es nicht im Präsidium ausgehalten. Von Córdoba war er frische Luft gewohnt, ziemlich viel frische Luft, da er dort im letzten halben Jahr mit verdeckten Ermittlungen gegen den spanischen Zweig der ’Ndrangheta eingesetzt worden war, die zur Gänze draußen stattgefunden hatten. Allerdings war ihm nie klar geworden, was die kalabrische Mafia in Südspanien vorhatte. Geld wechseln wahrscheinlich, wie immer.

Eigeninitiative erfreute die Chefs. Er war daher nach Rodenkirchen gefahren, um mehr über den verbrannten Feuerwehrmann herauszufinden.

Der hatte über der »Urwaldschneise« gewohnt, einem Reisebüro für Dritte-Welt-Fahrten, das nach einem Startup-Unternehmen zweier Studenten aussah: Vor der Tür parkten Fahrräder und versperrten dadurch einer älteren Frau mit Kinderwagen den Weg; hinter dem Schaufenster sah man mehrere auf Stühlen abgestellte Rucksäcke.

Die Haustür stand offen; innen blockierte ein älteres Holland-Fahrrad den Durchgang in den Hof. »Zweiter Stock« hatte einer der Feuerwehrkollegen gesagt, als ihn Miguel nach der Wohnung des Brandinspektors befragt hatte. »Ich war ein einziges Mal mit zwei Kollegen zum Doppelkopf-Spielen da, aber der ganze Abend war so langweilig …« Auf Nachfrage hatte er gesagt, dass Küster ein Mann gewesen sei, der nur nach den Regeln hatte spielen und keine einzige Ausnahme hatte erlauben wollen. »Stur, der Mann. Echt.«

Der Spanier ging die Treppe nach oben und fragte sich, ob die Innenarchitektur der sechziger Jahre in Deutschland überall gleich aussah: Stufen mit Trittplatten aus Pseudomarmor, die über sie hinausragten, so dass sie eine Stolperfalle bildeten; ein Geländer, das an der einen oder anderen Stelle bedenklich wackelte, während man sich an ihm festhielt; Wände aus blassgrünem Rauputz, der Schleifspuren durch scheuernde Taschen, hochgeschleppte Kinderwagen oder übergroße Möbel nicht verzieh; schließlich weiße Deckenlampen, deren ehemals durchsichtiges Glas sich ins Schmutziggelbe verfärbt hatte und deren Hüllen an ihrer tiefsten Stelle einen Haufen toter Fliegen durchschimmern ließen.

Solche Häuser waren nur die ersten beiden Jahre nach Fertigstellung ansehnlich. Vielleicht aber auch gehörte dieses Mietshaus wie so viele andere der Miethaiwohnfabrik Vonovia, Deutschlands wohl größtem Vermieter. Miguel erinnerte sich noch ganz gut an Schimmel, verschobene Reparaturen und undurchsichtige Mieterhöhungen in seiner letzten Kölner Wohnung.

Und die braunen Holztüren hätte er als Vermieter längst ersetzt; sie sahen sowas von nach Sozialwohnungen aus, in denen man nie die Miete erhöhen konnte.

Ob seine Kollegen auch die gleichen Überlegungen anstellten? Ob sie sahen, in welchem Milieu jemand lebte oder gelebt hatte? Ob ihnen die architektonischen Gegebenheiten auffielen? Wahrscheinlich ja, denn in ihrem Beruf lernte man, genau hinzusehen und immer das Umfeld als wesentlichen Faktor der Ermittlungen zu berücksichtigen.

Im zweiten Stock versuchte Miguel gerade, den Wohnungsschlüssel des Opfers ins Schloss zu stecken, als gegenüber die Tür einen Spalt aufging. Die Sicherheitskette war deutlich zu sehen.

»Finger weg«, sagte die Stimme einer älteren Frau. »Verschwinden Sie oder ich rufe die Polizei.«

»Ich *bin* die Polizei«, sagte Miguel. Mist, beweisen konnte er das wieder nicht; Britta hatte ihm zwar rasch einen Ausweis besorgt, aber der lag friedlich auf dem Schreibtisch in seinem Büro.

»Das ist etwas anderes«, sagte die Stimme. »Ihren Ausweis, bitte.«

Wer wagt, gewinnt, dachte er. »Kripo Spanien. Wir ermitteln in einem internationalen Drogenring.«

»Und da soll der Herr Küster dabei gewesen sein?«

»Keineswegs. Er hat für uns nur etwas ausgekundschaftet. Das Protokoll der Beobachtungen liege auf dem Schreibtisch, hat er mir gesagt. Er selbst wurde zu einem dringenden Einsatz abberufen.«

Ziemlich weit abberufen.

Miguel schob einige widerspenstige Haarsträhnen aus der Stirn. Und jetzt die Flucht nach vorn. »Und Sie heißen? Ihren Ausweis, bitte.«

»Einen Augenblick«, sagte die Stimme. Kurz darauf wurde die Tür geöffnet, und gehorsam hielt die ältere Frau Miguel einen Ausweis hin.

»Frau Schmied«, sagte er. »Nett, Sie kennenzulernen.« Die Kölner hießen irgendwie alle gleich. Schmied, Schmitz, Schmitt und so weiter; er fand, dass es nur eine Variante pro Namen geben solle und dass nicht alle Schreibweisen in derselben Stadt nebeneinander existieren dürften.

»Wie heißen Sie denn?«

»Manuel García Álvarez y Miguel de Cervantes.« Dreistigkeit siegte immer.

»Das ist ein bisschen viel Spanisch auf einmal«, sagte Frau Schmied. »Reicht es, wenn ich Sie Zerwántes nenne?« Sie sah ihn unsicher an. Der Nachname klang jetzt fast rheinisch.

»Tut es«, bestätigte der stolze Spanier. Titel und Namen – wie leicht sich doch die Leute hinters Licht führen ließen. »Können Sie mir ein paar Fragen zu Herrn Küster beantworten?«

»Natürlich.«

Miguel holte den Schreibblock aus der Innentasche, blätterte theatralisch einige Seiten um und sagte dann: »Aha, da ist es ja.« Er warf der Frau einen entschlossenen Blick zu. »Was können Sie zu Herrn Küsters Familie sagen?«

»Gar nichts. Er hatte nämlich keine.« Verlegen schaute sie auf den Boden, dann fuhr sie fort: »Manchmal war aber eine jüngere Frau drüben bei ihm.«

»Wie alt?«

»Na, so fünfunddreißig, vierzig. Jedenfalls die Braunhaarige.«

Miguel sah sie irritiert an. »Wieso? Waren da mehrere Frauen?«

»Nein, oder doch? Also jedenfalls nicht gleichzeitig. Nacheinander, irgendwie.«

Das klang sehr vage. »Können Sie das genauer beschreiben? Vor allem das *Nacheinander*?«

»Na ja, mit Abstand von mehreren Monaten. Erst kam die Brünette einige Wochen, dann war Pause, dann gab es eine Schwarzhaarige, auch wieder ein, zwei Monate, danach besuchte ihn eine blonde Frau. Wohnen tat aber keine bei Herrn Küster.«

»Verwandte?«

Frau Schmied errötete. »Ich glaube nicht. Die Damen hatten, glaube ich, alle denselben Beruf.«

»Dasselbe Gewerbe?«

»Ja.«

So so, Küster holte sich also Prostituierte ins Haus. War aber auch egal; das hier galt ja als freies Land.

»Waren Sie mal bei ihm?«

»Na, hören Sie mal!« Frau Schmied sah ihn empört an.

»Entschuldigung, ich meinte, so nachbarschaftlich. Blumen gießen, wenn er verreist—«

»Der hatte keine Blumen«, unterbrach ihn Frau Schmied. »Die würden nur Arbeit machen, sagte er mal zu mir. Im Treppenhaus. Drüben war ich nie.« Sie drehte sich um und wollte in ihre Wohnung zurückgehen.

»Moment noch«, sagte Miguel hastig. » Bekam er sonst irgendwie Besuch?«

»Es waren, glaube ich, mal Kollegen da. Aber auch nur einmal.« Sie überlegte. »Der Herr Küster konnte ganz nett sein, aber richtig an ihn dran kam man nicht. Und bei den Mieterversammlungen hat er nie ein Wort gesagt. Aber immer alle Entscheidungen mitgetragen. Ein unauffälliger Mann. Noch etwas?«

Als Miguel den Kopf schüttelte, drehte sie sich um und verschwand wieder hinter der Tür. Fast klang es, als würde die Sicherungskette mit Nachdruck in die Türhalterung geschoben.

Fehlanzeige, dachte Miguel und überlegte, ob er immer noch in Küsters Wohnung gehen und sich umsehen oder die hiesige Ermittlung für beendet erklären solle. Pflichtbewusst schloss er auf.

Drinnen stolperte er und trat auf etwas, das knirschend zerbrach.

Juli 2019 – Köln-Neustadt-Nord, Belgisches Viertel

Auch nachdem Britta zum zweiten Mal eine Runde um ihren Häuserblock gefahren war, war kein Parkplatz frei geworden. Sie gab Gas und bog schwungvoll in die kleine Genter Straße ein, in der sie nach einigem Suchen schließlich die Treppe zum Dentallabor zuparkte. Nachts würde hier keiner mehr seine Zähne umtauschen wollen.

Aus reiner Gewohnheit – konnte man beim dritten Mal in Folge schon von *Gewohnheit* reden? – warf sie anschließend einen Blick in die Auslage von Hannas Goldschmiedewerkstatt. Die Eingangstür war geschlossen und der Würfel wieder verschwunden. Perfektionismus brauchte eben seine Zeit.

Auch das indirekte Licht fürs Schaufenster war erloschen. Die Goldschmiedin war wohl nicht mehr da. Eigentlich schade; Britta wäre gerne erneut mit der jungen Frau essen gegangen, vor allem, um wieder mit ihr reden zu können.

Werd' jetzt nur nicht sentimental, sagte sie sich; du hast auch andere Abende allein überlebt, als es Lars noch gab.

Sie schluckte und marschierte dann energisch zu ihrer Wohnung.

Der Kühlschrank sah wie gewohnt ziemlich leer aus. Im Tiefkühlfach fror noch eine Packung Lasagne vor sich hin, die sie in die Mikrowelle schob. Das Haltbarkeitsdatum war zwar abgelaufen, aber eventuelle Bakterien waren bestimmt längst an einem Kälteschock eingegangen.

Inzwischen trug sie wieder Lars' dicken burgunderroten Wollpullover und eine alte blaue Jeans, die altersbedingt *stonewashed* aussah. Sommers wie winters fror sie am Abend immer und war eigentlich froh, wenn sie endlich ihr dickes Federbett um sich ziehen und darin allmählich wieder warm werden konnte. Sie war erst fünfundvierzig und fühlte sich trotzdem manchmal wie eine alte Frau. Und jemand, der sie vielleicht wieder auf heiße Gedanken bringen konnte, war nicht in Sicht. Sören vielleicht? Ein unheimlich netter Kollege, aber kein – wie hieß das heutzutage? – *Partner*, mit dem man zumindest einen längeren Abschnitt seines Lebens verbringen konnte. Und länger als mit Lars sollte der Abschnitt schon dauern.

Ihre Dienstpumps hatte Britta unter die Garderobe geschoben und die flauschigen Lieblingspantoffeln übergestreift, von denen Lars immer gesagt hatte, sie seien »erst ab sechzig zugelassen«, ansonsten könne man sich mit ihr nicht mehr sehen lassen. In der Regel hatte sie die Puschen dann ausgezogen und ihre kalten Füße wenig später an seinem warmen Körper unter der Bettdecke gewärmt – keine zehn Minuten später. Irgendwann galt das Ausziehen der Fußwärmer dann als Signal zu bestimmten illegalen Aktivitäten im Schlafzimmer.

Verdammt. Vielleicht hätte sie die Pantoffeln wegwerfen sollen, damit ihr nicht dauernd diese wunderbaren Zweisamkeitssachen wieder einfielen. Immerhin war sie nach Lars' Tod umgezogen und hatte ihre Wohnung völlig anders eingerichtet, um nicht dauernd an ihn erinnert zu werden. Möbelstücke, die sie zusammen gekauft hatten, waren ebenso verschwunden wie ein Teil ihrer Garderobe, die sie gemeinsam mit ihrem Liebsten ausgesucht hatte. Und die Kunstdrucke waren natürlich auch entsorgt.

Kunst war eine Herzensangelegenheit von Lars gewesen. Er hatte immer gesagt, ohne Bilder könne er nicht leben: »Lieber taub als blind!« Diesem Ausspruch folgte regelmäßig eine seiner ausführlichen Erklärungen von Werken eines alten oder neuen Meisters. In jede erreichbare Ausstellung im In- und Ausland hatte er sie geschleppt und jeden noch so teuren Katalog erworben. Selbst Bob Dylans *Drawn Blank Series* in Chemnitz hatte sie ansehen müssen, die erste Ausstellung von Zeichnungen des großen amerikanischen Sängers. Ausgerechnet Chemnitz! Ihrer Meinung nach hätte es vollkommen ausgereicht, wenn Dylan sich aufs Singen beschränkt hätte.

Britta hatte sich nie sonderlich für Malerei interessiert; viel lieber las sie und machte sich die Bilder dazu vor dem inneren Auge selber. Und Musik natürlich.

Nach Lars' Tod hatte sie nie wieder eine Ausstellung besucht.

Die Mikrowelle ließ ein *Pling* hören. Mit der heißen Lasagne setzte Britta sich an den Küchentisch, goss sich ein großzügiges Glas Rotwein aus einer der von Lars für teures Geld massenhaft erstandenen Flaschen ein und blätterte in der drei Wochen alten *Zeit* herum. Irgendwie schaffte sie es nie – außer vielleicht in den Ferien –, vor dem Erscheinen der neuen die Ausgabe der Vorwoche durchzulesen.

Sie zuckte zusammen, als die Türklingel ebenfalls ein *Pling* hören ließ, das sich nur durch die Tonhöhe von dem der Mikrowelle unterschied. Im ersten Moment dachte sie, dass sich das Küchengerät erneut gemeldet hatte.

Ein zweites Klingeln.

Britta stand auf und fragte durch die Gegensprechanlage: »UPS, DHL, DPD oder …?«

»Oder«, sagte eine Frauenstimme.

Die Kommissarin verstand nicht ganz. »Sie wünschen?«

Am anderen Ende war ein fröhliches Lachen zu hören, das Britta bekannt vorkam.

»Johanna Neumann«, sagte die Stimme.

Überrascht betätigte Britta den Türöffner und führte wenig später Kriminalhauptkommissarin a. D. Johanna Neumann ins Wohnzimmer. Die alte Dame sah wieder entschieden zu gut neben dem Feierabendschlabberlook der jüngeren Frau aus. »Sorry, ich hatte es mir gerade bequem gemacht.«

»Null problemo.«

Die beiden Frauen mussten lachen. Alfs Spruch passte auch dreißig Jahre später immer noch sehr gut.

»Viel anders habe ich in meiner aktiven Zeit nach Feierabend auch nicht ausgesehen. Darf ich Platz nehmen?«

Durchsetzungsvermögen und dergleichen – das bleib nach jeder Ausbildung für den Polizeidienst haften, dachte Britta. Sie deutete auf das Sofa. »Das ist zwar nicht gelb, wie unseres vom heutigen Frühstück, aber ... Auch ein Glas Rotwein?«

Johanna nickte.

Nachdem Britta den Rest der überalterten Lasagne entsorgt und den Rotwein aus der Küche mitgenommen hatte, setzte sie sich ihrer Kollegin a.D. gegenüber hin und fragte: »Was verschafft mir die Ehre?« Das neue Glas füllte sie bis gut über die Hälfte.

»Ich habe nachgedacht«, sagte Johanna und schnupperte am Weinglas. »Mhm, der riecht vielleicht gut. Was ist es denn?«

»Rotwein«, sagte Britta, der die Herkunft eigentlich egal war, Hauptsache, das Etikett sah einigermaßen vernünftig aus, und es waren noch genügend Prozente in der Flasche.

Wieder dieser Lehrerinnenblick.

»Irgend so ein Franzose«, beeilte sie sich hinzuzufügen. »Stammt noch aus meinem vorigen—« Sie schwieg und überlegte schnell. Der alten Dame hatte sie noch nichts von Lars erzählt, oder? Dann unterließ sie es auch weiterhin. »Wohnung«, beendete sie etwas falsch den begonnenen Satz. »Ein Burgunder. Hier, guck mal selbst.«

Johanna war aber mit etwas anderem beschäftigt. »Du hattest doch gesagt, ihr müsstet herausfinden, von wo das dem Toten verabreichte Chlorwasser stammt, nicht wahr?«

Britta konnte nicht nicken, weil sie gerade etwas Wasser aus einem zweiten Glas trank.

»Habt ihr mal die Kölner Wasserwerke abgeklappert? Bis 1998 haben die ja manchmal Desinfektionsmittel einsetzen müssen, aber seitdem wohl nicht mehr. Was ja nicht heißt, dass sich der Täter—«

»Oder die Täterin.«

»Oder die Täterin; wir Frauen sind ja auch nicht ohne. Der Täter also kann sich doch dort sein Mordmittel besorgt haben.«

»Vielleicht haben die Wasserwerke Überwachungskameras.«

Britta schwieg nachdenklich. »Durchaus eine Möglichkeit. Das bedeutet weitere Arbeit für uns.«

»Vielleicht habt ihr ihn dann ja bald.«

Dieses Mal nickte sie, sagte aber rasch: »Einen. Denn beim zweiten Mord—«

»Noch ein Toter?«

»Das steht noch nicht in der Zeitung. Und in den sozialen Netzwerken ist es bisher wohl nicht über Twitter hinausgekommen. Heute morgen hat es in Lindenthal einen Gartenlaubenbrand gegeben. Als die Feuerwehr mit ihrer Arbeit zu Ende war, haben die Männer einen verkohlten Toten gefunden. Ermordet. Seine Hände waren mit Kabelbinder gefesselt.«

»Ein Feuerwehrmann?«

»Ja, einer der Männer hat ihn gefunden.«

»Nein, ich meine den Toten.«

Britta betrachtete ihre Kollegin überrascht. »Wie kommst du darauf?«

»Nur eine kleine Vermutung. Gestern der ertrunkene Taucher, heute ein verbrannter Feuerwehrmann …«

»Du meinst, da gibt es eine Verbindung?«

»Nee, eigentlich nicht, zumal es verschiedene Stadtteile, unterschiedliche Milieus und gegensätzliche Berufe sind – der eine hantiert mit Wasser, der andere mit Feuer.« Ein Schluck Rotwein folgte diesen Ausführungen.

Britta hörte zu, ließ sich aber nichts anmerken. Johanna war ganz schön abgeklärt. Das konnte zweierlei heißen: Entweder hatte sie schon alles im Leben gesehen, oder sie wusste mehr, als sie bisher gesagt hatte.

Nachdem Johanna wieder gegangen war – die beiden hatten nur lose eine Wiederbegegnung im Café ins Auge gezogen –, setzte sich Britta noch einen Moment in die Küche und überflog die erste Seite des Feuilletons der *Zeit*.

Sie zuckte zusammen, als das Telefon klingelte.

Keine Kennung. Vielleicht hatte Miguel noch etwas mit seinem spanischen Handy zu sagen?

»Mangold.«

»Nett, dass du mal sofort drangehst. Ich bin's.«

Brittas Herz setzte einen Schlag aus. Dann wurde sie wütend. Hörte das denn nie auf? »Ich bin nicht die Frankfurter Zentralbank.«

Ungerührt fuhr die Stimme fort: »Es wäre nett, wenn du mir außer der Reihe einen kleinen Betrag überweisen könntest. Sofort.«

Eine halbe Stunde später war Britta immer noch aufgebracht. Diese Dreistigkeit. Einmal im Leben hatte sie einen Fehler gemacht und musste das nun teuer bezahlen. Bezahlen im wortwörtlichen Sinn, denn jedes Mal hatte sie am Tag nach einem Anruf zur Bank gehen und Geld überwiesen müssen. Ihr Konto kam eigentlich nie aus den roten Zahlen heraus. Sie seufzte. Sie brauchte jetzt dringend frische Luft.

Kurzentschlossen ergriff sie den alten Studentenparka, der unverwüstlich war und bislang noch jedem Wetter getrotzt hatte, knallte die Wohnungstür ungeachtet der nächtlichen Zeit zu und marschierte die leere Straße entlang. Hinter ein paar Fenstern brannte noch Licht, aber die meisten Wohnungen waren dunkel; es war ja schon fast elf.

Ohne dass sie es bemerkte, führten sie ihre Schritte wieder zur *Goldschmiede*. Zu ihrer Überraschung war die übliche Ladenbeleuchtung eingeschaltet, und in der Tür zum Hinterzimmer sah sie Hannas schlanken Schatten. Kurz entschlossen klopfte sie ans Fenster.

Die Goldschmiedin kam irritiert nach vorne. Als sie Britta erblickte, hellte sich ihr Gesicht auf, und sie ging rasch zur Eingangstür. Der Schlüsselbund, mit dem sie aufschloss, hätte für ein besseres Gefängnis gereicht. »Möchten Sie noch etwas kaufen?«, fragte sie und legte den Kopf schief.

Britta schmunzelte, obwohl ihr nicht nach Lachen zumute war. »Nee, nur etwas abladen. Ärger und Frust und so.«

»Komm rein. Ich habe einen feinen Rotwein offen.«

Da würden sich morgen die Kollegen freuen, wenn sie mit einer grauen Wolke über dem Kopf ins Präsidium kam. Aber das war nicht das erste Mal – und würde sicher auch nicht das letzte Mal sein.

»Gerne. Zwei Gläser vertrage ich noch nach den beiden zu Hause.«

Hannas Stirn legte sich in fragende Falten; sie sagte aber nur: »Dann erzähl mal.« Sie schloss hinter Britta wieder ab, holte den Rotwein und zwei Gläser nach vorne und setzte sich in einen der beiden Sessel.

Drei Minuten später war ein Teil des Weins beider Gläser bereits verdunstet, und Britta begann zu erzählen. Von Alltagsroutine, verschobenen Mittagessen, zu viel Alkohol und dem toten Punkt, an den man bei jeder Ermittlung gelangte. Bei der ihren waren es sogar zwei, bei denen sie nicht weiterkam.

»Zwei? Ich dachte, es gäbe nur ein Mordopfer.«

Die Kommissarin berichtete vom heutigen Gartenhausbrand und dem Opfer. »Ein Feuerwehrmann.«

»Schon merkwürdig.« Hannah vertrug auch ganz gut etwas, denn sie nahm erneut einen tiefen Schluck aus dem Glas. Und sie sprang mit den Gedanken. »Ein Barolo ist doch etwas Feines, nicht wahr?«

Der Kenner genießt und trinkt, dachte Britta und hob ebenfalls das Glas. Nachdem sie es wieder abgestellt hatte, fragte sie: »Was ist merkwürdig?«

»Feuer und Wasser. Der eine ertrinkt, der andere verbrennt.«

Einen ähnlichen Satz hatte Britta vorhin schon einmal gehört. »Du meinst, die beiden Morde hängen zusammen?«

»Keine Ahnung.«

»Warte mal.« Sie zog eine zusammengefaltete Farbkopie aus ihrer großen Handtasche. »Guck mal.«

Das von Miguel im Brandschutt gefundene Bild zeigte die Szene mit den eine lange Treppe hinabsteigenden Gestalten.

Über den nächsten Satz von Hannah musste Britta noch lange nachdenken.

»Die sind wahrscheinlich alle auf dem Weg zu der Meerjungfrau.«

»Wie meinst du das?«

»Kann ich dir noch nicht genau sagen; ich habe da so eine Idee.«

»Immer gut, wenn jemand anders sich Gedanken macht, dann kann ich nämlich die meinen vollständig für den aktuellen Kriminalroman …«

Die Goldschmiedin lachte.

»Entschuldige, Freud lässt grüßen. Ich meinte natürlich: Für den aktuellen Kriminalfall zusammenhalten.«

Hannah wiegte bedenklich den Kopf. »Das Zusammenhalten wird dir bei sinkendem Pegel nicht mehr lange gelingen.«

Britta betrachtete das leere Glas. »Bitte nachfüllen.«

NECQVE·LOCVS·INVENTVS
EST·EORV·AMPLIVS·IN·COELO
ET·PROIECTVS·EST·DRACO·ILLE·MAGNVS·SERPENS·ANTIQVVS·ET·ANGELI·EIVS·CVM·ILLO·MISSI·SVNT·PROPTEREA·LAETAMINI·COELI·ET·QVI
HABITATIS·IN·EIS·VAE·TERRAE·ET·MARI·QVIA·DESCENDIT·DIABOLVS·AD·VOS·HABENS·IRAM·MAGNAM·SCIENS·QVOD·MODICVM·TEMPVS·HABET·
ET·FACTVM·EST·PROELIVM·MAGNVM·IN·COELO·MICHAEL·ET·ANGELI·EIVS·PROELIA
BANTVR·CVM·DRACONE·ET·DRACO·PVGNABAT·ET·ANGELI·EIVS·ET·NON·VALVERVNT
AVDIVI·VOCEM·MAGNAM·IN·COELO·DICENTEM·NVNC·FACTA·EST·SA
LVS·ET·VIRTVS·ET·REGNVM·DEI·NOSTRI·ET·POTESTAS·CHRISTI·EIVS·

IV – Donnerstag

Juli 2019 – Köln-Zentrum, Archäologische Zone

Mitten in Köln gab es seit Jahrtausenden einen Ort, der stets im Mittelpunkt des Geschehens gestanden hatte und es immer noch tat: der Rathausplatz, das von den Römern angelegte Zentrum der neuen Stadt Colonia Claudia Ara Agrippinensium. Hier hatte sich das *praetorium* befunden, der Verwaltungssitz des Statthalters der Provinz Nieder-Germanien. Hier hatten die Bauleute den Palast der karolingischen Könige errichtet. Hier waren aber auch im Mittelalter jüdische Goldschmiede tätig gewesen, wie die Archäologen nicht zuletzt am Fund eines reich mit Edelsteinen besetzten Ohrrings nachweisen konnten.

Die meisten Touristen jedoch warfen nur einen Blick auf die Renaissance-Loggia des Rathauses und zogen dann weiter in die Einkaufsstraßen der Stadt. Shopping war der Hauptgrund ihrer Reise nach Köln. Nur wenige verschwanden in den Tiefen der sogenannten Archäologischen Zone, die die Fundamente des seit 2007 ausgegrabenen jüdischen Stadtviertels sowie der Bürgerhäuser aus der Zeit der Romanik und Gotik umfasste. Einige Stadtbesucher versenkten sich aber auch in die Wechselausstellungen des Wallraf-Richarz-Museums auf der anderen Seite des Platzes oder betäubten ihre Nasen mit dem Duft des urkölschen Eau de Cologne, 4711, den allerdings ein Italiener in der Glockengasse zusammengemischt hatte.

Neben dem neu errichteten weißen Plastikgebäude über der Ausgrabungsstätte stand innerhalb der Absperrung durch Baugitter ein fast vollständig gefüllter Container, in dem Bauschutt, zersprungene Fliesen, ein paar Stromkabel und – merkwürdigerweise – eine alte Kaffeemaschine lagen. Es war acht Uhr morgens, und die Sommersonne schien.

Zwei Arbeiter standen daneben und rauchten.

»Was hier alles immer in der Erde gesteckt hat«, sagte der eine Mann zum anderen, der entschieden südländischer aussah. Ihrem Dialekt konnte man aber entnehmen, dass sie wohl beide direkt neben dem Rathaus geboren worden waren.

»Wie meinst du das?«

»Porzellan, Autoreifen, Gitterstäbe vom römischen Gefängnis—«

»Das ist doch glatt gelogen«, sagte der Mann mit dem dunkleren Teint. »Die Römer hatten gar keine Gitterstäbe. Die haben die Leute direkt gekreuzigt. Kannst du nachlesen. In der Bibel.«

Der Kölner zog an seiner Zigarette. »Wenn du das sagst. Jedenfalls haben die Leute immer alles mögliche weggeschmissen. Nicht nur in Köln.«

»Und Turnschuhe.«

»Wie kommst du jetzt darauf?«

Der Südländer deutete auf den Schutthaufen vor ihnen. »Da, d'rek' neben der Kaffeemaschin'.«

Tatsächlich lagen dort zwei weiße Sneaker von Fendi mit der Sohle nach oben.

»Die sind aber neu.«

»Stimmt. Ganz sauber. Hat aber auch nicht geregnet heute Nacht.«

»Vielleicht passen die ja. Ich geh' sie mal holen.«

Der Südländer sah zu, wie sein Kumpel die Zigarette an der Containerseite ausdrückte und sich dann an der Schmalseite nach oben schwang.

Vor dem Gitter hatten sich inzwischen trotz der frühen Stunde einige Schaulustige eingefunden und kommentierten das Geschehen. Die meisten Bemerkungen bezogen sich auf den Wert der Schuhe.

Der Arbeiter bückte sich und wollte einen der Sneaker mit der rechten Hand aufheben. Allerdings stieß er dabei auf Widerstand – der Schuh rührte sich nicht. Er nahm die zweite Hand zu

Hilfe und zog stärker. Plötzlich gab der Schuh nach und löste sich, so dass der Mann das Gleichgewicht verlor und zur Seite fiel. Er starrte fassungslos auf den anderen Schuh.

Vor dem Gitter begann eine der Zuschauerinnen gellend zu schreien.

Neben dem verbliebenen weißen Sneaker war nämlich jetzt ein bestrumpfter Fuß zu sehen.

Juli 2019 – Köln-Kalk, Polizeipräsidium

Solltest du nicht im Krankenhaus sein?« fragte Britta, als sie Sören auf dem Weg zur morgendlichen Besprechung begegnete.

»Nø.«

Täuschte Britta sich oder klang das ö heute anders? Sie sah ihn aufmerksam an. Er war etwas blass um die Nase, und an der linken Schläfe klebte noch das Pflaster, das die Wunde vom Fußtritt nicht ganz abdeckte. Sie zeigte darauf. »Tut das noch weh?«

»Nö.«

»Also, warum bist du hier?«

»Mir war langweilig.«

Britta warf ihm einen scharfen Blick zu. Aber Sörens Mundwinkel zuckten, und da wusste sie, dass er die Auseinandersetzung mit dem Angestellten des Bauunternehmers besser verkraftet hatte, als sie befürchtet hatte.

»Weißt du, den ganzen Tag in diesem Hamsterbetrieb Klinik zu verbringen, nur die Wahl zwischen ARD, ZDF und RTL zu haben, die anderen Kanäle waren angeblich kaputt, und vom wirklichen Leben ausgeschlossen zu sein – das hat mir schon nach einem halben Tag gereicht. Da konnte mir selbst das leckere Gemüse mit diesem vertrauten Nachnamen nicht weiterhelfen. Also habe ich mich selbst entlassen.«

Die Sonne schien in den Gang hinein, und zwei gutgelaunte Sekretärinnen, die ihnen entgegenkamen, grüßten freundlich.

Britta wechselte das Thema. »Du glaubst nicht, was alles in der Kölner Erde steckt! Mohr hat nämlich angerufen.«

»Zuviel«, sagte Sören. »Von mir aus kann das auch alles da bleiben.« Er hatte sich noch nie sonderlich für Ausgrabungen interessiert und konnte auch einem dem seinen nahekommenden Beruf, nämlich Forensische Archäologie, nichts abgewinnen.

»Nagelneue Turnschuhe. Von Fendi. Weiß.«

»Seit wann interessiert Mohr sich denn für Schuhe?« Für Mode hatte Sören ebenfalls nichts übrig, was seine Kollegin wusste.

Um ihn wenigstens finanziell zu beeindrucken, fügte sie hinzu: »Vierhundert Euro.«

Sören pfiff. »Pro Stück? Das heißt, bekommt man, wenn man beide nimmt, wenigstens Mengenrabatt?«

Während sie weitergingen, betrachtete Britta ihn ausdruckslos von oben bis unten. Saubere Tuchhose, blankgeputzte Schuhe, Streifenhemd, Sakko – nichts, was sofort ins Auge stach und ihn von Tausenden anderer Schreibtischtäter unterschied. »Könnt ihr Dänen euch eigentlich richtig elegant kleiden, also nicht so büromäßig?«

Jetzt war Sören beleidigt. Aber glücklicherweise hielt das nie lange an, und er sagte todernst: »Können wir. Du musst uns nur mal am fünften Juni sehen.«

»Fünfter Juni?«

»Der Nationalfeiertag. Die Feier der dänischen Verfassung.«

Britta gluckste. »Fliege?«

Sören nickte. »Selbst gebunden.«

»Rockschöße?«

»Auch.«

»Gestreifte Hose?«

»Ja. Und Schuhe mit Gamaschen. Den Zylinder nicht zu vergessen.«

Dann mussten beide lachen.

Inzwischen hatten sie den Konferenzraum erreicht. Dieses Mal waren sie die letzten. Drinnen warteten schon die Kollegen.

In der Tür fragte Sören: »Warum vergräbt jemand teure Turnschuhe? Du sagtest doch, *in der Erde*, oder?«

»Gleich«, sagte Britta und ging zu ihrem Stuhl am Kopfende des großen Tisches.

Die Kollegen sahen müde aus. Miguel hatte sich nicht rasiert; Kinn und Hals schienen permanent im Schatten zu liegen. Demir gähnte und blickte verloren nach draußen. Selbst die sonst so aufmerksame Lisa hatte dunkle Ränder um die Augen. Aber so war das immer, wenn man mitten in einem Mordfall steckte und irgendwie nicht weiterkam. Moment – zwei Mordfälle, den am Brandchef dazugerechnet. Und jetzt war ein weiterer dazugekommen, von dem ihre Kollegen gleich erfahren würden. Und noch immer war es nur *eine* Mordkommission …

Britta fuhr sich mit einer Hand über die Stirn. Netterweise hatte sie keine weinbedingten Kopfschmerzen, und eine doppelte Dosis rabenschwarzen Kaffees hatte ihre Müdigkeit vollständig vertrieben. Sie räusperte sich. Normalerweise reichte das, um die Kollegen zur Aufmerksamkeit anzuhalten, aber heute war das nicht der Fall. Niemand reagierte. Mit einem Kugelschreiber klopfte sie ein paar Mal gegen das Wasserglas, das vor ihr stand.

»Pst, jemand will eine Rede halten«, sagte Michael, der junge Beamte mit auf Drei-Tage-Bart-Dicke geschorenen Haaren. Die Haut seines eiförmigen Schädels besaß eine hellbraune Färbung, weshalb er *Schale* gerufen wurde. Da allerdings kaum jemand mit ihm redete, war ihm der Spitzname auch wieder egal.

»Weckt mich, wenn's vorbei ist«, sagte Demir und ließ seinen Kopf auf die Tischplatte sinken.

Britta war selten aus der Ruhe zu bringen, aber jetzt reichte es ihr. Sie hatte schon gestern Abend die Nase voll gehabt, als der Anruf ihr den Rest des Tages und die halbe Nacht verdorben hatte. Fünftausend Euro! Der Anruferin war es egal, wie sie das Geld zusammenbekam. »Du bist doch Beamtin«, hatte sie gesagt. »Nimm einen Kredit auf.« Tatsächlich würde ihr wohl nichts anderes übrigbleiben.

Die Kommissarin hieb mit der Faust auf den Tisch. »Könnt ihr mir jetzt bitte mal eure Aufmerksamkeit schenken?«

Völlig verschreckt setzten sich ihre Kollegen aufrecht hin. So hatten sie ihre Chefin noch nie erlebt. Demir gähnte zwar demonstrativ, schwieg aber, um seine Vorgesetzte nicht noch weiter zu reizen.

Nur Sören wagte es, laut etwas zu sagen: »Gemach, gemach. Man soll immer die Ruhe bewahren. Zen!«

Britta sah auf ihre Notizen. »Wir haben einen dritten Toten.«

Juli 2019 – Köln-Zentrum, Archäologische Zone

Inzwischen war der Rathausplatz weiträumig abgesperrt worden. Zwei Streifenpolizisten zu Fuß, die zufällig in einer der Nebenstraßen unterwegs gewesen waren und das Geschrei des Publikums gehört hatten, hatten Verstärkung herbeigerufen und vernahmen gerade die beiden Arbeiter.

»Nichts habe ich angefasst, überhaupt nichts«, verteidigte sich der Kettenraucher, der schon wieder einen Glimmstengel zwischen den Fingern hielt.

»Und warum hast du dann den Schuh weggeworfen, als wir hinzugerufen worden sind?«, fragte der ältere der beiden Polizisten.

»Erstens«, der Arbeiter inhalierte seinen nächsten Zug tief, »heißt es *Sie*; zweitens sind Sie nicht gerufen worden, sondern zufällig hier aufgetaucht; und drittens habe ich den Schuh weggeworfen, weil die Größe nicht stimmte.«

Sein Kollege pflichtete ihm bei. »*Stimmp*, du hast doch Quadratlatschen, nicht so Professorenfüße.«

Der zweite Polizist wurde hellhörig. »Wieso *Professorenfüße*?«

Der Raucher sah sich genötigt, seinem Kollegen zu helfen. »Das sieht man doch sofort, dass da jemand vergraben ist, der Geld hat. Strümpfe mit Dollarscheinen drauf, weiße Schuhe. Wer zieht denn so etwas an?«

Der Polizist setzte nach. »Also, kannten Sie den Professor?« Manchmal half es, wenn man einfach auf den Busch klopfte.

Der Arbeiter mit dem südländischen Aussehen sagte kleinlaut. »Ja, das ist Professor Hallstatt, einer der Grabungsleiter.«

»Falls nicht ein anderer die gleichen Strümpfe und Schuhe besitzt«, sagte der Raucher.

Der ältere Polizist hielt inzwischen einen aufgeklappten Schreibblock mit schwarzem Deckel in der Hand und machte sich Notizen. »Wissen Sie auch seinen Vornamen?«

Beide Arbeiter verneinten.

»Ist Ihnen sonst etwas aufgefallen?«

Die beiden sahen sich an und schüttelten dann den Kopf.

»Gut, dann brauchen wir noch Ihre Namen und Adressen und am besten noch eine Handynummer.«

Der Kettenraucher zündete sich die nächste Zigarette an. »Und verlassen Sie nicht die Stadt«, murmelte er.

August 1975 – Bonn, Marktplatz

Autofahren konnte der ehemalige GI, das musste man ihm lassen. Auch dreißig Jahre später fuhr William Wordsworth Jr. so, als ob er immer noch in einem Militärjeep sitzen würde; die Fenster waren offen, er rauchte die üblichen Lucky Strikes, hatte irgendeinen amerikanischen Rocksender laufen und gestikulierte mit beiden Händen. Das Schalten kam dabei notwendigerweise zu kurz, so dass schon mal der Motor aufheulte, was Wordsworth gar nicht und Johanna nicht mehr störte. Inzwischen war sie an die Fahrweise ihres Chefs gewöhnt.

Allerdings hatte sich die Automarke gegenüber den Kriegszeiten entschieden verbessert: Seit dem Frühjahr besaß Wordsworth einen nagelneuen blauen Ford Mustang, ein Coupé mit weißen Sitzen. Er war bester Laune, und das dunkle Echtholz des Armaturenbretts glänzte.

»Ich dachte«, sagte der Kriminalhauptkommissar gerade, »wir fahren nach Bonn. Da kennt uns keiner.«

Johanna war sich nicht sicher, was ihr Chef vorhatte. Nach dem Glas Wein vielleicht in ein Hotel, wo sie keiner kannte?

»Du hast die Auswahl: ein Glas Wein in den Elsässer Weinstuben in der Altstadt oder – falls dir der Sinn nach etwas Besonderem steht …« Er machte eine Pause, um vom Verteilerkreis im Kölner Süden auf die Autobahn nach Bonn abzubiegen, und musste dabei einem langsam fahrenden Lastwagen die Vorfahrt überlassen.

Oder direkt ins Hotel, dachte Johanna. Sollte sie zustimmen?

»Oder«, fuhr Wordsworth fort, »in die Crêperie am Bonner Marktplatz und erst danach ein Glas Wein.«

»Letzteres«, sagte Johanna, doch ein wenig erleichtert, dass sie keine weitreichendere Entscheidung treffen musste.

Ihr Chef gab Gas und fuhr mit knapp 150 km/h die fast schnurgerade Autobahn nach Bonn. Lautstark pfiff er *I'm not in love* von 10cc mit, das der amerikanische Soldatensender gerade spielte.

Gut, dachte Johanna, dann wäre das ja geklärt.

Wordsworth parkte unterhalb des Alten Zolls, und zusammen gingen sie vom Belderberg durch die Rathausgasse. Beim Lichtbildatelier Schafgans lagen die vier Präsidenten seit Gründung der Bundesrepublik, Heuss, Lübke, Heinemann und Scheel, einträchtig im Schaufenster nebeneinander; aus großformatigen Schwarzweiß-Fotografien sahen sie ernst auf die Straße hinaus. Nur Walter Scheel schien wie üblich ein wenig zu grinsen. Weil er immer fröhlich aussah, trotz der Bürde seines Amtes, war er wahrscheinlich auch gewählt worden, dachte Johanna. Sie hatte es vermieden, sich bei ihrem Chef einzuhängen. Obwohl es 1975 war und die Umgangssitten deutlich lockerer, seit bunte Kleidung, lange Haare und laute Musik überall Einzug gehalten hatten, wollte sie lieber die nötige Distanz wahren, die eine berufliche Zusammenarbeit immer erleichterte.

Zielstrebig steuerte Wordsworth das Restaurant an, vorbei an der Partnergaststätte, der Rôtisserie, und dem Chinarestaurant. Direkt hinter der Eingangstür der Crêperie war rechts die große Kochfläche zu sehen, hinter der die Köchin stand. Sie formte mit einem großen Teigschaber einen kreisrunden Crêpe, versah ihn mit dem gewünschten Inhalt und klappte ihn danach zu einem Rechteck zusammen.

»Ach so«, Wordsworth drehte sich zu seiner Kollegin um, »ehe ich das vergesse: Aus Bad Rothenfelde hat die Oberschwester angerufen und sich über die Mitnahme der Akte beschwert. Ich habe etwas von Mordermittlungen gesagt; daraufhin war dann Ruhe am anderen Ende der Leitung.«

»Danke.«

Hinten links war ein Tisch frei. Rasch kamen die beiden bestellten Crêpes, ›Hawai‹ für Wordsworth – »›Saigon‹ schmeckt zu vietnamesisch«, sagte er – und ›Schinken, Käse, Ananas‹ für Johanna, die sich seit Kinderzeiten an Pfannkuchen satt essen konnte.

Unvermittelt fragte Wordsworth mit vollem Mund, nachdem er den halben Crêpe verspeist hatte: »*Any ideas* zu dem Kinderheim?«

»Schlauer als vorhin bin ich leider nicht«, antwortete Johanna wahrheitsgetreu.

»Wir könnten ja der Linie deines Osnabrücker Kollegen—«

»Der ist bestimmt nicht mein *Kollege*.« Das klang eine Spur zu scharf, und wie immer bei solchen Gelegenheiten war Johanna mit sich unzufrieden. Andere ausreden zu lassen und den eigenen Ärger hinunterzuschlucken, damit kam man eigentlich immer gut durchs Leben.

Der Kriminalhauptkommissar tat so, als habe er den Einwand nicht gehört. »Kollegen folgen«, setzte er den Satz fort, »und betrachten das Ganze als Unfall. Fall gelöst, Akte geschlossen.«

»Und was sagen wir den Eltern?«

»Genau.« Ein weiterer Bissen Hawai verschwand im Mund. Dieses Mal aber schluckte er erst hinunter, bevor er weiterredete. »Da wir anständige Beamte sind und immer nur die Wahrheit sagen …« Er schwieg, als ob ihm dazu gerade etwas eingefallen war.

Johanna wartete.

»Jedenfalls fast immer«, fuhr Wordsworth fort, führte aber nicht aus, woran er gerade gedacht hatte. »Wir sollten überlegen, ob es ein Schlüsselerlebnis in dem Heim gegeben hat, das Gewalt ausgelöst hat.«

»Ich glaube nicht, dass Kinder fähig sind, jemanden umzubringen«, warf Johanna ein, die noch an das Gute im Menschen glaubte.

»Da täuschst du dich gewaltig. Ich habe vor einiger Zeit eine Studie der American Academy of Child and Adolescent Psychiatry gelesen, die zu einem bemerkenswerten Schluss kam. Den Satz fand ich so interessant, dass ich ihn mir notiert habe und inzwischen auswendig kann: ›Gewalttätigkeit ist eine Ansammlung von Spannungen und Frustrationen. Das Kind findet in seinem sozialen Werkzeugkasten nicht die adäquaten sozialen Mittel, um auf die Situation zu reagieren und die Anspannung zu verringern. Die Krise dient ihm als Sicherheitsventil, um den Druck abzulassen.‹«

»Wir müssen also nur herausbekommen, was das eine Kind dazu bewogen hat, einem anderen Kind Schaden, in diesem Falle sogar den Tod, zuzufügen.«

Wordsworth nickte. »Irgendeine Demütigung, denke ich.«

»Dann brauchen wir aber einen Haufen Psychologen«, gab Johanna zu bedenken. »Oder Psychiater.«

Ihr Chef schüttelte den Kopf. »Das erledigen wir selber. Ich glaube, wenn wir die Eltern befragen, finden wir relativ rasch heraus, wie die jeweilige Familie funktioniert.«

Johanna seufzte. Sie rechnete: Neunzehn Kinder, achtunddreißig Eltern, eventuell Geschwister – fünfzig Personen. Mindestens. »Ein halbes Hundert an Leuten«, sagte sie. »Das dauert dann aber bis Weihnachten.«

»Glaub' ich nicht. Mach einen Fragebogen und telefonier dann morgen Vormittag. Ich werde dafür sorgen, dass dich niemand stört.«

Johanna hörte nicht zu. Gedankenverloren kratzte sie sich am Hinterkopf und überlegte.

Ihr Chef kannte seine Mitarbeiterin gut genug, um ihr in solchen Fällen nur zuzusehen und ansonsten abzuwarten.

»Wir können das Verfahren vielleicht abkürzen«, sagte sie. »Die Töchter des Hausmeisters im Haus Klara haben doch vom *kleinen Kölner* gesprochen. Wir sollten die Eltern nach der Größe ihrer Kinder fragen.«

»Und wo hört bei dir *klein* auf?« Wordsworth grinste, als er seine hochgewachsene Kollegin musterte, ohne dass dabei sein Blick auch nur im Geringsten anzüglich wurde. »Und wo fängt *groß* an?«

In seinem dunklen Gesicht sehen die weißen Zähne besonders hübsch aus, dachte Johanna. Ich könnte ihn stundenlang angukken. Vielleicht doch ein Hotel, nachher?

»*Bloody hell*«, sagte Wordsworth plötzlich und sah auf seine Armbanduhr. »Ich habe Annie versprochen, nach dem Dienst bei ihr vorbeizukommen, weil wir—«

So fühlte sich ein kalter Wasserguss an.

»Wer ist Annie?«, unterbrach ihn Johanna.

Wordsworth passte nicht auf und übersah die Reaktion seines Gegenübers. »Annie? Annie – das ist eine lange Geschichte. Wir sind beide damals über den großen Teich nach Europa geschickt worden, hatten uns aber in den Wirren der letzten Kriegsmonate aus den Augen verloren. Und jetzt«, er sah sie triumphierend an, »jetzt stellt sich heraus, dass sie seit fünf Jahren in Köln wohnt, wohin ihr inzwischen verstorbener Mann versetzt worden war. Und mein Bild hat sie vor zwei Monaten in der Zeitung gesehen.«

»Ist sie auch, äh, …«

»Schwarz?« Ein ganz besonderes Lächeln breitete sich über Wordsworths Gesicht aus. »Natürlich. Ganz simpel: *Black is beautiful.* Ach, Annie …« Er konnte auch verklärt seufzen.

Johanna, die fand, dass Verliebte mit ihrem Glück nicht hausieren gehen sollten, seufzte ebenfalls. Kein Hotel also.

Juli 2019 – Köln-Kalk, Polizeipräsidium

Klingt nach einer Epidemie«, sagte Demir. »Drei Tote.«
Brittas Repertoire an strafenden Blicken war groß.

Der Deutschtürke senkte den Kopf und studierte seine Fingernägel.

»Kriminalrat Mohr meint«, sagte die Kommissarin, »da der Rathausplatz ja ungefähr an der Strecke liege, wenn wir in Sachen Brandinspektor weiter ermittelten, könnten wir uns auch noch darum kümmern. Die Personaldecke sei ohnehin angespannt …«

»Hat sie echt *Decke* und *angespannt* gesagt?«, flüsterte Demir seiner Kollegin ins Ohr. »Dann ist die nämlich zu heiß gewaschen worden.«

»Halt doch jetzt mal ausnahmsweise deinen Mund und hör zu«, flüsterte Lisa etwas lauter als beabsichtigt zurück. Auf ihrem Block strich sie das automatisch mitgeschriebene Wort *Personaldecke* wieder durch und warf Demir einen giftigen Blick von der Seite zu.

»Genau, dafür bin ich auch.« Britta besaß scharfe Ohren. »Der Tote im Container von heute morgen soll Professor Hallstatt heißen und Grabungsleiter in der Archäologischen Zone sein.« Sie beschrieb die Auffindungssituation der Leiche. Sie hatte fast vollständig in der Erde gesteckt. »Mohr hat die Spurensicherung hingeschickt; die soll ihn schon einmal ausbuddeln.«

Miguel machte sich Notizen; Sören verließ sich lieber auf sein ausgezeichnetes Gedächtnis, das auch noch die unwesentlichsten Einzelheiten solange speicherte, bis der jeweilige Fall abgeschlossen war.

»Die Sache mit Professor Hallstatt vertagen wir, bis wir Näheres wissen. Wer fährt hin? Sie, Demir?«

Der Kollege war ein hervorragender Spurensucher und hatte sich seinen guten Ruf als stets fairer Kommissar mehr als verdient; dann war Britta gerne bereit, seine Albernheiten innerhalb strenger Grenzen zu tolerieren.

»Sorry, Ma'am«, sagte Demir, »aber Lisa und ich …« Weiter kam er nicht.

»Das hast du falsch verstanden«, sagte die junge Frau. »*Michael* und ich wollten doch diesen Karnevalsverein noch einmal unter die Lupe nehmen.«

Ihr Kollege rechts neben ihr grinste, der Kollege links machte ein betretenes Gesicht.

Fast tat er Britta leid. »Einverstanden. Demir, dann fahren Sie zum Rathausplatz.«

Der Angesprochene nickte ergeben und rückte ein Stückchen von Lisa ab, schließlich besaß er auch seinen Stolz.

»Miguel?«

Der Spanier gähnte zwar, lächelte aber freundlich. »Nochmal in den Laubenverein?«

»Nein, ich finde, wenn wir schon drei Mordfälle haben, dann sollte sich jeder von uns nach Möglichkeit auch von allen drei Toten und ihrem Umfeld ein Bild machen.« Sie überlegte. »Fahr du mal zu diesem Bauunternehmer. Kannst du eigentlich noch Tae-Kwon-Do?«

Miguel grinste. »Du meinst, damit ich dem Bauunternehmer gewachsen bin? Na klar. Selbst die Koreaner ziehen bei mir den Kürzeren.«

»Ist ja auch nicht so schwierig«, sagte Demir, der seinen Mund wieder nicht halten konnte. »Die sind sowieso einen Kopf kleiner.«

Sören warf einen Blick um Hilfe zur Decke. »Bitte bessere Witze«, sagte er.

»Damit ihr, damit Sie alle auf dem Laufenden seid, noch eine Information zu Klaus Schmitz. In seinen Unterlagen habe ich eine Liste von Leuten entdeckt, denen er Geld geliehen hat. Drei uns bekannte Namen sind darunter.« Britta trank einen Schluck Wasser.

Wie viele andere Erdbewohner auch hasste Sören Kunstpausen über alles. Jeder sollte sofort auf den Punkt kommen, fand er. Dinge hinauszuzögern, war immer völlig sinnlos. Es sei denn, man arbeitete bei Netflix und versuchte, aus einem Plot, für den ein Spielfilm schon zu lang gewesen wäre, eine zehnteilige Serie zu basteln.

»Frings«, sagte Miguel, der ebenfalls keine Lust hatte, der Pause zuzuhören.

»Genau, der stand auf der Liste. Und die Herren Gerlach und Dubois.«

Miguel pfiff leise durch die Zähne. »Der Immobilienfritze und der Baumogul.«

»Jeder braucht Geld«, sagte Britta und dachte, auch sie könne es zur Zeit gut gebrauchen. »Sören«, sagte sie laut.

Die entschiedene Stimme reichte, dass der Däne ihr seine volle Aufmerksamkeit zuwandte.

»Wir beide fahren nach Lindenthal, die Hütten angucken.« Sie stand auf. »Vielleicht finden wir dort etwas.«

Miguel sah ihr gedankenvoll hinterher. Britta war einfach eine tolle Frau, schlau, gebildet, besonnen und hübsch obendrein. Wenn sie sich von hinten sehen könnte, würde sie sich auch hinterherpfeifen, dachte er. Und ging.

In den allgemeinen Aufbruch hinein sagte Demir zu niemand Bestimmtem: »Da steig noch mal einer durch. Einer verbrennt, einer ertrinkt, einer wird verbuddelt. Jemand verleiht Geld. Jemand klaut amerikanische Autos. Und jemand profitiert. Das ist bei jedem Mord so, auch bei denen aus Leidenschaft. Eigentlich geht es nur um Ruhe, die jemand dringend haben will. Vor Erpressung, vor Geldmangel, vor dem Chef.«

Lisa warf ihm einen undefinierbaren Blick zu. »Der kleine Philosoph. Seit wann führst du Selbstgespräche?«

»Schon immer. Immer dann, wenn mir niemand mehr zuhört. Ich rede einfach weiter. *Ich* höre mir nämlich immer zu. Und ich höre nie auf.«

Lisa schüttelte den Kopf und verließ als vorletzte den Raum.

Demir überlegte immer noch. Dann sagte er laut: »Und wo sind eigentlich die Frauen bei den aktuellen Fällen?«

Juli 2019 – Köln-Neustadt-Süd, Staatsanwaltschaft

Bevor er zum Bauunternehmen mit dem schönen Hugenotten-Namen fahren wollte, ging Miguel noch bei der Staatsanwaltschaft vorbei. Eigeninitiative zählte immer. Britta hatte mit keinem Wort Gruber erwähnt. Der Mann musste doch wenigstens über die dritte Leiche ins Bild gesetzt werden. Nach dem, was man so von ihm hörte, besaß er kein echtes Interesse an der Zusammensetzung einer Mordkommission, sondern konzentrierte sich auf seine Auftritte vor Gericht. Das hatte aber den Vorteil, zumindest aus Sicht der Kripo, dass man andererseits schalten und walten konnte, wie man wollte, solange man – aus Sicht des Staatsanwalts – Erfolge vorzuweisen hatte.

Miguel klopfte.

»Herein«, rief Grubers leicht zu hohe Stimme, »wenn's kein Mafiaboss ist.«

Joviale Leute waren dem kölschen Spanier immer fremd geblieben. Er stieß die Tür auf und sagte zur Begrüßung nur: »Har, har.«

»Oh, auch ein Comic-Liebhaber. Kater Karlo, nicht wahr?«

Miguel entgegnete gar nichts. Bei Selbstverständlichkeiten und bei Zitaten aus der Populärkultur sollte man nie etwas erklären, fand er.

Gruber stand am Fenster und war in die Betrachtung einer bukolischen Szene draußen vor dem Justizgebäude versunken. Statt zu arbeiten, waren nämlich mehrere Bedienstete der Stadtreinigung dabei, ein Tableau aus der Malerei nachzustellen. Am linken Bildrand stand ein Arbeiter mit einem umgedrehten Kehrbesen, an dem er wohl einige Schrauben nachzog. Rechts von ihm parkte ein kleiner Müllwagen mit offener Ladefläche, auf die der Inhalt einiger Papierkörbe ausgeschüttet worden war.

Zwei weitere Angestellte kamen gerade von rechts und waren in ein angeregtes Gespräch vertieft. Ganz rechts marschierten drei Männer im Gleichschritt aus dem Bild; alle drei hielten mit ihrer linken Hand die orangen Arbeitsmützen fest, da Wind aufgekommen war.

Miguel trat neben ihn und sah nach unten.

»*Die Heuernte*«, sagte Gruber. »Pieter Breughel.«

»Bitte?« Miguel verstand gar nichts.

»Die Szene da unten. Genau wie das holländische Gemälde. 1565.«

»Das Jahr wissen Sie so genau?«

»Hing bei meiner Großmutter über dem Bett. Als Kind habe ich es mir stundenlang angesehen und beschlossen, irgendwann einmal auch so ein schönes Bild zu Hause hängen zu haben. Leider hat sie es dann verschenkt. Ans Tierheim.« Er kniff den Mund zusammen.

Wunden der Kindheit verheilten nie, dachte der Spanier. Es sei denn, man half selbst kräftig nach und konzentrierte sich auf die Gegenwart, statt der Vergangenheit nachzuhorchen. »Miguel García Álvarez«, sagte er. »Kripo Köln. KK 11.«

Gruber drehte sich um. »Wollen Sie nicht Platz nehmen?« Er deutete auf einen der Sessel.

Miguel warf einen Blick auf das Aktgemälde mit der Gerichtsszene über der Sitzecke und fragte sich, warum Gruber Jura statt Kunstgeschichte studiert hatte. Die Antwort gab er sich gleich selbst: Weil ein Jurist entschieden mehr als ein Galerist verdiente. Wenn man natürlich König oder Kaiser hieß und Bilder in Berliner Galerien anbot, war das etwas anderes; dann spielte die Höhe des Einkommens keine Rolle mehr. Der Kommissar schüttelte die Gedanken ab, die anderer Leute Einkommen und sein Bankkonto betrafen, und verneinte. »Ich muss ohnehin gleich weiter. Ich wollte Sie nur über einen weiteren Mord in Köln informieren.«

»Die Sache mit den Turnschuhen?«

Miguel sah ihn verblüfft an. »Das wissen Sie schon?«

»Buschtrommel. Dieses Mal in Form vorauseilenden Gehorsams durch zwei Streifenpolizisten, die sich nicht trauten, überhaupt etwas zu unternehmen, bevor nicht die Judikative informiert war. Ich habe ihnen nur befohlen, schon mal mit den üblichen Maßnahmen zu beginnen.« Er grinste wie ein Schüler, dem ein besonders guter Streich geglückt war. »Dann mussten sie nämlich selber denken, was bekanntlich schlauer macht.«

Gruber wurde ihm immer unsympathischer. »Wäre nicht eine genauere Anweisung netter gewesen? Die Jungs stehen doch schließlich erst am Anfang ihrer Karriere.«

Der Staatsanwalt warf ihm einen scharfen Blick zu. »Eigeninitiative ist Ihnen wohl fremd, oder? Ihre hübsche Vorgesetzte dagegen wusste neulich sofort, was sie zu tun hatte, als wir uns nach einem angeregten Gespräch verabschiedeten.«

Komisch, von *angeregt* hat Britta gar nichts gesagt, dachte Miguel. Außerdem schien der Staatsanwalt ein gutes Gedächtnis zu haben, wenn er noch Tage später den Inhalt von Unterredungen wiedergeben konnte.

»Also«, Gruber sah auf die Uhr. »Sie kennen doch die Aufgaben einer Mordkommission. Die beiden anderen Fälle wird Frau Mangold mit Ihrer Hilfe wohl schnell gelöst haben, dann können Sie diesen hier ja nebenbei erledigen. Und dass es Mord ist, liegt auf der Hand. Der Mann mit den Turnschuhen wird sich wohl kaum selbst eingegraben haben.«

August 1975 – Köln-Zentrum, Polizeipräsidium

Es war dann doch noch ein vergnügter Abend geworden. Nachdem Wordsworth und Johanna etwas überhastet aus Bonn aufgebrochen waren und der ehemalige GI das Gaspedal bis zum Anschlag durchgetreten hatte, waren sie gegen halb zehn bei Annie Lee in Köln-Nippes eingetroffen. Kurz entschlossen hatte Wordsworth seine Kollegin mitgenommen und seiner Freundin vorgestellt. Gegen halb zwölf war es Johanna dann gelungen, das glückliche Paar und die zweite Flasche Moselwein zu verlassen. Jetzt war es kurz nach acht am nächsten Morgen, und sie saß wieder am Schreibtisch und beschäftigte sich mit dem Formular, das sie für die telefonischen Befragungen benötigte.

Wenig später kam ihr Chef, grüßte aber nur kurz (»Hi!«) und verschwand in seinem Zimmer.

Die Nachwirkungen der dritten Flasche Wein? Wer weiß, dachte Johanna und griff zum Hörer.

Zwei Stunden, mehrere Elterngespräche und zahlreiche Tassen Kaffee später trat Wordsworth an Johannas Schreibtisch. »Und?«

Er sah müde aus und trotzdem fröhlich. Sie wünschte, dass es ihr auch so ginge – abends ein Glas Wein, aber nicht alleine, sich an jemanden kuscheln und dann, nach schönen Gesprächen und anderen Unternehmungen, einschlafen zu können. Nach einem solchen Abend war Müdigkeit am nächsten Morgen unwichtig.

»Ein Meter fünfzig, ein Meter zweiundzwanzig, ein Meter einundsiebzig«, sagte sie.

Wordsworth sah sie etwas verständnislos an. »Das sind vier Meter dreiundvierzig«, sagte er. »Kopfrechnen kann ich zu jeder Tages- und Nachtzeit, unabhängig vom Alkoholgehalt. Also meinem.«

Johanna lachte. »Das wollte ich nicht testen. Nein, das waren die Größen einiger der Jungs. Aber damit kommen wir nicht weiter.«

»Nein, wir beide sollten uns auf eine Größe verständigen, die die Zeugen meinten, als sie vom *kleinen Kölner* geredet haben.«

»Ich kann dir etwas vorschlagen. Ich habe vorhin mit einem Kinderarzt telefoniert, der mir gesagt hat, dass man bei weniger als einem Meter fünfzig bei Dreizehn- bis Vierzehnjährigen von *klein* sprechen kann.« Johanna sah auf ihre Liste. »Bei meinen neunzehn Namen trifft das immerhin noch auf acht zu.«

Wordsworth faltete ein Blatt auseinander, das er in der Hand gehalten hatte. »Und bei mir, Moment, drei Namen von den zehn.«

»Elf sind also *klein*.«

Er nickte. »Aber wir können ein paar Namen streichen. Die nämlich, die nicht aus Köln sind. Einer bei mir.«

Johanna raschelte mit mehreren Ausfertigungen ihres Formulars. »Drei bei mir.«

»Bleiben also sieben Jungs übrig. Und jetzt?«

Sie sah ihn ratlos an.

»Jetzt versuchen wir herauszufinden, wer mit wem in welchem Zimmer wann gewesen ist.«

»Aha, eine Gleichung mit vier Unbekannten.«

»Sieben.« Er grinste. »Du oder ich?«

»Was jetzt?«

»Ein erneuter Anruf bei den Eltern der sieben Jungs.«

»Du. Du hast die tiefere Stimme.«

Wordsworth lachte. »Da hast du recht. Eigentlich ist sie hier im Haus verschwendet. Ich wäre besser zum Radio gegangen.« Er drehte sich um und verließ Johannas Büro. Beim Hinausgehen rief er ihr noch zu: »Bleiben Sie hier. Und verlassen Sie nicht die Stadt. Wir melden uns wieder bei Ihnen.«

Johanna lachte. Annie schien ihm gut zu tun; er war noch besser gelaunt als sonst. Sie schob die Formulare zusammen und griff nach der Akte eines weiteren Falls.

Anderthalb Stunden später kam Wordsworth wieder. Schlecht gelaunt. Er warf seine Liste auf Johannas Schreibtisch, zog einen Stuhl heran und fuhr sich mit der Hand durch die kurzen Haare, die seit einigen Monaten einen ganz leichten Grauschleier bekommen hatten. Gleichzeitig gähnte er.

»Und? Was erreicht?«

»Snafu.«

Johanna kam nicht ganz mit und bat um eine Erklärung.

»*Situation normal, all fucked up*«, sagte der GI. Eigentümlichkeiten des amerikanischen Soldatenjargons schien er nie ganz abgelegt zu haben. Er schüttelte den Kopf. »Etwas erreicht? Nichts, aber auch gar nichts. Niemand konnte mir sagen, mit welchen anderen Kindern der jeweilige Sohn auf dem Zimmer gewesen war. Niemand hatte Namen behalten. Und jeder war froh, ich zitiere stellvertretend eine Mutter, dass *der Sohn wieder heil zu Hause ist.* Als ob die Jungen von der Front zurückgekehrt seien.«

»Wir haben also nichts in der Hand.« Johannas Frage klang wie eine Feststellung.

Ihr Chef nickte. »Nichts.«

»Und was machen wir nun?«

Die junge Frau machte ein so hilfloses Gesicht, dass Wordsworth schmunzeln musste. »Das ist der erste Fall, den du nicht abschließen kannst, oder?«

Sie nickte. »Ist er. Und das ist schon verdammt frustrierend.«

Er winkte ab. »Das wirst du noch häufiger erleben. Es gibt nicht auf alles eine Antwort im Leben.«

»Und vielleicht war es ja gar kein Verbrechen«, sagte sie, um sich selbst zu trösten.

»Durchaus möglich. Ein Unglücksfall, was der Kollege aus Osnabrück …«

Johannas Augenbrauen hoben sich; sie schwieg aber.

»… ja auch vermutet hat.«

»Oder es ist der perfekte Mord. Ohne Täter. Ohne Tatwerkzeug. Ohne Spuren.«

»Auch möglich«, sagte Wordsworth und griff in die Hosentasche. »Nur die Seife war Zeuge.« Mit Schwung warf er den kleinen Rest auf Johannas Schreibtisch. »Kannst du behalten. Muss nicht in die Asservatenkammer. *Over and out.*« Grinsend ging er wieder.

Kopfschüttelnd sah ihm Johanna nach, legte das kleine braune Seifenstück in eine Plastiktüte und verstaute diese in einer der Schubladen.

Eine halbe Stunde später hatte sie das Kinderheim und seine Bewohner vergessen.

Juli 2019 – Köln-Zentrum, Archäologische Zone

Vor dem Baucontainer waren inzwischen Sichtschutzwände aufgestellt worden, so dass sich die Schaulustigen mangels weiterer Sensationen zerstreut hatten. Der bestrumpfte Fuß und der weiße Sneaker am anderen waren aus allen möglichen und unmöglichen Winkeln fotografiert worden. Der Kettenraucher hatte eine DNA-Probe abgeben müssen, damit seine Kippen von denen anderer Drogensüchtiger unterschieden werden konnten. Und dann hatten die Techniker der KTU begonnen, den Toten vorsichtig freizulegen.

Demir kam an, als gerade die Leiche von Professor Hallstatt auf eine Plane neben dem Container gelegt wurde. Sie trug einen dunkelblauen Anzug aus Polyester, der schon etwas älter war und ein wenig in der Sonne glänzte, jedenfalls dort, wo kein Dreck vom Bauschutt zu sehen war. Das Oberhemd war einmal weiß gewesen, die Krawatte aus rotem Leder und völlig aus der Mode. Das ganze Outfit sah fast englisch aus, dachte der Kommissar, ohne damit jemandem zu nahe treten zu wollen. Aber er erinnerte sich an einen Kongress vor fünfzehn Jahren, zu dem auch einige *Detectives* aus Großbritannien gekommen waren, deren Kleidung er ähnlich salopp in Erinnerung hatte. Eine Zeitlang hatte man diese Mode auch in Köln kaufen können, bei der Filiale von Marks & Spencer in der Schildergasse, die allerdings nach nur fünf Jahren 2001 wieder geschlossen worden war. Wenn er ehrlich war, musste er allerdings zugeben, dass auch deutsche Professoren oft genauso nachlässig gekleidet waren. Er zog zwei Einmalhandschuhe über und schlug vorsichtig die linke Seite des Sakkos zurück, das der Tote immer noch trug. Tatsächlich steckte eine Brieftasche dort, wo er sie vermutet hatte. Vorsichtig zog er sie heraus und studierte den

Inhalt. Ein englischer Führerschein mit Bild, ausgestellt am 12. Mai 2011 auf den Namen Wolfgang Hallstatt, geboren am 13. Juni 1961 in Köln, ein deutscher Reisepass mit den gleichen Informationen, ausgestellt am 16. September 2008, also über zehn Jahre alt und damit abgelaufen, einhundertsechzig Euro in Scheinen, achtzig Pfund in englischen Noten und diverse Plastikkarten. Und eine lose in der Brieftasche liegende *QMUL Identity Card*, was immer das sein mochte.

Demir steckte die Brieftasche wieder zurück, nachdem er mit seinem Handy Fotos der verschiedenen Dokumente gemacht hatte.

Hallstatt war ein kleiner Mann, schlank und wog bestimmt nicht mehr als siebzig Kilo. Der Täter musste ihn ja irgendwie in die Erde bekommen haben, aber wie?

Der Kommissar versuchte, dem Gesicht des Toten Informationen zu entlocken, aber Hallstatts Augen waren geschlossen, und er sah friedlich aus. Fast schien es, als schliefe er nur, würde gleich aufwachen, sich nicht sonderlich über seine verschmutzte Kleidung wundern – schließlich arbeitete er bei der wichtigsten Kölner Ausgrabung seit Jahrzehnten mit – und sich wieder seiner Arbeit zuwenden.

Die Brillengläser in einem randlosen Gestell waren gebrochen, wohl beim Vergraben der Leiche. Die hochgerutschten Augenbrauen unter der faltigen Stirn verliehen seiner Miene allerdings einen fragenden Ausdruck. »Warum ich?«, schien sie zu sagen.

Demir drehte sich zu den Kollegen der Spurensicherung um, die seine Untersuchungen als willkommenen Anlass für eine kleine Pause genommen und mit einem Respektsabstand verfolgt hatten. »Habt ihr sonst etwas von Interesse gefunden?«

»Ist alles da drüben«, sagte der Leiter und deutete auf eine weitere Plane, die vor dem weißen Fahrzeug der KTU auf dem Pflaster lag.

Der Kommissar ging hinüber und studierte die Ausstellungsstücke, die im Container gefunden worden waren. Eine Kaffeemaschine, die nur alt, aber nicht kaputt aussah, mehrere zerdrückte

Zigarettenschachteln, alle von Marlboro und mit abschreckenden Medizinfotos, ein benutztes Kondom, ein ausrangiertes T-Shirt, fünf Kugelschreiber mit Werbeaufdruck des Römisch-Germanischen Museums, mehrere Kabel unterschiedlicher Provenienz und Länge, ein Haufen nagelneuer Prospekte der *Medienstadt Köln* und eine der Länge nach eingerissene Postkarte mit dem Bild eines großen Wagenrades, auf das zwei nackte Gestalten geflochten waren.

Etwas daran kam Demir bekannt vor, so dass er die Postkarte einsteckte.

Aus dem weißen Bau über der Ausstellungsfläche trat eine ältere Frau auf den Platz und sah sich um. Als sie den Kommissar entdeckte, ging sie auf ihn zu und streckte die Hand aus. »Dr. Aldenhoven. Ich arbeite als Kunsthistorikerin bei der Stadt Köln. Sie sind der Kommissar?«

»Sieht man das sofort?«

»Nein«, die Frau lächelte, »aber mit den anderen Herren habe ich schon gesprochen.«

Eine Kollegin im weißen Overall der Spurensicherung warf ihr einen finsteren Blick zu.

»Und Damen«, verbesserte sich Frau Dr. Aldenhoven.

Mit Jeans, Pullover und Halstuch sieht sie nicht gerade schick aus, dachte Demir, aber da er sich nicht in der Kunstszene auskannte, verfolgte er diesen Gedanken nicht weiter. Wissen ist alles, sagte er sich stattdessen. »Was können Sie mir zu Professor Hallstatt sagen?«, fragte er also.

»Nur Gutes«, sagte die Kunsthistorikerin. »Ein freundlicher, interessierter Kollege. Und er wusste so viel.«

Sonderlich betroffen war sie nicht gerade, aber da der Kommissar schon allen Formen von Trauer begegnet war, hütete er sich, darüber ein Urteil zu fällen. »Haben Sie ihn deswegen aus England geholt?«

»Nicht ganz. Soviel ich weiß, hat er zur Zeit ein Forschungssemester – oder wie immer man das englische Äquivalent bezeichnet – und wollte das nutzen, um mehr aus erster Hand über das römische Köln zu erfahren. Momentan arbeite er an einem Buch über die römische Wirtschaft, Handelsbeziehungen mit dem Ausland und so, sagte er mir.«

»Von wo kommt er denn? Er hat doch einen deutschen Pass, irgendeine Kölner Adresse, wenn ich das richtig behalten habe.«

»Direkt aus London. Hammersmith, glaube ich. Er hat wohl vor Jahrzehnten ein Stipendium für die englische Hauptstadt erhalten und ist danach dort hängengeblieben.«

»War er denn mehr Engländer oder mehr Deutscher?«

»Beides, würde ich sagen.« Sie lächelte. »Außerdem verlernt ein echter Kölner nie seine Muttersprache. Wobei – Kölsch mit englischem Akzent ist schon eine krude Mischung.«

Demir lachte. »Das wird aber irgendwann kompliziert.«

Frau Dr. Aldenhoven sah ihn fragend an.

»Na, Brexit und so. Er muss sich entscheiden, wo er wohnen möchte. Bevor die Engländer einen 'rausschmeißen, würde ich die englische Staatsbürgerschaft annehmen.«

»Das ist gar nicht so einfach. Dafür wird einiges verlangt. Die wollen alles wissen, zumindest das, was mit ihrer kleinen Insel im Zusammenhang steht. Schreiben Sie mal aus den letzten fünf Jahren auf, wann Sie nach Großbritannien eingereist und wie lange Sie dort geblieben sind.«

»Das ist in der Tat schwierig, vor allem, weil ich keine Kalender besitze. Außer dem im Handy. Eigentlich lebe ich so in den Tag hinein …« Ein versonnener Blick folgte.

Die Kunsthistorikerin sah ihn abschätzig an. Man konnte sehen, was sie dachte – bestimmt war es *Tagträumer* oder *Spinner*. Aber damit hatte Demir erreicht, was er sonst auch immer wollte – sein Gegenüber in Sicherheit zu wiegen, damit er etwas mehr erfuhr, als man ihm eigentlich sagen wollte. Auch hier schien es zu funktionieren.

»Na ja, wir kommen auch ohne Professor Hallstatt klar«, sagte Frau Dr. Aldenhoven. »Wir sind ohnehin fast fertig, In Kürze können dann die Besuchermassen unter die Erde strömen.«

»War Professor Hallstatt denn nicht Grabungsleiter?«

»Wer hat das denn gesagt?«

»Einer der Arbeiter, der, der die Leiche entdeckt hat. Der Kettenraucher, sagten die Kollegen.«

»Ach, der Hennes? Der sagt viel, wenn der Tag lang ist. Nein, Hallstatt war nur beratendes Mitglied im Grabungsgremium. Normalerweise arbeitet er an der Queen Mary University of London.«

Womit die Abkürzung QMUL aufgelöst war, dachte Demir. »Aha«, sagte er, weil ihm nichts weiter mehr einfiel. »Dann sind wir, glaube ich fertig. Sie sind über die Stadtverwaltung Köln zu erreichen?«

Die Frau nickte. Dann seufzte sie doch noch. »Der arme Professor Hallstatt. Über den Brexit muss er sich jetzt keine Gedanken mehr machen.«

»Welcher vernünftige Mensch tut das schon«, erwiderte Demir und verabschiedete sich.

Juli 2019 – Köln-Sülz, Kleingartenverein

Die Sonne schien, und fast hatte Britta den Eindruck, dass ein Ausflugstag die Alltagsroutine unterbrochen habe und die aktuellen Mordermittlungen ganz weit entfernt seien, als Sören plötzlich sagte: »Was meinst du, wer es gewesen ist?«

Die Kommissarin kam nicht ganz mit, weil sie sich gerade Tagträumereien hingab, die mit Sonne und Strand und Gin Tonic zu tun hatten. Dabei fuhr sie gleichzeitig entspannt Auto, den linken Ellenbogen auf dem heruntergefahrenen Fenster. Aber Frauen beherrschten nach gängiger Meinung und der ihren Multitasking. Mit links. Sören saß verkrampft neben ihr; er hatte sich etwas zusammenfalten müssen, um auf dem Beifahrersitz des Ford Fiesta Platz nehmen zu können. Außerdem bemühte er sich, nicht ständig auf seine Kollegin zu schauen. Brittas dunkelblauer Rock war im Auto ein wenig hochgerutscht und erlaubte einen umfänglicheren Blick auf ihre langen Beine.

»Wer soll was gewesen sein?«, fragte sie.

»Na, der jeweilige Mörder.«

»Einer für alle?«

»Und alle für einen, ich weiß«, sagte Sören. »D'Artagnan oder wer auch immer diesen Spruch für alle Bierkästen tragenden Männer abgesondert hat.«

»So finster kenne ich dich ja gar nicht. Ist eine Laus in deiner Lebergegend unterwegs?«

»Läuse. Soll ich sie dir aufzählen?« Sören geriet in Fahrt. »Albernheiten, die ich in epischer Breite bei jeder Besprechung vom Kollegen Demir ertragen muss.«

»Das geht immer vorbei, und der Kollege ist ein exzellenter Mitarbeiter.«

»Ich weiß, aber trotzdem. Weiter. Mohr, der so tut, als sei er schon in Pension, freundschaftlich lächelt, wenn man ihm begegnet, und selten über die Fälle Bescheid weiß.«

»Dafür setzt er sich bei allen Differenzen immer für die unterlegene Seite ein.«

»Die aber oft genug im Unrecht ist«, maulte er. »Schließlich dieser Staatsanwalt, der für uns momentan zuständig ist. Wir sollen immer alles alleine machen, höre ich. Was kann er denn eigentlich? Und was tut er überhaupt? Interessiert er sich tatsächlich für etwas?«

»Frauen, glaube ich.« Vor Brittas innerem Auge erschien das Gemälde in Grubers Arbeitszimmer mit der nackten Gestalt vor dem griechischen Gericht.

Sören war immer noch schlecht gelaunt. »Wer tut das nicht? Sogar Frauen interessieren sich manchmal für Frauen.«

Britta dachte bei Sörens Worten an Hannah Wolf, die Goldschmiedin. Stand sie auf Frauen? Aber das war eigentlich unwichtig, wenn man jemanden mochte, und schließlich konnte sie sie beim nächsten Treffen einfach fragen. »Lieber Sören«, sagte sie schließlich. »*Back to business.* Wer hat jetzt wen umgebracht?«

Sören war jemand, der sofort umschalten konnte, wenn es sein musste. »Sorry, aber manchmal reicht es eben. So, die Verdächtigen? Frings, der Hundebesitzer, befördert seinen Geldgeber ins Jenseits. Könnte sein, wenn er seine Schulden nicht zurückzahlen konnte. Gerlach, der Häuserhändler—«

»Hast du gerade Läusehändler gesagt?« unterbrach ihn Britta und fing an zu kichern. Da sie aber fast gleichzeitig scharf bremsen musste, weil vor ihr eine Ampel plötzlich auf Gelb umsprang, hörte sie ebenso abrupt wieder auf. »Ich dachte nur, Hunde und Läuse, Leber und Läuse …«

»Ist gut jetzt. Ich mache mal weiter. Gerlach also, der mit Anwesen makelt. Falls er von Klaus Schmitz Geld bezogen hat, wäre er dumm, wenn er sich den Ast abschnitte, auf dem er sitzt.«

»Falls er die Summe zurückzahlen kann.«

»Falls er die Summe zurückzahlen kann«, pflichtete Sören ihr bei. »Noch einer: Jean Dubois, der sich mit französischen Ahnen schmückt. Wahrscheinlich heißt er einfach Hannes Vomwald und hat sich selbst geadelt.«

Britta kicherte schon wieder. »Mit der Nummer können wir beim nächsten bunten Abend auftreten. Ich denke mir Namen aus, und du übersetzt.«

»Dubois«, fuhr Sören unbeirrt fort. »Der Bauunternehmer. Weißt du, was mir gerade einfällt? Jeder Immobilienhändler, der auch mit Grundstücken handelt, benötigt einen Bauunternehmer. Zumindest, um ihn Kunden zu empfehlen. Wir sollten mal überprüfen, ob es irgendwelche Verbindungen gibt.«

Britta nickte. »Sollten wir. Gute Arbeit. *Mange tak*.«

»Ich bin Deutscher«, sagte Sören vorwurfsvoll. »Kein Däne mehr.«

Britta hatte den Kleingartenverein in Lindenthal erreicht und fuhr aufs Gelände. »Kurze Pause«, sagte sie zu ihrem Begleiter. »Unsere Spintisierereien können wir nachher fortsetzen.«

Die Trümmer von Manfred Küsters Laube hatten aufgehört zu rauchen. In den Nachbarschrebergärten waren die Eigentümer mit Aufräumarbeiten beschäftigt; in der Hauptsache beseitigten sie den Ruß, der alles, was er hatte erreichen können, mit einem schwarzen Film überzogen hatte.

Die Kommissare stiegen aus und umrundeten, so gut es ging, das kleine Grundstück mit den Resten von Küsters Laube.

Das Ehepaar auf der Nachbarparzelle, auf Harke beziehungsweise Spaten gestützt, sah ihnen dabei wortlos zu. Schließlich fasste sich die Frau ein Herz. »Da finden Sie nichts mehr. Hat alles die Spurensicherung mitgenommen.«

»Woher—«, wollte Sören fragen, wurde aber sogleich unterbrochen.

»Stand doch auf dem Fahrzeug«, sagte der Mann. »KFU oder so ähnlich.«

»T«, sagte die Frau. »Der ungleichmäßige Querstreifen in dem F war nur Schmutz. Ich weiß das; mit Saubermachen kenne ich mich aus.«

»KTU«, sagte Britta freundlich und trat näher. »Kriminaltechnische Untersuchung. Wirklich nichts mehr zu sehen?«

»Nein«, der Mann hatte seinen Spaten abgestellt, um die Hände für energische Gesten freizuhaben, »alles weg. Entweder von den Technikern oder—«

»Verbrannt. Und wir können den ganzen Dreck wegmachen.« Seine Frau deutete vorwurfsvoll auf die mustergültig angelegten und sorgfältig gepflegten Rabatten, ein kleines Gartenhaus mit geputzten Fensterscheiben und den auf die Tür zulaufenden Weg, der keinen einzigen Grashalm in den Ritzen der Steinplatten aufwies. »Überall diese dünne Ascheschicht.«

Britta wusste aus Erfahrung, dass es sinnlos war, mit Reinlichkeitsfanatikern zu diskutieren. Sie hatte sich mehrfach bei einer russischen Putzfrau im eigenen Büro den Mund verbrannt. Sauber war völlig in Ordnung, fand sie; aber *rein*? Und das dauernd?

»Können Sie uns denn etwas über Herrn Küster sagen?«, fragte sie stattdessen.

»Männe, sag du 'was«, sagte die Frau. »*Du* hast doch immer mit dem Herrn geredet.«

Wahrscheinlich, weil Männe froh war, seiner Frau mal eine Viertelstunde aus dem Weg zu gehen, dachte Sören.

»Was soll ich da sagen?«, fragte der Ehemann etwas hilflos. »Küster war ein netter Nachbar. Manchmal hat er von seiner Arbeit erzählt, den großen Bränden und den kleinen Nachbarschaftseinsätzen – entlaufene Katzen und so –, oder mich zu einer Partie Schach auf die kleine Terrasse da hinten gebeten.« Er zeigte auf Küsters ehemaligen Besitz. Unter einem Haufen verbrannten Holzes ahnte man mehr, als dass man sie sah, eine kleine Fläche mit verlegten Platten.

»Hatte er sonst Besuch?« Sören hatte seinen Block herausgeholt und schrieb einige Stichworte auf.

Das Ehepaar sah sich an; beide schüttelten den Kopf. »Jedenfalls nie, wenn wir auch hier waren«, sagte die Frau. »Was sonst war …« Den Rest des Satzes ließ sie bedeutungsvoll in der Luft hängen.

»Wie meinst du das?«, fragte ihr Mann sie.

»Erinnere dich doch an das eine Mal, als bei Küster das ganze Gartenmobiliar umgefallen war und wir leere Bier- und Weinflaschen auf unserer Seite des Zauns gefunden haben.«

»Ach, das waren doch nur die Jungs aus dem Viertel gegenüber.«

»Weinflaschen?« Die Frau gab nicht auf. »Glaube ich nicht. Die trinken doch nur Wodka und Bier.«

»Warte mal«, der Mann legte den Kopf zur Seite, als horche er in sich hinein. Nach einer kurzen Pause sagte er: »Das können wir doch nachsehen.«

»Stimmt«, sagte die Frau. »Wir haben doch die Kamera.« Sie drehte sich um und zeigte auf eine kleine, ziemlich versteckt angebrachte Überwachungsanlage im Winkel zwischen der Wand über der Tür des Gartenhauses und dem Dach.

»Großartig«, sagte Sören. »Wenn Sie uns die Filme zur Verfügung stellen könnten …«

»Dateien«, sagte der Mann. »Aber diese Party oder was das war, die war doch irgendwann im Sommer. Oder?« Er sah seine Frau fragend an.

»Ja, kann sein.«

»Weil leider«, fuhr der Mann fort, »die Dateien alle zweiundsiebzig Stunden überschrieben werden.«

»Schade«, sagte Sören.

»Prima«, sagte Britta. »Der Zeitraum reicht nämlich für die angenommene Zeit des Mordes.«

Die Frau verlor ihre Gesichtsfarbe. »Welcher Mord?«

»Na, der an Herrn Küster«, sagte ihr Mann. »Die Hände waren gefesselt. Oder hast du nicht gesehen, wie sie die Leiche abtransportiert haben? Die sah vielleicht alt aus. Ganz verschrumpelt. Und ein Bein hatten sie ihr über den Bauch gelegt.«

März 1986 – Köln-Altstadt-Süd, Chlodwigplatz

Johanna stand neben dem Bauzaun und fror. Wieder einmal war am Chlodwigplatz ein Teil des Gehweges aufgerissen worden, und die Passanten mussten einen Umweg in Kauf nehmen, um hinter die mittelalterliche Severinstorburg zu gelangen. Geistesabwesend zog die Kommissarin an der Zigarette, die bedenklich kurz geworden war. Immerhin wärmte sie die Fingerspitzen ein wenig. Ein leichter Nieselregen hatte eingesetzt, der ihr – zusammen mit der Kälte – womöglich eine Erkältung einbrachte. An einen so kalten März, wenige Tage vor Ostern, konnte sie sich nicht erinnern.

Die meisten Schaulustigen hatten sich wieder verlaufen, weil nichts Spannendes mehr passierte. Köln bei einsetzender Dunkelheit, Regen, Kälte – es gab Besseres, als hier den Abend zu verbringen.

Sie seufzte. Warum nur war sie der Aufforderung ihres Chefs gefolgt, »einen netten kleinen Unfall« zu besuchen? »Es muss ja nicht immer Mord sein«, hatte er im Polizeipräsidium noch gesagt. Und: »Lass die Kollegen mal hierbleiben. Bei *dem* Wetter.«

Am Bauzaun hingen verschiedene Plakate; das für die drei Konzerte von BAP im April in der Kölner Sporthalle klebte nur noch an zwei Stellen am Papprücken. Der Rest war völlig durchnässt und hatte sich gelöst. Irgendein Fan würde sich sicher finden, der das Plakat mit nach Hause nahm, um es zu trocknen und anschließend über seinem Bett aufzuhängen.

Direkt darunter lag der Tote neben einer Leitung, die – nach der Dicke des Kabels zu urteilen – die Baustelle mit Strom zu versorgen schien. Wordsworth beugte sich gerade über ihn und studierte das Gesicht mit den aufgerissenen Augen. Schließlich streckte er sich wieder und stöhnte leicht.

»Es wird Zeit, dass ich meinen Beruf an den Nagel hänge«, sagte er und kam näher. »Für solche Unternehmungen ist mein Rücken zu alt.«

Johanna betrachtete ihn. Tatsächlich ging er nicht mehr so aufrecht wie noch vor einigen Monaten. Und sein pechschwarzes Haar war grau geworden. Aber er sah immer noch fröhlich aus. Dabei wohnte er jetzt schon seit elf Jahren mit Annie zusammen. Hieß es nicht, dass die Liebe irgendwann nachließ und man nach einer gewissen Zeit nur noch neben-, aber nicht mehr miteinander lebte? Jedenfalls war das bei ihr selbst immer der Fall gewesen. Mehrere Liebschaften hatte sie wieder beendet, nachdem von Feuer nicht mehr die Rede gewesen war und nicht einmal kleine Funken noch durch die Gegend flogen. »Lange hast du ja nicht mehr.«

»Nee, zehn Minuten noch, dann ist Feierabend.« Er grinste.

»Ich meinte eigentlich deinen Ruhestand im November.«

Übergangslos wurde er wieder ernst. Mit einer abrupten Handbewegung schob er jeden Hinweis auf irgendwelche Untätigkeiten ab fünfundsechzig beiseite. Mit dem Daumen deutete er auf die Leiche. »*Any ideas*?«

Johanna schüttelte den Kopf. »Wir warten, glaube ich, besser die Spurensicherung ab.«

»Also kein Unfall?«, fragte Wordsworth zweifelnd.

»Keine Ahnung. Wahrscheinlich. Für mich sieht das nach einem tödlichen Stromschlag aus. Hast du das linke Handgelenk gesehen? Wenn das keine Tätowierung ist, muss es eine Menge Strom gewesen sein, die ihn erwischt hat.«

»Tote machen dir wohl nichts mehr aus, oder?« Wordsworth sah sie prüfend an.

Johanna schüttelte der Kopf. Ihre langen blonden Haare waren einer Kurzhaarfrisur zum Opfer gefallen, die die markanten Wangenknochen besser zur Geltung brachte und dem Gesicht etwas leicht Exotisches verlieh. »Nur, wenn es sich um Kinder handelt.« Plötzlich erschien wieder der tote Junge aus dem Kinderheim am Teutoburger Wald vor ihrem inneren Auge. Wie lang war das jetzt her? Und wie hieß er noch einmal? Klaus? Karl? Irgendeiner dieser damals modernen Namen war es gewesen. Konrad, genau. »Und wenn es sich um Kinder handelt, bei denen der Täter unentdeckt bleibt«, fügte sie nach einer kleinen Pause hinzu.

Der Kriminalhauptkommissar aber hörte gerade nicht zu und beschäftigte sich mit seinem neuen Mobiltelefon, einem kleineren Brikett von Nokia. Er hatte nach dem Kauf stolz den Communicator 9000 vorgeführt, aber Johanna hasste Männerelektronik, über die ständig geredet, aber mit der kaum gearbeitet wurde, weil einfach zu wenig Leute bisher das gleiche Spielzeug besaßen. Außerdem fand sie es überhaupt nicht nachvollziehbar, warum man nach vierundzwanzig Stunden im Büro für den Rest des Tages auch noch einen tragbaren Arbeitsplatz mit sich herumschleppen sollte.

»Nichts gefunden«, sagte Wordsworth gerade. »Ich dachte, ich hätte die Nummer unseres Hauselektrikers gespeichert, aber ...« Der Rest des Satzes ging in den Geräuschen der vorbeifahrenden Straßenbahn unter. Trotz der Nässe schienen die Bremsen wie üblich zu quietschen.

»Die Voltstärke lässt sich doch an der Art der Wunden ablesen, oder?« Sie sah ihn fragend an. »Ich hätte nämlich mal gelesen, dass bei Starkstrom besonders die inneren Verletzungen—«

»Danke, das reicht. Ich möchte mich weiterhin aufs Abendessen freuen können.« Er steckte das Mobiltelefon wieder ein und nahm Johannas Satz auf: »Wir warten noch auf die Kollegen von der Spurensicherung; dann gehen wir.«

Sie hatte ebenfalls Hunger und nickte bestätigend. Dann stutzte sie. »Warte mal.« Sie zog ihren Chef näher an den Bauzaun und zeigte auf das davor parallel verlaufende Stromkabel. »Siehst du das? Ein normales Stromkabel. Beide Stecker ineinander. Wie zum Teufel hat der Tote die denn wieder zusammengeführt?«

Johannas Frieren hatte sich in ein ständiges Zittern verwandelt, das größtenteils dem Wind zu verdanken war. Ihr kam es vor, als sei der Platz im Schatten des alten Stadttores plötzlich an einen Hafen gewandert, an dem eine eisige Böe die nächste jagte. Außerdem hatte sie nasse Füße, weil sie eine große Pfütze am Bauzaun übersehen hatte.

Aus einem der trotz Kälte geöffneten Fenster im zweiten Stock eines der Häuser auf der anderen Seite des Platzes drang lautstark Musik aus den Charts. *Ohne dich schlaf ich heut' nacht nicht ein* klang fast vorwurfsvoll. Für Johanna war es doppelt bitter, da sie das Lied nicht mochte, das einem wirklich an jeder Ecke begegnete, und da sie gerade niemanden zu Hause hatte, der ihr das nachrief. Umso mehr fror sie gerade.

Die Spurensicherung war inzwischen eingetroffen und hatte einen zu kleinen Sichtschutz vor der Leiche aufgestellt. Da allerdings inzwischen auch der letzte Passant das Weite gesucht hatte, spielte das keine Rolle.

»Und? Woran ist er gestorben?«, fragte der Kriminalhauptkommissar und musterte den schlanken Techniker, der gerade seine Handschuhe auszog.

»Herzversagen«, antwortete der Mann lakonisch.

»Das kann ich mir denken!«, fuhr ihn Wordsworth etwas härter als beabsichtigt an.

Der Techniker schaute zu ihm auf. »Machen Sie ruhig weiter. Ich habe keine Angst vorm schwarzen Mann.«

Wordsworth pfiff leise das zu diesem Satz passende Lied von Haindling. Dann lachte er freundlich, was der Techniker mit einem schiefen Grinsen quittierte. »Ich sehe, wir verstehen uns«, sagte der Mann und zeigte mit der Rechten, die beide Handschuhe hielt, auf den Toten. »Ein starker Stromschlag, der vermutlich zu massiven inneren Verletzungen—«

»Kann ich mir denken«, unterbrach ihn der Kommissar. »Was ist mit dem Stecker?«

»Was soll damit sein?«

»Nun, der Tote hat wohl kaum nach seinem Ableben den Stekker zurückgesteckt.«

»Stimmt.« Der Mann kratzte sich mit der freien Hand am Hinterkopf. »Keine Ahnung.«

»Wir können ja nach Fingerabdrücken suchen«, sagte Johanna und trat von einem Fuß auf den anderen.

»Das ist zwecklos«, sagte Wordsworth. »Bei soviel Erde, Lehm, *whatever.*«

Das Kabel war auf seiner gesamten Länge durch den Bodenaushub verschmiert.

Der Kriminalhauptkommissar besaß ein exquisites Gedächtnis. Mit einem leicht ironischen Unterton fügte er hinzu: »Ich kann mir nicht vorstellen, dass in diesem Matsch irgendwo Fingerabdrücke zu finden sein werden. Genauso wenig, wie vor elf Jahren auf dem Stück Seife, das du aus dem Kinderheim mitgebracht hattest.«

Johanna wurde rot und schwieg leicht beleidigt.

Der Techniker hatte die Bemerkungen verfolgt und das schiefe Grinsen beibehalten. »Aber ich kann Ihnen immerhin verraten, wer der Tote ist.« Er machte eine Kunstpause, wartete die gespannte Aufmerksamkeit der beiden Kripobeamten ab, und fuhr dann fort: »Karlheinz Gerlach.«

»Und woher wissen Sie das?«, fragte Johanna. »Hatte der Tote einen Ausweis bei sich?«

Der Mann von der Spurensicherung verneinte. »Hatte er nicht. Aber ich kenne ihn zufällig vom Sehen. Wie ich auch, ist er Stammgast im Chlodwig Eck da hinten.« Er zeigte in die ungefähre Richtung, in der die Südstadtkneipe lag.

»*War* er Stammgast«, verbesserte ihn Wordsworth.

»Was wissen Sie denn noch über ihn?«, fragte Johanna.

»Nichts. Nur dass er Student war.« Die Handschuhe wanderten von der rechten in die linke Hand. »Ich habe mir sogar sein Fachgebiet gemerkt«, setzte er triumphierend hinzu.

Wordsworth musste in der beginnenden Pause nur die Lage einer Augenbraue minimal ändern, damit der Techniker sich fortzufahren beeilte.

»Ökotrophologie.«

Jetzt hob sich auch die zweite Augenbraue.

»Ernährungswissenschaften«, sagte der Mann eilig. »Er hatte immer ein Fachbuch dabei. Jedes Mal ein anderes. Das letzte Mal handelte es von Getränken.«

Johanna lachte. »Dass man eine wissenschaftliche Ausrede benötigt, um Bier zu trinken ...«

Ihr Chef grinste. »Na ja, Feldforschung ist schon wichtig.« Er räusperte sich und fuhr dann fort: »Mit welchen Leuten war er denn zusammen?«

»Keine Ahnung. Die Mädchen wechselten; sein Bruder war wohl manchmal mit von der Partie, aber Namen …«

Johanna seufzte und sah ihren Chef fragend an. »Soll'n wir jetzt noch in die Kneipe gehen?«

Wordsworth schüttelte den Kopf. »Morgen. Ein Vormittagsbier ist vielleicht auch ganz nett. Und«, er wies auf den Toten. »Gerlach läuft uns nicht weg.«

Juli 2019 – Köln-Müngersdorf, Bauunternehmung Dubois

Miguel fuhr langsam durch die Einfahrt auf den Hof, auf dem sich die baufälligen Schuppen befinden sollten, unter denen auch das *Domizil* der Bauunternehmung Dubois sei, wie Sören es bei der Besprechung genannt hatte.

Die Schuppen waren vorhanden, aber die rote Corvette war nirgends zu sehen; dafür hing heute die Wäscheleine gegenüber voller Hand- und Geschirrtücher. Das alte Fahrrad stand auf dem Kopf, und ein kleiner Junge war damit beschäftigt, einen Reifen zu wechseln. Gerade hantierte er fachmännisch mit ölverschmierten Händen an der Kette.

Miguel stellte den Motor des Leihwagens ab, stieg aus und näherte sich dem minderjährigen Mechaniker. »Morgen«, sagte er freundlich.

Der Junge sah nicht auf, sondern schob geschickt die Kette über das glänzende Kettenblatt. Probehalber drehte er an einem Pedal und nickte, als alles zu seiner Zufriedenheit funktionierte.

»Heute das Fahrrad, morgen ein Sportwagen.« Miguel versuchte, den Jungen aus seiner Reserve zu locken.

»Meine Mutter hat gesagt«, erst jetzt beachtete der kleine Mechaniker den Spanier, »ich solle nicht mit fremden Leuten reden. Mit Männern schon gar nicht.«

»Da hat sie durchaus Recht. Mit Frauen sich zu unterhalten, ist immer netter. Aber ich bin von der Polizei.« Er holte seinen nagelneuen Ausweis aus der rechten Innentasche seiner Lederjacke und hielt ihn dem Jungen hin.

Als der Kleine mit einer vom Öl glänzenden Hand danach greifen wollte, zog Miguel den laminierten Ausweis weg. »*Miguel García Álvarez* steht drauf. Und *Kriminalkommissar*.«

Der Junge stand auf. Das war jetzt entschieden interessanter als eine Fahrradreparatur. »Dominik Walther. Eine Hand gebe ich Ihnen jetzt lieber nicht.«

Miguel lachte. »Ist gut so. Eigentlich wollte ich auch nichts von dir wissen, sondern nach der Bauunternehmung Dubois fragen. Die haben da doch ein Büro, oder?«

»Haben sie. Aber was wollen Sie denn von der Firma?«

»Wir ermitteln in einer Diebstahlsangelegenheit.« Laien mussten nicht alles wissen und Kinder schon gar nicht. »In Polen sind verschiedene deutsche Baufahrzeuge gefunden worden, die nach Köln gehören. Kennzeichen und so, weißt du? Jetzt muss ich die entsprechenden Firmen abklappern, um zu sehen, ob jemand sie vermisst. Gemeldet hat sich merkwürdigerweise niemand ...«

»Verstehe«, sagte der Junge fachmännisch. »Aber ich glaube nicht, dass Sie hier richtig sind. Ich weiß nicht einmal, ob die sich überhaupt mit Bauen beschäftigen.«

Miguel horchte auf. Kindermund tut Wahrheit kund, dachte er. »Wie meinst du das?«

»Na ja«, der Kleine warf einen Blick auf seine ölverschmierten Hände. »Wie die immer herumgelaufen sind. Anzüge, Krawatten, saubere Autos – nach Arbeit mit Dreck sieht das nicht aus. Und die Schuhe waren immer poliert.«

»Alle Achtung.« Miguel war ziemlich beeindruckt. »Du hast ja eine hervorragende Beobachtungsgabe. Wen meinst du übrigens mit *die*?«

»Herrn Dubois, Herrn Schultheiss und noch ein Herr. Den Namen weiß ich nicht.« Der Kleine beschrieb die Männer, so gut er konnte.

»Waren die immer zu dritt?«

»Meistens, glaube ich. Nachmittags jedenfalls, wenn ich draußen gespielt habe. Vormittags muss ich ja in die Schule.«

»Hast du sonst jemanden von den anderen Firmen gesehen?« Der Spanier zeigte auf die Schuppen.

»Sie meinen, wegen der Schilder?«

»Ja, meine ich.«

»Ich glaube«, sagte der Junge, »die gehörten alle zu Dubois. Und wenn Sie mich fragen, das Büro ist rechts; der Rest sind Garagen für die Autos der drei.«

Miguel horchte auf. Tarnfirmen? »Ich muss mal eben etwas überprüfen.« Er holte das Handy heraus und wählte die Nummer der Zentrale. »Könnt ihr mal eben etwas für mich heraussuchen? – Prima. Guckt mal nach den Eigentümern der folgenden Firmen.« Er las die Firmenschilder vor, die an den drei anderen Schuppen angebracht waren. »Danke. Bis später.« Er wandte sich wieder dem Jungen zu. »Du bist wirklich ein feiner Kerl.«

Der kleine Mechaniker strahlte.

»Dann habe ich mir ja eine Menge Arbeit gespart; die Firma Dubois kommt jedenfalls für die aufgefundenen Baumaschinen nicht in Frage.«

»Okay, dann mache ich mal mein Fahrrad fertig. Ich wollte nämlich noch einen Kumpel besuchen.« Der Junge nickte Miguel knapp zu und hockte sich wieder vor den Drahtesel.

Der Spanier grinste. »Tschüss denn.« Vielleicht sollte er noch einen Blick in das »Büro« der Firma werfen. Entschlossen ging er zum Schuppen hinüber.

Komisch, die Tür war angelehnt. Vorsichtig stieß er sie auf. Drinnen flimmerte das Sonnenlicht durch die Lamellen einer halb heruntergelassenen Jalousie; kleine Staubteilchen tanzten in der Luft. Es roch nach abgestandenem Zigarettenqualm. Die Platte eines alten Schreibtisches vor dem Fenster wies Wasserflecken auf, Stellen, an denen das Holz etwas aufgequollen und dann mit Rissen wieder getrocknet war. Die Flasche Jack Daniel's auf der grünen Lederunterlage war halb geleert; die Whiskygläser daneben mussten dringend gespült werden. Ein alter Aktenschrank stand an der Wand, aus Holz, fünfziger Jahre, schätzte Miguel. An der Wand hing ein gerahmtes Poster von Humphrey Bogart und Mary Astor, das er sofort als Standbild aus dem *Malteser Falken* identifizierte. Der Spanier war Cineast und hatte in seinem Leben viele

Stunden, besser: Tage in den örtlichen Kinos verbracht. Das ganze Büro sah nach den Filmen von Hollywoods Schwarzer Serie aus den vierziger Jahren aus. Wo war er hier bloß gelandet?

Niemand schien hier zu sein. Vielleicht hatten Schultheiss und der dritte Mann Reißaus genommen, nachdem Sören niedergeschlagen worden war. Aber wo steckte Dubois?

Eine Tür hinten links schien in den Garten zu führen. Falls es einen Garten und nicht nur Schuppen gab. Er ging hinüber, aber die Tür war verschlossen. Probeweise rüttelte er an ihr, aber nichts tat sich. Schon wollte er wieder gehen, als ihm etwas auffiel.

Neben der Tür hing ein Garderobenhaken aus Messing, der an einer Stelle blank aussah, während er sonst ziemlich angelaufen war. Als ob jemand versucht hatte, ihn zu polieren, aber dabei unterbrochen worden war. Oder als ob jemand seine Hand wiederholt darauf gelegt hatte.

Probeweise fasste er ihn an. Merkwürdig. Normalerweise hätten zwei Schrauben den Haken an der Wand halten müssen, aber nur das untere Loch enthielt eine Schraube, so dass man das Messingstück herunterklappen konnte, wenn man wollte. Aber warum?

Miguel zog daran, und der Garderobenhaken neigte sich.

Gleichzeitig hörte er ein surrendes Geräusch, und das Stück Wand mit dem Filmposter fuhr nach rechts.

Ungläubig starrte der Kommissar auf die sich verbreiternde Öffnung, in der ein riesiges Wohnzimmer im Grünen erschien, das aussah, als entstamme es einem Filmset der Sechziger, komplett mit Bar, Nierentisch, riesiger Couch, Kamin und – hinter zwei bodentiefen Fenstern – einem Swimming Pool, auf dessen glitzernder, türkisfarbener Wasseroberfläche sich die Sonne spiegelte. Kein Wunder, dass das Grundstück bei Google Street View verpixelt gewesen war.

Ein Mann erhob sich aus einem der bequem aussehenden, tiefen Sessel und kam auf ihn zu. »Kommen Sie rein«, sagte er und streckte die Hand aus. »Dubois. Ich habe Sie erwartet.«

Juli 2019 – Köln-Deutz, KölnTriangle

Das Hochhaus war auf der dem Rhein zugewandten Seite in goldenes Licht getaucht. Fast schien es aus einer Parallelwelt zu stammen, in der emsige Bauleute den Dom auf der linken Flussseite errichtet und gleichzeitig gegenüber ein weiteres Wunderwerk der Technik hochgezogen hatten. Für einen Moment war die Ingenieurskunst auf gleicher Höhe gewesen, aus Stein für die Ewigkeit die eine, aus Stahl und Glas die andere, für eine andere Ewigkeit. Bei beiden Bauwerken hatten die Menschen keine Rolle gespielt; der Dom war für ein höheres Wesen errichtet worden, das KölnTriangle für seine Bewohner, die aber angesichts der Dimension des Baus und ohnehin hinter der glitzernden Fassade unsichtbar geworden waren.

Die beiden jungen Kommissare Michael und Lisa fuhren mit dem Aufzug nach oben. Tagsüber hatten sie im Polizeipräsidium die mit Mordfällen verbundenen, üblichen Routinevorgänge erledigt und waren dann an der Lanxess Arena vorbei die zwanzig Minuten zu Fuß Richtung Hohenzollernbrücke gegangen, in deren Sichtweite das Hochhaus lag.

Lisa studierte die Schilder neben den Knöpfen für die verschiedenen Stockwerke. »Nur Anwälte und Filmfuzzis«, sagte sie. »Und Computerfirmen.«

»Aber auch ein paar Normalsterbliche.« Michael zeigte auf einen handschriftlichen Zettel mit dem Namen *Kaczmarek*, der neben dem Notfallknopf klebte.

»Ein Witzbold«, vermutete Lisa. » Wahrscheinlich der Hausmeister.«

»Oder ein Performancekünstler, der seinen Namen in jedem erreichbaren Fahrstuhl neben dem Notfallknopf anbringt. Das ist jetzt der dritte Aufzug in Köln, in dem ich ihn lese. Immer dieselbe Schrift.« Er legte den Kopf schief und dachte nach. »In Leverkusen habe ich neulich bei einem Einsatz den gleichen Namen gelesen. War, glaube ich, irgendein Bunker.«

»Wieso hatte der Bunker einen Aufzug?« Lisa kam nicht ganz mit. »Oder ging der Aufzug in den Keller? Aber dann müsste er Abzug heißen …«

»Aua«, sagte ihr Kollege, der Kalauer nicht mochte.

Der Fahrstuhl hielt, und die beiden Kripobeamten stiegen aus.

Wie erwartet, war der Flur ebenso wie der Fahrstuhl mit dikken Teppichfliesen belegt, die die Schritte dämpften und – weil man etwas einsank – einen gravitätischen Gang erforderten. Ein Berufsstand schwebte allerdings, wie die beiden Kommissare feststellen mussten, als plötzlich hinter ihnen jemand sagte: »Zu wem möchten Sie denn?«

Lisa fuhr herum und sah eine zierliche Frau unbestimmten Alters, die wohl so leicht war, dass sie keinerlei Eindrücke im Teppichboden hinterließ. Sie trug am Revers der Kostümjacke ein kleines Schild mit dem Logo von Gerlachs Firma und ihren Namen, *Maria Baesweiler*, samt Funktion, *Assistant Manager.*

»Zu Herrn Dr. Gerlach.«

»Und wen darf ich ankündigen?«

»Kripo Köln«, sagte Michael und bemühte sich, etwas Gewicht in seine Stimme zu legen.

Die Frau war durch nichts zu erschüttern. »Wenn Sie mir bitte folgen«, sagte sie und ging vor ihnen her, ohne sich überzeugt zu haben, ob sie der Anweisung auch nachkamen.

»*Mädchen für alles*«, flüsterte Michael. »Eine Berufsfeldbeschreibung, die mit *Assistant Manager* hübsch kaschiert wird.«

Lisa lächelte.

Die Frau klopfte an einer Bürotür und öffnete sie fast gleichzeitig. »Herr Gerlach, hier sind zwei Kriminalkommi—«

»Ich weiß«, unterbrach sie der Makler. »Sollen hereinkommen, Frau Baesweiler.«

Sie nickte und trat zur Seite, während die beiden eintraten. »Sie finden mich—«

»Ich weiß, ich weiß«, wurde sie ein zweites Mal unterbrochen. »Am Empfang.«

Lisa und Michael sahen sich an. Eine Anmeldung hatten sie nicht gesehen.

Nachdem Frau Baesweiler die Tür hinter sich geschlossen hatte, bat Gerlach die Kommissare in die Sitzecke und erklärte gleichzeitig: »Einen Empfang haben wir nicht. Frau Baesweiler arbeitet bei uns, weil einer unser Finanzvorstände seinem Schwager einen Gefallen tun wollte oder musste ... In ihrer alten Firma hat sie den Empfang gemanagt und das Sekretariat geleitet. Hier ist sie mehr oder minder Mädchen für alles, will das aber nicht wahrhaben.« Er schwieg und sah nachdenklich aus dem Fenster.

Michael stupste Lisa an und sagte leise: »Sag' ich doch.«

»Und bei dem Ausblick können Sie noch arbeiten?«, fragte Lisa spitz.

Gerlach lachte. »Etwas Ähnliches hat Ihr großgewachsener Kollege neulich auch gesagt. Aber wenn man das immer sieht, sieht man es irgendwann nicht mehr.«

»Dann können Sie gerne unser Büro haben«, sagte Lisa. »Dort kann man ständig irgendwelche Züge beobachten. Wir haben vor einiger Zeit mal den aktuellen Fahrplan aufgehängt, aber der stimmt nie.«

Der Makler lachte erneut. »Danke nein; ich glaube, ich ziehe die Rheinschiffe vor.« Er deutete auf den Fluss, auf dem sich gerade ein knapp über der Wasserfläche liegender Containerfrachter stromaufwärts quälte. »Ohne Fahrplan.« Er drehte sich wieder um. »Was führt Sie denn hierher? Ich dachte, ich hätte alles gesagt.«

Lisa nahm ihren Block aus der kleinen Handtasche und blätterte ihn um.

Irgendwie müssten wir uns mal etwas Neues einfallen lassen, dachte Michael; die Verhöre laufen immer gleich ab: Einer sieht ostentativ seine Notizen durch, ob nun etwas aufgeschrieben ist oder die Blätter leer sind; der andere sitzt so, dass der Verdächtige oder der Zeuge nie beide Verhörspezialisten gleichzeitig im Blick haben kann. Und man versucht, den zu Befragenden zu verunsichern, damit er sich möglicherweise verrät. Irgendwie war das langweilig. Andererseits … Ständig trafen sie bei ihren Ermittlungen auf neue Leute aller Altersgruppen und aller sozialen Schichten, bekamen Einblicke in Freud und Leid, in Familiengeschichten, in Glück und Trauer. Manchmal stießen sie sogar auf neue Berufe, und er konnte sich durchaus vorstellen, einen davon zu wählen, falls er mal seine Messingmarke zurückgeben würde. Wie hieß der letzte noch? Genau: *Simplizitäts-Experte*, der komplizierte Berufsabläufe in Großunternehmen vereinfachte. Bestimmt das Richtige für ihn: Die langen Amtswege in allen Behörden und vor allem im Polizeipräsidium waren ihm von Anfang an ein Dorn im Auge gewe—

»Michael! Schläfst du?«

Er schreckte hoch und sah Lisa schuldbewusst an. Blöd – so bekam er keinen Stein im Brett bei ihr. »Sorry, der gestrige Nachtdienst …«, sagte er geistesgegenwärtig.

Seine Kollegin sah ihn irritiert an, nickte dann aber, um ihn nicht bloßzustellen. »Stimmt, das hatte ich ganz vergessen. Ich sagte gerade zu Herrn Gerlach, dass unsere Chefin eine interessante Liste im Haus von Klaus Schmitz gefunden habe.«

Die Gesichtsfarbe des Maklers hatte eine etwas ungesunde Färbung angenommen. Er stand auf. »Mein Kreislauf, Sie entschuldigen.« Mit einem Blick auf die großen Bürofenster sagte er: »Lassen sich leider nicht öffnen. Arbeitsschutz und so. Alles Unsinn, meiner unmaßgeblichen Meinung nach.« Er ging die paar Schritte zu einem halbhohen Aktenschrank, auf dem ein Tablett mit drei Gläsern und eine Flasche mit einer schottisch aussehenden Farbe stand. »Auch einen Lagavulin?«

»Leider nein«, sagte Lisa zu Michaels Überraschung, der sich nichts aus Whisky machte. »Wir sind im Dienst.« Ihr Blick wanderte die Wand hoch.

Über dem kleinen Aktenschrank hing ein Ölgemälde, etwa eins zwanzig mal ein Meter, das eine orientalische Szene mit einer nur teilweise bekleideten Frau darstellte.

Gerlach nahm einen tiefen Schluck aus dem Glas, das er gut zwei Finger breit gefüllt hatte. Allerdings hustete er, als er mit dem Getränk in der Hand zur Sitzecke zurückkam. »Dreiundvierzig Prozent«, sagte er entschuldigend. Dann zeigte er auf das Bild. »Is' echt. Keine Kopie. Habe ich vor vier Jahren bei Christie's in London gekauft. Die große Ummayaden-Moschee in Damaskus, gemalt von Carl Deutsch.«

»Kenn' ich nich'«, sagte Michael, der sich nicht für Malerei interessierte.

Lisa machte sich wie immer Notizen.

Dann muss ich mir ja wieder nichts merken, dachte Michael; ich muss nur Lisa fragen.

»Interessieren Sie sich für Kunst?«, fragte die junge Kommissarin.

»Zwangsweise«, sagte Gerlach. »Zum einen komme ich aus einem gutbürgerlichen Haushalt, in dem auch das eine oder andere Bild hing; zum anderen ist es in meinem Beruf von Vorteil, wenn man mit seinem Bildungsbürgerhorizont renommieren kann.«

Ein weiterer Satz folgte auf Lisas Block.

»Warum sind Sie denn eigentlich hier?«, fragte der Makler.

Diesmal antwortete Michael. »Unsere Chefin, Frau Kriminalhauptkommissarin Mangold, hat – wie meine Kollegin gerade gesagt hat – in Klaus Schmitz' Arbeitszimmer eine Liste entdeckt, auf der die Namen derjenigen vermerkt sind, denen er Geld geliehen hat.«

Gerlach schluckte. »Und?«

»Einer der Namen ist ein gewisser Heinz-Dieter Gerlach, aber mit Bindestrich. Und ohne Doktortitel.«

»Den fehlenden Bindestrich verdanke ich meinem Vater.« Der Makler war darüber immer noch wütend. »Er war immer für Sparmaßnamen, Ergonomie und so. Aber einen Allerweltsvornamen zu etwas Besonderem zu machen, indem man aus zwei einfach einen Vornamen macht ... Heinzdieter – das geht überhaupt nicht! Bei meinem Bruder lief das gleiche Spiel: Karlheinz. Auch ohne Bindestrich. Und dann noch zweimal Heinz. Einmal pro Bruder.« Er schwieg verbittert.

»Also, ist das dann Ihr Name auf der Liste?« Lisa sah auf die Uhr. Sie war müde; es war halb sechs, und sie hatte noch ein Leben außerhalb des Dienstes.

Gerlach sah betreten auf den Boden. »Ist er«, sagte er leise. »Nur falsch geschrieben«, wiederholte er.

»Und wie ist er darauf gekommen?«, setzte sie nach. »Also auf die Liste. Nicht Ihr Vater.«

Gerlach grinste gequält. »Na, wegen Geld natürlich. Ich brauchte etwas, und Klaus hatte zu viel.«

»Sie machen aber nicht den Eindruck, als seien Sie in Finanznöten.« Michael deutete auf die Einrichtung und einen Stapel Urkunden hinter dem Schreibtisch an der Wand.

»Fassade«, sagte Gerlach leise. »Fassade ist immer alles. Im Geschäftsleben, in der Politik, in der Ehe ...«

»Und Sie konnten nichts zurückzahlen?«, fragte Lisa.

Der Makler schüttelte den Kopf. »Bisher noch nicht. Aber wenn das neue Bauprojekt im Bonner Bogen zustande kommt, dann kann ich den Betrag mit Zins und Zinseszins zurückgeben. Auf einmal.«

»Der Bau ist doch auf Eis gelegt«, sagte Michael. »Stand jedenfalls im *Kölner Stadt-Anzeiger*.«

»Die Zeitungen schreiben viel.« Aber Gerlach wirkte verunsichert.

»Wo waren Sie am Sonntagabend zwischen acht Uhr abends und vier Uhr morgens?«

»In Zürich. Das hat Ihr Kollege schon gefragt.«

»Haben Sie Zeugen?«

»Meine Sekretärin kann Ihnen gerne den Terminkalender zeigen. Ihr Kollege wollte ihn nicht sehen.«

Ein Fehler von Sören, dachte Michael. Aber das bügeln wir jetzt aus. »Wenn Sie Frau Baesweiler bitte rufen würden … Mit Terminkalender.«

»Meine Sekretärin ist Frau Zavelberg.« Gerlach fing plötzlich an zu weinen. »Ich sage Ihnen alles. Aber lassen Sie bitte meine Frau aus dem Spiel.«

Die beiden Kommissare sahen sich an. Warum erwähnte er jetzt seine Frau?

Gerlach wischte sich mit einem Papiertaschentuch über die Augen.

Lisa warf Michael einen Blick zu. Festnehmen oder nicht festnehmen, das war hier die Frage.

Sie war die Entschlossenere. »Herr Gerlach, wir nehmen Sie vorläufig fest. Wenn Sie uns bitte ins Präsidium begleiten wollen.«

März 1986 – Köln-Zentrum, Polizeipräsidium / Köln-Altstadt-Süd, Chlodwigplatz

Johanna stocherte lustlos in ihrem Kaffee. Sie saß Wordsworth in einem der Besucherstühle am Schreibtisch gegenüber und sagte: »Schon drei Tage, und wir kennen den Täter immer noch nicht, von einem Motiv ganz zu schweigen. Wer bringt schon einen fünfundzwanzigjährigen Studenten um?«

Ihr Chef zuckte die Achseln. »Lass den Kopf mal nicht so hängen. Wie viele Fälle hast du bisher aufgeklärt? Fünfzig? Hundert?«

»Keine Ahnung.« Sie sah ihn überrascht an. »Ich habe nie darüber Buch geführt. Außerdem glaube ich, dass man nur die Ermittlungen behält, an denen man sich die Zähne ausgebissen hat und die letztlich zu keinem Ergebnis geführt haben. Oder die eine andere Besonderheit aufwiesen.«

»Kann sein. Was wissen wir denn bis jetzt über den Toten?« Wordsworth schätzte es, seine eigenen Gedanken in Form einer Zusammenfassung seitens Johannas noch einmal zu hören.

»Ledig, keine Kinder, keine feste Freundin, ein etwas langsamer Student, ein etwas umständlicher Mensch, sagt jedenfalls sein Bruder …«

»Was macht der eigentlich?«

»So dies und das. Momentan handelt er mit Häusern, nachdem er den Gebrauchtwagenhandel wieder an den Nagel gehängt hat.«

Der Kommissar verzog das Gesicht bei diesem völlig missglückten Bild. Sein Deutsch war inzwischen so gut, dass nur ein sehr geübter Zuhörer eine Herkunft aus den Vereinigten Staaten heraushören konnte – worauf der ehemalige GI sehr stolz war.

»Was wissen wir über die letzten Stunden von Karlheinz Gerlach?« Johanna drehte den Spieß um und fragte ihr Gegenüber.

Wordsworth machte das Spiel mit. »Er war pünktlich wie immer, sagte der Wirt des Chlodwig Eck. Man konnte nach ihm die Uhr stellen. Punkt acht schlurfte er immer in die Kneipe Ecke Severinswall Annostra—«

»Ich weiß, wo das liegt. Ich war ja da.«

»Sorry. Er bestellte also ein Pils, wie immer, wartete die sechs Minuten ab, bis es kam, schlug das mitgebrachte Buch auf und begann zu lesen. Nur sehr selten hat er sich mit anderen Gästen unterhalten.«

»Er habe sogar seinen Geburtstag dort gefeiert, sagte der Wirt. Sein Bruder sei dabei gewesen, außerdem noch irgendein Freund und ein Mädchen. Na ja, wahrscheinlich eher eine junge Frau.«

Johanna war manchmal sehr penibel, fand Wordsworth. Mädchen blieben Mädchen, ein Leben lang. Warum sonst sollte er zu seiner Lebensgefährtin »Annie my girl« sagen? »Und sein letzter Abend?«

»Da war er alleine, trank sein Bier und las. Irgendwann kam ein Gast ins Chlodwig Eck, den die Stammgäste bisher erst ein paarmal dort gesehen hatten. Er setzte sich an denselben Tisch.«

»Hast du eine Beschreibung?«

Johanna schüttelte den Kopf. »Fehlanzeige. Die beiden sind zwar zusammen weggegangen, also Karlheinz Gerlach und der kleine Kölner, wie der Wirt ihn genannt hatte.« Sie stutzte und wiederholte dann langsam: »Der kleine Kölner.«

Drei Stunden später standen die beiden Ermittler frustriert erneut am Tatort neben der Severinstorburg. Der Regen vor drei Tagen hatte einem wolkenlosen blauen Himmel den Platz überlassen, der dem einen oder anderen Passanten die Möglichkeit gab, draußen sein Mittagessen zu verzehren. Bis zur üblichen Kölner Schwüle, die eigentlich nur unten am Fluss zu ertragen war, waren es noch ein paar Monate. Die Sonne passte so gar nicht zu den trübsinnigen Gedanken, denen Wordsworth und seine beste Mitarbeiterin nachhingen.

Unwillkürlich sah sich Johanna nach dem Bettler aus *Jupp* um; irgendwie hatte es dieses kölsche Lied geschafft, bei ihr einen Eindruck zu hinterlassen, bei ihr, die sie sich sonst nie Textzeilen und den exakten Wortlaut von Paragraphen aus dem Strafgesetzbuch merken konnte. »Ahn der Vringspooz triffste'n. Met singe Kumpels un dä Mammutfläsch Lambrusco.« Wobei sie sich – auch für Penner – einen besseren Rotwein vorstellen konnte, um sich volllaufen zu lassen.

Niemand hatte den »kleinen Kölner« beschreiben können. Die Haarfarbe differierte in den Aussagen, die Kleidung ohnehin – »'ne Sakko«, »näh, 'n Lederjack'«, »du spenns' doch, dat wor 'ne Parka, jrön« –, und über die Größe waren sich die Zeugen sowieso nicht einig gewesen.

»Wie damals bei dem zu Tode gekommenen Jungen in Bad Rothenfelde«, sagte Wordsworth. »Da hast du berichtet, dass niemand etwas Präzises zu sagen wusste.«

Seine Kollegin nickte: »Genau. Da kannten auch alle den gesuchten Jungen, aber keiner konnte ihn vernünftig beschreiben, und wie groß er war, darüber waren sich alle uneins. Vermutlich haben wir sogar seine Eltern befragt, ohne es zu wissen.«

»Und nun?«

»Das Übliche. Familiäres Umfeld, die Professoren in seinem Studium, Bankverbindungen, Ärzte – irgendwo muss es doch ein Motiv geben. Der Bruder vielleicht.«

»Kain und Abel«, warf Johanna ein.

»Kein Abel.« Wordsworth beherrschte inzwischen auch schlechte Witze auf Deutsch.

»Doch ein Unfall«, versuchte Johanna abzulenken.

»Das hatten wir bereits. Die Stecker an der Starkstromleitung und so.«

Johanna schwieg und überlegte.

Wordsworths mobiles Telefon klingelte. Er drückte auf eine Taste, sagte nur »Hi!« und hörte ansonsten zu. Nach dem Ende des Gesprächs schob er das Gerät wieder in eine Außentasche der

Lederjacke und sagte: »2,4-Dioxo-3,3-diäthyl-5-methyl-6-hydroxypiperidin.«

Seine Mitarbeiterin betrachtete ihn verwirrt.

»Noludar.«

»Du konntest mal Deutsch. Und etwas Englisch. Und teilweise Kölsch. Aber auf einmal ...«

Wordsworth lachte. Dann lächelte er herablassend und sagte: »Großer schwarzer Mann erklärt kleinem weißen Fräulein—«

»Frau!«, sagte Johanna spitz.

»Erklärt seiner Lieblingskollegin«, fuhr Wordsworth unerschrocken fort, während die Lieblingskollegin rot wurde, »wie Chemie im Allgemeinen und Verbrechen im Besonderen funktionieren.« Er schwieg.

»Nämlich?«, fragte sie unaufgefordert. Sie wusste, dass ihr Chef manchmal Beifall brauchte.

»Im Körper des Toten haben die Kollegen die Substanzen von K.o.-Tropfen nachgewiesen.«

»Das heißt also, jemand hat Karlheinz Gerlach, ich sage mal: angetäubt, ihn anschließend zur Baustelle geführt und ihm dort einen tödlichen Stromschlag versetzt.«

»Genau.«

»Der Täter muss also gewusst haben, dass das Stromkabel zur Verfügung stand; Feinheiten wie die, dass er irgendwo den Strom ein- und wieder abgeschaltet hat, lassen wir jetzt mal außer Acht.«

Wordsworth nickte.

»Eine geplante Tat demnach, würde ich sagen.« Johanna sah ihn fragend an.

»Würde ich auch sagen.«

»Ein eiskalter Mord.«

Der Kriminalkommissar rieb sich die Hände. »Die Jagd beginnt. Jetzt müssen wir nur noch den kleinen Kölner finden.«

Juli 2019 – Köln-Müngersdorf, Bauunternehmung Dubois

Sie sind doch von der Polizei, oder?« Der Kölner musterte den Kommissar etwas von oben herab, so schien es.

Miguel nickte. »Bin ich. Aber …«

Dubois grinste freundlich. »Sie wollen sicher wissen, was das Ganze hier soll. Stimmt's?«

»Ja, schon, aber …«

»Bitte, setzen Sie sich doch erst einmal. Auch etwas zu trinken? Whisky, Port, Gin?«

Miguel schüttelte den Kopf. »Ich möchte einen klaren Kopf behalten. Haben Sie vielleicht einen Espresso für mich, wenn es geht, einen doppelten? Dann bin ich nämlich wieder wach.«

Statt zu antworten, ging der Bauunternehmer zu einer sündhaft teuer aussehenden Maschine hinter der Bar, stellte eine größere Espressotasse unter den Auslauf und betätigte ein paar Knöpfe. Das Mahlwerk lief an; etwas zischte, und kurz darauf zog intensiver Kaffeeduft hinüber zur Couch, auf der der Kommissar Platz genommen hatte. Währenddessen beschäftigte sich Dubois mit einem Longdrinkglas. Dann kam er herüber. »Voilà«, sagte er und stellte die dampfende Tasse samt Untertasse, zweier Zuckertütchen und eines Amarettino-Kekses vor Miguel ab.

»Und Sie?«, fragte der Spanier. Insgeheim überlegte er, ob er auf den so offen zur Schau gestellten Reichtum neidisch sein sollte; eigentlich war er aber mit seinem Los zufrieden. Arme Kirchenmäuse waren immer ehrlich und schliefen besser.

»Ein Gin Tonic. Das Richtige für den Sommer. Gin und Tonic kann man immer trinken. Ich zumindest.« Dubois grinste und ließ sich gegenüber nieder. »Es kommt nur auf das richtige Mischungsverhältnis an.«

Fast bedauerte Miguel, dass er nicht das Erfrischungsgetränk gewählt hatte. Auf wenige Eiswürfel hatte der Gastgeber den Gin gegossen, dann eine Limette darüber ausgedrückt und das Glas schließlich mit Tonicwasser aufgefüllt. Auf dem Rand balancierte eine eingeschnittene Scheibe der Zitrusfrucht.

Dubois nahm einen tiefen Schluck. »Lecker. Sie müssen mal nach Dienstschluss kommen, dann mixe ich Ihnen auch einen.«

Miguel probierte vorsichtig den heißen Espresso. »Lecker; Ihre Adresse muss ich mir merken. Aber – warum haben Sie mit mir gerechnet?«

»Ihre Kollegin hat Ihnen doch bestimmt gesagt, dass Sie mich noch einmal oder, besser gesagt, erstmals überprüfen sollten, oder?«

»Hat sie.« Der Bauunternehmer sah genauso schön aus, wie Britta ihn beschrieben hatte. Sein Aussehen hätte durchaus für diverse Fernsehserien ausgereicht. Miguel mochte keine schönen Männer.

»Neulich war ich ja leider nicht da, dann hätte ich das kleine Missverständnis zwischen Herrn Schultheiss und Ihrem Kollegen verhindern können.«

Täuschte Miguel sich oder klang das nicht sehr ironisch? »Körperverletzung würde ich nicht als *Missverständnis* abtun. Und ein Angriff auf einen Polizeibeamten …« Den Rest des Satzes ließ er weg, um die Schwere der Vergehens zu verdeutlichen.

Aber Dubois lächelte ihn nur freundlich an.

Ein aalglatter Zeitgenosse. Er beschloss, sein Gegenüber etwas unter Druck zu setzen, und änderte seine Taktik. »Es wäre hilfreich, wenn Sie mir etwas darüber berichten könnten, wie Sie an Ihr Vermögen gekommen sind.«

Zum ersten Mal wich Dubois seinem Blick aus.

»Ein so schönes Anwesen wie das Ihre hier, das bekommt man ja nicht umsonst. Und noch dazu so schön versteckt …« Wenn der Bauunternehmer nicht spurte – Miguel besaß einen großen Vorrat an halben Sätzen. »Allein die Ausstattung«, fuhr er fort. »Die Bar, die Möbel, die Gemälde …« An der Wand gegenüber dem Kamin hingen zwei große Ölbilder, die Haremsszenen darstellten.

»Die konnte man vor zwanzig Jahren preiswert erstehen«, sagte Dubois, während er ebenfalls einen Blick auf die Bilder warf. »Ziemlich preiswert. Stammen von Jean-Léon Gérôme und von Ludwig Deutsch.«

Aha. Der Mann war also stolz auf seine Besitztümer. Oder auf seine Bildung. Interessant. Miguel konnte mit beiden Namen nichts anfangen, eher schon mit den unbekleideten Frauen in beiden Szenerien.

Der Kölner nippte an seinem Gin Tonic.

Irrte sich Miguel oder fing der Bauunternehmer an zu schwitzen? Bevor er den nächsten Zug überlegen konnte, klingelte sein Telefon. »Álvarez.« Er hörte zu. »Eine Holding?« Zwei längere Sätze des Gesprächspartners folgten. »Bitte noch einmal.« Miguel deutete auf die Tageszeitung vor sich und machte eine schreibende Bewegung.

»Nur zu«, sagte Dubois. »Fühlen Sie sich wie zu Hause.«

Brownfield Building Company notierte der Kommissar auf dem Rand der Zeitung.

Dubois versuchte, die über Kopf stehenden Worte zu entziffern. Er schwitzte stärker.

»Danke«, sagte Miguel. »Ein Wein, ich weiß. Bei Gelegenheit.« Er steckte das Handy wieder ein.

»Sollen wir nach draußen gehen und nachsehen, was in den anderen vorgeblichen Baracken aufbewahrt wird?«

Dubois gab sich einen Ruck und versuchte es mit Vorwärtsverteidigung. »Ein alter Jaguar von 1959 und ein alter Ford Thunderbird von 1957. Beide legal erworben.«

»Das legal gilt aber nicht für die Corvette, oder?«

»Doch, doch; ich kann Ihnen gerne Fahrgestellnummer und anderes heraussuchen.«

»Aber warum ist dann Ihr Mitarbeiter geflüchtet, nachdem er meinen Kollegen niedergeschlagen hat?«

»Wir alle begehen Kurzschlusshandlungen. Sie auch.«

Glaube ich nicht, dachte Miguel, aber man weiß ja nie … »Warum gehört der gesamte Besitz der Holding? Dieser Braunsfelder Baugesellschaft, wie sie auf Deutsch heißt? Das ist doch Ihre eigene Hinterhoffirma samt der anderen in den Nachbarschuppen, oder? Und dazu noch die alten Autos.«

»Beleidigen müssen Sie mich nicht – Hinterhoffirma, also wirklich.« Dubois sah ihn erbost an und überlegte gleichzeitig, was er sagen sollte. »Das Ganze ist ein Steuersparmodell«, bequemte er sich endlich zu einer Auskunft, »wie Sie sich vielleicht vorstellen können. Die Holding hat ihren Sitz auf Guernsey; auf der Insel sind die Steuern ziemlich niedrig, und man kann dort schön Urlaub machen.«

»Okay.« Plötzlich hatte der Kommissar keine Lust mehr, sich mit den Schlupflöchern der Reichen zu beschäftigen. »Warum haben Sie dann mit dem Briefkopf Ihrer Bauunternehmung Rechnungen an Klaus Schmitz geschickt?«

»Steuergestaltung, glaube ich.« Er grinste. »Hat jedenfalls mein Steuergestalter, äh, -berater gesagt. Dann hatte Schmitz eine Ausgabe und ich keine Einnahme. Oder so ähnlich.« Der Kölner sah kleinlaut auf den Boden. »Ist doch nur begrenzt strafbar«, murmelte er. »Wenn man einem Kollegen helfen kann …« Anscheinend beherrschte auch er halbe Sätze.

»Lassen wir das mal im Moment so stehen. Aber warum sind in mehr oder weniger regelmäßigen Abständen jeweils zweitausend Euro auf Schultheiss' Konto geflossen?«

Dubois hob den Kopf und sah ihn überrascht an. »Echt jetzt? Schultheiss hatte eigentlich genug Geld, und er hat mich immer fragen können, wenn er mehr benötigte.« Mit einem übergroßen Schluck leerte er sein Glas. »Keine Ahnung.«

»Das Geld kam von Schmitz, der also doppelt an Sie bezahlt hat – einmal an die Holding und einmal an einen Ihrer Angestellten.«

»Schultheiss ist nicht angestellt. Der hat allerlei Sachen für mich erledigt und ist je nach Aufwand entschädigt worden.«

Entschädigt – das klang fast, als ob etwas gutzumachen gewesen war. Miguel beschloss, den Faden später wieder aufzunehmen.

»Gut, eine letzte Frage.« Er stand auf. Er hatte genug von scheinheiligen Unternehmern und Scheinfirmen. »Kennen Sie eine Firma Right Side. Property Development Cologne?«

»Kenne ich«, sagte Dubois und erhob sich ebenfalls. »Schääl Sick, nicht wahr? Der Inhaber, Heinzdieter Gerlach, ist ein alter Schulfreund von mir.«

Juli 2019 – Köln-Altstadt, Hotel Alfred

Die freundliche Pakistanerin an der Rezeption stellte sich als waschechte Kölnerin heraus. Aber da die Hautfarbe für Demir noch nie eine Rolle gespielt hatte, weil ihn immer der Mensch dahinter interessierte, entschuldigte er sich rasch für seinen Fauxpas. Mit Englisch kam man eben nicht überall durch.

»Dat määt nüüß«, sagte sie. Sie hieß Nour Schäfer, wie der Kommissar ihrem Ansteckschild entnahm. »Everybody makes mistakes«, fügte sie mit dem Akzent eines Nicht-Muttersprachlers hinzu.

Demir grinste. Dann holte er seinen Ausweis hervor und sagte: »Kripo Köln. Wohnt bei Ihnen ein Professor Hallstatt?«

»Muss isch ens nohluure.« Sie scrollte auf dem Bildschirm die Eintragungen durch. »Stimmp. Sick Ruusenmondaach.«

Nur ein Tourist, wie der halbe Engländer es einer war, konnte auf die Idee kommen, Rosenmontag sein Quartier in Köln zu beziehen. Wie er wohl damals durch die karnevalesk überfüllte Innenstadt zum Hotel gelangt war? Demir wunderte sich. Rasch bekam er heraus, dass der Archäologe immer wieder für längere Wochen nach London zurückgeflogen war. Insgesamt hatte er seit Februar vielleicht nur drei Monate bei den Ausgrabungen unter dem Rathausplatz verbracht.

Die Angestellte schloss das Bildschirmfenster wieder und fragte: »Jitt et noch wat?«

»Den Zimmerschlüssel, bitte«, antwortete Demir freundlich. Die Amtsautorität schien auszureichen, so dass er ohne weitere Fragen die weiße, scheckkartengroße Plastikkarte erhielt, die in zahlreichen Hotels auf der Welt inzwischen den alten Zimmerschlüssel abgelöst hatte, der entweder nur gegen ein Pfand herausgegeben wurde oder der nicht zu klauen war, weil ein pfundschweres Gewicht an ihm hing.

Im zweiten Stock öffnete der Kommissar die letzte Tür im Gang, direkt neben der Abstellkammer, und stolperte fast über einen aufgeklappten Koffer hinter der Tür. Rasch sah er die Sachen durch.

Kleidung, gebraucht und neu, zwei dicke Taschenbücher, nämlich ein historischer Roman und ein aktueller Krimi, eine digitale Spiegelreflexkamera älteren Datums, eine englische Tageszeitung vom Wochenende – nichts, was nicht Tausende anderer Touristen auch im Gepäck mitnehmen würden. Auf dem winzigen Schreibtisch lag ein MacBook, daneben war ein Kölner Stadtplan so zusammengefaltet, dass er die Altstadt zeigte; die ersten Seiten eines Schreibblocks schließlich waren mit Notizen in einer kleinen Gelehrtenhandschrift vollgeschrieben.

Demir wandte sich noch einmal dem Koffer zu. Möglicherweise fand sich dort doch noch etwas Interessantes. Er nahm die Kleidung heraus und legte sie vorsichtig aufs Bett, dann folgten die anderen Gegenstände. In der Innentasche des Kofferdeckels entdeckte er ein älteres Fotoheft, an den Ecken bestoßen, mit eingerissenem Deckblatt. Ob Professor Hallstatt Familienerinnerungen mit sich herumschleppte, weil auf der schwarzweißen Titelseite ein kleiner Junge abgebildet war, der ernsthaft in die Kamera guckte?

Der Kommissar nahm das Heft mit ans Fenster und schlug es auf.

Etwas überrascht blätterte er durch eine Sammlung gescannter Urkunden, angefangen mit der Geburtsurkunde, gefolgt von Schulzeugnissen, Musterungsbescheid, Sprachkurs-Testaten, Universitätszertifikaten und anderem. Hallstatt schien ein methodischer Mensch gewesen zu sein; statt lose Fotokopien für Eventualfälle bei sich zu tragen, hatte er Dokumente digitalisiert und trug sie in Form einer selbstgemachten Zeitschrift bei sich.

Mit dem Fotoheft in der Hand verließ Demir das Hotelzimmer wieder.

Juli 2019 – Köln-Sülz, Kleingartenverein

Fast schien es, als habe sich die Wärme des Sommertages zum Mittag hin noch vergrößert. Britta hatte ihren roten Anorak, den sie in der Morgenfrische noch gebraucht hatte, ins Auto zurückgelegt und beschlossen, eine kleine Pause einzulegen. Und sich dabei die Nase von der Sonne bescheinen zu lassen, war nicht das Schlechteste. Sören war ihr brav zum Kiosk in der Nähe des Rondells gefolgt. Jetzt saßen beide auf der Terrasse und hatten ein kühles Bier – Sören – und eine Apfelschorle – Britta – vor sich. Die Kommissarin verspürte zwar etwas Hunger, aber mit einem Teilchen von unterwegs würde sie bis heute Abend durchhalten: Vielleicht war Hannah wieder da und hatte Lust auf einen Restaurantbesuch. Der große Baum auf der Terrasse warf Schatten, was den beiden Ermittlern aber egal war; ihr Tisch stand in der Sonne.

Sören legte den Kopf in den Nacken. »Mhm«, sagte er. »Schön warm. Von mir aus können wir hier ziemlich lange sitzen bleiben.« Er lehnte sich mit etwas Mühe auf dem Aluminiumstuhl zurück.

»Dann wird das aber nichts mit der Mordaufklärung«, sagte Britta. »An die Arbeit.«

»Ich dachte, du wolltest eine Pause machen?«

»Und mich dabei über die drei Toten unterhalten. Vielleicht fällt uns etwas ein, was wir für den Fortgang der Ermittlungen verwenden können.«

»Von mir aus.« Der Däne ließ die Augen geschlossen. »Bevor du etwas sagst: Ich weiß, wie hübsch du aussiehst, und im Dunkeln kann ich besser denken.«

Britta lachte. »Danke für das Kompliment.«

»Fängst du an oder ich?«

»Keine Spielchen. Beginnen wir mit dem heutigen Toten.« Sie holte das Diensthandy aus der Handtasche und überflog das erste Foto der Ermittlungsakte. »Professor Hallstatt. Arbeitet in London und in Köln. Ist Historischer Geograph, Archäologe und Fachmann für römische Geschichte, also prädestiniert, um sich in Köln die damalige Zeit live anzusehen.«

»Live ist gut. Die Menschen in Bettlaken gekleidet, keine Softdrinks, und einen Diktator an der Spitze.« Sören hielt nichts von Kulturen, in denen die Segnungen der abendländischen Zivilisation nicht oder noch nicht vorkamen.

Britta war mit den Gedanken noch beim Toten. »Warum wird der umgebracht? Weshalb steckt ihn jemand in die Erde, und wenn es auch nur Ausgrabungsreste im Container sind? Wieso muss ein harmloser Professor sterben?«

»Wieso, weshalb, warum?« Sören pfiff die Titelmelodie der *Sesamstraße*. »Aus dem Fernsehen und aus der Zeit, als ich noch ziemlich klein war«, fügte er erklärend hinzu.

»Konzentrier dich doch mal!« Britta kannte die Sendung nicht. Die Eltern der Kommissarin hatten von Fernsehen nichts gehalten und daher erst sehr spät ein Gerät gekauft, als ihre Tochter kurz vor dem Abitur stand und mehr an Jungs als an Bildung interessiert gewesen war.

Sören öffnete ein Auge und starrte unfokussiert in den Himmel. »Mögliche Motive: Eifersucht, Erpressung, Neid, Rache«, zählte er unter Zuhilfenahme der Finger seiner rechten Hand auf. »Und Schulden.« Der Daumen folgte.

Britta schüttelte jedes Mal den Kopf. »Und wie willst du das herauskriegen?«

Ihr Kollege öffnete nun auch das zweite Auge, setzte sich auf und sah seine Chefin an. »Keine Ahnung. Tür-zu-Tür-Befragungen vielleicht? Oder besser: Ausgrabungszelt-an-Ausgrabungszelt-Interviews?«

Sie fühlte sich nicht ernst genommen. »Du hast also tatsächlich mal keine Idee?«

Sören schüttelte wortlos den Kopf.

»Gut. Beziehungsweise schlecht. Der nächste. Herr Küster, der Brandchef. Motive?«

Er schloss die Augen wieder. »Eifersucht, Erpressung, Neid, Rache. Und Schulden.«

»Sören, jetzt reicht es!« Britta begann, wütend zu werden. Lustige Bemerkungen waren für ein gutes Arbeitsklima unerlässlich, aber manchmal schlug er über die Stränge, und ihr wurde es dann zu viel. »Es geht immer noch um Menschen. Die Toten verdienen unseren Respekt und unsere Hilfe.«

Ihr Kollege sah betreten zu Boden. »Tut mir leid. Ich dachte, deine Anspannung—«

Das war jetzt genau die falsche Bemerkung. »Sören – bitte!«

Bis hierhin und nicht weiter, hieß das.

Der Däne öffnete die Augen und griff nach dem Bierglas. Er trank einen Schluck, vermied aber dabei, Britta anzusehen. Er wischte sich mit dem Handrücken über den Mund, stellte das Glas wieder ab und sagte: »Also, du fragtest nach Motiven. Der – und das haben seine Kollegen gesagt – *langweilige* Brandinspektor ist bei niemandem angeeckt, niemandem zu nahe getreten und hat niemandes Frau belästigt. Fehlanzeige. Warum der sterben musste, ist mir ein Rätsel.«

Dankbar nahm Britta das Friedensangebot in Form von Sörens sinnvoller Äußerung auf. »Danke, lieber Däne.«

Sören protestierte.

»Ja, ja, ich weiß. Aber Schubladen helfen. Manchmal sind es nette Etiketten, die man bekommt.«

»Und dann nicht wieder loswird«, grummelte der »Däne«. »Ich kann dir meine seit langen Jahren erfolgte deutsche Naturalisierung auch beweisen.«

»Laß mal.« Britta winkte ab. »Ist auch nicht so gemeint. Aber *Spanier* für Miguel und *Däne* für dich – das erleichtert vieles.«

Jetzt sah sie Sören vorwurfsvoll an. »Dabei haben wir beide schöne Vornamen.«

»Okay. Ich nutze alles dann abwechselnd.« Sie trank einen Schluck. »Dann wenden wir uns jetzt mal dem ersten der drei Toten zu, Klaus Schmitz.«

»Der Geldverleiher.« Sören war wieder der sachliche Ermittler. »Der Tauchgruppenleiter hat in alle erreichbaren Himmelsrichtungen Geld verliehen. Nach den Aussagen der Kollegen von der Spurensicherung hat er auch manchmal etwas wiederbekommen.«

Britta nickte. »Stimmt. Auch in der aufgefundenen Akte waren Listen mit Zahlungseingängen.« Sie legte den Finger an die Nase. »Und trotzdem haben wir Verdächtige, die Geldflüsse nicht oder nur unzureichend erklären können.«

»Frings zum Beispiel«, pflichtete ihr Sören bei. »Aber den hast du wieder laufen lassen, oder?«

»Habe ich. Der Richter sah keinen ausreichenden Haftgrund bei festem Wohnsitz und zu versorgendem Köter.«

Sören grinste wieder. »Den hätte ich auch noch mit durchgefüttert. Der machte keine Arbeit; der schlief doch den ganzen Tag.«

»Bleiben Dubois und Gerlach. Hierzu müssen wir Miguels Bericht abwarten, der wollte doch den Bauunternehmer aufsuchen.«

»Oder es handelt sich um einen einzigen Täter«, sagte er nachdenklich.

»Glaube ich nicht. Drei Mordopfer, drei verschiedene Tötungsarten, drei verschiedene Berufe.«

»Aber alles alte weiße Männer.«

Britta lachte. »Du meinst, diese Tatsache reicht heutzutage dafür aus, sie umzubringen?«

»Wenn du überlegst, wozu alte weiße Männer Frauen gegenüber in der Lage sind …« Sören betrachtete prüfend das fast geleerte Glas. »Dass Gerstensaft immer dazu neigt, innerhalb kürzester Zeit zu verdunsten.« Er sah auf die Uhr. »Aber wir haben mitten am Tag. Ich belasse es, glaube ich, bei dem einen Bier.«

Britta trank den letzten Schluck Apfelschorle und betrachtete versonnen einen kleinen Schmetterling, der zwei Runden um das Glas drehte und dann wieder davonflatterte.

Plötzlich sprang Sören auf. »Weißt du, was mir gerade auffällt? Bei den Ermordeten, meine ich?« Er wippte ungeduldig von einem Bein aufs andere, was er immer tat, wenn er von einer Idee begeistert war.

»Nein«, sagte Britta. »Aber wie ich dich kenne, wirst du es mir gleich sagen.«

April 1986 – Köln-Altstadt, Polizeipräsidium

Inzwischen war Ostern vorbei, und es war endlich wärmer geworden. Von einem richtigen Frühling konnte man jedoch noch nicht sprechen; dafür lag die Natur zu weit zurück. Johanna fand jedenfalls, dass durchaus mehr Osterglocken in den Kölner Parks hätten blühen können.

Sie schaufelte gerade den Aktenstapel von der linken Schreibtischseite auf die rechte, als Wordsworth ins Zimmer trat.

»*Can you spare a minute?*«, fragte er. Manchmal war das heimatliche Idiom doch besser.

Sie lachte. »*Of course* oder wie immer das auf Amerikanisch heißt.«

Der schwarze Kriminalkommissar ließ die immer noch perfekten Zähne blitzen. »*Su ähnlisch*«, sagte er. »Manchmal denke ich, dass ich Englisch nicht mehr, Kölsch etwas und Deutsch nur zu einem geringen Teil beherrsche.« Er wartete auf Johannas perlendes Lachen, das er sehr mochte, aber sie enttäuschte ihn. Nachdenklich klappte sie die Akte zu, die sie gerade in der Hand hielt. Mit einem Blick auf den Deckel legte sie sie seufzend zur Seite.

»Stimmt etwas nicht?«, fragte Wordsworth besorgt.

»Doch, das heißt eigentlich: nicht.« Sie fuhr sich durch die Haare, die dadurch genauso gewollt frisiert aussahen wie vorher.

Wie viele Männer schätzte Wordsworth lange Haare, war aber bei weitem zu höflich und zu rücksichtsvoll, um das seiner Kollegin gegenüber zu erwähnen. »Kann ich dir bei etwas helfen?«

Johanna deutete wortlos auf die Akte. *Karlheinz Gerlach* stand drauf.

»Ach, Mädchen«, manchmal verfiel er unwillkürlich in einen väterlichen Ton, »du wirst noch auf so manche Leiche treffen, deren Tod ungesühnt bleibt. Kopf hoch. Es bricht dir keinen Zacken aus der Krone, wenn du mal einen Fall nicht löst.«

»Und dabei haben wir so viel herausgefunden«, sagte sie leise. »Der Immobilienhändler war es nicht; der ist viel zu harmlos, obwohl er von seinem ermordeten Bruder nicht allzu viel hielt. Wir haben alle Zeugen aus der Kneipe befragt, die ihn kannten. Die Eltern haben nicht weiterhelfen können. Seine beiden engsten Freunde wussten nichts, und auch in seinem beruflichen beziehungsweise studentischen Umfeld sind wir nicht weitergekommen. Auch ein Motiv – Geld, Frauen, schnelle Autos – ist weit und breit nicht in Sicht.«

»Dann bleibt uns nicht anderes übrig, als den *kleinen Kölner* zu finden.« Wordsworths Satz sollte eigentlich aufmunternd klingen, erreichte aber sein Gegenteil.

Johanna kam sich dumm und überflüssig vor. Wenn sie schon bei einem so offensichtlichen Fall versagte, wozu taugte sie dann noch? Eine Träne rollte langsam ihre Wange hinab. Sie wischte sie weg und sah auf. »Oder wir schließen die Akte.« Sie schnäuzte geräuschvoll die Nase und fragte gleichzeitig etwas undeutlich: »Was wolltest du eigentlich?«

»Nur mitteilen, dass es eine neue Spur—«, er schwieg abrupt und wartete. Jetzt hatte er ihre volle Aufmerksamkeit. Dann fuhr er mitten im Satz fort: »Im Falle des Starkstromtäters gibt.«

Wordsworth und Johanna saßen einträchtig vor dem neuen IBM-Computer ihrer Abteilung im Polizeipräsidium und betrachteten den grünen Cursor auf dem Bildschirm. Er blinkte heftig und schien auf eine Eingabe zu warten.

»Und jetzt?« Sie fühlte sich in ihrer Einschätzung neumodischer Gerätschaften bestätigt.

»Jetzt«, sagte Wordsworth, »jetzt rufe ich die Technik.«

Johanna lachte.

Eine halbe Stunde später lag eine ausgedruckte Liste mit Fahrzeughaltern vor den beiden.

»Zwölf Besitzer«, sagte die Kommissarin. »Zwölf glückliche Fahrer.«

»Du möchtest wohl auch gerne eine Corvette haben?«

»Schon, aber die ist, glaube ich, außerhalb meiner Reichweite. Wobei feuerrot schon eine tolle Farbe ist.«

Nach zwei Zeugenaussagen hatte in der Mordnacht ein solches Auto im absoluten Halteverbot in der Nähe des Chlodwig Eck geparkt. Das Kennzeichen allerdings hatte sich niemand gemerkt. Und ob es sich um ein Coupé oder ein Cabrio gehandelt hatte, war auch niemandem zu entlocken gewesen. Alle Befragten jedoch waren sich einig gewesen, dass der Mann am Steuer relativ klein gewesen war. »Der musste sich nicht zusammenfalten, um einzusteigen«, hatte ein Zeuge gesagt.

Also wieder der kleine Kölner?

Vielleicht aber war es auch eine Frau gewesen, die den Wagen gefahren hatte. Tatsächlich waren zwei Beisitzer auf der Liste weiblich; allerdings fielen sie als Kneipenbesucher aus: Die eine war fünfundsechzig und hatte sich »auf ihre alten Tage«, wie Wordsworth sagte – was Johanna, die um sein Alter wusste, ein Lächeln entlockte –, noch einen »Rennschlitten« gekauft; die andere war dreiundzwanzig und hatte das Auto vom Vater zum Abitur bekommen. Beide besaßen überhaupt kein Motiv, Karlheinz Gerlach ins Jenseits befördern zu wollen.

Blieben noch zehn Namen übrig.

Viereinhalb Stunden später hatten die beiden Ermittler weitere Besitzer einer feuerroten Corvette als Täter eliminiert. Zwei lagen im Krankenhaus; das hatte jedenfalls der Kollege gesagt, der einen Teil der Recherche übernommen hatte – die dazugehörenden Autos standen wohlverschlossen in der heimischen Garage. Einer war trotz der Jahreszeit gerade in Spanien unterwegs. Drei Autos wurden in der Werkstatt untersucht, was nicht gerade für die Fahrzeuge sprach, wie Johanna fand. Zwei weitere Herren besaßen ein hieb- und stichfestes Alibi durch Ehefrau, Geliebte, Oma – *what-*

ever, wie Wordsworth zu sagen pflegte. Der neunte Name gehörte einem Autohändler in Porz, der den Wagen als poliertes Prachtstück im Verkaufsraum ausgestellt hatte. Mit einem Kilometerstand von zwölf konnte er damit nicht bis zur Südstadtkneipe und zurück gefahren sein.

Nur Besitzer Nummer zehn hatten sie nicht erreichen können. Es handelte sich um einen Mann aus Lemgo, der wie vom Erdboden verschluckt zu sein schien.

»Feierabend«, sagte Wordsworth und gähnte. »Morgen ist auch noch ein Tag.«

»Warte mal«, sagte Johanna plötzlich und zeigte auf einen Namen. »Der ist aber nicht im Krankenhaus. Ist das nicht ...?«

Ihr Chef beugte sich vor und kniff die Augen zusammen. Abends sah er etwas schlechter; vielleicht sollte er sich eine Brille zulegen. »Natürlich«, sagte er. »Ich glaube, ich muss dem Kollegen mal ein ernsthaftes Wort sagen.«

»Mit dem Kollegen ein ernsthaftes Wort reden«, verbesserte ihn Johanna. Immer stimmte das Deutsch ihres Chefs nicht. »Wobei du recht hast; das hätte er wirklich wissen müssen.«

Juli 2019 – Köln-Kalk, Polizeipräsidium

Mehr habe ich nicht herausbekommen«, sagte Miguel und nippte an seinem Kaffee, der leider nur lauwarm aus dem Schweizer Automaten gekommen war. Die Namensgebung für die Maschine war wohl schuld an der Temperatur – im *Jura* hatte auch nur warmes und kein heißes Klima geherrscht; soviel wusste er noch aus dem Geographieunterricht. Wie immer hatte er sich diese unnütze Information nur merken können, weil er sich eine Eselsbrücke, dieses Mal mit Koffein, gebaut hatte. »Gerlach und Dubois kennen sich also seit Schulzeiten.« Er gähnte. Immer machte Kaffee leider doch nicht wach. »Und ihr?«, fragte er übergangslos, während sie ins KK 11 zurückgingen.

Lisa und Michael sahen sich an. Die beiden waren nach Gerlachs Vernehmung, von der sie ihrem neuen Kollegen gerade in der Kantine berichtet hatten, ohne den Makler ins Präsidium zurückgekommen.

»*Wat soll isch sagen*«, sagte Michael akzentfrei; schließlich stammte er aus Sülz. Es klang wie eine der rhetorischen Fragen, von denen die Kölner einen großen Vorrat besaßen.

»Lasst mich raten«, sagte Miguel. »Der Makler wechselt den Beruf und wird Schäfer, aber nur stundenweise. Mit seiner Sekretärin.«

»Alle Männer sind schlecht«, kommentierte Lisa ungefragt, die noch auf ihre große Liebe wartete, um eines Besseren belehrt zu werden. Dabei übersah sie regelmäßig zwei Kandidaten, denen sie täglich begegnete, Demir und Michael, in alphabetischer Reihenfolge.

»Na, hör mal«, sagten die Herren gleichzeitig.

Lisa grinste. »Habe ich da einen wunden Punkt entdeckt?«

»Jedenfalls«, fuhr Michael fort, »hat der Herr Gerlach sein Schweizer Wochenende um die Frau Zavelberg erweitert. Die ist fünfunddreißig und sieht, soviel ich sehen konnte, an den richtigen Stellen—«

»Michael!« Lisas Ein-Wort-Satz reichte, um ihren Kollegen zuerst erröten und sodann schweigen zu lassen. »Ich erzähle das jetzt mal zu Ende.«

Miguel grinste, Michael schwieg betreten.

»Frau Zavelberg, die nach deiner Aussage an den richtigen Stellen …« Sie machte eine Pause, warf ihrem Kollegen einen weiteren Blick zu und fuhr dann fort: »Die an den richtigen Stellen, nämlich immer dann, wenn eine Dienstreise anstand, im Terminkalender den Platz der Ehefrau eingenommen hat.« Ihre Kollegen grinsten jetzt beide wieder. »So viel zu *Stellen*«, beschloss Lisa ihre kleine, etwas verunglückte Ausführung.

»Gerlach hat demnach ein Alibi, nicht wahr?«, fragte Miguel.

»Hat er«, bestätigte Michael, der seine Sprache wiedergefunden hatte. »Und du?«

»Ich brauche keins«, sagte der Deutschspanier, »ich bin immer unschuldig.«

»Michael meint«, sagte Lisa, »was du bisher herausgefunden hast.«

»Weiß ich doch«, sagte Miguel. »Nicht mehr als das, was ich gerade erzählt habe.« Er bückte sich, weil der Plastiklöffel, mit dem er den Kaffee umgerührt hatte, zu Boden gefallen war. Etwas klirrte in seiner Lederjacke.

»Ist das die Ausführung mit Panzerglas?«, fragte Lisa und deutete auf Miguels Kleidungsstück.

Michael verdrehte die Augen. Manchmal ging ihm seine Kollegin gehörig auf den Wecker.

»Stimmt«, sagte der kölsche Katalane. »Habe ich noch vergessen.« Vorsichtig holte er einen durchsichtigen Plastikbeutel mit dem zerbrochenen Bilderrahmen heraus, auf den er in Küsters Rodenkirchener Wohnung getreten war. Er legte ihn auf einen der Tische des Büros, in dem sie standen. Langsam entfernte er die Einzelstücke des Glases und hob dann die Postkarte hoch. Sie zeigte die »Langkofelgruppe der westlichen Dolomiten«; so stand es jedenfalls auf der Rückseite.

»Tja«, sagte Lisa. »Auch in der Freizeit wollte der Feuerwehrmann hoch hinaus. Bergsteiger und so.«

Michael beachtete sie nicht. Stattdessen bückte er sich erneut und hob ein kleines Foto von sechs mal neun Zentimetern auf, das hinter der Postkarte gesteckt und zu Boden gesegelt war. »Was'n das?«, fragte er.

Miguel nahm es ihm aus der Hand und betrachtete es. »Ein Farbfoto, in dem die Farben verlorengegangen sind.« Das Bild sah schmutzig-braun aus. Er ging damit zum Fenster und studierte es genauer. »Vier junge Leute, ähnlich alt und ähnlich gekleidet. Auf der Rückseite steht ...« Er wandte das Bild um. »... außer *Kodak* nichts.«

Lisa war nähergekommen. »Gib mal her.« Sie drehte das Foto wieder auf die Vorderseite und stutzte. »Den kenn' ich«, sagte sie und zeigte auf den mittleren der drei Männer. »Das ist doch ... Guck du mal.«

Michael musste nur kurz draufsehen, dann wusste er Bescheid. »Gerlach, oder?«

»Und wer sind dann die beiden anderen?«, fragte Miguel. »Und wie heißt die Frau?«

Lisa lachte. »Nach der Frisur zu urteilen, Gerda. Oder Brigitte. Das Bild stammt bestimmt aus den fünfziger Jahren.«

»Nee, nee.« Michael deutete auf das T-Shirt, das einer der Herren trug. »Da steht groß und deutlich *BAP* drauf. Die Kapelle gibt es erst seit 1976.«

»Auch Fan?«, fragte Miguel erfreut. »*Aber lass misch dat Fotto noch ens seh'n.*«

»Ich dachte, du kannst nur Spanisch?« Lisa war nie um eine flapsige Bemerkung verlegen.

Gehorsam gab ihm der Kollege das Bild zurück und wartete.

»Also der hier links, das müsste Küster sein. Aber der dritte, ganz rechts? Keine Ahnung.«

»Vielleicht der Mörder?«, fragte Lisa, halb im Ernst.

Empört schüttelte Michael den Kopf. »Das glaubst du doch selber nicht. Das Mordopfer weiß, dass es das Zeitliche segnen soll, und versteckt vorher ein undatiertes Bild des Täters bei sich zu Hause, um die Polizei bei ihren Ratespielen zu unterstützen? Was für ein Quatsch.«

»Es hilft nichts«, sagte Miguel. »Ihr müsst noch einmal zu dem Immobilienfritzen, um ihm das Foto zu zeigen. Vielleicht kann er uns ja weiterhelfen und den jungen Mann Nummer drei identifizieren.«

»Und die Frau«, sagte Michael.

»Was ist mit dir?«, fragte Lisa und konnte ein Gähnen nicht unterdrücken.

»Ich«, sagte Miguel und schaute auf die große Uhr neben der Tür, »ich habe jetzt ein Date mit unser aller Chefin. Außerdem bin ich einen Rang weiter als ihr beiden Hübschen. Das heißt, ich gebe die Anordnungen, auf die ihr nicht selber kommt.«

Die junge Beamtin steckte das Bild in ihre Handtasche und verschwand wortlos mit Michael auf dem Flur.

Miguel wartete, bis die Schritte verklungen waren, holte sein Handy aus der Tasche und tippte eine Kurzwahltaste an.

Juli 2019 – Köln-Zentrum, Ludwig im Museum

Ehe Sören ihr mitteilen konnte, was ihm gerade aufgefallen war, klingelte Brittas Handy. »Entschuldige«, sagte sie, »aber den Anruf muss ich annehmen.« Sie stand auf und entfernte sich ein paar Schritte. »Mangold.«

Mehr verstand Sören nicht, also setzte er sich wieder und beobachtete eine Wespe, die in das leere Glas hineingeflogen war, in dem es noch nach Apfelschorle roch. Enttäuscht flog sie wieder heraus, da außer dem Geruch nichts zu finden war. Sören war mit sich zufrieden, weil er weder nach ihr geschlagen, noch einen Bierdeckel auf das Glas gelegt hatte, dessen Inhalt später bestimmt die Kellnerin beim Aufräumen erschreckt hätte.

Die Kriminalkommissarin kam zurück. »Ich muss los. War wie immer nett mir dir. Versuch doch mal herauszubekommen, warum die Toten gefesselt waren.«

»Damit sie beim Mord still halten?« Sören konnte wie immer bei Steilvorlagen nicht ruhig bleiben.

Britta streckte ihm die Zunge heraus und ging. Während sie mit dem Auto in die Innenstadt fuhr, fiel ihr ein, dass ihr Kollege jetzt den Bus nehmen musste. Zum Umkehren war es zu spät. Und ohnehin war man mit Rückwärtsfahren im Leben noch nie irgendwo hingekommen.

Das Parkhaus unter der Philharmonie war nur spärlich besetzt; wahrscheinlich trugen die exorbitant hohen Tiefgaragenpreise dazu bei, dass der eine oder andere doch lieber mit öffentlichen Verkehrsmitteln in die Stadt fuhr. Britta stellte das Auto ab, fotografierte zur Sicherheit die Nummer des Parkplatzes mit dem Handy und begab sich schnellen Schritts zum Heinrich-Böll-

Platz, damit sie den rheinseitigen Eingang zum Bistro Ludwig nutzen konnte. Leider hatte der Wind wieder aufgefrischt, so dass sie ihr Vorhaben, draußen zu sitzen, nicht in die Tat umsetzen konnte. Nur noch ein paar wetterunempfindliche Engländer warteten im Freien auf das Essen.

Drinnen sah sie sich um. Rechts die große Theke, geradeaus sowie rechts und links die gut besetzten Tische – schließlich war die Mittagessenszeit erst knapp vorüber –, dann der blank polierte, schwarze Klavierflügel, die Wand voller (leerer?) liegender Flaschen und dahinter —

Hannah erhob sich, als Britta hereinkam, und strahlte. »Das ist wunderbar, dass du Zeit hast; ich fürchtete schon, ich müsse bis zu einem deiner Überraschungsbesuche im Laden warten.«

»Die kann ich gerne beibehalten.«

Die Frauen begrüßten sich mit einem dezenten Wangenkuss und setzten sich dann einander gegenüber hin.

Britta hatte Hunger; mit einer Apfelschorle kam man auch nicht weit durch den Tag. Sie griff nach der Speisekarte und entschied sich rasch für das Tagesgericht in Form eines »Business Lunch«. »Klingt doch gut, oder? Überbackene Rindfleisch-Spinat-Lasagne mit Tomatensauce und Käsechips.«

Die junge Goldschmiedin lachte. »Das habe ich vor zwei Minuten auch bestellt.« Sie sah auf die Uhr. »Schon fast zwei. Schön, dass du so einfach kommen konntest. Das konntest du doch, oder?«

Plötzlich sah Hannah nicht wie Ende zwanzig, sondern mehrere Jahrzehnte jünger aus.

»Keine Sorge; ich bin meine eigene Herrin.«

Ein zweites Lachen. *»Ich bin meine eigene Dame* klingt auch blöder; da hast du recht. Aber *Herrin*? Heutzutage?«

»Lass man. Wir müssen es gendermäßig ja nicht übertreiben. Aber, um deine Frage zu beantworten: Zeugen kann ich zu jeder Tages- und Nachtzeit befragen. Also ohne Anwalt. Mit Anwalt nur in den Dienststunden.«

Hannas Lachen war ansteckend. »Und wie ist es mit einer Dame, die keine Zeugin ist, sondern als Beraterin arbeitet? Momentan für die Kripo?«

»Auch das geht immer. Aber – was gibt es denn so Dringendes?« Britta betrachtete forschend Hannas Gesicht, sah aber nur Fröhlichkeit und einen kleinen Triumph. »Hast du etwas entdeckt, das uns weiterbringen kann?«

Hannah trank einen Schluck Wasser und angelte sich eine der kleinen Oliven, die der Kellner stillschweigend vor sie gestellt hatte. »Habe ich.« Sie biss die Hälfte der Olive ab. »Denke ich jedenfalls.« Die andere Hälfte folgte.

So viel Zeit hatte Britta nun doch nicht. »Du wolltest mir etwas über Meerjungfrauen erzählen. Hast du jedenfalls vorgestern beim Italiener gesagt.«

»Habe ich *Meerjungfrauen* gesagt? Ich meinte eigentlich *Sirenen.*«

»Das ist nicht dasselbe?«

»Nicht ganz. Meerjungfrauen warten auf Erlösung, wenn du nur an Andersens Märchen denkst. Sirenen verhindern sie; sie ziehen den jeweiligen Helden tief ins Meer und gelten als Todesdämonen.«

Britta rührte geistesabwesend ihr stilles Wasser um. Sie wusste sofort, was die Goldschmiedin meinte. »Du denkst also«, sagte sie langsam, »dass der Täter uns einen Hinweis in Form dieser kleinen zerrissenen Bildhälfte hinterlassen hat?«

»Hinweise gibt es doch nur, wenn es mehrere Tote gibt, oder? Also Hinweise, die der Täter absichtlich streut, meine ich. Zwei Tote reichen dafür nicht, denke ich.«

Britta griff in ihre Handtasche und schob eine Farbkopie des Fotos hinüber, das Demir im Baucontainer unter Professor Hallstatts Leiche gefunden hatte.

»Es gibt einen dritten Toten?« Hannah riss die Augen auf und betrachtete das abgebildete Gemälde. Eine Frauenfigur in einem metallisch-blauen Gewand drehte ein übergroßes Wagenrad, auf dem drei nackte männliche Gestalten angekettet waren.

Britta nickte und berichtete kurz von der »Auffindungssituation«, wie es im Polizeijargon hieß. Sie hatte dasselbe gute Gefühl wie bei den vorigen Begegnungen mit Hannah – Geheimnisse und nicht für die Öffentlichkeit bestimmte Informationen waren bei ihr gut aufgehoben.

»Interessant«, sagte die junge Frau. »Das ist derselbe Stil wie bei dem kleinen Ausriss mit den Wasserwesen, wahrscheinlich beide Male vom selben Maler. « Sie betrachtete die Kopie näher. »Auch hier geht es bergab.«

»Richtung Tod«, sagte Britta mit dunkler Stimme.

Hannah lachte. »Und das Bild, das du mir gestern als Kopie überlassen hast, passt vom Motiv auch dazu«, sagte sie dann.

Mittlerweile war das Essen gekommen, und die beiden Frauen widmeten sich schweigend der Mahlzeit und hingen ihren Gedanken nach.

Britta war als erste fertig. Wie immer, so hatte sie auch jetzt zu schnell gegessen. Wenn sie darüber nachdachte, hörte sie noch immer die Stimme ihrer Mutter: »Kind, nun schling doch nicht wieder so.«

»Wasser und Feuer«, sagte Hannah. »Schon komisch. Ausgerechnet diese beiden gegensätzlichen Elemente.«

»Das muss gar nichts heißen.«

»Und der Professor war eingebuddelt? Echt jetzt?«

Da Britta gerade trank, nickte sie nur knapp. Sie machte sich eine geistige Notiz, unbedingt Hannah nach der Weinsorte von gestern Abend zu fragen. Zum ersten Mal seit Jahren war sie ohne Kopfschmerzen aufgewacht, nachdem sie etwas mehr, das heißt eigentlich: zu viel, getrunken hatte.

»Also Erde.« Hannah verstummte und fixierte einen Punkt auf der Backsteinwand über der Theke.

Die Kommissarin wusste aus langjährigen Zeugenbefragungen, dass die besten Aussagen diejenigen waren, bei denen der Fragende längere Zeit geschwiegen hatte. Stille konnten die meisten Leute schlecht aushalten. Sie redeten dann irgendwann immer weiter.

Die Goldschmiedin schien einen längeren Gedankengang zu verfolgen, denn sie sagte weiterhin nichts. Mit der rechten Hand zählte sie, erst kam der Daumen, dann der Zeigefinger, schließlich hob sie den Mittelfinger. Plötzlich klappte sie den Daumen nach innen und hob vier Finger hoch.

Vier?

Schließlich verlor Britta die Geduld und beschloss, das Thema zu wechseln. »Was macht eigentlich dein Würfel?«

Hannah schien aus einer langen Starre zu erwachen. »Welcher Würfel?«

»Na, der Zauberwürfel aus dem Schaufenster. Der mit den sechs Materialien.«

Jetzt war sie hellwach. »Danke. Danke! Das war's. Jetzt hab' ich's.«

Britta kam nicht ganz mit. »Was hast du?«

»Das Motiv.«

V – Freitag

Juli 2019 – Köln-Kalk, Polizeipräsidium

Als Britta am Freitagmorgen ihren stationären Arbeitsplatz betrat, winkte der Pförtner sie heran.

»Die anderen sind schon alle da«, flüsterte er geheimnisvoll.

Irritiert sah sie auf die Uhr. Schon viertel nach acht. Aber der Cappuccino im Hauptbahnhof war nötig gewesen, so müde, wie sie war.

»Sie meinen, die anderen fünftausend Kollegen?«

Der Pförtner lachte. »Nein, nein, nur die aus Ihrer Abteilung.« Er begann, die Namen aufzuzählen.

Bei *Mohr* stutzte sie. Der war doch in Urlaub, oder? Aber ihr Chef war unberechenbar. Der konnte einfach so seine wohlverdienten Ferien abbrechen und einfach so hier auftauchen, um seine Mitarbeiter zu verunsichern. Worauf er wohl aus war? »Danke, jedenfalls«, sagte sie.

»Ach ja«, wie üblich beim Streifendienstkollegen hinter der Theke kam das Wichtigste zum Schluss: »Ein sehr hübsches Mädchen hat nach Ihnen gefragt, lange blonde Haare, Hose—«

»Und kein Name, oder?«

Der Pförtner, der den Eindruck hatte, dass seine Arbeit nicht wertgeschätzt wurde, weil er wieder eine Kleinigkeit vergessen hatte und unterbrochen wurde, antwortete verstimmt: »Ich habe sie jedenfalls nach oben geschickt.«

Britta wusste durchaus, wer seinen Weg auf die andere Rheinseite gefunden hatte.

Im Besprechungszimmer war eine rege Diskussion im Gange, wie man das Urteil »lebenslänglich plus dreißig Jahre« zu verstehen hatte, das am Vortag der ehemalige mexikanische Drogenbaron

Joaquín Archivaldo Guzmán Loera, genannt El Chapo, nach dem Prozess in New York erhalten hatte.

»Das geht nur, wenn er unsterblich ist«, sagte Miguel gerade. »Dann nimmst du die normale Lebenserwartung, etwa achtzig Jahre bei den Herren der Schöpfung, und brummst ihm anschließend noch weitere drei Jahrzehnte auf.«

»Das schafft er mit links«, sagte Lisa, »je nachdem, was er in den letzten Jahren eingeworfen hat.«

Alles lachte.

»Wusstest du«, fragte Miguel Lisa, die wieder sehr nett aussah, wie er fand – erneut waren die *beiden* obersten Knöpfe ihrer Bluse geöffnet –, »wusstest du, dass *El Chapo* soviel heißt wie *Der Kleine*?«

»Wusst 'ich«, sagte Lisa. »Können wir ja übernehmen. Falls einer der Täter unserer aktuellen Fälle klein ist und aus Köln stammt, nennen wir ihn ab sofort *Der kleine Kölner.*«

»Etwas unspezifisch«, sagte Michael. »Du müsstest dann immer einen größeren Kölner danebenstellen, damit der Höhenunterschied jemandem auffällt.«

Lisa grinste gequält.

Als die Kriminalhauptkommissarin eintrat, kehrte wieder Ruhe ein. Nur Demir hatte von der Ankunft seiner Chefin nichts mitbekommen und fragte in die Stille hinein: »Könnt ihr nicht die Kollegen von der Drogenfahndung fragen, ob sie das Zeug vorrätig haben, was der Mexikaner konsumiert hat? Das zum Altwerden?«

»Kannst du von mir kriegen«, sagte Michael und schob ihm sein Zigarilloetui hinüber.

Demir schob es angewidert zurück. Er lebte seit Jahren enthaltsam, kein Alkohol, kein Fleisch, keine Zigaretten. Nur, was Frauen anging, da legte er andere Maßstäbe an. Auf keinen Fall asketische.

Britta warf ihm einen strafenden Blick zu und sagte laut: »An die Arbeit!« Als aller Augen ihr zugewandt waren, setzte sie sich und breitete die Akten der drei Mordopfer auf dem Tisch aus. »Nummer 1. Der Taucher. Gibt es etwas Neues zu Klaus Schmitz?« Sie ließ den Blick über die Gesichter ihrer Mitarbeiter wandern.

Miguel fühlte sich nicht angesprochen und studierte daher die Titelseite der aktuellen Ausgabe des *Kurier*, die ihm gegenüber auf dem Kopf lag. *Plattfußprofessor ohne Schuhe* lautete die bemühte Schlagzeile, die auf den Bericht über den toten Archäologen neugierig machen sollte. *Verfasst von Maik Lopez.* »Wie aus gut informierten Kreisen verlautet …« So so. Hatte Sören ihn anscheinend gefüttert. Jedenfalls hatte Britta gestern kurz etwas zur Presse gesagt. Die eigene Version zu verbreiten, war immer die schlaueste Variante.

Die Kommissarin betrachtete Demir, der, müde wie immer, mehr auf seinem Stuhl hing, als dass er saß. Er gähnte und schien auf bessere Zeiten zu warten.

Sören – genau, wo war eigentlich Sören? Britta beschloss, sein Fehlen erst später zu thematisieren.

Die anderen, meist jüngeren Kollegen des Ermittlerteams, die zum Teil nun doch aus anderen Abteilungen stammten – bei mittlerweile drei Toten hatte Mohr ein Einsehen gezeigt und das Kontingent an abgestellten Beamten erhöht –, warteten geduldig, um die neuesten Entwicklungen zu erfahren.

Mohr selber war doch nicht gekommen; wahrscheinlich steckte er in seinem Büro und hoffte auf einen Fehler seiner »Zuarbeiter«, wie er sie mal spaßeshalber genannt hatte. Allerdings hatte ihm das einen Rüffel des Polizeipräsidenten eingetragen: Zwar arbeitete man zusammen und miteinander, aber nicht in Richtung der Hierarchie, sondern in Richtung der jeweiligen Opfer, hatte er gesagt. Kollegen waren keine Zuarbeiter.

Michael und Lisa hatten die Köpfe zusammengesteckt und flüsterten. Schließlich hob Michael die Hand und sagte: »Wir können etwas beitragen.«

Britta sagte aufmunternd: »Nur zu! Die Hand kannst du aber untenlassen.«

Michael räusperte sich und begann.

Juli 2019 – Köln-Deutz, KölnTriangle

Im Fahrstuhl des KölnTriangle hatte jemand das handschriftliche Namensschild neben dem Notfallknopf abgerissen und den Tesafilm nicht ganz entfernt. *Kaczmarek* wohnte anscheinend doch nicht hier. Oben mussten Lisa und Michael an der Bürotür klopfen, da auf ihr Klingeln niemand öffnete.

Schließlich ging die Tür doch auf, dahinter stand Gerlach und betrachtete die beiden irritiert. »Sie schon wieder? Ich hatte doch gesagt, dass ich morgen freiwillig ins Polizeipräsidium komme, um meine Aussage zu Protokoll zu geben.« Er blieb in der Tür stehen.

»Herr Dr. Gerlach«, sagte Lisa etwas gestelzt. »Es hat sich eine neue Entwicklung ergeben. Einer unser Kollegen, der mit dem aktuellen Fall befasst ist, hat etwas gefunden. Michael?«

Seit wann gab sie denn die Anweisungen? Etwas widerwillig holte er das Bild hervor und fragte: »Sollen wir das hier draußen erörtern?«

»Schon gut«, sagte Gerlach. »Kommen Sie herein. Mein Büro.«

Dieses Mal akzeptierte Lisa das Angebot eines kleinen Whiskys, den sie, ohne anschließend zu husten, in einem Schluck austrank. »Lecker«, sagte sie und zeigte auf die Wanduhr, die auf viertel vor sieben stand. »Schließlich sind wir ja außerhalb der Dienstzeiten hier.«

Michael sah sie verwundert an. Was für eine Frau, dachte er. Auch noch trinkfest; da musste er sich ja anstrengen, wenn Fähigkeiten dieser Art beim starken Geschlecht heutzutage so gefragt waren.

»Dann kann ja nichts, was ich sage, gegen mich verwendet werden, oder?« Augenzwinkernd wollte Gerlach, der nicht wusste, was auf ihn zukommen würde, die Atmosphäre auflockern.

»*Kütt drop ahn*«, sagte Michael. »Hier.« Kommentarlos hielt er Gerlach das Foto hin.

Der Immobilienmakler nahm es entgegen, ohne es anzusehen, ging zu seinem Schreibtisch und setzte die dort liegende Lesebrille auf. Erst dann betrachtete er das Bild. »Wo haben Sie das denn her?«

»Befand sich im Besitz eines Mordopfers.«

Gerlachs Gesichtsfarbe wechselte ins Bläßlich-Graue. »Aber wieso besaß Schmitz denn das Foto?«

»Nein, nein«, sagte Lisa schnell. »Das zweite Opfer. Manfred Küster, ein Feuerwehrmann.«

»Ein zweiter Toter?« Er überlegte. »Der Mann aus der Gartenlaube? Das stand doch im *Kurier*, oder?«

Lisa nickte. »Exakt.«

»Küster ist tot?« Gerlach tat so, als sei ein enger Angehöriger ums Leben gekommen. Er wischte sich eine Träne aus dem Auge. Vielleicht war er aber auch nur zartbesaitet.

Lisa warf Michael einen Blick zu. Dann begannen beide gleichzeitig zu sprechen.

»Wer ist denn überhaupt darauf abgebildet?«

»Und von wann stammt die Aufnahme?«

»Und wer ist die Frau?«

»Und warum haben Sie uns nicht früher davon erzählt?« Diesen Satz hätte sie sich eigentlich sparen können, dachte Lisa sofort. Der Makler konnte ja bis jetzt nichts davon wissen. Das musste doch der Whisky sein. Bisher hatte sie nach den wenigen cl, die in ein Glas reinpassten, immer noch klar denken können.

»Wenn Sie durcheinanderreden«, sagte Gerlach, der wie viele andere fast Sechzigjährige schlecht hörte, »verstehe ich nur die Hälfte und gebe die falschen Antworten.«

Gehorsam wiederholten die beiden Beamten nacheinander ihre Fragen.

»Also«, begann Gerlach, überlegte es sich dann aber anders. »Wollen wir uns nicht setzen? Die Geschichte dauert vielleicht etwas länger.«

Lisa schaute zwar erneut auf die Uhr, nahm aber doch Platz. Manchmal musste man eben Opfer bringen, auch nach Schluss der offiziellen Bürozeiten. Michael setzte sich so, dass er Gerlach und seine Kollegin gleichzeitig beobachten konnte, woraufhin ihm die Kollegin einen undefinierbaren Blick zuwarf und den zweitobersten Knopf ihrer Bluse schloss.

»Also«, fing der Makler ein zweites Mal an, »das Foto stammt aus der Mitte der achtziger Jahre. Wir waren damals alle um die zwanzig. Wie Sie sehen, sind die Frisuren unmöglich – allein die Koteletten der Männer! – und die Kleidung auch. Diese Schlaghosen! Aufgenommen ist das Bild im Chlodwig Eck.« Er sah die beiden Ermittler erwartungsvoll an. Als eine Reaktion ausblieb – manchmal waren Leute einfach zu jung –, erklärte er: »Die legendäre Kneipe in der Südstadt, wo damals der Neffe des Kölner Literaturnobelpreisträgers das Bier gezapft hat.«

Wieder keine Reaktion.

»Böll.«

Immer noch nichts. Wer brachte den jungen Leuten denn noch Allgemeinbildung bei? Soviel zu den zu spät Geborenen, dachte Gerlach. Etwas verstimmt fuhr er fort: »Jedenfalls hat sich unsere Clique dort häufiger getroffen, mein Bruder Karlheinz, der Manfred, die Claudia und ich. Alle vierzehn Tage freitags. Skat. Und irgendwann waren wir dann nur noch zu dritt.«

Er machte eine Pause und schluckte. Auch über dreißig Jahre später fiel ihm der Bericht nicht leicht.

»Mein Bruder Karlheinz, zwei Jahre, acht Monate und dreizehn Tage jünger als ich, wurde ermordet.«

Jetzt war Lisa wieder hellwach. »Das tut mir sehr leid. Hat man den Täter denn gefunden?«

»Das ist ja das Merkwürdige an der Sache: Mein Bruder ist durch einen Starkstromschlag ums Leben gekommen; alles deutete auf einen Täter hin, der danach ordnungsgemäß die Enden des Kabels wieder ineinander gesteckt hatte. Aber man hat niemanden ausfindig machen können.«

Die junge Kommissarin hatte wieder begonnen, Notizen anzufertigen. Michael, der wusste, dass sie die Arbeit erledigte, sah ihr in aller Seelenruhe dabei zu.

»Alle Spuren führten ins Nichts«, sagte der Makler etwas melodramatisch. Es hörte sich nach einem Titel eines Krimitaschenbuchs aus den fünfziger Jahren an. »Nur über die Größe des Gesuchten war man sich einig gewesen. *Der kleine Kölner,* hatte es geheißen.«

»El Chapo«, sagte Michael und musste den spanischen Spitznamen erläutern. »Hat man denn wenigstens ein Motiv vermutet?«

»Hat man«, antwortete Gerlach. »Eine Frau, natürlich.« Ein vorsichtiger Blick auf Lisa folgte, aber diese zuckte nicht mit der Wimper, sondern schrieb weiter mit. »Mein Bruder machte Claudia – wie hieß das damals? – *Avancen* und—«

»Und heute kann keiner mehr Französisch«, unterbrach ihn Lisa. »Heute bekommt man höchstens eine SMS oder eine Anfrage über Tinder.«

Michael lachte.

»Aber da gab es noch einen zweiten, der Claudia begehrte, wie sich hinterher herausstellte. Es war wohl der kleine Kölner, der hinter ihr her war. Aber sie angesprochen hat er nie.«

»Können wir diese Claudia denn befragen?«, wollte Lisa wissen.

»Aber warum denn?« Gerlach sah sie unsicher an. »Bloß, weil Sie bei einem zweiten Mordopfer ein altes Foto gefunden haben?«

»Motive für die Taten der Gegenwart liegen oft dunkel in der Vergangenheit versteckt«, orakelte Michael.

»Ist sie denn zu erreichen?« Lisa deutete mit dem Kugelschreiber auf das Foto.

Gerlach schüttelte den Kopf. »Leider nein. Claudia ist drei Jahre später an etwas Lateinischem eingegangen.«

Juli 2019 – Köln-Kalk, Polizeipräsidium

Das tut mir leid«, sagte Britta zu Michael. »Der lange Weg nach Deutz – vergebens.« Auch Lisa bekam einen freundlichen Blick.

»Das ist immer so«, sagte Demir, der inzwischen wach geworden war. »Alle Wege *op de Schääl Sick* sind immer umsonst.«

Als niemand lachte, schwieg er beleidigt und blätterte demonstrativ die Zeitung um.

Britta kannte seine Allüren, also schwieg sie und fuhr mit der Besprechung fort. Gleichzeitig nahm sie eine andere Akte auf. »Okay. Mordfall 1 ist also momentan abgehakt, wobei … Eine kleine Verbindung zwischen den Fällen scheint es ja durch Gerlach und Küster zu geben, in dieser Kneipe von damals …«

»Die gibt es immer noch«, sagte Demir, der trotz der Tatsache, dass er stets geistig abwesend zu sein schien, alles mit gespitzten Ohren verfolgte und an den richtigen Stellen meist das Richtige sagte. Aber wieder hörte ihm niemand zu. Erneutes, dieses Mal etwas lauteres Umblättern.

»Aber das ist wohl nur ein Zufall«, sagte Britta. Sie sah auf. »Irgendwelche Ideen zum *kleinen Kölner*?«

»Keine«, sagte Demir. »Außerdem ist das doch über dreißig Jahre her.«

Britta beschloss, diese Ansicht jetzt nicht zu vertiefen, und blätterte Akte Nr. 2 auf. »Manfred Küster. Der Feuerwehrmann. Gibt es etwas Neues?«

»Gibt es«, sagte Sören, der gerade zur Tür hereinkam. Wie immer hatte er den Moment seines Auftritts perfekt abgepasst.

Britta tat so, als sei sie nicht überrascht. »Aha. Wir haben nur auf dich gewartet. Kannst du was berichten?«

Sören wedelte mit einem USB-Stick. »Hab' ich an Land gezogen. Gestatten?« Er ging zum Notebook neben dem Beamer, öffnete das entsprechende Programm und schloss den externen Speicher an. Wenig später erschien auf der gegenüberliegenden Wand das unscharfe Bild einer Überwachungskamera.

»Kleingartenverein«, sagte Sören. »Neulich nachts.« Seine Stimme klang eine Oktave tiefer als sonst, woraufhin Britta ein Lachen unterdrücken musste.

Zwei Gestalten tauchten auf, die den schmalen Gartenweg einträchtig nebeneinander entlang torkelten. Das heißt, eigentlich torkelte nur einer der beiden Männer, der andere schien nur so zu tun als ob. Augenscheinlich war er nüchtern.

»Opfer und Mörder?«, fragte Miguel mit ebenso dumpfer Stimme, was ihm einen finsteren Blick der Kriminalhauptkommissarin eintrug. Genug der Scherze. Ihre Sätze, bei denen man keinen Ton aus dem Publikum hörte, waren stets die nachdrücklichsten.

»Oder der Richter und sein Henker?«, schloss sich Demir ihm an.

Lisa rollte nur mit den Augen.

Michael grinste. Wenn der deutsche Türke oder Kurde oder so so weitermachte – nur zu. Das erhöhte die eigenen Chancen bei der Kollegin.

Gestalt Nummer eins war anscheinend dermaßen durch die Wirkungen von Rauschgetränken benommen, dass sie sich an Gestalt Nummer zwei festhalten musste. Diese schloss, soviel konnte man noch erkennen, die Tür zu Küsters später verbrannter Laube auf. Den Schlüssel dazu hatte sie aus der Jacke des Feuerwehrmanns gezogen. Dann bugsierte sie den Betrunkenen hinein, nicht, ohne ihm zuvor die Handgelenke mit Kabelbinder auf den Rücken gedreht zu haben. Als der torkelnde Mann im Inneren des Gartenhauses verschwunden war, warf der zweite Mann einen Blick in Richtung der Überwachungskamera des Nachbargrundstücks.

Genau in diesem Moment brach die Aufzeichnung ab.

»Verdammt!« Manchmal verlor auch Britta ihre Zurückhaltung. »Geh noch mal zurück. Vielleicht können wir doch das Gesicht erkennen.«

Gehorsam tat Sören, wie ihm befohlen. Aber so sehr er auch den Cursor hin- und herschob, um den Film zehntelsekundenweise vor- und zurücklaufen zu lassen, so sehr blieb das Gesicht des Mörders im Dunklen, begünstigt durch eine Baseballkappe.

Nur seine Größe hatten alle für einen Moment gesehen: Er war einen ganzen Kopf kürzer als Manfred Küster.

»Der kleine Kölner!«, sagte Michael.

»El Chapo«, sagte Miguel.

»Ihr müsst jetzt kein Phantom konstruieren«, sagte Britta. »Wir sammeln weiter Einzelheiten, versuchen, eventuelle Zeugen zu finden, und irgendwann haben wir den Täter. Erst einmal machen wir eine kleine Kaffeepause und fahren anschließend fort. Ich bin gleich wieder da.« Sie stand auf und verließ den Besprechungsraum.

Hannah wartete geduldig vor Brittas Dienstzimmer.

»Dich hätte ich beinahe ganz vergessen, tut mir leid.«

»Nicht wichtig«, sagte die Goldschmiedin.

»Dabei hatte dich der Pförtner sogar angekündigt. Aber wie das so geht: aus den Ohren, aus dem Sinn.«

Hannah lachte.

»Hast du denn das Material mit?«

»Yep.«

»Den Würfel.«

»Und was machen wir, wenn die Kollegen wieder sagen, wenn die Mangold nicht mehr weiter weiß, holt sie irgendeinen Laien an Bord?«

»Haben sie das schon einmal gesagt?«

Britta verneinte.

»Siehst du, der *Heiligen* nehmen sie doch alles ab.«

Neulich Abend hatte die Ermittlerin auch davon erzählt. »Spitznamen haben ja durchaus Vorteile, aber einen katholischen?« Britta stammte aus einem atheistischen Elternhaus, was ihr aber bisher nie geschadet hatte.

»Außerdem«, sagte Hannah triumphierend und zog ein Blatt aus der braunen Ledermappe, die sie in der linken Hand hielt, »außerdem habe ich hier das Abschlusszeugnis meines Psychologiestudiums.«

»Das wusste ich ja gar nicht.« Britta war ehrlich überrascht. »Und die Goldschmiedekunst …?«

»Nebenbei, nachts, am Wochenende. Wenn ich genug hatte von allen Jecken der Welt und nur für mich sein wollte.«

»Und dein Sozialleben?«

»Zwischendurch. Bettgeschichten, wenn ich mal Luft holen wollte.«

Die Kommissarin lachte, sah sich dann aber um, ob jemand auf dem Flur die intimen Geständnisse der jungen Frau mitbekam. Dann wies sie auf das Zeugnis. »Habt ihr euch denn auch mit *profiling* befasst?«

»Nicht direkt. Aber wenn du die Leute beobachtest, mit ihnen sprichst, sie hinterher analysierst – dann ist dieser Vorgang auch umkehrbar: Erst die Analyse und dann die dazu passenden Persönlichkeitsprofile.«

Britta sah sie nachdenklich an. War das wirklich so einfach?

»Habt ihr eigentlich keinen Profiler in eurer Abteilung?«

»Haben wir nicht.« Die Kommissarin notierte sich im Geiste einen Hinweis auf eine neu zu schaffende Stelle. »Aber Sören hat sich etwas näher damit beschäftigt und Fäden zu einem Kollegen vom BKA in Düsseldorf geknüpft, der darauf spezialisiert ist. Er hilft uns dann manchmal. Und Miguel ist sowieso der geborene Profiler.«

Ihr Blick verlor sich in weiter Ferne, was Hannah nicht entging. Sie beschloss, das Thema bei Gelegenheit mit alkoholischer Unterstützung zu vertiefen.

»Okay«, sagte Britta und sah auf die Armbanduhr. »Wenn es dir recht ist, kannst du vielleicht hier warten und etwas lesen; ich rufe dich, wenn du gebraucht wirst.«

»Geht klar, Boss.«

»Ich fasse zusammen«, sagte die Kommissarin, als sie sich wieder zu den Kollegen an den großen Besprechungstisch gesetzt hatte. Der Beamer summte noch, und das Notebook piepste leise vor sich hin. Mit einem Blick bedeutete sie Sören, die Geräte abzustellen, was durch Tuscheln der Anwesenden begleitet wurde. »Die Verdächtigen im Mordfall Schmitz lösen sich allmählich in Wohlgefallen auf; der Taucher war zwar unbeliebt, aber wohl doch nicht so, dass ihn einer seiner Mitbürger beseitigt hätte. Was Küster, den Feuerwehrmann angeht, haben wir bisher keinen einzigen Menschen gefunden, der für den Mord in Frage kommt. Und auch mit dem alten Foto, auf dem er zufällig abgebildet ist, sind wir nicht weitergekommen.«

»Doch«, sagte Miguel. »Etwas jedenfalls.«

Britta sah ihn gespannt an. »Du hast etwas Neues?«

»Habe ich«, sagte der kölsche Spanier und begann zu berichten.

Juli 2019 – Köln-Müngersdorf, Bauunternehmung Dubois

Wo Britta wohl steckte? Schon wieder war sie nicht zu erreichen. Miguel sah Lisa und Michael nach, die im Aufzug verschwanden, und wählte kurzentschlossen eine andere Nummer.

»Álvarez«, sagte er. »Ich würde gerne noch mal zu Ihnen hinüberkommen. – Eine halbe Stunde? – Gut, dann bis gleich.« Befriedigt steckte er das Handy wieder ein und begab sich zu seinem Leihwagen. Ob er den wohl irgendwann im Leben noch einmal würde zurückgeben können?

Dieses Mal wartete Dubois vor dem Schuppen, das unvermeidliche Glas in der Hand. Die Flüssigkeit sah nach einem weiteren Gin Tonic aus; nur die Dekoration am Glasrand war entfallen. »Was gibt es denn so Dringendes?«, fragte er.

»Ich habe über die Rolle von Herrn Schultheiss in Ihrer Firma nachgedacht. Natürlich muss es ein *Mädchen für alles* in einer Firma geben, aber ein Lohn von zweitausend Euro für Handlangerdienste, zudem noch schwarz, wie es scheint, das sieht nach unregelmäßigen Arbeiten aus, die durch regelmäßige Zahlungen kaschiert werden. Und die Sie über Klaus Schmitz umgeleitet haben.«

Dubois betrachtete konzentriert den rissigen Asphalt des Hofes.

Irgendwie ist seine Kleidung zerknittert, und er sieht nicht mehr so aus dem Ei gepellt wie sonst aus, dachte Miguel. Gleichzeitig sah er an sich selbst herunter und musste grinsen. Das Klischee eines Südländers in Köln: braungebrannte Haut, offenes, hochgekrempeltes Hemd, neue Designerjeans mit Falten – er hatte gestern noch zu einem kleinen Kauf Zeit gehabt –, flache braune Slipper. Das Goldkettchen aus einem anderen Leben, das das Abziehbild vervollständigt hätte, war in Spanien geblieben.

»Was gibt es denn da zu lachen?«, fuhr ihn Dubois an.

»Entschuldigung, ich habe nur unwillkürlich Ihr und mein Outfit verglichen und gedacht, für uns beide wäre ein längerer Feierabend zum Bügeln auch nicht schlecht.«

Dubois grinste etwas schief und gab sich einen Ruck. »Wollen Sie nicht hereinkommen?«

Miguel sah sich um. Der kleine Fahrradmechaniker von neulich war nicht da, die Wäsche von der Leine abgehängt, und die Fenster zum Hof hinaus waren geschlossen. Niemand zu sehen. »Frische Luft tut auch mal gut.«

Dubois scharrte mit dem rechten Fuß im Staub und erzeugte ein kompliziertes Muster.

»Also nochmal.« Der Kommissar wurde allmählich ungeduldig. »Herr Schultheiss.«

»Wenn ich hier kurz unterbrechen darf«, sagte Britta. »Herr Schultheiss war …«

»… der Fahrer der roten Corvette, der Sören etwas beschädigt hat.«

Der Erwähnte lächelte gequält; die anderen grinsten ob der Wortwahl.

»Der also jetzt auf der Flucht ist, oder?«

Miguel nickte. »Sieht so aus.«

»Irgendwie kann ich mir den Namen nicht merken. Danke, dann mach mal weiter.«

Dubois sah dem Ermittler genau ins Gesicht, als versuchte er, eine Information dort zu finden. »Wir gehen doch mal hinein. Ich möchte eine Aussage machen.« Er drehte sich um.

Miguel folgte ihm durch das »Filmbüro«, wie er es bei sich getauft hatte, in die dahinterliegende Wohnung.

Als beide beim Sofa angekommen waren, fuhr der Bauunternehmer die Zwischenwand mittels Fernbedienung wieder zurück. »Bitte nehmen Sie doch Platz.« Er betätigte den Touchscreen des großen Kaffeevollautomaten. Kurz darauf stellte er dem Kommissar einen doppelten Espresso hin.

»Danke«, sagte Miguel. »Sie können Gedanken lesen, oder?«

Dubois nickte. Der linke Mundwinkel war hochgezogen, so dass das angedeutete Grinsen verunglückte.

»Ich auch. Bevor Sie loslegen, sage ich Ihnen jetzt mal auf den Kopf zu, dass Ihr Kollege Schultheiss—«

»Also *Kollege* trifft es nicht ganz.«

»Ihr Angestellter oder freier Mitarbeiter oder was auch immer – Herr Schultheiss ist nämlich in den Tod von Klaus Schmitz verwickelt.«

Dubois erbleichte. »Woher …?«

»Scharfes Nachdenken. Ich habe nicht gesagt, dass er Schmitz auf dem Gewissen hat. Ich vermute nur, dass die stumpfe Verletzung am Kopf von ihm und nicht vom Mörder herrührt. Die Verletzung sei ihm mehrere Stunden vor seinem Tod zugefügt worden, sagt die Rechtsmedizin. Vielleicht sei sie aber auch beim Transport der Leiche entstanden. Dann ist es doch der spätere Täter gewesen.«

Der Bauunternehmer betrachtete wieder angelegentlich den Boden.

»Also?«, fragte Miguel.

Ein Schluck aus dem Ginglas folgte.

Vermeidungshandlungen.

Miguel sah auf die Uhr. »Wir können das Ganze – wie heißt es im Fernsehen immer? – *auf der Wache* fortsetzen.«

»Warten Sie«, sagte Dubois hastig. »Sie haben ja Recht. Ich habe Schultheiss für alles Mögliche eingesetzt – Baustellenbesuche, Personalakquise, Fahrzeugkäufe. Und immer hat er die Aufträge zu meiner Zufriedenheit ausgeführt. Er ist nur jemand, der sich nicht für eine Bürotätigkeit oder einen anders gearteten, regelmäßigen Tagesablauf eignet. Also habe ich ihm bei allem freie Hand gelassen.«

»Auch bei körperlichen Einsätzen?«

Dubois sah ihn empört an. »Das mag bei anderen Firmen aus der Baubranche der Fall sein. Hier nicht!« Den Rest des Glases leerte er in einem Zug.

Der Espresso war ebenfalls nicht mehr zu sehen.

»Noch einen?«, fragte der Bauunternehmer. Er hatte Miguels Blick aufgefangen.

Dieser nickte und fuhr fort, während ein zweiter doppelter Espresso in eine neue Tasse lief: »Die *freie Hand* bezog sich auch auf Schmitz?«

Dubois nickte. »Schultheiss sollte ihn aufsuchen und zu den gestiegenen Zinsen bei unseren Rückzahlungsraten befragen.«

»Etwas nachdrücklicher, oder?«

»Könnte man so sagen. Aber von Gewalt war nie die Rede.«

»Sie haben also nie«, Miguel zögerte und suchte nach dem richtigen Wort, »Mobbingmethoden angewandt?«

»Never ever«, sagte Dubois und synchronisierte sich gleich selbst. »Nie im Leben. Davon hatte ich genug, seit ich sechzehn war.«

»Wieso wissen Sie das Alter so genau?« Der Kommissar rechnete nach. »Das war Mitte der Siebziger, oder?«

»1975.« Wieder sah Dubois auf den Boden. Etwas schien ihn zu beschäftigen. »Na ja, ob ich das meinem Psychiater erzähle oder Ihnen – die Hauptsache ist doch immer, dass man überhaupt redet, nicht wahr?«

Miguel nickte, hütete sich aber, selbst etwas zu sagen.

»Ich war in einem Kinderheim, irgendwo im Teutoburger Wald; der Ort fällt mir sicher noch ein. Und die Jungs in meinem Zimmer haben von einem anderen Zimmer berichtet, in dem einem kleinen Kölner übelst mitgespielt wurde.«

»Was meinen Sie denn genau?«

»Das volle Programm: Ein Glas Wasser unter dem Bettlaken, so dass der Junge im Nassen schlafen musste; *Waterboarding*, so heißt das doch heute, im Badezimmer, bis der Junge keine Luft mehr bekam; Urinieren auf die Matratze des Kleinen.« Er schwieg nachdenklich, fuhr dann aber fort: »Das ist das, was die Jungs in meinem Zimmer berichtet haben.«

»Und niemand hat etwas dagegen unternommen?«

»Keine Ahnung. Vielleicht hat man dem Kleinen nicht geglaubt. Aber plötzlich war Schluss. Ein Mitschüler aus dem Zimmer des kleinen Kölner Jungen kam im Bad zu Tode, wahrscheinlich ausgerutscht. Etwas Genaues haben wir nie erfahren. Wir mussten überstürzt abreisen; die Ferien waren damit zu Ende.«

»Und Sie haben nie herausbekommen, was wirklich passiert ist?«

Der Bauunternehmer schüttelte den Kopf. »Zu Hause tauchte noch die Kripo auf, aber soviel ich weiß, ist nichts mehr nachgekommen.« Er knetete die Hände. »Seitdem habe ich von Streichen und Mobbing die Nase voll.«

»Kann ich verstehen. Aber noch etwas anderes: Sie haben vorhin *unsere Zinsen* gesagt. Gerlachs auch?«

Ein Nicken. »Der sollte ebenfalls plötzlich mehr zurückzahlen. Keine Ahnung, warum.«

»Vielleicht brauchte Schmitz nur Bargeld, um seine Geldanlagen aufzustocken. Meine Chefin hat von einem Fonds erzählt. Das könnte eine harmlose Erklärung sein.«

Ein Schulterzucken. »Vielleicht. Jedenfalls kam Schultheiss wieder und sagte nur, es sei nichts zu machen gewesen. Unsere Verträge ergäben bei nicht pünktlicher oder nicht vollständiger Ratenzahlung die Möglichkeit, die Zinsen anzuziehen. Aber falls die Sache mit dem Bau am Bonner Bogen zustande kommt, sind Gerlach und ich sowieso aus dem Schneider.«

»Wann haben Sie von Schmitz' Ermordung gehört?«

»Als es in der Zeitung stand. Ich habe daraufhin Schultheiss zur Rede gestellt, der aber nur sagte, er habe sich rücksichtsvoll wie immer verhalten. Erst als er Ihren Kollegen niedergeschlagen hat, habe ich gedacht, dass Schultheiss vielleicht auch eine andere Seite hat.«

»Können Sie ihn kontaktieren?«

»Das habe ich versucht, aber er geht nicht ran.«

»Gut, dann schreiben wir ihn zur Fahndung aus.« Er stand auf. »Und Sie halten sich bitte zu unserer Verfügung.«

Juli 2019 – Köln-Kalk, Polizeipräsidium

Miguel setzte sich wieder. »Seine Handynummer liegt bei den Providern, die ihn mittels Dreiecksortung über ihre Funkzellen zu finden suchen. Das Kennzeichen der roten Corvette ist schon allen Polizeidienststellen bekannt. Mal sehen, wann wir ihn zu fassen bekommen.«

»Wen denn jetzt?«, fragte Demir, der in seiner Zeitung blätterte und dieses Mal tatsächlich nicht aufgepasst hatte.

»Schultheiss«, sagte Lisa. »Wenn es wenigstens ein flotter Name wäre, nicht so'n mittelalterlicher.«

»Mangold«, sagte Michael, um Hilfe bemüht.

Lisa konnte die Augen um beängstigende Gradzahlen verdrehen.

Die Kommissarin bereinigte die Situation, indem sie mit ihren Papieren raschelte und dann sagte: »Fall Nummer drei. Professor Hallstatt. Gibt es etwas Neues?« Sie sah sich um.

Demir nickte ihr zu. »Ein wenig.« Er berichtete vom Fotoheft des Ermordeten, das er im Hotel Alfred gefunden und an sich genommen hatte.

»Etwas Interessantes darin?«, wollte Britta wissen.

»*Kütt drop ahn*«, antwortete er, indem er mit dieser Floskel die Entscheidung der Gewichtung seiner Antwort dem Fragenden zuwies. »Alle Urkunden aus seinem Leben in Kopie, ein paar Postkarten von Urlauben, die Ansicht eines Kinderheims, eine Vermögensaufstellung samt Kontonummern und Passwörtern, Mietverträge …«

»Eigentlich praktisch«, sagte Britta, die immer alle Unterlagen aus ihren Lebensabschnitten, wenn sie sie denn irgendwo vorzulegen hatte, erst mühsam zusammensuchen musste, »so ein Heft. Aber nichts Konkretes zu seinem Tod?«

»Nichts«, sagte Demir. Hilfesuchend sah er zu einem der Kollegen aus einer anderen Abteilung hinüber. »Habt ihr etwas?«

»Nee, haben wir nicht«, sagte der Kommissar mit den rasierten Kopf und dem Ohrring am linken Ohr. Er zählte auf: »Die Londoner Universität weiß nur Gutes über ihn zu sagen, ebenso seine Vermieterin in Stratford, von wo aus er immer in die City gefahren ist.«

Sein Kollege ergänzte: »In Köln besaß er eine Eigentumswohnung in einem der Kranhäuser.«

»Dann benötigte er ja keinen Schotter von Schmitz«, sagte Lisa und sah Demir an.

Der grinste freundlich zurück, woraufhin Michael finster guckte.

Alle Männer sind so berechenbar, dachte Lisa. »Dort haben wir die Mitbewohner befragt. Zum großen Teil kannten sie den Professor nicht; zum kleineren Teil wussten sie nur Freundliches über ihn zu berichten. Also: Fehlanzeige auf der ganzen Linie.«

Britta merkte, wie ihr die Verdächtigen entglitten. Drei Tote und kein Mörder in Sicht. Ein Motiv ohnehin nicht. Sie seufzte. Aber ebenso rasch, wie dunkle Wolken ihr den Alltag verdüsterten, konnte sie umschalten. »Eine Hoffnung habe ich noch: Ein Täterprofil. Ich möchte Ihnen dazu jemanden vorstellen.« Sie stand auf, ging auf den Gang hinaus und rief Hannah dazu.

Die junge Goldschmiedin stand nervös vor der Leinwand und überlegte, wo sie beginnen sollte. Sich etwas in der Theorie zurechtzulegen und dann in der Praxis flüssig vorzutragen, das waren zwei völlig verschiedene Dinge. Sie spürte, wie die Anwesenden sie musterten, in der Mehrzahl Männer. Da sie wusste, wie sie auf das andere Geschlecht mit ihren langen Haaren und der, wie sie selber fand, ansehnlichen Figur wirkte, hatte sie sich für ihren Auftritt mit Absicht konservativ angezogen, um nicht abzulenken: eine etwas ältere dunkelblaue Jeans, ein samtroter, etwas zu großer Pullover und ein grauer Sakko mit schmalen hellgrauen

Streifen, eher dünnen Linien. Von Britta war sie als »beratende Psychologin« vorgestellt worden, die sie ab und zu hinzugezogen hatte, ohne dass es bisher hatte aktenkundig werden müssen. Hannah musterte die Anwesenden. Aha, ein aufmunternder Blick von einem gut aussehenden Südländer.

Britta hatte ihn ebenfalls gesehen und bedeutete Miguel durch Zusammenziehen der Augenbrauen, dass momentan Seriosität gefragt war. »Frau Wolf?«, sagte sie nur.

Hannah räusperte und begann mit dem kleinen Vortrag. »Ich habe Ihnen etwas mitgebracht.« Aus ihrer Handtasche holte sie den Würfel, der diverse Male zwischen Schaufenster und Werkstatt hin und her gewandert war. Heute war er blankpoliert und glänzte im Sonnenlicht, das durch das große Fenster fiel. »Ich lasse ihn mal herumgehen. Und gleichzeitig erzähle ich etwas dazu.« Sie reichte ihn der jungen Frau, die direkt vor ihr saß.

Lisa wog den Gegenstand und war sich unsicher, ob sie ihn kaufen würde, wenn er denn erwerbsfähig war.

»Bei dem Würfel, an dem ich seit mehreren Wochen arbeite, sehen Sie sechs exakt gleichgroße Quadrate und sechs verschiedene Materialien – Platin, Gold, Palladium, Silber, Kupfer und Messing –, außerdem auf jeder Würfelseite ein anderes, in sich symmetrisches Muster. Millimetergenau. Sonst gilt es nicht.«

Die Kollegen, die auch sonst mit Kunst nichts anfangen konnten, gaben das Goldschmiedeobjekt verständnislos weiter.

»Wenn mir gelingt, das zu visualisieren, was ich vorhabe, ist der Würfel am Ende meiner Arbeit perfekt.«

»Vollkommen«, sagte Britta.

»Genau. Und jetzt fragen Sie sich, was hat das mit den Morden zu tun, von denen mir Frau Mangold erzählt hat? Keine Angst; ich habe eine Verschwiegenheitserklärung unterzeichnet, bei deren Bruch Sie mich gerne festsetzen können.«

»Eine Einzelzelle«, flüsterte Demir. »Für uns zwei.«

Das war bestimmt der Todesstoß für seine Bemühungen um Lisa. Michael hatte den Satz aufgeschnappt und strahlte.

Ein einziger Blick von Britta reichte aus, dass Demir rot wurde und sich vornahm, für den Rest der Besprechung keinen Ton mehr zu sagen.

Hannah hatte glücklicherweise nichts gehört und fuhr mit dem Vortrag fort: »Sie haben einen Taucher, der ertränkt worden ist. Sein Lebenselement ist sozusagen für seinen Tod verantwortlich. Genauso beim Feuerwehrmann, der verbrannt worden ist. Und auch bei dem Archäologen verhält es sich so: An zu viel Erde ist er erstickt.«

Das war Britta jetzt neu. Woher hatte Hannah denn das Obduktionsergebnis? Oder war das nur bildlich gemeint?

»Jetzt überlegen Sie mal mit mir.« Allmählich wurde sie sicherer in ihren Ausführungen. »Für mich sieht das nach einem Plan aus. Und ein Plan bedeutet, dass es nur *einen* Täter gibt. Einen, der sich bemüht, etwas aus seiner Sicht Großes zu schaffen.«

»Etwas Vollkommenes.« Das war Britta wieder.

Miguel hörte fasziniert zu. Jemanden, der auf einer Metaebene dachte, hatte er schon immer sehr geschätzt. Jemanden wie Britta. Und jetzt diese Hannah Wolf. Ein Name, den man sich merken musste.

Britta verspürte einen kleinen Stich in der Herzgegend, den sie nicht einsortieren konnte. Miguel, so so. Aber Lars war noch nicht allzu weit weg. Auch nach sechs Jahren noch nicht.

»Etwas Perfektes«, sagte Hannah keck und fragte: »Hat jemand mitgedacht?«

»Ich«, sagte Lisa. »Ich denke seit Schulzeiten mit.«

Alle lachten, einige in der Erinnerung an die eigenen Schulstunden auf Holzbänken versunken.

»Bitte«, sagte die Goldschmiedin und machte eine einladende Handbewegung. Mit der Rolle der Seminarleiterin war sie durchaus zufrieden.

»Ich fasse mal die verschiedenen Mordwerkzeuge zusammen«, sagte Lisa. »Wasser, Feuer, Erde. Als nächstes käme dann logischerweise die Luft.«

»Genau.« Hannah strahlte ob der schlauen Schülerin. »Die vier Elemente der alten Griechen. Dann ist nämlich die Reihe fertig. Aus einem Guss. Vollkommen.«

Britta wurde blass. Das klang nach einer logischen Reihe und nach einem weiteren Mord.

»Das wollte ich dir am Kiosk schon sagen«, sagte Sören vorwurfsvoll zu Britta, »in diesem Schrebergartenverein, als du lieber telefoniert hast und ich anschließend sehen konnte, was aus mir wurde.«

»Vier Elemente«, setzte Lisa ihre Überlegungen fort. »Nach dem vierten Mord dann …«

»Ist der Täter erst zufrieden«, ergänzte Hannah.

»Perfekt«, ergänzte Miguel. Auch er war blass geworden. Plötzlich fügten sich die Mosaiksteinchen zusammen. Drei Tote, bisher, und nur *ein* Täter. Wer sonst sollte auf eine solch abstruse Reihung kommen?

Britta überlegte laut. »Wenn wir also nur einen Täter suchen…« Sie sah hilfesuchend auf Sören.

»Dann müssen wir sehen«, sagte dieser, »ob einer der bis jetzt vorhandenen Verdächtigen ein Alibi für *einen* der Morde hat. Dann fällt er nämlich als Gesamttäter aus. Nach der neuen Theorie jedenfalls.«

Seine Kollegen murmelten beifällig.

»Nennt sich Ausschlussverfahren«, setzte Sören seinen Gedankengang fort. »Irgendwann hat jemand kein Alibi, für keinen der Morde, und dann haben wir ihn.«

»Ich möchte Ihnen keinen Schrecken einjagen«, sagte Hannah, »sondern helfen. Mir ist aber noch etwas eingefallen. Wann genau haben sich denn die bisherigen Taten ereignet? Wochentag und Uhrzeit möglichst.«

Sören hatte wie immer alles parat – auswendig. »Der Mord an Schmitz irgendwann nach Mitternacht, Sonntag, also ganz früh am Montagmorgen. Den Mord an Küster hat der Täter in der Nacht auf Mittwoch begangen—«

»Und dann die Hütte abgefackelt«, ergänzte Michael etwas burschikos.

»Richtig«, sagte Sören. »Den Mord an Professor Hallstatt hat er in der Nacht zu Donnerstag verübt; der Tote ist ja gestern morgen direkt entdeckt worden.«

»Hm«, sagte Hannah, die Amateurprofilerin. »Unregelmäßige Abstände zwischen den Toten. Also keine präzise Reihung. Egal. Haben Sie mal über die Berufe und das verwendete Element als Mordwaffe nachgedacht?«

Brittas Gesicht wurde noch blasser. Sie ahnte, was jetzt kommen würde.

»Es wird also einen vierten Mord geben, oder?«, hakte Sören nach. »Da sind Sie sicher?«

Hannah und Britta nickten beide.

Miguel fragte mit belegter Stimme: »Nachdem jeder der Toten mit dem verwendeten Element beruflich zu tun hatte, müssen wir also nun nur einen Beruf suchen, der mit Luft zu tun hat? Im Ernst jetzt?«

Die Goldschmiedin stimmte ihm zu. »Das sehe ich so. Und ich mache direkt einen Vorschlag: Reifenhändler. Da alle Opfer bisher männlich waren, gehe ich davon aus, dass auch das vierte, zur Zeit noch lebende Opfer dem schönen Geschlecht angehört.« Sie warf Miguel einen Blick zu.

»Danke«, sagte dieser.

»Oder ein Pilot«, sagte Sören.

»Vielleicht ein Politiker?«, fragte Demir, der wieder Mut gefasst hatte. »Bei so viel heißer Luft, wie die tagein tagaus landauf landab produzieren?«

Das war Lisa einen Fußtritt wert; allerdings musste sie sich dabei strecken, um den Kollegen zu erreichen.

»Fallschirmspringer«, versuchte Demir seine Position zu verbessern.

»Ballonverkäufer«, sagte Sören. »Auf der Kirmes.«

»Luft- und Raumfahrtingenieur«, sagte Michael.

»Raumfahrt fällt aus«, sagte Lisa. »Da oben gibt es nämlich überhaupt keine Luft.«

»Bauarbeiter«, wagte Demir sich weiter aus der Deckung. »Wegen Presslufthammer und so.«

Als alle ihn überhört hatten und keine weiteren Vorschläge mehr kamen, betrachtete Britta die erstellte Liste und sagte: »Eine Tätigkeit fehlt. Ein Pneumologe nämlich; ohne vorhandene Luft für einen lungenkranken Patienten kann er selbigen nämlich vergessen.«

»Und die anderen eben genannten Berufe«, fügte Hannah hinzu, »wenn ich das sagen darf, sind nicht zwingend an die Erdoberfläche gebunden, wie es die der drei Mordopfer waren.«

»Na ja«, Sören wollte sich damit nicht zufriedengeben, »Ballons musst du am Boden kaufen. Und es gibt bestimmt auch einen Laden dafür. Reifen ebenso.«

»Okay«, sagte Britta. »Das klingt für mich alles nur nach Stochern im Nebel. Aber sei's drum: Sie beide«, das galt dem kahlköpfigen Beamten und seinem Kollegen, »kümmern sich um etwaige Ballongeschäfte für Kindergeburtstage, Hochzeiten und dergleichen. Und um Reifenhändler.«

»Und wen sollen wir suchen?«

»Das kann ich Ihnen relativ genau sagen«, sagte Hannah.

Britta sah sie überrascht an. Wusste die junge Frau mehr, als sie sagte, oder hatte sie nur sehr scharf nachgedacht?

»Letzteres«, sagte Hannah.

Britta lachte, da sie sich neulich mit ihr auch über analytische Fähigkeiten unterhalten hatte.

»Ich würde nach jemandem suchen, der um die sechzig Jahre alt ist, weiß natürlich, aus Köln stammt oder dort noch immer wohnhaft ist, und der keine Familie besitzt, wie die drei Toten auch nicht.«

Miguel nickte bewundernd. Da konnte jemand Britta problemlos das Wasser reichen.

Die beiden Beamten standen auf.

»Wenn ich es richtig verstanden habe«, sagte der Glatzkopf, »dann drängt die Zeit, nicht wahr?«

Nachdem die federführende Kommissarin bei einer so offensichtlichen Selbstverständlichkeit nur kurz genickt hatte, verließ er mit seinem Kollegen den Raum.

Britta stand auch auf. »Miguel, Sören, ihr kümmert euch um den Pneumologen. Vielleicht habe ich mit meinem Bauchgefühl wieder Recht.«

»Es gibt schon komische Berufe«, sagte Sören. »Und du glaubst echt, dass ein Lungenfacharzt dran glauben soll?«

Miguel nickte gehorsam und fragte: »Und du?«

»Ich mache jetzt eine Besprechung mit unser neuen Profilerin. Dann melde ich mich wieder.« Sie nickte Hannah zu, die den Würfel von Lisa zurückbekommen hatte, und folgte den beiden Kollegen der anderen Abteilung.

»Versteh' einer die Frauen«, sagte Sören. »Als ob das alles sein soll. Hat vielleicht mal jemand darüber nachgedacht, ob die Toten überhaupt etwas verbindet, dass es sich für den Täter also lohnt, sie umzubringen?«

»Habe ich«, sagte Miguel und ging ebenfalls.

Lisa und Michael starrten den beiden Herren verblüfft nach.

Juli 2019 – Köln-Kalk, Pizzeria Il Futuro / Polizeipräsidium

Gegenüber den Köln Arcaden, denen ein Architekt mit Rechtschreibschwäche statt eines Ks ein C verpasst hatte, lag ein kleines italienisches Restaurant, das sich tiefstapelnd nur als »Pizzeria« bezeichnete. Der Eingang war schmal; direkt hinter der Tür begann links schon die Ausgabetheke für bestellte Pizzen. Ging man jedoch weiter, gelangte man in einen großen Restaurantraum, der an eine italienische Taverne erinnerte: Holztische für zwei, vier oder sechs Personen, eine lange Tafel, an der bestimmt drei Generationen Platz finden würden, ein Deckenventilator und Poster tief dekolletierter römischer Schönheiten, natürlich in Farbe.

Nur Eingeweihte wussten, dass dort die besten Gerichte der klassischen süditalienischen Küche serviert wurden, was die wenigsten Gäste aber interessierte. Die meisten bestellten ohnehin nur eine der großen Pizzen aus dem Holzofen hinter der zweiten, längeren Theke.

Britta steuerte zielstrebig den letzten Tisch hinten rechts an, der nur für zwei oder drei Leute Platz bot. Sie hinkte wieder leicht, was Hannah ihrer Müdigkeit zurechnete. Sie folgte ihr etwas atemlos, dabei waren es vom Walter-Pauli-Ring, an dem das Polizeipräsidium lag, nur wenige Meter bis zum Restaurant an der Kalker Hauptstraße. Als die beiden sich gerade setzen wollten, tauchten Sören und Miguel auf, ähnlich außer Atem.

»Nicht so schnell«, sagte Sören.

»Ihr könnt uns doch nicht das Beste vom Tag vorenthalten«, sekundierte ihm Miguel.

Britta zeigte auf einen der Sechsertische vor ihnen. »Die Herren?«, sagte sie nur. »Falls Sie sich uns anschließen mögen?«

»Kommt noch jemand?«, fragte Miguel. »Wir sind doch bloß zu viert.«

»Könnte sein«, orakelte Britta, sagte aber nichts weiter.

Die Frauen nahmen einander gegenüber Platz, was Miguel der Möglichkeit beraubte, Britta und Hannah gleichzeitig betrachten zu können. So setzte er sich neben seine Chefin. Hannah gegenüber war jünger, und Britta hatte er in den wenigen Tagen, seit er wieder in Deutschland war, schon oft genug betrachtet.

Sören warf einen Blick auf seine Armbanduhr. »Erst zwölf. Und du kannst schon wieder essen?«

Letzteres war eine rhetorische Frage, die Britta auch überhörte.

»Außerdem verstehe ich nicht und habe es auch noch nie verstanden, wie du mitten in Mordermittlungen plötzlich essen gehen kannst und den aktuellen Fall komplett vergisst.«

Miguel überlegte, ob er Britta beistehen solle, kam aber zu dem logischen Schluss, dass sie ganz gut alleine kontern konnte.

»Erstens«, sagte die Kriminalhauptkommissarin, »gehe ich nicht *plötzlich* essen, sondern nach Möglichkeit um die Mittagszeit, und zweitens tut es mir und damit auch unseren Ermittlungen gut, wenn man Dinge mal von außen betrachtet, durchaus auch mit Personen von außen.« Sie warf Hannah einen freundlichen Blick zu. »Und drittens: Ein voller Bauch studiert gern. Meiner jedenfalls.«

Die kleine Kellnerin balancierte vier Gerichte gleichzeitig, als sie an den Tisch trat. Einen Hähnchensalat stellte sie vor Hannah; Sören und Miguel erhielten jeweils eine große Pizza, und Britta hatte ihr Lieblingsgericht bestellt, Saltimbocca romana, das hier mit Rosmarinkartoffeln serviert wurde.

Wie sie es wohl schaffte, ihre hübsche Figur zu behalten, dachte Miguel. Geheimnisse der Frauen über dreißig …

Etwas außer Atem trat eine Frau an den Tisch. »Sorry, tut mir leid, zu viel Verkehr auf den bundesdeutschen Straßen im allgemeinen und in Köln im besonderen.«

Die beiden Herren sahen irritiert auf. Neben ihnen stand eine Dame im grauen Kostüm mit einem Seidentuch, grauen Haaren, vielleicht Ende sechzig.

»Setz dich«, sagte Britta zu ihr und zu den anderen gewandt: »Darf ich vorstellen: Johanna Neumann, Kriminalhauptkommissarin a.D.«

»*Die* Johanna Neumann?«, fragten Miguel und Sören gleichzeitig.

Die alte Dame nickte ergeben. Wie oft war sie das in ihrem Leben schon gefragt worden?

»Die mit dem schwarzen Chef?« Sören konnte seine Neugier nicht verbergen.

»Farbigen«, sagte Johanna automatisch.

»Der hatte doch so'n komischen Namen, oder?«

»Komisch ist der nicht«, antwortete Britta. »William Wordsworth Jr. ist für mich ein normaler angelsächsischer Name.«

»Und was verschafft uns diese Ehre?«, wollte Sören weiter wissen.

»Ich kann's mir denken«, sagte Miguel. »Britta lässt lieber andere denken.«

Hannah grinste.

»Ich«, entgegnete Britta, »ich denke lieber *mit* anderen.« Ein energischer Schnitt durch das Kalbsschnitzel folgte. »Und du hältst dich mal schön zurück und hörst zu, was die Großen besprechen.« Ein ungerührter Blick zu Miguel.

Der Ex-Katalane lachte, da Brittas Mundwinkel bei dem Satz gezuckt hatten.

Johannas kleine Pizza, die sie schon vorne an der Theke geordert kam, war zur Hälfte aufgegessen, als Britta ihren Teller zurückschob und sagte: »An die Arbeit. Miguel, magst du unserer Ex-Kollegin berichten, was seit gestern morgen passiert ist?«

Die alte Dame hatte einen Schreibblock zur Hand und machte sich Notizen, während der Kommissar den aktuellen Stand der Fälle schilderte. »Verdächtige?«, fragte sie dann knapp.

Alle vier Kriminalisten schüttelten den Kopf.

»Hm«, sagte Johanna und überlegte. »Ich würde wahrscheinlich herauszufinden versuchen, was die Opfer gemeinsam haben. Eine Verbindung zum Täter liegt ja wohl aufgrund der verwendeten Mordmittel vor.«

»Sag ich doch«, sagte Sören und gähnte. »Haben wir alles schon besprochen.«

Sie sah auf ihre Stichworte. »Habt ihr nicht gesagt, dass Teile von Gemäldefotos bei den Leichen lagen?«

»Ich glaube aber nicht«, antwortete Britta, »dass das etwas zu bedeuten hat. Dafür waren die Funde zu zufällig. Wir wissen nicht einmal, ob die Bilder zu den Opfern oder zum Täter – wenn es denn nur einer ist – gehört haben.«

»Schulden.« Miguel holte ein Blatt aus seiner Jacke hervor. »Eine Verbindung. Ich kann die jeweiligen Kontostände gerne vorlesen. Und die bei Klaus Schmitz aufgelaufenen Beträge.«

»Jetzt haben Sie das falsch verstanden«, sagte Johanna. »Ich meinte nicht die von Ihnen Verdächtigten. Schmitz ist doch tot. Was verbindet ihn mit dem Feuerwehrmann und diesem Archäologen, den beiden anderen Toten also?«

Sören überging die Frage. »Eine Sache wissen wir aber sehr wohl über den Mörder«, sagte er. »Falls er für alle Taten in Frage kommt.«

»Nämlich?«, fragte Johanna.

»Seine Größe.« Sören beschrieb den Filmausschnitt aus der Überwachungskamera.

»Der kleine Kölner«, sagte Britta nachdenklich.

Johanna setzte sich auf. Aufgeregt sagte sie: »Wiederhol das bitte.«

Britta sah sie überrascht an, tat aber, wie ihr geheißen: »Der kleine Kölner.«

»Wissen Sie was«, sagte Johanna, »so hatten wir den Verdächtigen in meinem ersten Fall in Köln genannt; so war er nämlich von einigen Zeugen beschrieben worden.«

Eine halbe Stunde später hatten sich alle wieder im Großen Besprechungsraum des KK 11 im Polizeipräsidium eingefunden, Johanna ebenfalls. Sie hielt auch einen Pneumologen für das wahrscheinlich nächste Opfer.

Die Kriminalhauptkommissarin a.D. rieb sich die Nase und dachte laut nach. »Ich habe Ihnen ja vom damaligen Fall mit dem toten Jungen im Bad Rothenfelder Kinderheim berichtet und auch davon, dass es weder meinem Vorgesetzten noch mir gelungen ist, den Täter zu ermitteln. Auch die Suche nach einem kleinen, in Köln wohnenden Jungen ist im Sande verlaufen.«

»Das ist doch ziemlich weit hergeholt«, sagte Sören, »dass ein damaliger Junge für die heutigen Toten verantwortlich sein soll. Ich glaube das nicht.«

»Ich auch nicht«, sagte Britta.

»Wartet mal«, sagte Miguel plötzlich gedehnt. Er legte den linken Zeigefinger an die Nase und überlegte. »Dieser Bauunternehmer, Dubois, hat doch von einem Kinderheim und von Mobbing erzählt. Schien ewig her zu sein. Vom Alter her würde er als Täter passen.«

»Aber so«, warf Sören ein, »wie du das berichtet hast, war er Zeuge und sowieso in einem anderen Zimmer untergebracht.«

»Sagt er«, sagte Lisa.

»Soll ich noch mal hinfahren?«, fragte Miguel ergeben. »Dann nehme ich ihn aber tatsächlich fest.«

»Lass mal«, sagte Britta. »Der läuft uns nicht weg. Außerdem nimmt er an, dass wir nur in Sachen Schultheiss ermitteln.« Sie sah Miguel triumphierend an. »Jetzt hat mein Gedächtnis funktioniert!«

Hannah meldete sich und kam sich gleichzeitig wie eine zu eifrige Schülerin vor. Die anderen zeigten jedenfalls nicht auf, sondern redeten einfach los.

»Bitte«, sagte Johanna. Die alte Dame fühlte sich ganz wieder in ihrem Element; Besprechungen zu leiten, das beherrschte sie immer noch.

»In Ihrer Akte von damals ist doch bestimmt eine Liste der Jungs, die im Kinderheim waren, oder?«

»Stimmt«, sagte Johanna. »Dass ich daran nicht gedacht habe.«

»Dann muss nur einer die Liste mit allen Namen abarbeiten«, sagte Sören, der wie immer methodisch dachte, »und mit den Namen, die im Zusammenhang mit unseren Mordfälle stehen, abgleichen.«

»Dann haben wir den Täter«, sagte Miguel.

»Dann können wir aufhören zu suchen«, sagte Michael.

»Nicht ganz«, sagte Lisa.

Die Anwesenden sahen sie irritiert an.

»Zum ersten«, begann die junge Kommissarin, »ist die Akte bereits digitalisiert? Soviel ich weiß, sind die Kollegen erst bis 1998 zurückgegangen; die Akten davor befinden sich noch im Archiv. Zweitens: Liegt die Akte auch tatsächlich im Archiv?«

»Bei mir ist sie jedenfalls nicht«, sagte Johanna.

»Ich mach' das«, bot sich Miguel an, stand auf und verließ den Raum.

Britta notierte sich etwas, die anderen warteten.

»Moment mal«, sagte Demir plötzlich. »Mir kommt da gerade etwas in den Sinn.« Er sah Britta an. »Schieben Sie mir mal eben das Fotoheft von Professor Hallstatt herüber?«

Die Kommissarin tat, wie ihr geheißen, und Demir blätterte. Fast sofort fand er, was er gesucht hatte. »Hier, guckt mal.« Er hielt das abgegriffene Heft mit der aufgeschlagenen Seite hoch, auf der das Kinderheim abgebildet war.

»Haus Klara«, sagte Johanna. »In Bad Rothenfelde. Da war ich. Wo damals der ungeklärte Mord passiert ist.«

»Genau«, sagte der Deutschtürke. »Dann haben wir doch die Verbindung, nach der wir gesucht haben, oder?« Er sah sich triumphierend um.

»*Eine* Verbindung«, sagte Michael, der von Natur aus eher pessimistisch eingestellt war. Ehe er aber mehr sagen konnte, kam Miguel wieder zurück.

»Die Akte ist noch nicht digitalisiert, aber auch nicht mehr physisch im Archiv aufzufinden.«

Betretenes Schweigen.

»Und schon wieder«, sagte Britta, »alles auf Anfang.« Sie seufzte.

Johanna klopfte ihr mitfühlend auf die Schultern. »Mitten in der Nacht—«

»Beginnt schon der neue Tag«, vollendete Michael eilfertig den Satz.

Lisa warf ihm einen giftigen Blick zu. »Schleimer brauchen wir hier nicht«, hieß das.

»Ich hasse Kalendersprüche.« Britta rieb sich mit den Handflächen über die Augen. »Und jetzt?«

»Der Pneumologe«, sagte Miguel. »Ich habe mal eine kleine Liste gemacht. Es sind vierunddreißig allein in Köln; die angrenzenden Dörfer habe ich mal außer Acht gelassen.«

Brittas abgrundtiefer zweiter Seufzer hing etwas länger im Raum.

Miguel wartete, bis er wieder aller Aufmerksamkeit besaß. »Wir müssen aber nur acht Ärzte warnen. Die sind nämlich zwischen fünfundfünfzig und fünfundsechzig.«

»Worauf warten Sie?«, fragte Johanna. »Geben Sie jedem von uns einen Namen; dann hängen wir uns ans Telefon. Und Sie«, das galt der Goldschmiedin, »können sich, das darf ich wohl sagen, wieder Ihrer Kunst widmen.«

Britta beeilte sich hinzuzufügen: »Bis später. Ich rufe dich an. Und vielen Dank!«

Hannah kam sich entlassen vor.

April 1986 – Köln-Altstadt, Polizeipräsidium

Dauernde Müdigkeit war etwas für Rentner, fand Wordsworth und versuchte, das Gähnen in den Rachen zurückzuschieben. Da ihm das misslang, riss er den Mund auf und zeigte die übliche Reihe blendend weißer Zähne.

Wahrscheinlich benötigte er nachts kein Licht, wenn er mal ins Bad musste, dachte Johanna; das einfache Öffnen des Mundes reichte. Sie war ebenfalls noch müde. Da die Suche nach dem Fahrer der roten Corvette ergebnislos verlaufen war, hatten sie gestern Abend im Büro das noch in der Flasche verbliebene letzte Drittel Jack Daniel's vernichtet. Beide waren trinkfest, und so hatten sich die Auswirkungen des Alkohols schon nach einer halben Stunde wieder verflüchtigt.

»Pass auf, Mädchen«, sagte der ehemalige GI, »in dreißig Jahren redet niemand mehr von einer roten Corvette. Autos mit Scheinwerfern als Augen, die der Fahrer auf- und zuklappen kann – wie soll das denn die Zeit überdauern?«

Wordsworth setzte seine Gags dosiert ein, damit Johannas perlendes Lachen etwas Besonderes blieb.

»Und jetzt?«, fragte sie.

»Jetzt muss ich zum Polizeipräsidenten. Der murmelte etwas von der Einrichtung einer neuen Abteilung zur Integration von Ausländern im Polizeidienst, entschuldige, ehemaligen Ausländern, also naturalisierten …« Jetzt hatte er sich verhaspelt und sah sich irritiert um.

»Und da hat er an dich gedacht«, sagte Johanna, »weil du doch schon eingemeindet bist, oder?«

»*Su ähnlisch*. Jedenfalls rufst du jetzt bitte den Kölner Besitzer einer der Corvettes an, den Bruder des Ermordeten, Herrn—«

»Gerlach.«

»Genau. *Cheerio!*« Und weg war er.

Gehorsam griff Johanna zum Hörer.

Eine halbe Stunde später überflog sie die wenigen Zeilen, mit denen sie das Telefonat zusammengefasst hatte.

Heinzdieter Gerlach ist tatsächlich der Bruder des Mordopfers. Er trauert um ihn, hat aber mit dem Tod nichts zu tun. Sein Auto hat er zwar ab und zu verliehen, jedoch nicht am Abend des Mordes und schon gar nicht an Leute, die er nicht kennt, »dahergelaufene Mörder zum Beispiel« (O-Ton). Zur Zeit des Todes seines Bruders war Gerlach auf einem Immobilienseminar, das zur Ausbildung als Immobilienkaufmann gehört. Zeugen: genug. Adresse und Seminarprogramm schickt er uns.

Die junge Kommissarin seufzte. Wieder einmal standen sie mit leeren Händen da. Wenn kein Wunder mehr geschah, würden sie den Mörder des Studenten in diesem Jahrhundert nicht mehr fassen.

Juli 2019 – Köln-Neustadt-Nord, Belgisches Viertel

Die Goldschmiedin warf ihre Jacke etwas missmutig auf den Stuhl und ging in die an den Verkaufsraum anschließende Werkstatt, in der sie den fast vollkommenen Würfel auf den Tisch legte. Während sie sich ein Glas Wasser holte, ließ sie die Gespräche des Mittags Revue passieren.

Wasser, Feuer, Erde, Luft – die vier Elemente. Wenn der Täter »nur« diese vier Morde begehen wollte, würde er danach zufrieden sein, weil er sein Ziel erreicht hatte. Das bedeutete …

Es lief ihr kalt über den Rücken.

Jede Minute zählte. Falls die Kripo den vierten Mord nicht verhinderte, würde der Täter danach unauffindbar sein. Weil er ans Ende seiner Wünsche gelangt war. Bisher war es ihm ja auch geglückt, unentdeckt zu bleiben. Sie sah auf die Uhr. 16:12 Uhr zeigte die digitale Wanduhr neben dem Fenster zum Hof.

Die bisherigen Morde waren immer gegen Mitternacht verübt worden. Wenn es heute erneut um dieselbe Zeit zu einem vierten Mord kommen sollte, blieben etwas weniger als acht Stunden, um das mögliche Opfer und den Täter ausfindig zu machen. *Falls* er heute zuschlagen würde. Aber wenn man nichts unternahm, konnte man sich – wenn etwas passierte – anschließend nicht mehr im Spiegel ins Gesicht sehen.

Vielleicht war auf den Fotos, die man bei den Toten gefunden hatte, noch ein Hinweis zu finden, den die Kripo bislang übersehen hatte. Sie nahm die Kopien zur Hand und betrachtete die Bilder. Plötzlich fiel ihr der Maler ein, von dem die Bildvorlagen stammen konnten.

Hannah setzte sich an den Desktop-PC und tippte das sechzehnstellige Passwort ein. Wenig später fand sie den gesuchten

Künstler: Edward Burne-Jones hatte in der zweiten Hälfte des neunzehnten Jahrhunderts gelebt und war einer der führenden Vertreter der Präraffaeliten gewesen. Wozu Wikipedia doch manchmal gut war. Ach ja, außerdem hatte sie im *Guardian* einen Bericht über die große Ausstellung gelesen, die im Januar in London zu Ende gegangen war.

Drei Fotos, derselbe Maler – ein weiterer Hinweis auf *einen* Täter. Die Titel der Gemälde passten aus der Sicht des Mörders auch zu den jeweiligen Morden:

In Meerestiefen
Luzifers Sturz
Das Glücksrad

Das vierte Foto lag dann wohl noch zu Hause beim Mörder.

Gedankenverloren drehte sie eine der von Britta erhaltenen Kopien der Bilder um. Die Kommissarin hatte intelligenterweise auch die Rückseite kopiert. Da stand doch etwas?

Jemand hatte *08070001* dort notiert.

Hannah drehte die zweite Kopie um.

10070002.

Die dritte Kopie zeigte in der gleichen Schrift die Zahlen *11070003.*

Telefonnummern? Zahlen für ein Schließfach? Aber die waren doch meist vierstellig.

PINs für Bankkarten?

Plötzlich fiel es ihr ein: Wochentag, Monat, Uhrzeit. *08070001* bedeutete also achter Juli, eine Minute nach Mitternacht. Der erste Tote.

Die Zahlen für die beiden anderen Toten, jeweils eine Minute später, stimmten auch. Ein methodisch vorgehender Täter. Dann würde der vierte Tote vier Minuten nach Mitternacht dran glauben müssen.

Falls der geplante Todestag heute war.

Sie sah erneut auf die Uhr. 16:56.

Ein Glas eiskalten Apfelsafts war eine willkommene Unterbrechung, die ihr beim Nachdenken half.

War die Liste der damaligen Kinderheimkinder aus Köln tatsächlich unauffindbar? Oder hatte dieser Kommissar namens Miguel ohne Nachnamen mit dem markanten Äußeren eines südlichen Schönländers nur nicht genau genug gesucht? Diese Liste, das heißt, die Akte, in der sie liegen musste, war der einzige Anhaltspunkt, falls es sich bei dem *kleinen Kölner* von damals und dem Mörder von heute um die gleiche Person handelte.

Vielleicht halfen ihr die Computerkenntnisse weiter, die sie sich in den Jahren, in denen sie mit einem Mitglied aus dem engeren Kreis des Hamburger Chaos Computer Clubs liiert gewesen war, angeeignet und seitdem immer weiter vertieft hatte.

In rascher Folge tippte sie auf die Tastatur des Computers. Über Tor und ein weiteres dunkles Netzwerk hangelte sie sich durch die Tiefen des Internets, bis das Fenster aufpoppte, das sie erreichen wollte.

»Ja!« Ein kleines Siegesgeheul gegenüber amtlichen Bollwerken konnte sie doch nicht unterdrücken.

Das Intranet der Polizei Köln mit dem Logo der Kriminalpolizei füllte den Bildschirm.

Befriedigt betätigte sie weitere Tasten, bis sie das fand, was sie gesucht hatte: Das digitalisierte Archiv der Kriminalpolizei.

Zehn Minuten später gelangte sie ans Ziel: ein ganzes Aktenkonvolut mit allen Ermittlungen von William Wordsworth Jr., das allerdings unter einem anderen Namen gespeichert worden war. Das herauszufinden, war für sie ein Leichtes gewesen. Sie hatte sich bei Wikipedia über den ehemaligen GI informiert und voller Bewunderung gelesen, dass er über neunzig Prozent der von ihm bearbeiteten Fälle aufgeklärt hatte. Zu den unaufgeklärten gehörten der 1975 vermutlich ermordete Kölner Junge im Kinderheim und eine Tat aus dem Jahre 1986, die ihr vage etwas sagte: Der Bruder eines Kölner Immobilienmaklers war – auch wieder nur vermutlich – durch einen Stromschlag getötet worden. Britta hatte seinen Namen neulich fallen lassen. Wahrscheinlich war Wordsworths Erfolgsquote der Grund für die bereits erfolgte Digitalisierung; so bekamen die nachfolgenden Generationen Gelegenheit, vom »großen Schwarzen«, wie er im Online-Nachschlagewerk politisch unkorrekt hieß, zu lernen.

Sie druckte die Liste der Kölner Schüler von 1975 aus und begann, die Adressen zu überprüfen.

Nachdem sie auch bei der vierten Adresse eine Niete gezogen hatte – kein Wunder, der Fall lag ja auch über vierzig Jahre zurück und die Schüler waren seitdem bestimmt tausend Mal umgezogen–, überdachte sie ihr Vorgehen.

Sie musste anders an die Sache herangehen.

Im zweiten Stapel Kopien, die sie von Britta erhalten hatte, waren die wichtigsten Obduktionsergebnisse der aktuellen drei Toten und die Namen aller Beteiligten aufgelistet: die der Opfer, der ermittelnden Kommissare, des zuständigen Staatsanwalts, des Polizeifotografen, der eventuellen Zeugen, der Mitarbeiter der Spurensicherung und so fort.

Hannah begann, die Kindernamen mit diesen Namen abzugleichen. Tatsächlich fand sie rasch die Namen der Ermordeten.

Plötzlich hatte sie einen weiteren Treffer, allerdings nur beim Nachnamen.

Juli 2019 – Köln-Kalk, Polizeipräsidium

Britta kaute auf ihrem Kugelschreiber. Wie es aussah, hatten sie das Ende der Sackgasse erreicht und waren gegen eine Wand gelaufen.

Sören und Miguel sahen genauso verzweifelt wie sie aus; Michael machte einen niedergeschlagenen Eindruck. Lisa schrieb wie üblich etwas auf, die Stirn zerfurcht. Nur Demir, diese Frohnatur, grinste, wie auch sonst so oft.

»Also nochmal.«

Lisa schreckte zusammen, legte den Stift zur Seite und faltete die Hände.

Britta klopfte mit dem Kugelschreiber auf die vor ihr liegenden Akten. »Da sind noch eine Menge Fragen offen. Was ist beispielsweise aus Herrn Schultheiss geworden? Miguel?«

»Den haben wir zur Fahndung ausgeschrieben und das Kennzeichen der Corvette—«

»Das ist nichts Neues.« Sie blätterte in der Akte. »Weiß jemand zufällig seine Größe?«

»Ein Meter zweiundachtzig«, sagte Sören. »Schätz' ich jetzt mal. Ich war nämlich nur ein wenig länger, als er mich zu Boden gestoßen hat.«

»Okay. Dann fällt er als Täter zumindest für den Gartenhausmord aus.« Sie strich einen Namen von einer Liste, deren Wörter in ihrer kleinen Schrift niemand lesen konnte, der nicht unmittelbar neben ihr saß. »Gerlach. Jemand?«

Ein schlechtes Zeichen. Miguel war sich sicher, dass die Länge von Brittas Sätzen zusammen mit ihrer Laune abnahm.

Michael sah auf. »Der hat doch für den Mord an Schmitz ein Alibi. Das von seiner, ähem, Sekretärin.«

Britta fixierte ihn. »Habt ihr das Alibi denn doppelt geprüft, also die Sekretärin auch befragt? Vielleicht euch auch das Bahn- oder Flugticket zeigen lassen? Nicht?«

Michael und Lisa waren beide rot geworden. Zusammen reichte es für ein Warnlicht.

»Das holt ihr dann morgen nach!«

Die beiden jungen Kommissare sahen betreten zu Boden. Schließlich nahm Michael seinen Mut zusammen und sagte: »Außerdem hat Gerlach mir vorhin eine SMS geschickt – das Bauprojekt am Bonner Bogen ist durch. Dann schwimmt der Immobilienmakler *demnähx* in Geld.«

»Und Schulden bei Schmitz kann er dann vergessen«, kam ihm Lisa zu Hilfe.

Britta, die aufmerksam beobachtete, aus welcher Richtung der Wind wehte, wunderte sich über die junge Kollegin. Demir, der Luftikus, passte besser zu ihr als der farblose, aber bemühte Michael. Momentan jedenfalls. »So, weiter. Hallstatt. Habt ihr überhaupt einen einzigen Verdächtigen im Falle des Archäologieprofessors ausfindig machen können?«

Allgemeines Kopfschütteln.

»Der ist viel zu nett gewesen«, sagte Demir schließlich, um Ernsthaftigkeit und normale Mitarbeit bemüht. »Ein echter Glückspilz, der immer wieder auf die Füße fiel. In seinem Londoner Umfeld war er so beliebt wie auch hier in Köln, wenn er für ein paar Monate wieder in seine Heimatstadt zurückkam. Sagte zumindest der englische Kollege, den ich angerufen habe.«

»Niemand hat von seinem Tod profitiert«, sagte Lisa, die ihre Sympathien gleichmäßig verteilte.

Brittas Weltbild, was die Wahl der Kollegin anging, war wieder geradegerückt. »Dann bleibt doch nur«, sie sah von einem zum anderen, »die These vom Einzeltäter.« Wie erwartet, nickten alle. »Könnt ihr nicht noch einmal versuchen, ob ihr die Akte vom Konrad Kleinknecht, dem 1975 ums Leben gekommenen Kölner Jungen, womöglich doch findet?«

Johanna hatte die ganze Zeit über schweigend zugehört. Ihre jüngere Kollegin, die »Chefin vom Dienst«, wie sie sie vorhin scherzhaft genannt hatte, hatte die alte Dame vorgestellt und ihre Verdienste in der Zusammenarbeit mit dem damaligen Chef, der am Ende seines Lebens eher Deutscher als Amerikaner gewesen war, hervorgehoben. Jetzt fragte sie: »Wieso finden Sie die alte Akte nicht?«

»Keine Ahnung«, sagte Michael. »Digitalisiert ist sie nicht und auf Papier auch nicht mehr vorhanden.«

»Worunter haben Sie denn die elektronische Fassung gesucht?«, fragte Johanna.

»Unter *Kleinknecht*, unter *Neumann* Komma *Johanna* und unter *Wordsworth*«, sagte Michael, der wie jeder anständige Kölner das englische th nicht aussprechen konnte.

»Haben Sie es unter *G.I. Bill* versucht?« Die alte Dame grinste verlegen. »Das war nämlich damals sein Spitzname.«

Michael war schon aufgesprungen, rannte auf den Flur und verschwand in seinem Büro. Wenig später kam er zurück. »Bingo!«, rief er und wedelte mit einem USB-Stick, den er ins Notebook steckte. Er schaltete den Beamer ein und holte die Namensliste der Schüler von 1975, die ins Kinderheim gefahren waren, auf den Bildschirm.

Brittas Handy brummte, aber sie ignorierte den Hinweis auf die eingegangene Nachricht. Sie überflog die untereinander stehenden Namen. Bei einem stolperte sie, las aber weiter, weil der Vorname nicht stimmte. Wahrscheinlich nur eine Namensgleichheit.

Juli 2019 – Köln-Altstadt-Nord, Belgisches Viertel

Ein Blick auf die Uhr zeigte Hannah, dass sie sich beeilen musste, wenn sie mit ihrer Arbeit zur Überführung des Täters beitragen wollte. Es war 17:14 Uhr.

Mal gucken, ob der Herr mit dem falschen Vornamen mit den aktuellen Mordfällen zu tun hatte.

Ein paar Tastendrücke später überflog sie die Hauptseite des Servers im Einwohnermeldeamt von Köln. Sie bewegte sich durch einige Unterseiten; dann fand sie die benötigte Information. Sie fuhr mit dem Mauszeiger etwa zwanzig Nachnamen entlang und verglich die Vornamen mit ihrer Liste. Endlich hatte sie den gesuchten Familiennamen vor sich, aber einen anderen Vornamen. Interessant. Er schien ihn also geändert zu haben. Womit er die Angestellten in der Stadtverwaltung wohl überzeugt hatte? Es musste schon ein sehr gewichtiger Grund gewesen sein, wenn man seinem Anliegen stattgegeben hatte.

Wenig später fand sie die Bestätigung.

1987 war eine Namensänderung vermerkt. Aus dem normalen Vornamen eines Jungen im Kinderheim war ein aus der römischen Geschichte bekannter Kaisername geworden. Welche Großmannssucht den neuen Träger wohl dazu getrieben hatte?

Die Goldschmiedin notierte sich den Namen, dann suchte sie weiter. Nachdem sie die aktuelle Adresse gefunden hatte, machte sie noch einen Kreuzabgleich mit den Daten des Straßenverkehrsamts, aber es blieb dabei: Der Mann wohnte in Köln-Marienburg. Und er war bestimmt in die aktuellen Fälle verwickelt.

Ihr fiel noch etwas ein.

Auf der Liste mussten ja auch die Namen der Ermordeten stehen, falls die These stimmte, dass der tote Junge von 1975 und sein

Umfeld ein Motiv für den heutigen Täter darstellten. Obwohl sie die Namen eben noch gelesen hatte, nahm sie sich noch einmal die Liste der damaligen Ferienkinder vor. Tatsächlich.

Wolfgang Hallstatt
Manfred Küster
Klaus Schmitz

Da standen die Namen der Ermordeten. Sie legte den Finger an die Nase und dachte nach. Dann müsste auf dieser Liste doch auch der Name des geplanten vierten Opfers zu finden sein, oder?

Und wenn weiter – obwohl sie das sehr weit hergeholt fand – der heutige Beruf des damaligen Schülers der eines Pneumologen war, dann musste man die Namen der Jungs nur mit den Namen der Kölner Lungenfachärzte vergleichen.

Das sah nach Arbeit aus, und viel Zeit hatte sie nicht. 17:58 Uhr zeigte die Uhr.

Erfreulicherweise war das Einwohnermeldeamt von Köln gut organisiert, zumindest das dort verwendete Computerprogramm. Sie ging wie der Kommissar bei der Besprechung am Nachmittag vor und filterte rasch die vom Alter in Frage kommenden Ärzte heraus.

Acht Namen.

Beim Abgleich mit den Namen der Schüler von 1975 zog Hannah eine Niete nach anderen.

Nur ein Vorname stimmte überein, aber das musste nichts heißen.

Gernot Schauermann hieß der Junge, Gernot Krause der Pneumologe. Wo wohnte der eigentlich?

Einige Tasten später starrte sie verblüfft auf den Bildschirm.

Dr. Krause wohnte ebenfalls in Marienburg, wie es aussah, sogar Tür an Tür mit dem *kleinen Kölner*, falls es sich um selbigen handelte. Und falls der Mann mit dem neuen Nachnamen auch der richtige war.

Das waren ziemlich viele Eventualitäten. Aber sie glaubte nicht an Zufälle. An einen vielleicht, aber dann war auch Schluss. Ab zwei Zufällen stand Absicht dahinter.

Was jetzt?

Sollte sie die Sache selbst in die Hand nehmen und den Täter dingfest machen?

War sie dieser neuen Aufgabe überhaupt gewachsen?

Sie versuchte, sich mit den Augen eines Dritten wahrzunehmen: Nachdenken konnte sie, ihre Fähigkeiten am Computer waren mehr als fabelhaft, aber sie sah sich überhaupt nicht als eine der Einzelkämpferinnen, wie sie manchmal in skandinavischen Krimis auftauchten. Meistens besaßen die entsprechenden Frauen auch noch schwarze Haare, was ihnen in der Dunkelheit zugute kam. Und Karate oder eine andere dieser chinesischen Weisheiten beherrschte sie auch nicht. Im Schwimmunterricht in der Schule war sie immer hervorragend gewesen, aber damit kam sie an Land bei einer möglichen Verfolgungsjagd in den Kölner Stadtteilen auch nicht weiter.

Als gehorsame Bürgerin griff sie zum Handy, um den Staat in Form von Britta zu informieren.

Nein.

Sie überlegte es sich anders. Ein Telefonat war sicher nicht so gut; bestimmte störte sie nur die Kommissarin in der heißen Phase der Ermittlungen. Statt dessen schrieb sie eine SMS und gab den Namen und die Adresse der gesuchten Herren an.

Nach kurzer Überlegung versandte sie noch eine zweite SMS.

Selbst ist die Frau. Mit diesem Motto war sie bisher immer sehr weit gekommen; zumindest hatte es bis zu einem eigenen Ladengeschäft gereicht. Rasch noch ein Blick auf die Uhr. 18:21. Keine sechs Stunden mehr bis Mitternacht.

Mit Jeans, Lederjacke und Gürteltasche – dann hatte sie im Fall der Fälle die Hände frei – ging sie hinaus, nicht ohne vorher das Schild *Leider geschlossen. Ab Montag bin ich wieder vorhanden* gegen das Schaufenster gelehnt zu haben.

Draußen schloss sie ihren schwarzen Mazda MX 5 von 1997 auf, klappte das Verdeck des schönen Wetters wegen zurück und machte sich nach Marienburg auf.

Juli 2019 – Köln-Kalk, Polizeipräsidium

Mit einem Ohr lauschte Britta der leisen Unterhaltung von Michael, Lisa und Miguel. Es schien um den Bauunternehmer zu gehen, denn Michael fragte gerade: »Ist der jetzt von der Liste der Verdächtigen gestrichen?«

»Eigentlich ja«, antwortete Miguel. Er starrte mehrere Löcher in die Luft und fügte dann hinzu: »Aber ich habe noch ein merkwürdiges Gefühl.«

»Das kann ich dir erklären.«

Die drei sahen Britta überrascht an, dabei waren sie eigentlich an die ständige Aufmerksamkeit ihrer Chefin gewöhnt.

»Wenn Schultheiss flüchtig ist, dann hat Dubois kein Alibi für die Tatnacht mehr, oder?«

»Stimmt«, sagte Miguel gedehnt. »Daran habe ich überhaupt nicht mehr gedacht. Schultheiss und Dubois hatten sich doch gegenseitig gedeckt. Ich hätte ihn direkt mitbringen müssen.«

»Ich glaube nicht, dass der Häuslebauer für den Mord an Schmitz in Frage kommt.« Es half, wenn man auf sein Bauchgefühl hörte. »Und schon gar nicht für zwei weitere Taten. Aber …«

»Man weiß es nicht.« Miguel kratzte sich hinter dem rechten Ohr, eine klassische Verlegenheitsgeste. »Wie gesagt, ich kann ja nochmal losfahren und ihn holen.«

»Nee, bleib du mal hier.« Britta fixierte Michael und Lisa, die sich unter dem Blick zu ducken schienen. »Ihr beide fahrt rüber und befragt Dubois noch einmal genau. Zur Not verfrachtet ihr ihn für mindestens eine Nacht in eine unsere komfortablen Ein-Mann-Zellen.«

Sören grinste, tat dann aber rasch so, als lese er in einer der auf dem Tisch liegenden Broschüren der Landesregierung. Dann konnte Britta nicht auf dumme Gedanken kommen, was Arbeit in weiterer Entfernung vom Schreibtisch anging. Gestern war er so lange draußen gewesen, dass es ihm erst einmal reichte.

Lisa maulte, und Michael sagte zu ihr, als sie hinausgingen: »Gerade jetzt, wo's spannend wird.«

Johanna stand ebenfalls auf, ergriff ihre Handtasche und sagte zu Britta: »Mich braucht ihr ja nicht mehr.«

Die amtierende Kriminalhauptkommissarin hörte aber nur zur Hälfte zu, weil sie überlegte, ob sie besser Sören oder lieber doch den phantasievolleren Miguel mit einer weiteren Aufgabe betrauen sollte. Sie rieb sich geistesabwesend das Bein, das durch die Schussverletzung vor sechs Jahren ziemlich lädiert worden war.

»Was ist eigentlich aus Frings geworden?«, fragte Sören und merkte im gleichen Augenblick, dass er einen Fehler gemacht hatte. Wer fragt, macht sich selber Arbeit, hatte sein Vater immer gesagt. Lieber in einer der mittleren Reihen sitzen, den Kopf einziehen und unauffällig tun, falls vom Lehrer Freiwillige gesucht würden, hatte er regelmäßig hinzugefügt.

»Das ist ein hervorragender Einfall!«, beantwortete Britta seine Frage und seine Befürchtungen. »Und auch eine gute Idee. Oft ist derjenige, der eine Tat entdeckt, selbst der Täter. Fahr du mal los und versuch herauszufinden, wo Herr Frings die Zeiten während der drei Morde verbracht hat. Sein Fernseh-Alibi für den ersten hält ja einer näheren Betrachtung nicht statt …«

»Wahrscheinlich hat er einen Porno geguckt und wollte das nur nicht zugeben.« Demir konnte seinen Mund wieder nicht halten.

Sören stand widerwillig auf und verließ mit klapperndem Schlüsselbund die Kollegen.

Britta war jetzt in Fahrt. »Und du, Demir—«

»Das ist jetzt sehr nett«, unterbrach der den gerade begonnenen Satz, »das Duzen, meine ich.« Er hob das vor ihm stehende leere Wasserglas. »Wurde auch Zeit. Prost, Britta.«

Eine gute Arbeitsatmosphäre fand die Angesprochene immer wichtig, also lächelte sie freundlich die versteckte Kritik weg und sagte: »Dito.« Mangels Glas hob sie die volle Wasserflasche vom Tisch hoch und stellte sie direkt wieder ab. »Jedenfalls«, fuhr sie fort, »kümmerst du dich bitte um alle Überwachungskameras an den Tatorten. Das heißt, die im Kleingartenverein kannst du außer Acht lassen. Aber was ist mit eventuellen im Rheinpark oder bei der Claudius-Therme? Sind da welche installiert? Hat also jemand gesehen, wie Schmitz per Sackkarre zum Fundort transportiert worden ist? Das Gleiche gilt für den Platz hinter dem Rathaus. Sind dort irgendwo Kameras angeschraubt, die möglicherweise das Vergraben von Hallstatts Leiche aufgenommen haben? Gibt es Straßen mit Verkehrsüberwachung, wo vielleicht dasselbe Auto an allen drei Zuwegen zu den Tatorten erfasst worden ist?«

Etwas außer Atem schwieg sie wieder.

Als ob er nicht schon genug zu tun hatte, dachte Demir. Er strich sich über seinen mächtigen Schnurrbart und ging grußlos. Das sah nach einer Nachtschicht aus.

Miguel hatte aufmerksam verfolgt, wie Britta einen nach dem anderen aus dem Raum schickte. Jetzt waren sie beide alleine. Was sie wohl vorhatte? Als vor langen Jahren Lars aufgetaucht war, hatte er seine Hoffnungen begraben. Fast sofort gab er sich innerlich eine Ohrfeige. Britta war mit ihren Gedanken *immer* beim aktuellen Fall; erst wenn der gelöst war, hatte sie sich früher Zeit für andere Dinge genommen, Kino, Besuche bei Freunden, ein Abendessen draußen unter Bäumen, falls der entsprechende Italiener Plätze frei hatte … Wie Lars das wohl ausgehalten hatte, seine Liebste mit ihrem Beruf zu teilen?

»He, du passt ja gar nicht auf.« Britta warf ihm einen irritierten Blick zu.

»Escudo«, sagte Miguel, »kommt nicht wieder vor.« Er wartete auf eine Reaktion. *Das* falsche Spanisch musste doch jeder durchschauen, zumal es sich um Portugiesisch handelte. Um die frühere Währungseinheit nämlich, falls die noch jemand kannte Aber sie hatte nur ihre Kommissarsmaske wieder aufgesetzt.

»Und nun möchtest du erfahren, warum wir beide hier jetzt alleine sitzen, oder?«

Miguel kannte Britta lange genug, um nicht zu wissen, dass sie aus winzigsten Nuancen der Körpersprache beim Gegenüber ganze Geschichten herauslesen konnte.

»*Dat stimmp*«, sagte er.

Sie ignorierte sein Kölsch. »Ich habe gerade gefragt, ob du weißt, warum Frau Neumann so grußlos gegangen ist. Sie ist nämlich jetzt seit zehn Minuten überfällig, wenn man fünf Minuten abzieht, in denen sie sich eventuell die Nase gepudert hat.«

»Sie hat sich ganz normal verabschiedet; du hast das bloß nicht gehört.« Etwas Kritik musste sein.

Britta war sich unschlüssig, ob sie eine Überlegung mit Miguel teilen sollte. Aber er schien wie früher zuhören und auch Abstruses mit bedenken zu können. Also sagte sie: »Was mich bei Johanna irritiert, ist die Tatsache, dass sie den zweiten Mord vorausgesagt hat und auch vom dritten nicht sonderlich erschüttert gewesen war. Es klang fast so, als ob sie mehr wusste, als sie gesagt hat.«

»Sie ist doch lange genug Profi gewesen. Vielleicht auch *zu* lange, um sich von Taten dieser Größenordnung noch beeindrukken zu lassen.«

»Ja schon, aber was, wenn—«

Miguel schüttelte energisch den Kopf. »Die ist keinesfalls die Täterin. Dafür ist sie viel zu gut gekleidet.«

Britta lachte.

»Und überleg doch mal. Klaus Schmitz, der kompakte, keinesfalls *schlank* zu nennende Taucher, wird von ihr ertränkt, dann ins Auto gelegt, schließend auf eine Sackkarre umgebettet und so weiter? Was ist mit der Gestalt auf der Überwachungskamera bei der Gartenlaube? Frau Neumann ist entschieden größer. Und den Professor hätte sie einbuddeln müssen. Ich glaube nicht, dass sie das mit Anfang siebzig noch schafft.«

Britta seufzte erleichtert. Einen kurzen Moment hatte sie doch tatsächlich geglaubt … Mit einer energischen Handbewegung schob sie den ganzen Unsinn beiseite, fügte aber noch hinzu: »Aber schon komisch, dass sie nicht wiedergekommen ist. Egal.«

Miguel deutete auf die Leinwand, auf der noch immer die Liste der Schülernamen von 1975 zu sehen war. »Das wolltest du mit mir in Ruhe durchgehen, ohne dass uns Demir oder einer seiner Zeitgenossen unterbricht, nicht wahr?« Ihre Zustimmung wartete er nicht ab, sondern hängte noch einen Satz dran: »Wir sollten das etwas zügiger angehen. Falls du heute vielleicht nochmal Feierabend machen willst … Es ist schon halb sieben.«

Juli 2019 – Köln-Marienburg, Unter den Ulmen

Der Stau auf dem Sachsenring hatte deutlich länger gedauert, und als sie schließlich über das Gustav-Heinemann-Ufer nach Süden fuhr, kam ihr noch ein Unfall in die Quere. Ein Lkw-Fahrer und die Linie 18 nach Bonn waren sich über die Vorfahrtsregeln nicht einig geworden, so dass die transportierte Fracht in Form zahlreicher Bierkästen, voll natürlich, in den Schienen lag und zusätzlich über die halbe Straße verteilt worden war. Der Lkw war auf die Seite gekippt. Der Fahrer schien unverletzt geblieben zu sein und gestikulierte heftig vor der geöffneten Tür der Straßenbahn. Hannah fluchte undamenhaft und hieb mit der rechten Faust auf das Lenkrad. Eine geschlagene halbe Stunde hatte sie bis jetzt neben der Straßenbahn gestanden. Ein Fahrradfahrer neben ihr, der ebenfalls warten musste, weil auch der Gehweg, über den er hätte ausweichen können, des Rettungswagens wegen gesperrt war, guckte auf sie hinab und schüttelte nur den Kopf. Wie konnte eine so hübsche junge Frau dermaßen aus der Haut fahren?

Statt der üblichen zwanzig Minuten brauchte sie schließlich vierundsechzig bis Marienburg.

20:01 las sie vom Armaturenbrett ab. Noch vier Stunden.

Wo Britta wohl blieb? Eigentlich hatte sie einen verlässlichen Eindruck von ihr gewonnen, und die SMS war mehr als deutlich gewesen. Na ja, dann musste man eben wie immer alles alleine machen.

Hannah fuhr an der gesuchten Adresse vorbei, die im Navi als Ziel vermerkt war, und parkte in einiger Entfernung des Hauses. Das Halteverbot in diesem Abschnitt von Unter den Ulmen würde jetzt niemanden mehr stören.

Im Schatten der großen Bäume ging sie langsam zurück, betont unauffällig, wie sie fand. Ihr Handy hatte sie eingeschaltet, und die übliche Begleit-App lief mit; eigentlich nutzte sie sie sonst erst ab Einbruch der Dunkelheit, aber Vorsichtsmaßnahmen waren immer gut.

»Nicht so schnell.« Hannah zuckte zusammen. Soviel zur angenommenen Kaltblütigkeit. Sie drehte sich um.

»'tschuldigung, ich wollte Sie nicht erschrecken.« Johanna Neumann hatte sich umgezogen: eine dunkelblaue Jeans mit Schlag, eine bunte Baumwollbluse mit zu breitem Kragen und eine etwas speckige hellbraune Lederjacke, die ebenfalls schon Jahrzehnte auf dem Buckel hatte. »Danke übrigens für die SMS.«

Hannas Blick wanderte nach unten. Die alte Dame trug tatsächlich Cowboystiefel.

»Irgendwelche Einwände?« Johanna sah sie aufmüpfig an. »Das war das Bequemste, was ich finden konnte.«

»Ihre ehemalige Dienstkleidung?« Hannah konnte ein tiefes Grinsen nicht verbergen. »In echt? Stammt noch aus den Siebzigern, oder? *Life on Mars*?« In ihrer Jugend hatte sie diese wunderbare Zeitreise-Serie der BBC über einen englischen *detective* fasziniert geguckt.

Die alte Dame sah jetzt doch beleidigt aus. »Ich habe die Kleidung immer als sehr praktisch empfunden.«

»Aber Hosen mit derart breitem Bein …« Hannah schüttelte den Kopf. »Egal. *Andiamo*.«

Zu zweit gingen die beiden Frauen langsam die Straße entlang. Vor Nummer 302 blieben sie stehen.

Interessant. So wohnte also ein Killer.

Stopp. Das ging nicht. Hannah zwang sich, von dem Herrn als unbescholtenem Bürger zu denken, zumindest so lange, bis das Gegenteil bewiesen war.

»Und Sie meinen wirklich, dass wir den Täter hier finden?« Johannas Herz klopfte. Würde sich nach über vierzig Jahren der alte Fall endlich aufklären lassen? Automatisch hatte sie geflüstert.

»Es deutet doch alles darauf hin, oder?« Auf die rhetorische Frage erwartete Hannah keine Antwort. »Ich sehe mir das Haus mal aus der Nähe an. Sie können sich ja hier aufhalten und bei Gefahr die Kripo rufen. Also die amtierende.« Sie schenkte Johanna ein freundliches Lächeln und wechselte auf die gegenüberliegende Straßenseite.

Das Haus sah aus, als sei es vor über hundert Jahren errichtet und seitdem nicht wieder verändert worden: zweieinhalb Stockwerke, ein Ecktürmchen, ein halbrundes, großes Erdgeschossfenster, kleine Stuckspielereien und Efeu. Efeu in Massen. Efeu an der Fassade, Efeu neben der Haustür, Efeu auf den dadurch zugewachsenen Beeten ... Der Besitzer schien kein Freund von Gartenarbeit zu sein. Das Haus war über die Jahrzehnte grauschwarz geworden, wahrscheinlich wie der Charakter des Bewohners. Sie ging langsam näher. Das Gartentor stand offen; bestimmt waren die Angeln verrostet.

Das Klingelschild war leer; im Briefkasten steckte eine Ausgabe von *art*.

Hannah zog die mitgebrachten Lederhandschuhe über und angelte die Zeitschrift heraus. Auf dem Adressetikett war der Name vermerkt, den sie aus dem Einwohnermeldeamt kannte. Sie lauschte.

Aus dem Haus drangen keinerlei Geräusche; weder war Musik, noch eine Küchenmaschine, noch Hundegebell oder dergleichen zu hören.

Sie winkte Johanna zu und zeigte auf das Nachbarhaus, wo wahrscheinlich der vermutete Pneumologe wohnte. Die Kollegin nickte und marschierte langsam auf die andere Straßenseite. Die Absätze der Stiefel klackten auf dem Straßenbelag.

Die junge Frau zog den Reißverschluss der Gürteltasche auf und holte ein kleines Set an Werkzeugen hervor. Sollte sie oder sollte sie besser nicht? Das war hier die Frage. Schließlich gehörte das Öffnen von Haustüren durch Unbefugte nicht zu den vom Gesetz gedeckten Unternehmungen.

Sie sah auf die Uhr. Zwanzig nach acht. Wenn sie noch etwas ausrichten wollte – nämlich einen Beweis für ihre zugegebenermaßen steile These finden, dass hier ein lange gesuchter Mörder wohnte –, dann musste sie sich beeilen. Bevor er wieder zuschlug.

Vor einigen Jahren hatte sie einen Kurs in *lock picking* gemacht und die dabei erworbenen Fähigkeiten immer dann verfeinert, wenn sie mit einem Goldschmiedeobjekt nicht weiterkam.

Zwar war die Tür mit einem deutlich besseren Schloss versehen – keines der Firma BKS –, was jedoch keinen Hinderungsgrund für sie darstellte. Eine gute Minute später sprang die Tür auf.

Hannah trat ein.

Juli 2019 – Köln-Kalk, Polizeipräsidium

Britta gähnte schon wieder, begründete das aber rasch mit Sauerstoffmangel, um Miguel nicht zu enttäuschen.

Ihr Kollege unterdrückte ebenfalls ein Gähnen, arbeitete aber still weiter. Plötzlich sah er auf.

»Siehst du, was ich sehe?« Er drehte den Bildschirm des Notebooks so, dass Britta mitlesen konnte.

Sie starrte auf die Zeilen, die vor ihren Pupillen verschwammen. Entweder brauchte sie bald eine Lesebrille oder musste mal richtig ausschlafen. Sie gähnte erneut und rieb sich die Augen. »Keine Ahnung, was du meinst.«

Miguel zeigte auf die Liste der acht Pneumologen. »Wir hatten doch die Namen mit denen der Jungs aus dem Kinderheim verglichen, oder?«

»Hatten wir.«

»Und hier stimmt ein Vorname überein, Gernot. Einer der Ärzte heißt auch so. Der nicht ganz häufige Nachname des Jungen lautet aber anders. 1975 hieß er Schauermann—«

»So möchte ich als Doktor auch nicht heißen.«

Miguel grinste. »Jetzt heißt er Krause.«

»Bestimmt ein Zufall. Das ist sicher nicht ein weiterer Junge; das sind verschiedene Leute.«

»Nee, ich habe das gerade bei der Ärztekammer überprüft. Krause hat nach der Heirat den Namen seiner Frau angenommen. Zehn Jahre ist das jetzt her. Jetzt ist er neunundfünfzig, besitzt also das richtige Alter, um im Kinderheim gewesen zu sein.«

»Und wo wohnt er?«

»Marienburg. Arbeiten tut er in der Klinik links vom Rhein, in Rodenkirchen. Dahin kann er fast mit dem Fahrrad fahren.«

»Danke. Und jetzt?« Britta versuchte, das ganz weit von innen kommende Gähnen zu ignorieren. Wahrscheinlich war sie urlaubsreif. Wenn dieser Fall – oder besser gesagt: diese Fälle – vorbei war, würde sie sich ein paar Tage Ferien gönnen.

»Almeria ist ganz nett«, sagte Miguel und sah sie von der Seite an. »Würde dir bestimmt gut tun.«

Irgendwie fühlte Britta sich ertappt – dass Miguel sie immer noch so gut kannte. Etwas unwirsch sagte sie: »Und jetzt?«

»Jetzt suchen wir den Täter.«

»Vorher schicke ich aber noch eine Streife zu Krause los. Zuerst zum Krankenhaus, von wo sie mir Bescheid geben soll. Danach sehen wir weiter. Sicher ist sicher.« Sie griff zum Tischtelefon und wählte.

Miguel rief derweil erneut die Liste der Jungs von 1975 auf.

Schnell fand er wieder die drei Ermordeten, Klaus Schmitz, Manfred Küster und Wolfgang Hallstatt und projizierte sie mit den anderen Namen mittels Beamer auf die Leinwand. Dank ihrer Größe sahen sie jetzt bedeutender aus.

Dann aber erstarrte er.

Ein weiterer Nachname kam ihm höchst bekannt vor.

»Guck mal«, flüsterte er fast. Mit dem Laserpointer wies er auf die Leinwand.

»Ach was«, sagte Britta, »das glaubst du doch selber nicht. So klein, wie der ist, schafft der doch keinen anderthalb Köpfe Größeren aus der Welt. Außerdem stimmt der Vorname nicht.«

Miguel aber tippte und tippte, bis er triumphierend sagte: »Nee, der stimmt tatsächlich nicht. Den hat er geändert.«

Britta wurde leichenblass. »Wenn das tatsächlich unser Mann ist, also der, den wir suchen …« Sie schwieg und hielt sich die Hand vor den Mund.

Miguel suchte weiter. Dann starrte er auf den Bildschirm. Auch seine Gesichtsfarbe war einem gräulichen Weiß gewichen. »Weißt du, wo der wohnt?«

»Sag's schon.«

»Neben dem Doktor, den wir als eventuelles Opfer vermuten.«

Britta sprang auf. »Nichts wie los. Wir müssen den Arzt warnen. Wie hieß der nochmal?«

»Schauermann.«

»Nee, jetzt.«

»Krause.« Miguel gähnte ebenfalls. Irgendwie war das anstekkend, wobei Adrenalin und Müdigkeit schon eine merkwürdige Mischung ergaben.

Sie ergriff ihr Handy, um es einzustecken, sah aber noch rechtzeitig den Hinweis auf dem Sperrbildschirm, der eine eingegangene SMS ankündigte.

»Von Hanna«, sagte sie tonlos, als sie die Nachricht gelesen hatte. »Sie bestätigt unsere Vermutungen und ist auf dem Weg nach Marienburg.«

»Immer diese Laien, die einem ins Handwerk pfuschen«, sagte Miguel. »Ich bin gleich wieder da. Lass schon mal den Motor an.« Er rannte los.

»Was ist denn noch?«, rief Britta ihm hinterher.

»Meine Kanone«, rief er zurück. »Ich komme lieber bewaffnet mit.«

Juli 2019 – Köln-Marienburg, Unter den Ulmen

Johanna stand vor dem Nachbarhaus mit der Hausnummer 300 und überprüfte ihre Frisur. Ein Dutt sah zwar immer schick aus, hatte jedoch den Nachteil, das man ihn häufiger korrigieren musste. Aber offene, zudem lange Haare, wenn man über siebzig war, die im Wind wehten – damit stand sie seit Kindertagen auf Kriegsfuß. Dann lieber elegant aussehen und dem häufiger nachhelfen.

In der Einfahrt parkte ein neuer Porsche Macan. Das rote Auto diente wohl nur dazu, den sozialen Status seines Besitzers zu unterstreichen, denn guten Gewissens konnte man damit heutzutage nicht mehr umherfahren.

Johanna ging auf die Haustür zu. Um das Namensschild neben der Klingel zu lesen, benötigte sie keine Brille: Es sah etwas überdimensioniert aus, zudem bestand es aus einer Messingplatte, die jemand häufig zu polieren schien. Wahrscheinlich sollte damit der simple Name *Krause* kompensiert werden. Eigentlich hatten sonst doch nur Notare und Architekten solche Schilder, oder?

Die alte Dame sah sich um. Niemand zu sehen.

Sie klingelte.

Fast sofort öffnete eine zierliche kleine Frau die Tür. Sie schien dahinter gestanden und nur auf Besuch gewartet zu haben. Vielleicht passierte zu wenig in ihrem Leben. »Ja?«

»Kriminalhauptkommissarin Neumann«, sagte Johanna. Irgendwie war das nur halb geschummelt. Verlor man eigentlich im Ruhestand seinen Titel zusammen mit den Privilegien?

»Ist etwas passiert?«

Sehr erschrocken sah die kleine Frau nicht aus. Johanna war sich sicher, dass das Zusammenleben mit einem Arzt einen schon gegen die Widrigkeiten des Lebens stählte. Falls der Arzt als Fachgebiet nicht Geriatrie hatte. Dann hatte man auch als Ehefrau die Ruhe weg. Was sollte schon groß am Ende des Lebens passieren? Außer kleineren Alltagsüberraschungen war da doch nichts mehr.

»Noch nicht«, wollte Johanna sagen, besann sich aber rechtzeitig eines Besseren. Weiter kam man immer, wenn man die Fragen des Publikums ignorierte und mit Gegenfragen antwortete. »Ich suche Herrn Dr. Krause. Das ist doch Ihr Mann, oder?«

Die Frau bejahte. »Der wollte nochmal kurz in die Stadt.« Sie sah an Johanna vorbei. »Merkwürdig. Sein Auto steht noch da. Na, vielleicht ist er mit der Bahn gefahren. Er hat sowieso immer Schwierigkeiten, einen Parkplatz zu finden.«

»Vielen Dank«, sagte Johanna und wollte sich schon umdrehen, um zu gehen, als die Frau weiterredete.

»Mögen Sie nicht hineinkommen? Der Cappuccino ist sehr gut, was unsere Freunde jedes Mal betonen.«

»Nein, danke. Ich lasse Ihnen meine Karte da; Ihr Mann soll mich anrufen, wenn er wieder zurück ist.«

Die Frau sah enttäuscht hinter der alten Kommissarin her, bis sie das Grundstück verlassen hatte. Dann schloss sie energisch die Haustür.

Hannah schob die Eingangstür leise zu, steckte das Einbruchswerkzeug wieder ein und sah sich um. Anscheinend war sie in den Haushalt eines Bildungsbürgers geraten: dunkle Perserteppiche auf dem Boden, eine Mahagonigarderobe mit zwei Mänteln und drei Sakkos, ein kleines Beistelltischchen an der Wand, halbrund, ebenfalls aus Mahagoni, auf dem ein altes Telefon mit Wählscheibe stand, und eine etwas breitere Treppe, die nach oben führte. Der auf ihr liegende Teppich wurde durch festgeschraubte Messingstangen auf jeder Stufe festgehalten.

An der Schmalwand, dem Eingang gegenüber, hing ein großformatiges Bild, sicher zwei Meter hoch, vielleicht einen Dreiviertelmeter breit. Es wurde von oben beleuchtet; selbst jetzt, wo niemand im Haus war, brannte die Lampe.

Hannah erkannte das Gemälde sofort. Auf dem Ausriss, der unter der Leiche des Tauchers entdeckt worden war, war nur das untere Ende des Bildes zu sehen gewesen. Hier konnte sie nun die vollständige Figur eines Jünglings betrachten, der von einer Meerjungfrau – oder doch eher: einer Sirene? – auf Höhe der Hüften umschlungen war, so dass sein Geschlecht verdeckt war. Oben stiegen seitlich des Kopfes Luftblasen auf; wahrscheinlich war der junge Mann noch nicht tot. Es war *In Meerestiefen* von Edward Burne-Jones. Hatte in dem Katalog, den sie von der Londoner Ausstellung gekauft hatte, nicht »Privatbesitz« gestanden? Entweder war das hier das Original oder es handelte sich um eine ausgezeichnete Kopie. Hannah vermutete, ersteres.

Das Gemälde musste seinem Besitzer sehr viel bedeuten; warum sonst hatte er es so prominent aufgehängt und zudem noch beleuchtet? Hannah beschloss, jemanden, der sich mit Tiefenpsychologie auskannte, dazu zu befragen. Vielleicht wusste der zu sagen, warum jemand, dem es eigentlich im Leben gut ging, das Gefühl hatte, dass ihm das Wasser bis zum Hals und darüber hinaus stand.

Bei aller Unsicherheit: Ein Schluss lag nahe. Der Besitzer des Bildes – sollte man es als Akt mit dem nackten Oberkörper der weiblichen Figur und dem gänzlich unbekleideten Mann bezeichnen? – war mit ziemlicher Sicherheit der gesuchte Täter.

Eigentlich reichte das, ihr zumindest, und sie könnte nun abwarten, bis die Kripo den Rest der Arbeit erledigte. Aber Hannah war neugierig, und so beschloss sie, sich auch die Zimmer des Hauses anzusehen.

Auf Zehenspitzen durchquerte sie die Diele, aber die schweren Teppiche dämpften ohnehin die Schritte. Vorsichtig stieß sie eine Tür auf. Aha, die Küche, teuer, aber wohl wenig benutzt. Nur eine halbe Flasche Rotwein, ordentlich verkorkt, stand auf der Arbeitsplatte vor dem Fenster.

Von der Küche führte eine weitere Tür ins Wohnzimmer, dessen Ausstattung noch aus dem neunzehnten Jahrhundert zu stammen schien: erneut dunkelbraune Mahagonimöbel, darunter ein breiter Sekretär, ein Biedermeier-Esstisch mit vier Stühlen, ein Biedermeier-Sofa, dessen Polsterstoff beige-rote Streifen zeigte. Drei Grünpflanzen, gewässert, dichte Vorhänge, die wenig Tageslicht hereinließen. An einer Wand drei Porträtfotos, die sie auf Mitte der sechziger Jahre schätzte, wahrscheinlich die Eltern und ein Sohn. Ein kleiner Stapel von *art*-Magazinen auf einem Tischchen neben dem Sofa.

Ziemlich altmodisch, das alles, fand Hannah. Ob der Bewohner des Hauses ähnlich altmodisch in seinen Ansichten war?

Sie schloss die Wohnzimmertür zum Flur und ging nach oben.

Irgendwo war kurz ein Geräusch zu hören. Ein Klopfen oder ein Rascheln?

Die junge Frau wartete einen Moment, aber wahrscheinlich hatte sie sich getäuscht. Alte Häuser atmeten, Dielen knarrten, ein loser Fensterflügel schlug gegen die Wand – derlei Dinge.

Oben sah es ähnlich bieder aus. Der Flur war hier etwas schmäler, ein langer Läufer bedeckte die Holzdielen. In regelmäßigen Abständen beleuchteten Lampen in Kerzenform den Flur – fast schien es so, als habe der Eigentümer Angst vor der Dunkelheit gehabt. Möglicherweise musste er seinem schwarzen Charakter mit viel Licht begegnen, dachte Hannah.

Sie öffnete die erste Tür: ein normales Schlafzimmer, nichts Außergewöhnliches. Die nächsten beiden Räume schienen als Gästezimmer gedacht zu sein. Dann kam die Bibliothek, deren Bücher zum überwiegenden Teil aus Kunstkatalogen und Künstlerbiographien zu bestehen schienen.

Hannah zog auch diese Tür wieder leise zu.

Das letzte Zimmer.

Wahrscheinlich das Arbeitszimmer. Irgendwo hatte doch jeder Bewohner eines der Häuser in diesem feinen Stadtteil einen Raum, in dem er außerhalb von Bürostunden Arbeit erledigte, vielleicht Rechnungen bezahlte, Kontoauszüge überflog oder über einen Computer seinen nächsten Urlaub buchte.

Sie trat leise ein. Auch hier brannte das Licht. Was sie sah, verschlug ihr allerdings die Sprache. Entweder war der Herr des Hauses in höchstem Maße an *true crime* interessiert oder … Oder es handelte sich um den Arbeitsplatz eines Serienmörders.

Eine gesamte Wand sah aus, als sei sie für eine Krimiserie hergerichtet worden, um als Großer Besprechungsraum zu dienen. Handelte es sich um britisches Fernsehen, wäre das hier der *Major Incident Room*.

Es gab Fotos der Ermordeten, darunter Zettel mit ihren Namen. Zeitungsausrisse des *Kuriers* und des *Kölner Stadt-Anzeigers* mit den Artikeln über die Toten hingen daneben. Ein Bericht mit der Überschrift *Die Polizei tappt im Dunkeln* war mit Textmarker umrandet, daneben stand fast triumphierend ein großes rotes Ausrufezeichen. Ein älterer Kölner Stadtplan enthielt Markierungen in Form kleiner, durchnummerierter Flaggen. Hannah trat näher und fand die damit gekennzeichneten Tatorte. Sie zählte.

Flagge 1 steckte im Rheinpark, wo der Taucher gefunden worden war. Die Nadel von Nummer zwei füllte das erste O des Wortes *Kleingarten-Kolonie* aus. Dort hatte das Gartenhaus nebst Leiche gebrannt. Die dritte Flagge, etwas ungenau platziert, verdeckte zur Hälfte das Kölner Rathaus, neben dem der Archäologie-Professor aufgefunden worden war. Die vierte—

Der jungen Frau begannen die Knie zu zittern. Wieso ein weiterer Hinweis auf einen verübten Mord? Aber es gab doch nur drei Tote bisher. Das konnte eigentlich nur bedeuten, dass das vierte Opfer schon so gut wie tot war.

Die Uhr in der Diele schlug neun. Noch drei Stunden.

Sie trat näher an den Stadtplan. Die vierte Flagge steckte im Stadtteil Marienburg neben der Straße Unter den Ulmen. Der Tatort schien tatsächlich dieses Haus zu sein.

Hannas Herz schlug inzwischen so laut, dass es fast ihre Angst übertönte. Aber irgendetwas musste sie doch unternehmen! Vielleicht fand sie ja das angekettete Opfer und konnte es vor dem sicheren Tod retten.

Du hast zu viele Krimis mit zu vielen unwahrscheinlichen Helden gelesen, sagte sie sich.

Aber es half nichts – einer musste helfen. Besser gesagt: eine. Sie gab sich einen Ruck und löste sich vom Stadtplan, der sie magisch angezogen hatte.

Sie überlegte.

Alle Räume im Erdgeschoss und im ersten Stock hatte sie gesehen. Obendrüber lag wahrscheinlich nur noch der Dachboden.

Hm.

Blieb noch der Keller.

Mit kreischenden Reifen brachte Britta ihren ältlichen Ford Fiesta zum Stehen.

»Du verlierst ja tatsächlich mal deine Contenance«, spottete Miguel. »Schließlich sind wir noch rechtzeitig.« Er sah auf die Uhr. »Erst neun. Zweiundzwanzig Minuten bis hierher. Ohne einen einzigen Stau.«

»Und du wolltest früh Feierabend machen.« Ihr Zorn war schon wieder verraucht. »Was meinst du mit rechtzeitig?«

»Ist doch klar. Wenn deine Goldschmiedin recht hat mit der Vermutung – und ich neige allmählich auch dazu –, dass die Morde immer um Mitternacht geschehen, dann haben wir noch drei Stunden Zeit. Falls der vermutete Mord sich heute ereignen soll.«

»Reichlich Zeit für ein Abendessen. Ich kannte da mal einen guten Italiener in Marienburg, aber—«

»Das hatten wir schon heute Mittag; einmal am Tag ist genug. Für mich jedenfalls.« Miguel öffnete die Beifahrertür und stieg aus. Draußen bückte er sich und sah wieder hinein, weil Britta ihm nicht gefolgt war. »Was ist denn noch?« Auch Spanier, jedenfalls welche mit kölschen Wurzeln, konnten ungeduldig werden.

»Weißt du die Hausnummer?«

Er schüttelte den Kopf. »Muss ich auch nicht. Da drüben steht Frau Neumann.«

Jetzt stieg Britta doch aus, verschloss beide Autotüren mittels Schlüssels und folgte ihrem Kollegen. Kurz seufzte sie – moderne Autos besaßen Funkschlösser!

Johanna trat nervös von einem Fuß auf den anderen. »Gut, dass ihr kommt. Die Kleine ist jetzt schon seit einer halben Stunde verschwunden.«

»Und du hast keine Ahnung, wo sie ist?«

»Ich habe nach Herrn Dr. Krause gesucht; wir vermuten doch, dass er das vierte Opfer sein soll.« Die alte Dame berichtete kurz vom Gespräch mit der Frau des Arztes. »Als ich wieder an der Straße war, war Hannah weg. Sie hatte mir vorher nur Zeichen gemacht, dass sie sich wohl das Nachbarhaus etwas näher ansehen wollte.«

Miguel riss die Augen auf. »Frau Wolf ist also da drin?« Er zeigte auf das efeubewachsene Gebäude. »Das erinnert mich an eine amerikanische Serie …« Er überlegte.

»Miguel?!« Brittas Kurzsatz reichte, dass er ihr wieder seine gesamte Aufmerksamkeit zuwandte.

»Da drin.« Johanna sah niedergeschlagen auf ihre Füße. Auf einmal gefielen ihr die alten Cowboystiefel doch nicht mehr so gut, und sie wünschte, sie hätte sich etwas weniger auffällig angezogen. Aber manchmal im Leben traf man die falschen Entscheidungen. »Wahrscheinlich. Und jetzt?«, fragte sie und hob den Kopf wieder.

»Kann einer von euch mit einem Dietrich umgehen?«, fragte Britta. »Ich jedenfalls nicht.«

Miguel und Johanna verneinten.

»Ich habe immer den Schlüsseldienst gerufen«, erklärte der Kommissar. »Also unseren, niemanden aus den *Gelben Seiten*.«

Britta hatte schon das Telefon in der Hand. »Zentrale? – Den Schlüsseldienst. Aber bitte mit akustischer und visueller Unterstützung. – Ja, es eilt sehr. – Ach so, die Adresse. Unter den Ulmen.«

»Dreihundertzwei«, sagte Johanna.

»Wir könnten ja auch einfach klingeln«, schlug Miguel vor. »Das geht schneller.«

Morgen würden ihr wahrscheinlich die Zehen wehtun, dachte Hannah. Dauernd auf den Spitzen zu gehen …

Sie war leise die Treppe in den Keller hinuntergeschlichen, aber unten war es sterbensstill. Kein Laut war zu hören.

Plötzlich überkam sie ein unwiderstehlicher Niesreiz, den zu unterdrücken ihr nicht gelang. Sie hielt sich zwar mit der linken Hand die Nase zu, während sie die rechte vor den Mund geführt hatte, aber trotzdem war das »Hatschi!« wohl noch zwei Stock höher zu hören. Sie nieste immer zu laut, wie schon ihre Mutter vorwurfsvoll gesagt hatte. Jedes Mal.

Hinter ihr ging eine Tür auf, und ehe sie Zeit zum Erschrekken hatte, umfasste sie jemand, hielt ihr ein mit einer Flüssigkeit getränktes Tuch vors Gesicht und wartete, bis sie das Bewusstsein verlor.

»Ja oder nein?« Miguel wurde ungeduldig.

»Kein Klingeln«, sagten Johanna und Britta gleichzeitig. »Wir wollen ja nicht die Pferde scheu machen.«

»Dann eben nicht. Dann gehe ich mal ums Haus. Dann kann ich nachsehen, ob an der Gartenseite ein Fenster zwecks Einstiegs offensteht.«

Sprach's und war verschwunden.

Britta sah auf die Uhr. Zwanzig nach neun. »Wo der Schlüsseldienst wohl bleibt?«

Als ob das das Stichwort gewesen war, klingelte ihr Handy.

»Mangold. – Eine halbe Stunde später? Ihr habt sie ja nicht mehr alle. – Doch, das merke ich mir. Der Wagen muss *immer* einsatzbereit sein; ihr könnt nicht einfach zurückfahren, weil ihr was vergessen habt.«

Johanna wusste nicht, ob sie grinsen oder betreten gucken sollte. Überall passierten Fehler. Andererseits kam es hier auf jede Minute an, und sie konnte Britta gut verstehen. »Was fehlte denn?«

»Das Formular, das ich nach erfolgtem Einsatz abzeichnen muss.« Sie verdrehte die Augen. »Wir müssen wohl oder übel warten.«

Hannah öffnete mühsam die Augen. Ihr war schlecht, und sie konnte noch nicht alles wieder scharf sehen. Außerdem waren ihre Hände gefesselt. Wenigstens hatte man sie hingesetzt und nicht auf dem kalten Steinfußboden liegen gelassen. Sie zog probeweise an einer Hand. Anscheinend Kabelbinder. Man kannte das ja aus den einschlägigen Serien.

»Oh, wieder unter den Lebenden?«, fragte eine spöttische Stimme.

Sie wollte etwas entgegnen, aber die Zunge versagte noch den Dienst. Statt eines ganzen Satzes kamen nur unverständliche Laute aus ihrem Mund. Was für ein Zeug sie wohl bekommen hatte?

Sie holte tief Luft, klapperte ein paar Mal mit den Augenlidern, bis alles wieder die üblichen Konturen hatte, und sah sich um.

Der Kellerraum war deutlich niedriger als die großzügigen Zimmer in den Stockwerken darüber. Die Wände waren aus Backsteinen gemauert und sehr sauber und sehr weiß übertüncht worden. Überhelle LED-Lampen schickten ihr Licht bis in die hinterste Ecke. Dunkelheit durfte es in diesem Haus nicht geben.

Ihr gegenüber saß auf einem weiteren Gartenstuhl eine zusammengesunkene Gestalt. Gerade trat jemand neben sie und gab dem Kopf einen Schubs, der sich daraufhin auf die andere Schulter neigte. »War die Dosis vielleicht doch zu hoch«, sagte der Mann mit einer überraschend hohen Stimme und kam auf Hannah zu.

Das Gesicht war dank des Gegenlichts noch nicht zu erkennen. Aber die Größe der Figur war deutlich, obwohl Hannah saß. Dabei stimmte *Größe* eigentlich nicht. Aber wie hieß das Gegenteil? Jedenfalls war der Mann höchstens einen Meter sechzig groß. Wenn überhaupt. Und dann noch diese Stimme.

Die junge Goldschmiedin konnte eins und eins zusammenzählen. Sie räusperte sich.

»Da hinten sitzt Herr Dr. Krause, oder? Eigentlich hängt er ja mehr, als dass er sitzt.«

Der Mann sah ihr direkt ins Gesicht, durchaus überrascht. »Ja, aber woher …« Er schwieg wieder und überlegte. Dann schüttelte er den Kopf. »Keine Ahnung. Dabei bin ich sehr vorsichtig gewesen.«

»Das waren Sie tatsächlich, Herr Dr. Gruber.«

Erfreulicherweise war der Schlüsseldienst doch schnell gewesen. Und umsichtig. Blaulicht wie Sirene hatte der Fahrer kurz vor der Einfahrt in Unter den Ulmen abgeschaltet und das Fahrzeug gegenüber der alten Villa geparkt.

»*Reschpeckt*«, sagte Britta mit falschem bayrischen Akzent. »Keine Viertelstunde.«

Der Fahrer kam aus München und grinste. Er packte sein Handwerkszeug aus, das aus einer schwarzen Plastikhülle bestand, in der sich verschiedene Werkzeuge befanden; alle ähnelten dünnen Stahldrähten mit merkwürdig aussehenden Enden. »*Lock picking*«, sagte er erklärend. »Das reicht für neunzig Prozent der Schlösser.«

»Und der Rest?«

»Den schafft normalerweise der Kollege mit der Einmannramme.«

Britta gluckste. Ein einziges Mal hatte sie einen derartigen Einsatz mitgemacht. Sowohl die Eingangstür wie auch der handelnde Polizist waren hinterher leicht beschädigt gewesen, da die Tür einen Stahlkern besessen hatte, der Bauch des Polizisten jedoch nicht.

Der Bayer fummelte am Türschloss zur Villa herum. Mit einem leisen Klacken sprang es auf. »Zweiundvierzig Sekunden«, sagte er. »Ich war schon mal besser. Bitte einzutreten.« Er grüßte freundlich und ging zu seinem Auto zurück.

Johanna, die vor dem Haus gewartet hatte, hatte fasziniert zugesehen. »Das habe ich leider nie geschafft. William dagegen beherrschte den Umgang mit einem Set an Dietrichen aus dem Effeff. Das hat uns manches Mal sehr geholfen.«

»Leise jetzt. Ganz leise!« Britta legte den Finger auf den Mund.

Miguel kam von der anderen Seite des Hauses wieder und trat neben sie. »Kein Fenster offen«, sagte er übergangslos. Er schob seine Kollegin zur Seite. »Laß mal einen Mann vor. Frauen und Kinder zuletzt.«

Etwas entgeistert machte Britta ihm Platz. Sie drehte sich zu Johanna um und sagte: »Mit stolzen Spaniern zu argumentieren, ist seit Kolumbus' Zeiten sinnlos.«

Johanna grinste. Ihre Kollegen in den siebziger und achtziger Jahren waren noch schlimmer gewesen. Sie hatte sich jeden Tag Sprüche anhören müssen, von denen heutzutage *einer* gereicht hätte, um ganze Karrieren zu ruinieren. »Ich bleibe lieber draußen. Frische Luft und so. Außerdem kann ich dann der Einsatztruppe bedeuten, wenn sie denn mal auftaucht, leise zu sein und auf eure Rückkehr zu warten.«

Britta pflichtete ihr bei und folgte Miguel.

Die beiden Ermittler betraten den Eingangsflur.

»Und jetzt?«, fragte Miguel.

Sie überlegte. »Wenn ich vorhätte, jemanden umzubringen«, flüsterte sie, »würde ich es bestimmt nicht am helllichten Tag tun, sondern im Verborgenen.«

Er nickte. »Wir gehen also in den Keller, oder?«

»Tun wir. Aber mucksmäuschenstill.«

Britta öffnete die Tür zum Kellerabgang und lauschte.

Von unten waren Stimmen zu hören.

Sie warf Miguel einen triumphierenden Blick zu. »Siehst du!«, hieß das. »Wir hatten alle Recht.«

Langsam bewegten sie sich hinunter. Brittas Herz klopfte, obwohl ihr eigentlich solche Einsätze nichts mehr ausmachten; aber jetzt war wahrscheinlich ihr neue Freundin in eine bedrohliche Lage geraten. Warum auch nur hatte sie sich in Gefahr begeben?

Der Staatsanwalt zuckte zusammen. Woher kannte diese ihm völlig unbekannte, sehr hübsche junge Frau seinen Namen? Aber egal. Er sah auf die große Wanduhr, deren Zeiger auf kurz vor zehn standen. Noch zwei Stunden, in denen er eigentlich *Nummer vier* seine Tat und die daraus resultierende Bestrafung hatte auseinandersetzen wollen. Er hatte beschlossen, die Namen seiner Opfer nur ein einziges Mal zu verwenden – kurz bevor er sie tötete.

Und jetzt? Jetzt hatte er eine junge Frau am Hals, die anscheinend mehr über ihn wusste, als sie sollte. Zeugen konnte er jedenfalls nicht gebrauchen.

Dr. Krause bewegte sich und stöhnte.

Gruber warf ihm einen Blick zu. Noch eine Viertelstunde, dann war der Mann wieder bei Bewusstsein. Der Arzt war gefesselt und konnte seinem Schicksal nicht entkommen.

Hannah räusperte sich.

In einem anderen Leben hätte er sie zum Essen eingeladen. Hübsche Frauen mochte er sehr, vor allem, wenn sie unbekleidet waren. Der Staatsanwalt war sich sicher, dass auch sie seinem Charme erlegen wäre.

»Glaube ich nicht«, sagte sie. »Ich gehe nur mit Leuten essen, zu denen ich aufschauen kann.«

Gruber war irritiert, was man ihm deutlich ansah. Gedankenlesen, an derlei Unfug glaubte er nicht. Wie gut, dass das hier keine Gerichtsverhandlung war, jedenfalls keine offizielle; dabei hätte er nämlich ein schlechtes Bild abgegeben.

»Das war einfach«, sagte die junge Frau. »Sie haben mich angesehen, sind sich mit der Zunge kurz über die Lippen gefahren und haben leise gelächelt. Wer daraus nicht eine Essenseinladung herzuleiten imstande ist, zumal ich nicht ganz unansehnlich bin …«

Wenn er doch *solche* Kolleginnen gehabt hätte. Aber mit einem knappen Meter sechzig reüssierte man nicht bei den Damen.

»Glaube ich doch«, sagte Hannah, der sein Blick in den an der Wand hängenden schmalen Spiegel nicht entgangen war. Und ein kurzes, bedauerndes Zusammenbeißen der Zähne, wobei die Bakkenknochen arbeiteten. »Auch kurze Leute können es im Leben zu etwas bringen.« Wenn sie ihn weiter in ein Gespräch verwickelte, reichte die Zeit vielleicht, dass endlich Britta auftauchte, falls sie überhaupt die SMS gelesen hatte.

Britta stand vor der Kellertür und lauschte. Gruber hatte sie nicht wieder geschlossen, nachdem er Hannah überwältigt hatte. Durch einen schmalen Spalt fiel Licht in den ansonsten dunklen Flur.

Miguel holte seine Pistole aus dem Holster und entsicherte sie.

Die Kommissarin schüttelte den Kopf. Sie nahm das Handy zur Hand, rief die entsprechende App auf und drückte auf »Aufnahme«.

Ihr Kollege nickte, wartete aber mit der Waffe in der Hand. Er sah angespannt aus; selbst die sonst immer mit Lachfalten umgebenen Augen blickten müde. Er hatte zu viele dieser Situationen erlebt – Geiselnahmen, Banküberfälle, Entführungen. Selten waren sie gut ausgegangen.

Jetzt hatte Hannah den wunden Punkt des Staatsanwalts entdeckt. Drohend kam er näher.

»Über meine Größe müssen wir nicht reden.«

»Will ich auch nicht, wobei ich tatsächlich glaube, dass kleinere Leute es weit bringen können im Leben. Napoleon zum Beispiel—«

»Weiß ich«, unterbrach er sie. »Hat mir meine Mutter oft genug gesagt.«

»Sie sind dann Ringer geworden, oder?« Trotz der surrealen Situation im Keller, die Hannah sonst nur aus Büchern und dem Fernsehen kannte, war sie neugierig. Vorsichtig bewegte sie die rechte Hand. Interessant. Das Gelenk hatte hier mehr Spielraum als das andere.

Gruber nickte überrascht. »Woher … Ach, ich kann es mir denken.« Er sah zum Spiegel hinüber. Seine breiten Schultern waren unübersehbar. »Hat mir sehr geholfen, wenn ich die Toten tragen musste.«

Verdammt, jetzt hatte er sich verplappert.

Hannah versuchte, ein triumphierendes Grinsen zu verbergen. Es schien zu stimmen, was sie von einer Psychiaterin mal gehört hatte: Irgendwann war die Schuld so groß geworden, dass der

Täter gar nicht anders konnte, als darüber zu reden. »Wollen Sie sich nicht setzen?«, versuchte sie, das Heft in die Hand zu nehmen. Sie deutete mit dem Kinn auf einen Hocker, der etwas beziehungslos im Raum stand.

Gruber nickte. Zeit genug hatte er ja. Erst zehn nach zehn, da konnte er ruhig über seinen großen Plan reden.

»Sie wollten etwas Vollkommenes schaffen, oder?« Hannah sah ihn gespannt an. »Ich versuche das auch immer.«

Der Staatsanwalt ließ sich auf dem Hocker nieder. Wie üblich, zog er die Anzughose oberhalb der Knie leicht hoch, damit sie im Stehen keine Falten werfen würde. Und er rückte die dunkelrote Krawatte zurecht, eine Geste, die er wohl schon tausendmal vor einer Verhandlung gemacht hatte. Eine Mischung aus Erleichterung, weil er wohl reden konnte, und Neugier, was die junge Frau wohl meinte, kennzeichnete sein Gesicht.

»Wovon sprechen Sie?«, fragte er.

»Wir Goldschmiede bemühen uns immer, etwas höchst Perfektes zu schaffen – was aber nie gelingt. Perfekt ist unmenschlich, perfekt ist nämlich göttlich. Das hat mir mal ein katholischer Theologe gesagt. Der muss es wissen; Katholiken sind dichter dran am Himmel.«

Trotz der angespannten Situation musste Gruber schmunzeln. Die junge Frau war ja nicht auf den Mund gefallen. Und sie beherrschte Ironie, was im Leben von Vorteil war.

»Das mag vielleicht für Theologen und andere Sektenangehörige stimmen, aber bei uns Juristen … Ist ein Fall erst einmal gelöst, hat man auch etwas Vollkommenes geleistet.«

»Und wenn der Fall nicht gelöst werden konnte?«

»Dann hat der Täter etwas zutiefst Vollkommenes geschaffen.«

Er sieht sehr zufrieden aus, dachte Hannah.

»Wie Sie auch, oder?«, fragte sie. »Aber wollen Sie nicht vorne anfangen? Beim Kinderheim?« Das war jetzt ein Schuss ins Blaue, aber wenn Gruber tatsächlich für den toten Jungen 1975 und den toten Studenten 1986 verantwortlich war, lag die Ursache für seine

Taten bestimmt in einem traumatischen Erlebnis, das ihr hoffentlich jetzt berichtet werden würde. Nahm sie jetzt mal so an.

Diese Frau wusste entschieden zu viel. Gruber war sich nicht sicher, was er wollte. Zwei Leichen auf einmal zu beseitigen, das hatte er bisher noch nicht machen müssen. Egal. Ein kleines Referat konnte nicht schaden. Währenddessen hatte er Zeit, nachzudenken und sich einen Plan zurechtzulegen.

»Okay«, sagte er. »Das ist ziemlich lange her. Ich war vierzehn und freute mich auf die Ferien. Allerdings wusste ich bisher nur wenig vom richtigen Leben.«

Juli 1975 – Bad Rothenfelde, Haus Klara

Es war streng verboten, im Kinderheim nachts über die Flure zu laufen. Selbst Toilettengänge hatten zu unterbleiben – alle Kinder mussten dies vor dem Schlafengehen erledigen. Eine Schwester kontrollierte nachts, ob auch alle schliefen. Die letzte Überprüfung fand kurz vor Mitternacht statt.

»Psst«, flüsterte Konrad Kleinknecht und setzte sich auf. »Viertel nach zwölf. Seid ihr wach?«

Schlaftrunkenes Gemurmel von vier weiteren Stimmen.

Stefan tat so, als ob er tief und fest schliefe. Er hoffte, dass sich Konrad nach der gestrigen nicht schon wieder eine neue Teufelei ausgedacht hatte: Das Bett, auf das er uriniert hatte, roch streng und fühlte sich immer noch feucht an. Warum die Schwestern es nicht neu bezogen hatten, wusste er nicht.

Klaus Schmitz schaltete seine Taschenlampe ein und sah fragend zu Konrad hinüber. »Fängst du an oder jemand anders?«

»Wie ist es mit euch?« Der dicke Junge wandte sich an seine Gefolgsleute, ohne die er nicht mehr anzutreffen war. Dass sie nicht auch noch sein Essen vorkosteten, war alles.

Manfred Küster gähnte. »Ich kann gerne anfangen. Feuer ist mein Spezialgebiet.« Später wollte er Feuerwehrmann werden und nervte tagsüber mit der Schilderung des erhofften Berufsalltags die anderen Jungen.

»Nach dir.« Wolfgang Hallstatt war inzwischen auch wach geworden. »Alter vor Schönheit«, fügte er hinzu.

»Die Schönheit liegt immer im Auge des Betrachters.« Gernot Schauermann wollte nicht hintanstehen; außerdem war er stolz auf seine Bildung, mit der er gegen die Sticheleien der Kölner Klassenkameraden anging. Aber warum um Himmelswillen hieß er auch Schauermann? Das lud doch geradezu ein, sich über ihn lustig zu machen. Wenn er groß war, würde er seinen Nachnamen, so schnell es ging, ändern lassen. »Ich bin zum Schluss dran.« Er seufzte. Eigentlich wollte er nur schlafen.

Manfred kletterte aus dem Bett und ging zu Konrads Schlafstatt hinüber. Wie üblich, sah das Bett aus, als schliefen mindestens zwei Leute darin, so zerwühlt war es. Die Schwester hatte sogar einmal etwas dazu bemerkt, was Konrad mit einem Achselzucken abgetan hatte. Er schlafe schon immer so, hatte er gesagt.

»Hier«, sagte der dicke Junge gerade. »Weißt du überhaupt, wo es angeht?«

Manfred nickte. »Klaro. Mit Feuerzeugen kenne ich mich bestens aus.«

Vorsichtig nahm er den *Zippo Lighter* entgegen, den Konrad – und das hatte er schon mindestens fünfmal erzählt – von einem amerikanischen Soldaten bekommen hatte, der nach dem Zweiten Weltkrieg in Köln geblieben war und eine Nachbarin seiner Eltern geheiratet hatte. Weltkrieg – das klang in seinen Ohren wie eine entfernte Heldenzeit, in die sich der dicke Junge manches Mal zurückgeträumt hatte.

»Aber vorsichtig!« Er beobachtete misstrauisch, wie Manfred zu Stefans Bett hinüberging.

Stefan tat so, als murmele er im Schlaf, und drehte sich auf die andere Seite.

»Nicht so schnell, Kleiner«, sagte Manfred, der mit dem hochaufgeschossenen Wolfgang neben das Bett getreten war. Blitzschnell drehte Wolfgang Stefan an den Schultern auf den Rücken und hielt ihm anschließend den Mund zu. Klaus war hinzugekommen und packte die Fußgelenke, nachdem er die Bettdecke zurückgeschlagen hatte.

Gernot stand an der Tür und lauschte. Als weiter nichts zu hören war, gab er den anderen ein Zeichen. »Die Luft ist rein!«

Jetzt stand auch Konrad auf und kam herüber. »Na los!«, sagte er zu Manfred.

Der angesprochene Junge klappte den Deckel zurück und ließ seinen Daumen über das kleine Reibrad gleiten. Fast sofort erfüllte der Geruch nach brennendem Benzin den Raum, und er musste sich mit der freien Hand über die Augen wischen, die zu tränen begonnen hatten.

»Weiter!« Klaus hatte Mühe, die Füße des kleineren Jungen festzuhalten, der strampelte und verzweifelt versuchte, sich zu befreien.

Manfred ging an die Schmalseite des Bettes und bewegte das Feuerzeug langsam auf die bloßen Zehen zu.

Stefan bekam keine Luft mehr. Er bäumte sich auf, war aber den Kräften des größeren Jungen nicht gewachsen. Zugleich spürte er, wie sich eine Wärmequelle den Füßen näherte.

Konrad grinste, während er den anderen jovial zunickte. »Das wird sich Stefan merken. Danach reicht wahrscheinlich ein knapper Satz, um ihn uns gefügig zu halten.«

Das Feuerzeug befand sich unter dem linken großen Zeh. Manfred war in die Knie gegangen, um sein Vorhaben leichter umzusetzen. Zunächst ließ er die Flamme mit ihrer bläulichen Mitte ein paar Mal relativ dicht unter dem Zeh hin- und hergehen, was nicht weh tat. Oft war er selbst schon mit einem Zeigefinger durch eine Kerzenflamme gefahren. Erst wenn man den Finger einige Zentimeter hoch über die Flamme hielt, wurde es schmerzhaft.

»Und jetzt nach unten.« Wie bei einem Fussballspiel fieberte Konrad mit. Wäre doch gelacht, wenn sie ihrem Opfer nicht eine Reaktion entlocken würden. Sonst hätte sich das ganze Unternehmen ja nicht gelohnt.

Gehorsam senkte Manfred das Feuerzeug und hielt es unter den großen Zeh, bis es anfing, nach verbranntem Fleisch zu riechen.

Stefan gab keinen Laut mehr von sich.

»Ist er tot?«, fragte Klaus und deutete mit einem Kopfnicken auf den Jungen im Bett.

»Glaube nicht.« Konrad hatte schon mal mitbekommen, wie ein Schwein geschlachtet worden war und hielt sich seitdem für einen Fachmann, was Fragen nach Leben oder Tod anging.

»Das reicht doch jetzt, oder?« Wolfgang war der sensibelste der sechs Jungs und kam mit den oft hinterhältigen Taten der Mitschüler – und jetzt besonders den aktuellen Zimmergenossen – nicht klar. Er hatte sich fest vorgenommen, später einen Beruf zu wählen, in dem er es nur mit Toten zu tun hatte, vielleicht Gerichtsmediziner oder Archäologe. Mal sehen, was besser zu ihm passte.

»Nee«, sagte Konrad. »Jetzt nehmen wir den anderen Fuß.«

Stefan unterdrückte ein Schluchzen. Er wollte sich keine Blöße geben, den anderen nicht die Genugtuung verschaffen, stärker als er gewesen zu sein. Er war seit Kindergartenzeiten immer der Kleinste gewesen. Wahrscheinlich würde sich das in seinem Leben nicht mehr ändern, aber er würde es kompensieren! Durch Stärke, durch einen neuen Vornamen – einen besseren als diesen farblosen *Stefan* – und durch eine Tätigkeit, bei der er Gelegenheit bekam, den anderen *seinen* Willen aufzuzwingen, vielleicht Teilhaber in einer Bank, ein Polizist oder … nein, noch besser: ein Richter, der andere verurteilen konnte. Oder Staatsanwalt. So genau kannte er sich noch nicht aus.

Das Feuerzeug näherte sich dem rechten großen Zeh, und Stefan schloss die Augen. Gleichzeitig biss er die Zähne aufeinander und ballte die Hände zu Fäusten. Und er dachte an Old Shatterhand. Was der alles ausgehalten hatte! Inklusive Marterpfahl. Dagegen fielen die Feuerzeugspiele entschieden ab.

Manfred hatte das Feuerzeug besser platziert oder der andere Zeh war empfindlicher – jedenfalls entfuhr Stefan ein Schmerzenslaut.

»Jetzt ist es aber gut!« Wolfgang war aufgebracht. Jemanden zu triezen, war eine Sache, aber ihn körperlich anzugehen, das ging eigentlich gar nicht. Er pustete das Feuerzeug aus.

»Ey«, sagte Konrad und überlegte ein passendes Schimpfwort. »Memme!«

Gleichzeitig gähnte Klaus, und auch Gernot an der Tür riss seinen Mund auf.

»Ist ja gut, ich habe verstanden.« Konrad versuchte, sich die eigene Müdigkeit nicht anmerken zu lassen. Autorität zu verlieren, war immer schlecht. »Gib das Teil mal wieder her.«

Gehorsam ließ Manfred das Feuerzeug zuschnappen und händigte es ihm wieder aus. Wenn er groß war, beschloss er, würde er eine ganze Sammlung mit Zippos aufbauen.

Nachdem die fünf Jungs wieder schlafen gegangen waren, lag nur noch Stefan wach. Seine beiden Zehen schmerzten sehr, und er überlegte, wie er den morgigen Tag überstehen solle, für den eine längere Wanderung – schon wieder – angekündigt worden war. Irgendwas würde er sich einfallen lassen müssen.

Bevor er einschlief, dachte er noch darüber nach, ob und wie er sich an den Zimmergenossen rächen könne. Das Ob stand außer Frage; nur das Wie musste er noch herausfinden. Aber er würde sich rächen. Und wenn es Jahre, möglicherweise sogar Jahrzehnte, dauern würde.

Vielleicht würde er aber auch schon morgen beginnen, also mit der Rache. Dann war Konrad an der Reihe, der dicke Junge, der den Rädelsführer spielte. Er überlegte. Mal sehen, das Badezimmer war für einen Streich bestens geeignet. Einen etwas böseren Streich. Dort würde bestimmt keine Diakonisse stören.

Nachdem er eingeschlafen war, träumte Stefan von einem großen Stück Seife.

Juli 2019 – Köln-Marienburg, Unter den Ulmen

Irgendwo tat der Mann Hannah ja leid. Das war übelstes Mobbing, so würde man es heutzutage nennen. Aber Kinder waren grausam und Jungs in einem bestimmten Alter besonders. Mädchen konnten allerdings genauso gemein sein. Wenn sie darüber nachdachte, fielen ihr sofort einige Namen aus der achten Klasse ein …

»Jetzt wissen Sie alles«, sagte Gruber. Er hatte zu schwitzen begonnen, und am weißen Oberhemd zeichneten sich unter den Achseln dunkle Flecken ab. »Wissen ist gefährlich. Mit zu viel Wissen im Leben kommt man nicht weit.«

Sollte das eine Drohung sein? Aber sie war nicht durch Körpersprache unterstrichen worden, da war sich Hannah sicher. Der Staatsanwalt war nämlich sitzen geblieben.

»Traumata sind schon etwas Furchtbares«, sagte sie. Vorsichtig bewegte sie die rechte Hand.

»Nicht, wenn man sie auflöst.« Gruber sah fast froh gestimmt aus. »Man muss nur aktiv werden.«

»Noch einmal zum Mitschreiben. Sie haben also Ihren Vornamen geändert.«

»Ja, aber das wissen Sie ja schon. *Stefan* ist wirklich ein so farbloser, langweiliger Vorname. *Konstantin* dagegen …«

»Konstantin der Große.«

Das war jetzt wieder falsch. Sie musste deutlich besser aufpassen, was sie sagte.

»Ja ja, ich weiß«, fauchte der Staatsanwalt. »Wenn man sich schon nicht über meine Größe lustig machen kann, dann versucht man es hinter meinem Rücken mit dem Vornamen. Überhaupt: Was geht Sie das eigentlich an?« Er trat an den kleinen

Tisch, nahm eine durchsichtige Flasche zur Hand und zog eine Spritze heran.

»Sie sind ein Killer, Gruber. Und es reicht nicht, wenn Sie Ihr gesamtes Leben darauf verwenden, Verbrecher hinter Gitter zu bringen – als Ausgleich sozusagen. Sie sind selber ein gerissener Verbrecher.«

Der Staatsanwalt kam drohend näher.

Hannah musste handeln. Und Zeit gewinnen. Alle Täter waren eigentlich eitel. Und stolz. Vielleicht kam sie damit weiter. Etwas klackte leise am Handgelenk. Einer der Kabelbinder war wohl beschädigt gewesen und jetzt gerissen. Die Hand war frei. Sie behielt sie weiter hinter dem Rücken und ließ sich nichts anmerken.

»1986 war dann das nächste Opfer dran. Das stimmt doch, oder?«

Gruber sah ehrlich überrascht aus. »Das wissen Sie auch?« Er legte die Spritze zur Seite und kam wieder näher. »Sie sind schon eine besondere Frau. Anscheinend können Sie exzellent kombinieren. Wie sind Sie denn darauf gekommen?«

»Fischen im Trüben. Nein, aber es ist doch logisch. 1986 hat man im Zusammenhang mit dem Stromschlag-Toten nach einem *kleinen Kölner* gesucht, wie schon 1975.«

»Ach, darunter bin ich verbucht worden?«

»Genau. Aber man hat nichts Justiziables entdecken können. Es sah nach einem perfekten Mord aus.«

Stolz, Genugtuung, Eitelkeit – diverse Gefühle der unschöneren Art waren auf dem Gesicht des Staatsanwalts zu verfolgen.

Hannah nahm ihren ganzen Mut zusammen. »Bis heute.«

Aber Gruber war mit seinen Gedanken schon weiter. »Sie wissen aber nur von diesen beiden alten Fällen, nicht wahr?«

Prahlerei also. Auch das gehörte zum Wesen des Täters – und vieler anderer Täter, vermutete sie. Wäre es gegangen, wäre sie noch blasser geworden. So aber sagte sie nur mit erstickter Stimme: »Ja, nur von zweien haben Frau Neumann und Frau Mangold berichtet.«

»Oh, ist die alte Schachtel wieder aktiviert worden?« Gruber grinste.

Selbstverliebt ist gar nichts, dachte Hannah. »Welche Fälle meinen Sie denn sonst noch?«

»Eine wunderbare, klassisch mathematische Reihe. Stellen Sie sich diese am besten untereinander geschrieben vor:

1975 *Konrad Kleinknecht. Das Seifenstück.*
1986 *Karlheinz Gerlach. Die Starkstromleitung.*
1997 *Ulrich Mahler. Der ICE zwischen Bremen und Frankfurt / Main.*
2008 *Johannes Maurer. Die Deutzer Brücke.*

Schließlich 2019. Das aktuelle Jahr. Vier Namen. Aber die kennen Sie selber.«

»Sie haben also über Jahrzehnte eine *Testreihe* laufen lassen?« Hannah sah den Staatsanwalt ungläubig an. »Alle elf Jahre?«

Gruber nickte stolz.

»Aber warum nicht sieben oder zwölf Jahre, beispielsweise, sondern ausgerechnet elf?«

»Elf liegt doch auf der Hand.« Er grinste fast wölfisch. »Schließlich leben wir in Köln.«

Noch so ein Karnevalsjeck. Hannah schüttelte nur den Kopf, zumindest innerlich, um sich nichts anmerken zu lassen.

»*Testreihe* haben Sie gesagt«, fuhr Gruber fort. »Retrospektiv könnte man es so nennen. So habe ich es noch gar nicht gesehen. Aber es stimmt.« Er rieb sich das Kinn.

»Einzelmorde war Ihnen dann irgendwann zu langweilig, nicht wahr?«

»Ja, ich wollte mir ein schwieriger zu erreichendes Ziel setzen. Und wenn Sie mir nicht in die Quere gekommen wären …« Er sah erneut zur Uhr. »Na ja, noch ist es nicht zu spät.«

Halb elf. Hannah hatte unwillkürlich auch hinüber gesehen. Vielleicht sollte Britta sich jetzt mal beeilen.

»Ich muss nun aber mal mit den Vorbereitungen für Nummer vier da hinten anfangen.« Ein nachlässiger Wink mit dem Daumen galt Dr. Krause, der inzwischen wieder zu sich gekommen war und der Unterhaltung gebannt zuhörte.

»Ich habe aber bloß Schmiere gestanden.« Die Stimme des Arztes klang heiser. »Im Kinderheim, meine ich.«

»Sie hätten ja dazwischengehen können.« Nach all den Jahren war Gruber immer noch aufgebracht. »Mitgefangen, mitgehangen. Das Gesetz bewertet die Begehung einer Straftat als unmittelbarer Täter und als Mittäter gleich.« Jetzt klang er wie ein Dozent im Jurastudium.

Versah man die Opfer mit Namen, fiel es dem Täter schwerer, sie zu beseitigen; das hatte Hannah irgendwo gelesen. Rasch sagte sie daher: »Etwas anderes. Wie haben Sie es denn geschafft, an die Jungs von damals, aus dem Kinderheim, heranzukommen? An Klaus Schmitz, Manfred Küster und Wolfgang Hallstatt?« Eitelkeit war ein Hauptcharakterzug bei Narzissten. Auch hier funktionierte der Appell.

Gruber zuckte zusammen, als die Namen fielen. Aber er sammelte sich rasch. »Ein kleine Abendesseneinladung«, sagte er bescheiden. »Der große Staatsanwalt wendet sich der gemeinen Welt zu. Und irgendwann etwas Chemie.«

»K.o.-Tropfen?«

Er nickte. »Und später dann dieses großartige Mittel.« Er zeigte auf die Flasche mit der durchsichtigen Flüssigkeit, deren Aufdruck Hannah nicht lesen konnte.

Der Schriftzug war zu klein. Irgend etwas mit Saccharin und Bor oder so ähnlich. Bestimmt eines dieser ausgedachten Kunstwörter aus der Chemie, die sie sich schon im Gymnasium nie hatte merken können.

»Damit kann man jemanden lähmen, so dass er gezwungen ist, zuzuhören, bis dann der Atem versagt.« Gruber hatte wieder sein abstoßendes Grinsen aufgesetzt. »Das hat bis jetzt dreimal geklappt. Das Zeug ist zwar schon älter, aber ich habe es erst vor einem halben Jahr für mich entdeckt. Und ein Nachweis fällt auch einem versierten Rechtsmediziner schwierig.«

Er sieht aus wie ein stolzer Vater, dachte die junge Frau, der das neue Baby seinen Freunden vorführt. »Wenn ich noch etwas fragen darf?«

»Bitte.« Gruber war wieder in die Rolle des jovialen Staatsanwalts gewechselt, die schon manchen Kriminellen in die Irre geführt hatte.

»Warum haben Sie denn bis jetzt gewartet, um die vier Zimmergenossen aus dem Kinderheim umzubringen?«

»Drei. Bisher sind es nur drei. Das liegt doch auf der Hand: Wegen der schönen Zahlenreihe. Habe ich doch eben erklärt.«

»Aber dann hätten Sie sie doch auch einzeln, nacheinander in gleichen Abständen, töten können, oder? Also statt der anderen Leute.«

»Hätte ich. Aber vier auf einen Streich, das war doch etwas! Zwischendurch war mal der eine oder andere nicht greifbar. Ich habe einfach gewartet, bis sich alle Adressen, die regelmäßig vom Einwohnermeldeamt auf eine Anfrage seitens der Staatsanwaltschaft aktualisiert wurden, auf Köln bezogen. Schmitz war mal drei Jahre in Süddeutschland, Hallstatt wohnte nur unregelmäßig hier – erst zum Abschluss der Ausgrabungen war er wieder regelmäßig in seiner Geburtsstadt –, und Schauermann«, er sah zu der zusammengesunkenen Gestalt auf dem Stuhl hinüber, »Schauermann war wie vom Erdboden verschluckt, bis ich herausfand, dass er seinen *Nach*namen geändert hatte. Und für heute Abend hatte ich ihn als Nachbarn zu einem Glas Wein eingeladen. Er hat mich bis vorhin nicht erkannt.«

Gruber schwieg etwas erschöpft. Fast sah es aus, als habe er den Faden verloren.

Hannah setzte rasch nach. »Warum die Fotos der Gemälde an den Tatorten?«

Anscheinend besaß der Serienmörder auch eine cholerische Seite. Er kam drohend auf die junge Frau zu. »Das ist jetzt die letzte

Frage, die ich beantworte. Danach werde ich mein abschließendes Vorhaben in dieser Angelegenheit umsetzen.«

Hannah bewegte vorsichtig ihre Hand. Dankenswerterweise waren nicht auch noch ihre Füße angebunden worden, so dass sie zur Not aufspringen und sich dem Staatsanwalt entgegenstellen konnte. Aber erst, wenn sie die ganze Geschichte gehört hatte.

»Die Kollegen von der Kripo hätten doch ewig gebraucht, um überhaupt einen Zusammenhang zwischen meinen Taten festzustellen. Und wenn die Öffentlichkeit nicht zu sehen bekommt, mit welcher Perfektion ich gehandelt habe, wäre doch mein ganzer Plan vergeblich gewesen. Außerdem habe ich immer ein zum Opfer passendes Gemälde ausgesucht.«

»Dann nehmen Sie für Dr. Krause einen Engel von Burne-Jones, oder?«

»Im Mittelalter wären Sie als Hexe verbrannt worden bei dem, was Sie alles wissen!«

Ein irres Licht flackerte nun in seinen Augen.

Trotz der beängstigenden Situation hatte Hannah immer noch eine Metaebene im Blick: Mit einem solchen Satz hätte sich jedenfalls einer der mieseren Thriller, die sie manchmal vor dem Einschlafen verschlang, seinem Ende zugeneigt, dachte sie. Gruber dagegen besaß kalte Augen, fast farblos. Vielleicht waren sie früher mal blau gewesen, aber mit der Zunahme der Jahre und der Morde hatten sie ihren Glanz verloren. Sie zeigten keinerlei Regung.

»Jetzt zu Ihnen.«

Krause und Hannah sahen sich an. Wen hatte der Staatsanwalt gemeint?

Gruber war wieder an den Tisch getreten, öffnete die Flasche und zog die Spritze auf.

Und plötzlich ging alles ganz schnell.

Juli 2019 – Köln-Neustadt-Nord, Belgisches Viertel

Johanna hielt sich an ihrem Glas Rotwein fest. Es war schon das zweite. Das erste hatte sie fast hinuntergegossen; viel zu schnell hatte der Alkohol seine Wirkung entfaltet. Aber das war momentan egal. Es war zwei Uhr nachts, und sie saß schräg auf der Couch, die Füße auf dem kleinen Tisch davor, was niemanden störte.

Hannah nippte nur an ihrem Glas. Ihr linker Arm war verbunden, und man konnte ihr den Schock immer noch ansehen.

Britta stand gegen das Bücherregal gelehnt, in der einen Hand die Flasche Rioja, den teuersten, den sie bei sich gefunden hatte, in der anderen Hand das Glas, in das sie gerade den Rest des Weins laufen ließ. Sie hoffte nur, dass die junge Goldschmiedin ihre Fröhlichkeit nicht verloren hatte.

Die drei Frauen waren in Brittas Wohnung gefahren, nachdem der Tote abtransportiert worden war und die Spurensicherung ihre Arbeit aufgenommen hatte.

Die Nacht hatte es in sich gehabt.

Britta und Miguel lauschten angestrengt.

»*Speech to text*«, flüsterte Miguel. »Gibt's bestimmt als App. Dann kannst du dir das Abtippen des Geständnisses später im Büro sparen.«

»Pst«, sagte Britta. »Hör lieber zu.«

Allmählich bekam sie eine steife Hand, weil sie die gesamte Zeit über das Handy möglichst ruckelfrei auf den Türspalt gerichtet hielt. Aber Bekenntnisse dauerten, je mehr Morde es waren. Wenigstens schien sich inhaltlich das Ganze ja dem Ende zu nähern. Die wichtigsten Punkte waren geklärt; jetzt galt es nur noch, den von Gruber angekündigten vierten Mord zu verhindern.

»Und Hannah zu befreien«, sagte Miguel, der anscheinend ähnliche Überlegungen angestellt hatte.

Der Staatsanwalt hielt die Spritze in die Luft und ließ probeweise ein paar Tropfen aus dem Nadelende laufen. »Geht doch«, sagte er befriedigt und näherte sich dem Arzt, der zusammengesunken auf dem Stuhl saß und sich in sein Schicksal ergeben zu haben schien.

Krauses Gesicht war hochrot.

Wenn der Staatsanwalt sich nicht beeilte, nahm ihm ein Herzinfarkt die Arbeit ab. Hannah beschloss zu handeln.

»Halt!«, rief sie und sprang auf.

Gruber drehte sich überrascht um.

»Wie, wieso, wie haben Sie das denn geschafft?«

Den kleinen Überraschungsmoment nutzen Britta und Miguel aus. Sie stürmten in den Kellerraum.

»Hände hoch, Polizei!« Miguels kräftige Stimme übertönte mühelos das beginnende Wirrwarr.

Krause hatte zu reden begonnen. Er sprach immer noch undeutlich, aber »Endlich!« konnte jeder verstehen.

Britta hatte das Mobiltelefon immer noch in der Hand, stoppte die Aufzeichnung und rief die Zentrale an. »Unter den Ulmen 302. Sofort. Das mobile Einsatzkommando. Und eine Ambulanz. Ihr wisst schon, das volle Programm.« Dann schaltete sie den Mitschnitt wieder ein.

Gleichzeitig war Gepolter auf der Treppe zu hören. Ein Trupp uniformierter Polizisten stürmte in den Raum.

»Geht doch«, sagte Britta. »Heute seid ihr ja mal schnell. Genau zur richtigen Zeit.«

Gruber war sich nicht sicher, an welcher Front er zuerst handeln musste. Er sah von Britta über Miguel und Hannah zu Krause. Und zu den Polizisten. Dann fasste er einen Entschluss. »Frau Mangold, Sie kommen leider zu spät«, sagte er und hob die Spritze, um sie Krause in den Hals zu stechen.

Hannah schrie auf und warf sich mit einem Satz auf den deutlich kleineren Mann. Zeitgleich löste sich ein Schuss aus Miguels Waffe, der auf den Staatsanwalt gezielt war, aber die junge Frau streifte, woraufhin sie zu Boden ging und im Fallen den Staatsanwalt mit sich riss. Sie schrie auf, weil die Kugel sie am Oberarm getroffen hatte. Ein dunkelrotes Muster sickerte in das Samtrot ihres Pullovers.

Gruber stöhnte. Er war unglücklich aufgekommen und hatte sich die Schulter ausgerenkt, was ihn als Ringer nicht sonderlich schreckte, aber immer mit Schmerzen verbunden war.

Hannah erhob sich mühsam und hielt sich mit der rechten Hand den linken Arm, der merkwürdig gefühllos geworden war. Außerdem war ihr schlecht. Aber sie hatte ihr Ziel erreicht – Krause war am Leben.

Gruber versuchte etwas zu sagen, aber weder Stimmbänder noch Zunge gehorchten. Dann wollte er eine Hand heben; aber auch das gelang ihm nicht mehr. Verständnislos drehte er mühsam seine Augen zu Britta hinüber.

Die Kommissarin deutete mit einer sanften Kopfbewegung auf seinen Bauch.

Mit großer Anstrengung blickte der Staatsanwalt an sich herunter und schien auch innerlich zu erstarren. Anzumerken war ihm das nicht mehr. Mitten in der burgunderroten Krawatte steckte die eigentlich für den Arzt bestimmte Spritze. Der Kolben saß wieder unten; die gesamte Flüssigkeit darin war verschwunden.

Zwei Minuten später bewegte Gruber sich nicht mehr.

»Schlechtes Karma«, sagte Hannah. »Damit hatte der sonst so nüchterne Staatsanwalt nicht gerechnet.«

»Na ja, das gute Karma ist ihm ja mindestens seit 1975 hold gewesen.« Britta trank einen weiteren Schluck. »Was läuft er auch mit solch gefährlichen Chemikalien durch die Gegend.«

Hannah gluckste. Allmählich schien sich ihre Anspannung wieder zu lösen. Aber sie ahnte schon die schlaflosen Nächte voraus, womit sie die Ereignisse des heutigen Abends bezahlen musste. »Unvollkommen«, sagte sie. »Oder besser: unvollendet. Ein kleiner Kölner bleibt eben nur ein kleiner Kölner.«

»Aber so umzukommen ...« Johanna schüttelte sich. »Bei vollem Bewusstsein alles mitzubekommen, sich nicht mehr regen zu können und obendrein zu wissen, dass es absolut nichts gibt, was den eigenen Tod noch verhindert.«

»Er tut dir doch nicht etwa leid?« Britta betrachtete die alte Dame prüfend.

»Keineswegs. Ich dachte an seine drei Opfer. Aber ich kann es noch nicht ganz fassen, dass nun auch mein allererster Fall gelöst ist. Wunderbar. William würde sich freuen.« Sie hob das Glas. »Auf den schwarzen GI. Äh, farbigen.«

Die drei Frauen tranken schweigend.

»Wo ist eigentlich der Würfel?«, fragte Britta. Manchmal verlor sie den Faden und nahm einen anderen der herumliegenden auf. »Machst du den jetzt fertig?«

Hannah schüttelte den Kopf. »Glaube ich nicht. Unvollkommen finde ich ihn besser. Weil, irgendetwas bleibt immer offen, und so sehr man sich auch bemüht, man bekommt es einfach nicht hin.«

»Dann hätte ich ihn gerne«, sagte Britta. »Wie viel auch immer er kostet. Im Schaufenster war er ja nie ausgezeichnet.«

»Der ist gerade teurer geworden«, sagte die Goldschmiedin. »Jetzt klebt auch noch Blut dran.«

Johanna lachte.

»Und ich habe Hunger«, sagte Hannah. »Fast einen Bärenhunger. Etwas Vorbeugendes gegen den morgigen Kater vielleicht.«

»Rote Heringe?«, fragte Johanna. »Obwohl wir davon ja schon einige hatten bei dieser Geschichte.«

Ein Wort gab das andere, eine weitere Flasche Wein musste dran glauben, bis Britta die beiden endlich verabschieden konnte. Sie räumte die Gläser und etwas Knabberzeug weg, als jemand Sturm klingelte.

Britta gähnte. Wahrscheinlich hatte eine der beiden Frauen nur etwas vergessen. Sie drückte auf den Summer, ohne vorher durch die Gegensprechanlage zu fragen, und öffnete die Wohnungstür.

Mit energischen Schritten kam jemand die Treppe hoch und sagte: »Ich dachte, du schliefest schon. Deswegen habe ich etwas nachdrücklicher geklingelt.«

Britta war kreidebleich geworden. Das reichte jetzt wirklich für heute Nacht.

»Willst du mich nicht hereinlassen?« Die Frau im Flur trat ungeduldig von einem Fuß auf den anderen.

Widerwillig machte die Kommissarin ihr Platz.

»Danke. Wurde auch Zeit. Außerdem habe ich Hunger, und deine fünftausend Euro sind noch immer nicht auf meinem Konto. So geht das nicht weiter, Schwesterherz.«

Abbildungen

Seite 173
Edward Burne-Jones (1833–1898), *Luzifers Sturz*, 1894; 245 × 118 cm; Öl auf Leinwand; Privatbesitz

Seite 257
Edward Burne-Jones, *Das Glücksrad*, 1883; 259 × 151,5 cm, Öl auf Leinwand; Musée d'Orsay, Paris

Seite 323
Edward Burne-Jones, *In Meerestiefen*, 1886; 197 × 75 cm, Öl auf Leinwand; Privatbesitz

Nachbemerkungen

Auch dieser Roman ist von A bis Z fiktiv. Falls Personen, Vereine, Gebäude oder Ereignisse aus der Wirklichkeit darin vorkommen, so haben sie außer ihren Namen nichts mit der Realität gemein.

Hilfreiche Hinweise bekam ich während der Entstehung dieses Buches von den nachfolgend Genannten, so dass die Seiten dieses Buches nicht gänzlich grundlagenlos geraten sind (hoffe ich jedenfalls):

Ohne Andreas Izquierdo, meinen lieben Kollegen, hätte es weder Johanna Neumann noch William Wordsworth Jr. gegeben und *mit* ihm ist meine Begeisterung für Kunst in vielen Formen glücklicherweise nicht so ausgefasert.

Burkhard Madea, Professor für Rechtsmedizin am Bonner Stiftsplatz, hat mich dieses Mal über die Auswirkungen der behandelten unterschiedlichen Todesarten informiert und mit mir über die Vorgehensweise des Täters gesprochen.

Ralph Retterath, Goldschmied in Swisttal-Morenhoven, klärte mich über Hannah Wolfs Meisterstück auf, den Würfel aus sechs verschiedenen Materialien, und zeigte mir, dass die höchste Tugend seines Berufes die Geduld ist (die mir häufiger abgeht).

Jörg D. Ziegler, Rechtsanwalt in Rheinbach, wies mich auf die strafrechtliche Seite einer Mittäterschaft bei Verbrechen hin. Über »mitgegangen – mitgefangen« gehen auch unter Juristen die Ansichten auseinander, wenn man nur an die Krawalle beim G20-Gipfel in Hamburg 2017 denkt.

Das geschilderte Kinderheim in Bad Rothenfelde (das nur anders hieß) habe ich tatsächlich selber besucht; 1963 verbrachte ich dort drei lange Sommerwochen. Die im Roman aufgeführten Exzesse hat es natürlich nicht gegeben, wohl aber die beschriebenen Tagesabläufe, auch die Postzensur. Und viel frische Luft …

Gregor Herzog (Stadtverwaltung Rheinbach) erläuterte mir die gesetzlichen Möglichkeiten, den eigenen Vornamen zu ändern: Von Karl Heinz zu Heinz Karl zu wechseln, geht auf jedem Standesamt; seinen alten gegen einen neuen Vornamen einzutauschen, ist nur nach Übersteigen hoher Hürden als ordnungsbehördliche Maßnahme bei einer Stadt- oder Kreisverwaltung möglich.

Andreas Schnurbusch schließlich, Kriminalkommissar a.D. aus Köln und ebenfalls Krimiautor, machte mich mit den Archivmöglichkeiten und -pflichten des Kölner Polizeipräsidiums vertraut; auch hier schreitet die Digitalisierung massiv voran, was die Suche nach Altfällen enorm erleichtert – anders und besser, als ich es in diesem Buch, dem Plot geschuldet, beschrieben habe.

Ach ja, manchmal liest der Autor auch selber (und schreibt nicht nur): Lohnenswerte Lektüren bei der Abfassung dieses Romans stellten die drei folgenden Titel dar: Emily & Laurence Alison, *Rapport: The Four Ways to Read People*, London 2020; Alison Smith, *Edward Burne-Jones*, Tate Gallery: London 2018 (ein reich bebilderter Ausstellungskatalog); Val McDermid, *Forensics: The Anatomy of Crime*, London 2014.

Hinter den Kulissen waren wie immer Andrea Sommerfeld und Clemens Wojaczek bemüht, mir den Rücken freizuhalten (was nicht schwer war, da ich ohnehin schon mit dem Rücken zur Wand saß).

Allen Genannten gilt mein besonderer Dank.

Die Fehler auf den vorangegangenen Seiten gehen wie immer ausschließlich zu meinen Lasten.

Rheinbach, während der Großen Pandemie,
am 25. Januar 2022